arturo

Dany R. Wood

<u>**Über den Autor**</u>

Dany R. Wood, Jahrgang 1978, lebt in München und liebt das Reisen quer durch die Welt. Er veröffentlichte bereits Bücher mit Schauplätzen in Australien, Südafrika, Thailand, Spanien, Saarland und seit 2023 auch Schweden. Die Idee für seinen 1. Thriller entstand im Urlaub, den er in einem typisch schwedischen Ferienhaus im Dalsland, ca. zwei Autostunden nördlich von Göteborg, verbrachte. Dort zu schreiben, mit dem Blick auf einen See, die idyllische Natur und die Ruhe zu genießen, war überaus inspirierend für ihn.

»Der Orchideenmörder« ist sein 12. Buch, das wie die Vorgänger im Arturo Verlag veröffentlicht wurde. Dany R. Wood ist seit 2013 als Autor tätig.

Der Orchideenmörder

Dany R. Wood

Bibliografische Information der Deutschen Nationalbibliothek:
Die Deutsche Nationalbibliothek verzeichnet diese Publikation in der Deutschen Nationalbibliografie; detaillierte bibliografische Daten sind im Internet über http://dnb.dnb.de abrufbar.

1. Auflage, Juni 2023

Lektorat: Christiane Saathof, www.lektorat-saathoff.de
Covergestaltung: Catrin Sommer, www.rausch-gold.com
Verlag: Arturo Verlag, München, www.arturo-verlag.de
Druck und Bindung: Print Group, Szczecin
ISBN: 978-3910688001

<u>**Gut zu wissen:**</u>
Die nachfolgenden Personen und Handlungen sind meiner blühenden Phantasie entsprungen. Ähnlichkeiten mit lebenden Personen sind rein zufällig und niemals in der Art und Weise gewollt.

Achtung! Dieser Text ist für meine Leser bestimmt, die mich bereits seit über zehn Jahren kennen! Neu-Leser überspringen bitte diesen Abschnitt.

Ich möchte mich für Eure jahrelange Lesetreue herzlich bedanken, aber Ihr müsst jetzt ganz tapfer sein, denn Ihr lest nun etwas komplett Neues von mir: einen Thriller aus Schweden!

Wieso? Weil ich nach so vielen Jahren der humorvollen Unterhaltung einfach etwas anderes machen wollte und die Idee dafür mir im Urlaub quasi zugeflogen ist. Damit die Genre-Umstellung nicht ganz so dramatisch ist, gibt es ein Wiedersehen mit Kriminalinspektor Ole Henriksson, einem alten Bekannten, der als Austauschpolizist beim Dorfbullen Jupp Backes zu Gast war (ein Spin-off sozusagen). Ach ja, und damit es nicht zu viele Veränderungen gibt, schreibe ich weiterhin unter meinem bekannten Namen, weil ich kein schwedisches Pseudonym annehmen wollte. Der Mensch ist nun mal ein Gewohnheitstier ;-)

Für alle Neu-Leser:

Herzlich willkommen, ich wünsche spannende Lesestunden mit den Ermittlern in Schweden!

Dany R. Wood

Prolog

Tick-Tack! Tick-Tack!

Obwohl es mitten in der Nacht war, konnte sie kein Auge zumachen. Zusammengekauert hockte sie auf dem Boden und starrte in die Dunkelheit des Raumes. Nur das Ticken der Wanduhr war zu hören, es raubte ihr jegliche Aussicht auf erholsamen Schlaf. Wie lange würde sie noch in ihrem Gefängnis ausharren müssen? Sie fröstelte. Die Fesseln an ihren Handgelenken scheuerten, ihr Rücken schmerzte und ihre Füße, die ebenfalls gefesselt und an der schweren Holzbank verknotet waren, wurden langsam taub.

Plötzlich hörte sie, wie sich aus der Ferne ein Auto näherte. Suchte man endlich nach ihr? Hatte die Polizei herausgefunden, dass sie von einem Verrückten verschleppt worden war?

Sofort war sie hellwach und zerrte instinktiv an ihren Fußfesseln, zugleich wollte sie laut losbrüllen, doch das festsitzende Klebeband auf ihrem Mund ließ nur dumpfe Laute hervorbrechen.

Als das Licht der Scheinwerfer durch die winzigen Ritzen in den verrammelten Fensterläden hindurchblitzte, begann ihr Puls vor Nervosität zu rasen.

Wer war da draußen?

Eine Autotür knallte zu. Oder war es eine Kofferraumklappe?

Kurz darauf hörte sie, wie ein Schlüssel ins Vorhängeschloss gesteckt wurde. Angespannt hielt sie den Atem an, denn dieser nächtliche Besucher konnte niemand anderer sein als der Typ, der sie hierhergebracht hatte. Wenn es so war, war ihr Albtraum vielleicht dennoch bald vorbei, so hatte er es ihr zumindest versprochen.

Aber konnte sie jemandem vertrauen, der sie bedroht und geknebelt und gefesselt in einer Fischerhütte eingesperrt hatte?

Die Tür ging auf, er tippte den Lichtschalter an und schlagartig wurde es hell. Eingeschüchtert blinzelte sie ihm entgegen. Ihr Peiniger grinste gehässig, in seiner Hand hielt er ein scharfes Messer, dessen Edelstahlklinge ihr entgegenfunkelte.

Sofort begann ihr Körper zu zittern, schützend legte sie ihren Kopf auf die angewinkelten Beine.

Was hatte das zu bedeuten? Sie hatte doch versprochen, nichts zu verraten. Wollte er mit dem Messer ihre Fesseln durchtrennen oder ...

Langsam kam er näher, er beugte sich herunter und sofort spürte sie seinen widerlichen Atem auf ihrer Haut. Ein eiskalter Schauer lief ihr über den Rücken. Vor lauter Ekel vergrub sie ihren Kopf noch tiefer zwischen den Knien. Sie wollte ihn nicht ansehen.

Das Ticken der Uhr wurde immer intensiver, ihr war, als würde der Sekundenzeiger sich in ihr Hirn einhämmern.

Hatte ihr letztes Stündlein nun geschlagen?

Kapitel 1

Mitte Mai, Freitag, 5 Tage zuvor

»Wann sind wir endlich da?«, fragte Esra von der Rückbank des matcha-grünen Opel Mokka, dabei blies sie sich genervt eine schwarze Haarsträhne aus dem Gesicht. »Du kannst von Glück sagen, dass ich nicht unter Platzangst leide, sonst hätte ich nämlich längst irgendwas von diesem Zeug aus dem Fenster geworfen, so eingepfercht, wie ich hier sitze.« Neben ihr stapelten sich die Gepäckstücke fast bis zum Autodach.

»Sorry, aber ich kann nichts dafür, dass mein Kofferraum zu klein ist«, entschuldigte sich Sofia, die Fahrerin. »Du kannst dich übrigens bei Cecilia bedanken, die gleich mit zwei Trolleys für ein Weekend ankommt. Als ob wir ein paar Wochen wegfliegen würden.« Sie grinste ihre Beifahrerin an.

»Ach, Mädels. Wenn ich schon meinen Junggesellinnenabschied an diesem Wochenende feiere, dann muss ich auch genügend Klamotten dabei haben. Ich brauche schließlich die passenden Outfits zum Wandern, Schwimmen, Bootfahren und zum Feiern natürlich was Schickes.« Cecilia schaute zufrieden lächelnd aus dem Seitenfenster.

»Wenn man sonst keine Probleme hat. Ich habe nur das Allernötigste eingepackt, wir bleiben ja bloß drei Nächte«, maulte Esra, die Pragmatischste der drei Freundinnen.

»Ich kann auf Instagram ja wohl nicht ständig dasselbe tragen«, verteidigte sich Cecilia, die ihren Followern allzu gern aus ihrem Leben berichtete. »Ich bin schließlich Influencerin.«

»Wie könnte ich das vergessen...«, murmelte Esra und rollte mit den Augen.

Cecilia hatte ihr Handy jederzeit griffbereit, um tolle

Schnappschüsse festhalten zu können - auch während dieser Autofahrt. »Kommt, Mädels. Lasst mal schnell ein Selfie machen«, schlug sie vor und schmiegte ihren Kopf dicht an die Wange der Fahrerin. Sofia zeigte unverzüglich ein aufgesetztes und strahlendes Lächeln, während Cecilia bereits einen perfekt inszenierten Kussmund formte, so wie sie sich stets gern auf Social Media präsentierte.

»Macht mal euer dämliches Selfie allein, das ist mir zu oberflächlich. Ich muss nicht ständig mein Gesicht in die Kamera halten, nur um ein paar Likes zu kriegen, damit mein Ego bepuschelt wird«, sagte Esra. Sie hatte aufgrund ihrer beengten Situation in der hinteren Reihe eh schon miese Laune. Nachdenklich fügte sie hinzu: »Echt schräg, dass jemand, der so viel Aufmerksamkeit benötigt, die Erste von uns sein wird, die unter die Haube kommt und weg vom Markt ist.«

»Tja, ihr wisst, dass ich vor meinem dreißigsten einen Ring am Finger haben wollte, und was ich mir in den Kopf gesetzt habe, das bekomme ich auch. Ich wollte meinen Lars und als Zahnärztin in der eigenen Praxis arbeiten. Beides habe ich geschafft.« Cecilia seufzte zufrieden und klopfte sich selbst auf die Schulter.

Esra applaudierte mit einem in die Länge gezogenen Klatschen. »Bravo! Wenn dem Herrn Papa schon eine Zahnarztpraxis gehört, ist es auch nicht schwer, dort als Tochter den Patienten im Gebiss rumzustochern.« Sie empfand es als höchst ungerecht, dass sie als Tochter irakischer Einwanderer immer hart für ihre Karriere hatte arbeiten müssen, während Cecilia unbeschwert durchs Leben galoppierte und alles auf dem goldenen Tablett serviert bekam. Zu allem Überfluss würde sie nun auch noch in einigen Wochen ihren attraktiven Verlobten ehelichen.

»Ich hoffe, Lars hat ein paar heiße Single-Freunde zu eurer

Hochzeit eingeladen«, wechselte Sofia hastig das Thema, damit es nicht schon auf der Hinfahrt zum heftigen Zickenkrieg käme. »Bitte versprich mir, dass Esra und ich nicht am Kindertisch sitzen müssen, sonst bleibt uns nichts anderes übrig, als uns hemmungslos zu betrinken.«

Alle lachten.

»Keine Sorge! Die Jungs aus seiner Eishockey-Mannschaft kommen, da sind echte Schnittchen dabei. Hast du gehört, Esra!« Cecilia drehte sich demonstrativ zu ihr um. »Ich wünsche mir, dass du es mal ordentlich krachen lässt. Zur Not muss dich Sofia halt mit Gin Tonic abfüllen, damit du nicht wie eine Klosterschülerin auf unserer Feier rumsitzt und schlechte Laune verbreitest.«

»Vergesst es! Erstens wisst ihr ganz genau, dass ich keinen Tropfen Alkohol trinke«, reagierte sie gereizt, »und zweitens hocke ich lieber bei quengeligen Kindern und kritzele in einem Malbuch herum, als zwischen testosterongesteuerten Hockeyspielern zu sitzen, die sich wie die Wikinger aufführen. Nein, danke!«

»Och, vielleicht könnte einer von den Hockey-Typen uns mal seinen Stift zum Ausmalen leihen ...«, kicherte Sofia, die gerade einen Lkw überholte.

»Ihr seid unmöglich!« Esra schüttelte den Kopf. Sie bereute es jetzt schon, diesem Junggesellinnentrip zugestimmt zu haben, denn in der Kanzlei gab es jede Menge zu tun, und ihrem Chef gefiel es überhaupt nicht, dass sie sich zwei Tage freigenommen hatte - heute und den kommenden Montag. Zum Glück hatte sie ihren Laptop dabei, so würde sie in dem angemieteten Ferienhaus arbeiten können, denn bei ihr stand die Karriere an erster Stelle.

»Ach, Esra, wir machen doch nur Spaß. Entspann dich mal - trotz der langen und beengten Autofahrt. Du darfst nicht immer alles so todernst sehen«, versuchte Sofia, die Diplomatische, sie zu besänftigen.

»Es gibt im Leben Wichtigeres, als für den Job zu schuften und Paragraphen auswendig zu lernen, weil schwuppdiwupp ist deine biologische Uhr abgelaufen und du bist eine einsame, verbitterte alte Frau«, setzte Cecilia noch eins drauf.

»Das Wälzen von Gesetzbüchern hat auch durchaus etwas Positives: Ich könnte dich im Falle einer Scheidung juristisch vertreten, wenn sich dein lieber Lars irgendwann doch nicht als Mr. Right entpuppen sollte und du fünf schreiende Kinder am Rockzipfel hängen hast und ihn auf Unterhalt verklagen willst.«

»Mann, du bist aber heute schlecht gelaunt. Hast du deinen Humor daheim in Malmö vergessen?«, tadelte Cecilia. Die angehende Braut hatte sich ihren Ausflug in den Touristenort Ed anders vorgestellt. Die etwa fünfstündige Anreise bis zu ihrem Ziel in die Urlaubsregion Dalsland entpuppte sich an diesem Freitagnachmittag als ungemein anstrengend für alle Beteiligten.

»Wieso? Ich finde die Idee, dich bei einer Scheidung als Fachanwältin vertreten zu können, außerordentlich lustig«, konterte Esra. Die Seitenhiebe, dass sie sich seit Jahren nur um die Karriere statt um ihr Liebesleben kümmerte, gingen ihr entschieden gegen den Strich. Sie war kurz davor, Cecilia deshalb jetzt mal ordentlich die Meinung zu sagen, aber dieses verlängerte Wochenende stand unter dem Motto Junggesellinnenabschied und da gehörte sich das nicht.

Sofia sah in den Rückspiegel und erkannte an Esras Gesichtsausdruck, dass sie am liebsten ausgestiegen und heim getrampt wäre. Sie hatte ihre Freundin regelrecht überreden müssen, mitzukommen, denn seit der gemeinsamen Schulzeit hatten sich die Frauen mehr auseinandergelebt, als sie geahnt hatte. Als beste Freundin der Braut kümmerte sich Sofia nämlich um die Organisation des Junggesellinnenabschieds und hatte zu diesem Anlass ein paar alte Schul- und Studienfreundinnen für das Wochenende eingeladen. Doch es hatte reihenweise Absagen gehagelt, da Cecilia wenige tiefgründige Freundschaften hatte, und den oberflächlichen Kontakten schwebte eher ein Partyausflug nach Ibiza statt in die schwedische Idylle vor.

Neben Esra hatten lediglich zwei weitere Gäste aus Stockholm ihr Kommen für den nächsten Tag angekündigt, sodass sie dann wenigstens zu fünft in dem gemieteten Ferienhaus ausgelassen würden feiern können. Zumindest hatte sich die Braut das so gewünscht und Sofia versuchte natürlich, ihr jeden Wunsch von den Lippen abzulesen. Als Trauzeugin war das für sie Ehrensache.

Um die angeschlagene Stimmung im Auto etwas aufzuhellen, suchte sie schnell über Apple CarPlay einen Song aus ihrer Favoritenliste aus. Die Band Swedish House Mafia mit »Don't you worry child« sollte die drei an ihre wilde Zeit erinnern, als sie in Malmö jeden Samstag die Tanzfläche ihres Lieblingsclubs erobert hatten, und so wurde der Song die restliche Autofahrt, die sie nach Verlassen der Autobahn bei Uddevalla über die Landstraße führte, in Endlosschleife abgespielt, wodurch die gereizte Esra plötzlich wieder positiv gestimmt war. Damit bewies Marketingmanagerin Sofia, dass sie nicht nur hervorragend ein Junggesellinnenevent auf die Beine stellen konnte, sondern auch ein Händchen dafür hatte, angespannte Situationen aufzulockern. Beim Refrain grölte das Trio lauthals mit, und Sofia war sich absolut sicher, dass dieses Wochenende unvergesslich werden würde. Und zwar nicht nur für die Braut, sondern für alle Beteiligten.

Wie recht sie damit haben würde, konnte zu diesem Zeitpunkt noch niemand erahnen.

Kapitel 2

Gähnend saß Philip Pettersson an seinem Schreibtisch und surfte im Internet, um die Zeit bis zum Feierabend totzuschlagen. Als am unteren Bildschirmrand ein Fenster aufploppte, das ihm den Eingang einer E-Mail in Outlook anzeigte, stöhnte er genervt auf. Er hatte überhaupt keine Lust, jetzt noch eine Nachricht seines Abteilungsleiters zu lesen, viel lieber wollte er schnellstmöglich einpacken und heimfahren. Also ignorierte er die E-Mail und widmete sich wieder dem Reiseportal, das über die schönsten Inseln in Thailand informierte und eine Menge hilfreicher Tipps auflistete.

Sein Job in der Controllingabteilung war so stinklangweilig, dass er unbedingt Abwechslung benötigte, und die fand er in den Bildergalerien auf der Webseite, die ihn in angenehme Tagträume abgleiten ließen. Jeden Tag mit Zahlen zu jonglieren, konnte echt frustrierend sein. Aber was war die Alternative? Kündigen und alles hinter sich lassen? Irgendwo ein neues Leben zu beginnen, war ein schöner Gedanke, der ihm regelmäßig ein wunderbares Kopfkino bescherte.

Philip nahm seine Brille ab und schloss kurz die Augen. Wenn, würde er tatsächlich nach Thailand auswandern, das war seit jeher sein Traumziel. Obwohl er bisher nur ein einziges Mal dort gewesen war, verspürte er seitdem eine intensive Sehnsucht nach diesem Land mit seinen freundlichen Menschen. Nach seinem Schulabschluss war er zusammen mit seinem älteren Bruder dorthin gereist und sie hatten die beste Zeit ihres Lebens dort verbracht. Seinem Bruder konnte er blind vertrauen, er war sein Vorbild und gleichzeitig bester Freund sowie wichtigste Bezugsperson, obwohl die Geschwister nicht unterschiedlicher sein konnten: Der Ältere war immer der Coole, dem alle Frauen zu Füßen lagen, während Philip als Sonderling bekannt war – der kleine moppelige Brillenträger, der keine Freunde hatte und lieber die Zeit daheim verbrachte, statt mit Gleichaltrigen auf Brautschau zu gehen.

Noch während Philip vom kilometerlangen Sandstrand, dem türkisfarbenen Meer und den freundlichen thailändischen Frauen träumte, kündigte ein Signalton eine eingehende WhatsApp-Nachricht auf seinem Smartphone an. Es war seine Mutter, sie schrieb: »Denk daran, dass du in der Apotheke meine Medikamente abholen musst. Und vergiss nicht schon wieder meine Inkontinenzeinlagen. Ich muss mich auf dich verlassen können!!!!«

Mit einem Laut des Unmuts warf er das Handy auf den Schreibtisch. Es kotzte ihn an, dass seine Mutter trotz ihrer Krankheit so fordernd war, anstatt auch nur ein Mal Demut oder Dankbarkeit zu zeigen. Seit seiner Geburt lebten sie nun zusammen unter einem Dach. Ein Zustand, den er als immer unhaltbarer empfand, und nicht zum ersten Mal malte er sich ein Leben ohne sie aus. Wäre sie tot, hätte er das Haus längst verkauft und mit dem Ertrag sein tristes Leben ein für alle Mal hinter sich gelassen. Aber wenn er einer norwegischen Studie glauben durfte, wurden Frauen, die an Multipler Sklerose erkrankt waren, im Schnitt siebenundsiebzig Jahre alt. Er würde also statistisch betrachtet noch etwa zwölf Jahre warten müssen, bis er endlich ein selbstbestimmtes Leben führen könnte, in das sie sich nicht ständig einmischte. Schon lange stellte sich Philip vor, wie es wohl sein würde, wenn er eine liebe, hübsche, treue Ehefrau statt der nervigen, egoistischen und dominanten Mutter an seiner Seite hätte. Ob er nicht längst mehrfacher Vater wäre und mit Frau, Kindern und Hund als glückliche Familie in einem hübschen Häuschen mit riesigem Garten leben würde, wo die Kinder laut herumtobten? Die

Schuld daran, dass es bis heute mit dieser Wunschvorstellung nicht geklappt hatte, trug auf jeden Fall seine Mutter, da sie jede potenzielle Heiratskandidatin sofort in die Flucht geschlagen hätte, denn sie war komplett fixiert auf ihren vierunddreißigjährigen Sohn. Jeder Psychologe hätte ihm sofort eine toxische Mutter-Sohn-Beziehung attestiert und ihm geraten, schnellstmöglich auszuziehen und sich endlich von ihr abzunabeln. Allerdings brachte er es nicht übers Herz, sie angesichts ihrer Krankheit im Stich zu lassen.

Schon sein Vater hatte die Familie verlassen, als er noch ein Baby war, und auch sein Bruder hatte vor Jahren das Weite gesucht, daher fühlte sich Philip für sie verantwortlich und flüchtete zum Ausgleich regelmäßig in seine Phantasiewelt – ansonsten wäre sein Leben gänzlich unerträglich gewesen. In diesen langen Tagträumen stellte er sich vor, dass er mit einer der attraktiven Frauen auf Instagram, die täglich Bilder, Storys und Videos veröffentlichten, fest zusammen wäre. Sie alle waren für ihn seine heimlichen Freundinnen, die sich fast täglich bei ihm meldeten, und er bildete sich ein, dass sie ihre Beiträge nur für ihn online stellten und sich dabei gern besonders sexy präsentierten. Dass er in Wahrheit nur einer von vielen tausend Followern war, spielte dabei für ihn keine Rolle.

Ein Klopfen gegen den Türrahmen der offen stehenden Bürotür ließ ihn überrascht zusammenzucken. »Hej, hast du schon meine E-Mail gelesen?«, fragte sein Chef, der lässig im Türrahmen lehnte. »Ich brauche dringend eine Präsentation unserer aktuellen Geschäftszahlen. Das Meeting mit der Geschäftsleitung findet Montag Mittag um 13 Uhr statt. Das schaffst du doch bis dahin, oder?«

»Ja, klar. Kein Problem.« Philip nickte und schob seine Brille schnell wieder auf die Nase.

»Wunderbar.« Die Führungskraft im grauen Anzug streckte den Daumen nach oben. »Dann ein schönes Wochenende. Ich werde mit meinen Söhnen und meiner Frau Kanu fahren - das Wetter ist einfach traumhaft. Was sind deine Pläne, Pettersson?«

»Ich ... ähm, ... ich werde wandern gehen. Ähm, mit meinen Freunden fahre ich sehr gerne in den Tresticklan Nationalpark«, stammelte er verlegen.

Dass er in Wirklichkeit gar nichts vorhatte, brauchte sein Chef nicht zu wissen. Er war eher der klassische Einzelgänger - abgesehen von seinem einen engen Vertrauten. Mit ihm konnte er stundenlang über Frauen und seine Phantasien sprechen - die größte Gemeinsamkeit der Männer.

»Dann viel Spaß! Und denk an die Power-Point-Präsentation. Was ich darin benötige, habe ich dir eben gemailt. Setz ein paar hübsche Diagramme rein, damit die Führungsetage von unserer Controllingabteilung so richtig beeindruckt ist«, sagte er augenzwinkernd. »Also, ich bin dann mal weg. Meine Frau wartet unten im Wagen, wir wollen zusammen einkaufen.« Mit diesen Worten lief er, das Aktenköfferchen locker in der Hand schwenkend, über den Flur Richtung Wochenende.

»Arschloch!«, zischte Philip. Wie sehr er es hasste, kurz vor Feierabend noch einen Auftrag reingedrückt zu bekommen. Wie sehr er seinen Chef hasste. Zu gern würde er ihm einmal so richtig die Meinung sagen und ihm zu verstehen geben, dass er seine dämlichen Präsentationen allein machen sollte, aber bisher hatte er sich das nicht getraut, da war er einfach zu pflichtbewusst und zu schüchtern.

In diesem Moment klingelte auch noch sein Handy, es war seine Mutter. Mit stoischer Ruhe ignorierte er das schrille Geräusch, denn wenn er ihr jetzt von seinen Überstunden wegen der Präsentation erzählen würde, müsste er sich wieder eine Standpauke von ihr anhören. Andauernd stichelte sie, dass er sich nicht alles bieten lassen und mal ordentlich mit der Faust auf den Tisch hauen solle. Dabei hätte er viel lieber ihr eins mit der Faust übergezogen, damit sie endlich den Mund hielt, denn zumindest, was seinen Job anging, sollte sie nicht auch noch so viel Einfluss nehmen und alles kontrollieren.

Frustriert von seinem privaten und beruflichen Alltag öffnete er gierig die Instagram-App. Er brauchte dringend Ablenkung von seinen »Freundinnen«, denen er auf Social Media folgte.

Nur wenige Sekunden später fiel ihm in seinem Newsfeed das Foto von drei jungen Frauen ins Auge, die ihm vor einem gelb gestrichenen Holzhaus stehend fröhlich entgegen strahlten. Dazu schrieb cecilia_dentist: »Wir freuen uns auf ein tolles Weekend in unserem schnuckeligen Ferienhaus, um mit den besten Freundinnen der Welt meinen Abschied als Junggesellin zu feiern. Liebe Grüße aus Ed, eure Cecilia.« Darunter war ein Link zum Profil von swedish_sofia vermerkt sowie der Hashtag #junggesellinnenabschied und #verlobt.

Mit offenem Mund starrte er auf sein Handy. Er verfolgte das Profil seiner absoluten Traumfrau Cecilia schon seit mehreren Jahren und nun war sie endlich zum Greifen nah in seiner Nähe. Sofort begann sein Herz zu pochen und auf seiner Stirn bildeten sich kleine Schweißperlen. Nichts wünschte er sich mehr, als jetzt anstelle ihrer Freundinnen seinen Arm um die Blondine mit dem perfekten Body legen zu können. Er musste Cecilia sofort warnen, damit sie nicht den falschen Mann heiratete, denn Philip liebte sie doch so viel mehr. Er, der Controller, war der Richtige für sie, und Cecilia würde ihm garantiert für immer und ewig dankbar sein, dass er sie vor dem größten Fehler ihres Leben bewahrte. Für einen Moment schloss er die Augen und sah sich mit Cecilia vor dem

Altar stehen, wo sie ihm vor allen Anwesenden in der Kirche das Ja-Wort geben würde. Bei dem Gedanken daran musste er grinsen und seine Handflächen wurden feucht.

Er öffnete die Augen und wischte aufgeregt zu den anderen Bildern, die Cecilia heute auf ihrem Profil eingestellt hatte: Schnappschüsse von der Autofahrt, Aufnahmen vor der Autobahnraststätte sowie mehrere Bilder des gelben Ferienhauses. Es gab auch Innenaufnahmen davon, darunter ein Foto des Schlafzimmers, bei dem sie sich darüber lustig machte, dass sie seit ihrer Kindheit nicht mehr in so einem schmalen Bett geschlafen hätte.

Beim Anblick des weißen Bettgestells und der darauf liegenden geblümten Bettwäsche wurde er schlagartig nervös, seine Phantasie war nicht mehr zu bremsen. Er stellte sich vor, wie er mit ihr genau dort Liebe machen würde, während im Kamin das Feuer loderte und das Holz knisterte. Unwillkürlich spürte er seine Erregung. Dass die bildhübsche Zahnärztin ausgerechnet hier in seiner Gegend urlaubte, konnte kein Zufall sein. Nein, das war eine schicksalhafte Fügung. Vielleicht hatte sie sogar sein Sehnen irgendwie gespürt und kosmische Einflüsse wollten die Liebenden jetzt auf verschlungenen Pfaden endlich zusammenführen. Schließlich hatten sie vor einigen Monaten bereits auf Instagram Nachrichten ausgetauscht. Leider hatte Cecilia ihm irgendwann nicht mehr geantwortet, ihn jedoch zu seiner Überraschung auch nicht blockiert, was er sonst schon öfter erlebt hatte. Es war für ihn ein Indiz, dass sie ihn mochte, aber in einem Dilemma steckte, da sie verlobt war. Noch verlobt war!

Mit dem Zeigefinger strich er behutsam über das Display, dann küsste er ein Selfie von Cecilia.

Es dauerte einen Moment, bis er sich wieder gefasst hatte, dennoch kreisten seine Gedanken nur noch um Cecilia. Sie würde seine Freundin werden, schon ganz bald. Wie schön würde der Augenblick sein, wenn sie sich endlich in den Armen liegen und sich gegenseitig ihre Liebe gestehen würden. Er kannte da ein paar romantische Orte, an denen sie sich vollkommen ihrer Zweisamkeit hingeben könnten, aber zuerst mussten sie sich treffen.

Er löste den Blick von ihrem lieblichen Gesicht mit den großen wunderschönen blauen Augen und begann nach dem Ferienhaus zu suchen, in dem sie sich gerade aufhielt. Da sie den Standort und einige Innenansichten gepostet hatte, dauerte es nur wenige Klicks, bis er ihre Unterkunft ausfindig gemacht hatte. Dabei fand er sogar heraus, dass sich ihr Schlafzimmer im Erdgeschoss befand. Dort würde er problemlos einsteigen können, damit ihre Freundinnen erst einmal nichts von ihrer heimlichen Affäre mitbekämen.

Er befeuchtete seine Lippen. Allein der Gedanke, dass er seine Traumfrau schon in Kürze treffen würde, um seine Phantasien mit ihr auszuleben, ließ sein Herz heftiger klopfen, und er spürte, dass ein wohliges Gefühl sich in seinem Magen ausbreitete: ein Glücksgefühl! Er hatte definitiv Schmetterlinge im Bauch, das war zu schön, um wahr zu sein.

»Ab jetzt gehörst du mir, mein Schatz. Ich werde kommen, um dich zu befreien und dich davor zu bewahren, den falschen Mann zu heiraten«, flüsterte er. »Ich liebe dich.«

Kapitel 3

Als Philip gegen 22 Uhr mit seinem Auto durch die abgelegene Gegend in der Nähe des Dreitausend-Seelen-Ortes Ed fuhr, hatte ihn eine aufgeregt konzentrierte Stimmung erfasst. Er hatte alles vorbereitet. Was er für sein erstes Zusammentreffen mit seiner Traumfrau brauchte, lag im Kofferraum.

Während er die letzten Meter ganz langsam über den Waldweg zum Ferienhaus fuhr, entdeckte er das gelbe Häuschen, das mit einer hängenden schwedischen Nationalflagge über dem Hauseingang seine Besucher willkommen hieß. Etwa zweihundert Meter vom Anwesen entfernt parkte er - direkt an dem Holzsteg zum See Stora Le, wo ein paar vereinsamte Boote an einer Kette befestigt waren. Weit und breit war keine Menschenseele zu sehen, was Philip beruhigte.

Versonnen ließ er den Blick in der Abenddämmerung über das Wasser streifen. Er war sich sicher, dass Cecilia schon bald von dieser Stelle aus Bikinibilder auf Instagram posten würde. Vielleicht sogar Bilder mit ihm zusammen, als glückliches Paar Arm in Arm vor dem Sonnenuntergang? Leider war es jetzt Mitte Mai noch zu kühl, um im siebzig Kilometer langen See, der bis nach Norwegen reichte, zu baden. Aber um ihre Follower bei Laune zu halten, würde sie bestimmt ihren durchtrainierten Traumkörper auf dem Steg zur Schau stellen und sich lasziv auf dem Badetuch räkeln. Bei dem Gedanken daran spürte Philip erneut seine Erregung. Nervös spielte er mit dem Autoschlüssel zwischen den Fingern. Er durfte jetzt keinen Fehler machen, wenn er Cecilia wirklich für sich gewinnen, sie endlich aus ihrer unglücklichen Verlobung befreien wollte.

Philip seufzte und holte seinen Rucksack, in dem er alles

Wichtige verstaut hatte, aus dem hinteren Teil des Wagens. Da es noch nicht allzu spät am Abend war, stellte er sich darauf ein, sie mehrere Stunden nur aus dem Gebüsch heraus zu beobachten, bevor er sein Vorhaben würde umsetzen können.

Mit einem Fernglas um den Hals baumelnd und dem Rucksack über der Schulter näherte er sich auf leisen Sohlen dem Ferienhaus. Er war bereit. Und Cecilia würde es auch bald sein. Davon war er absolut überzeugt.

»Komm, Esra, das ist unser Lied: ›All the single ladies‹. Da müssen wir einfach tanzen, passender geht es nicht!« Sofia, in einer Hand ein Weinglas schwenkend, zog die Anwältin mit der anderen Hand vom Sofa.

»Jaaa! Ich liebe diesen Song«, kreischte Esra hysterisch. Ihre miese Stimmung hatte sich endlich in Luft aufgelöst. Sofort ließ sie zusammen mit Sofia im Gleichtakt ihre Hüften kreisen. Die Unstimmigkeiten von der Autofahrt waren endgültig vergessen - jetzt herrschte phänomenale Feierstimmung im Wohnzimmer des Ferienhauses. Cecilia und Sofia hatten sich in sexy schwarze Cocktailkleidchen gezwängt und ließen die langen blonden Haare im Rhythmus der Musik schwingen, während Esra mit knallenger Jeans und kurzärmeligem Glitzertop ein passendes Partyoutfit aus ihrem kleinen Handgepäck gezaubert hatte. Ein Hoch auf kombinierbare Kleidung.

»Sofia, mach sofort lauter!«, rief Cecilia und drehte sich völlig losgelöst und wildgestikulierend im Kreis. »Beyoncé ist eine absolute Granate. Die hat schon über 300 Millionen Follower, das ist so irre.«

»Wir können ja mal bei TikTok ein Video hochladen, wie wir hier zu dritt abrocken«, schlug Marketingprofi Sofia vor und drehte die Lautstärke wunschgemäß höher. »Das wird bestimmt durch die Decke gehen, wenn wir hier mit unserem Arsch wackeln.« Sie kicherte.

Esra schüttelte den Kopf und steckte demonstrativ ihre Zeigefinger in die Ohren. »Sorry, aber ich will keinen Tinnitus bekommen und ich möchte auch keine peinlichen Videos von mir irgendwo im Netz sehen.«

Augenblicklich drosselte Sofia die Lautstärke der Musik, denn sie wollte es mal wieder jedem recht machen, auch wenn Cecilia genervt mit den Augen rollte.

»Okay, okay kein Video!«, nickte Sofia und wechselte schnell das Thema: »Kommt, lasst uns lieber den Moment genießen, bald ist unsere liebe Cecilia nämlich weg vom Markt und eine verheiratete Frau. Das ist einfach total verrückt!« Sie prostete den anderen zu, um sich gleich wieder der Playlist auf dem Laptop zu widmen.

Trotz des kleinen Lautstärke-Dämpfers hätte die Stimmung nicht besser sein können. Die drei vergnügten sich schon den ganzen Abend wie lange nicht mehr, denn ihre Clubbing-Zeiten in Malmö lagen mittlerweile einige Jahre zurück.

»Mein Wein ist alle!«, brüllte Cecilia auf einmal und zog eine Schnute wie ein bockiges Kind, dazu drehte sie demonstrativ ihr Weinglas um und ließ sich auf die Couch plumpsen. »Ich verdurste!«, erklärte sie wie gewohnt dramatisch überzeichnend.

Kellnerin Sofia tänzelte sofort zu den Klängen von Britney Spears zum Kühlschrank. »Oh nein, alles leer. Haben wir wirklich schon zwei Flaschen Weißwein getrunken?«, fragte sie irritiert aus der Küche.

»Nicht wir, das seid ihr gewesen«, korrigierte Esra.

»Wir hätten doch noch heute einkaufen gehen sollen und es nicht auf morgen verschieben«, seufzte Sofia.

»Hey, hey, hey, die Braut hat natürlich Flüssignahrung dabei. Ich habe im Auto ein bisschen Nachschub gebunkert«, meldete Cecilia fröhlich grinsend. »Ich habe nicht nur an eine gute Auswahl an Outfits, sondern auch an die notwendige Alkoholzufuhr gedacht. Meine Trauzeugin ist wohl etwas eingerostet und weiß nicht mehr, was man für eine gelungene Party benötigt«, konnte sie sich einen kleinen Seitenhieb nicht verkneifen.

Sofia lächelte gekünstelt und warf ihr den Autoschlüssel zu, doch Esra fing ihn auf, da sie als die einzig Nüchterne die bessere Reaktionsfähigkeit hatte.

»Hier! Dein Schlüssel für noch mehr Alkohol«, sagte sie tadelnd und zog die Augenbraue hoch. Sie mochte es nicht, wenn auf Partys so viel getrunken wurde.

»Kannst du für mich zum Kofferraum gehen, bitte, bitte, bitte«, flehte Cecilia die Irakerin an. »Ich amüsiere mich gerade so schön und außerdem bin ich barfuß.« Sie klimperte mit den langen Wimpern und wackelte dazu mit ihren rot lackierten Zehen.

Esra tippte sich gegen die Stirn. »Ich trinke doch gar nichts davon. Frag Sofia, ob sie mal wieder die Bedienstete für dich spielt.«

»Mensch, Esra, dass du immer so giftig reagieren musst.« Sofia schüttelte den Kopf. Die gute Stimmung drohte zu kippen, und das bloß wegen ein bisschen Wein.

»Du machst doch eh alles, was sie sagt«, frotzelte Esra weiter. »Wenn Cecilia von dir verlangen würde, ihr ein Schaumbad einzulassen oder ihr das Essen kleinzuschneiden, um sie damit zu füttern, weil sie zu faul ist, Besteck zu benutzen, würdest du das auch machen. Du liest ihr jeden Wunsch von den Lippen ab, wie eine Hofdame, aber das ist ja schon in der

Schule immer so gewesen, nicht wahr? Wenn Cecilia pfeift, dann springst du wie ein dressiertes Äffchen.«

»Ich organisiere einen Junggesellinnenabschied«, entgegnete Sofia trotzig. »Esra, was ist dein verdammtes Problem, dass du ständig für schlechte Stimmung sorgen musst? Gerade eben haben wir uns noch prächtig amüsiert und plötzlich musst du wieder alles kaputt machen.«

»Wenn ich so unmöglich bin, warum hast du mich dann gezwungen, mitzukommen?«

»Gezwungen?« Die Braut sah sie verstört an. »Du wolltest überhaupt nicht hier sein?«

»Nein, nicht wirklich. Aber Sofia meinte, dass sonst fast niemand käme, bis auf die anderen zwei, die morgen Mittag noch anreisen sollen und die ich überhaupt nicht kenne.«

»Dann bist du also nur aus Mitleid hier?« Cecilia schaute sie entsetzt an.

Esra antwortete nicht, sie blickte schweigend zu Boden.

»Willst du mir gerade mitteilen, dass ich keine Freunde habe?«, hakte sie nach.

»Du musst halt ständig im Mittelpunkt stehen, damit kommt nicht jeder klar, das kann auf die Dauer echt anstrengend sein«, erwiderte Esra ehrlich.

»Na, wenn ich so schrecklich bin, kannst du gerne verschwinden. Ich halte hier doch niemanden gegen seinen Willen fest, um mit mir meinen Junggesellinnenabschied zu zelebrieren«, echauffierte sie sich.

Sofia stand mit verschränkten Armen im Türrahmen der Küche und beobachtete mit glasigen Augen den Streit der Freundinnen stumm aus sicherer Entfernung. So hatte sie sich den ersten Abend im Ferienhaus nicht vorgestellt. Wie sollte sie sich verhalten? Mal wieder versuchen, zu schlichten, damit dieses Wochenende nicht zum Flop werden würde oder wäre das vergebene Liebesmüh?

Der Anblick der drei Schönheiten im hell erleuchteten Wohnzimmer des Ferienhauses war einfach wunderbar. Dank der bodentiefen Terrassenfenster hatte Philip einen ungestörten Blick auf das, was drinnen passierte. Wie sie sich im Takt der für ihn unhörbaren Musik bewegten, wie sie lachten und sich zuprosteten ... Das alles erregte ihn über die Maßen und er spürte, wie sich seine Hose im Schritt lüstern ausbeulte. Sollte eine von ihnen doch länger nach draußen schauen, würde er sich jederzeit hinter dem Stamm einer dicken Buche in der Dunkelheit verstecken können, aber jetzt verlor er sich einfach in der Beobachtung von Cecilia. Was sie bald alles zusammen würden erleben dürfen! Er fuhr sich mit der Zunge über die trockenen Lippen und konnte kaum noch an sich halten, um nicht wie von Sinnen ins Haus zu stürmen und die Angebetete an sich zu reißen.

Da wurde plötzlich die Musik lauter. Die Haustür hatte sich geöffnet und eine Blondine huschte über die Treppe, um zu dem grünen Opel Mokka zu laufen, der neben dem Haus parkte. Sie zündete sich eine Zigarette an und lehnte sich gegen den Wagen. Leider konnte er nur ihre Silhouette von hinten sehen, da sie zum hellerleuchteten Wohnzimmerfenster schaute.

Instinktiv duckte sich Philip und folgte dem Blick der Rauchenden. Die Schwarzhaarige saß drinnen einsam und verlassen auf der Couch, die andere war vorhin in die Küche gegangen, niemand tanzte. War der Moment für ihn und Cecilia also jetzt schon gekommen? Musste er gar nicht mehr warten, bis sie schlief, um sie mit nach Hause zu nehmen? Er konnte kaum noch klar denken. Seine Traumfrau stand nur ein paar

Meter von ihm entfernt! Mit zitternden Fingern zog er den Schraubenzieher aus dem Rucksack heraus, den er zum Öffnen ihres Schlafzimmerfensters eingepackt hatte, anschließend tränkte er vorsichtig einen Lappen mit Chloroform, um sie zu betäuben. Dass Cecilia ihm nun quasi entgegenlief, war definitiv Schicksal. Mal wieder!

Die Raucherin warf nach ein paar weiteren Zügen frustriert ihre Zigarette auf den Boden und trat sie aus. Dann ging sie zum Kofferraum und begann darin zu wühlen, sie schob Taschen und Tüten hin und her und bemerkte offenbar nicht, wie sich Philip ihr vorsichtig von hinten näherte.

Jetzt oder nie. Mit einem gezielten Schlag auf den Rücken überraschte er die Suchende, worauf sie vornüber in den Kofferraum sank. Im selben Moment drückte er ihr den chloroformgetränkten Lappen auf Mund und Nase.

Kurz darauf war sein Opfer bewusstlos. Er hob sie hoch, warf sie wie einen Sack über seine Schulter und drückte die Klappe des Kofferraums zu, als ob nichts gewesen wäre.

»Cecilia, jetzt gehörst du endlich mir. Mir ganz allein. Ich werde gut auf dich aufpassen«, versprach er ihr flüsternd, während er sie zu seinem Wagen trug.

Als er sie kurz darauf schwitzend auf den Rücksitz seines Autos hievte, hörte er eine weibliche Stimme laut in die Dunkelheit rufen: »Sofia! Wo steckst du denn? Hast du die Weinflaschen gefunden?«

Der Ruf ließ Philip zusammenzucken. Hastig strich er seinem Opfer die blonden langen Haare aus dem Gesicht. Was er sah, raubte ihm für einen Moment den Atem: Das war nicht Cecilia! Er hatte die Falsche entführt! Kurz musste er sich an der Tür des Wagens abstützen und nachdenken. Sie zurückzubringen und gegen die Richtige einzutauschen erschien ihm völlig absurd.

Also hatte das Schicksal wohl anders entschieden. Vielleicht war diese Sofia ohnehin die bessere Wahl? Hauptsache er hatte endlich eine Frau. Nur das zählte. Viel zu lange hatte er darauf gewartet und sich zurückgehalten, doch damit sollte nun ein für alle Mal Schluss sein.

Im Schritttempo und ohne eingeschaltete Scheinwerfer fuhr er davon. Ein Lächeln breitete sich über seine Lippen. So eine Entführung hatte er sich weitaus schwieriger vorgestellt, und bei der Erinnerung daran, wie viele Gedanken er sich im Vorfeld für eine solche Tat gemacht hatte, musste er schmunzeln.

Als er weit genug entfernt war, wählte er eine Telefonnummer und fuhr einhändig Richtung Landstraße. Da am anderen Ende keiner abhob, sprach er auf die Mailbox: »Ich habe es tatsächlich endlich getan, ich habe jetzt eine Freundin. Es war total einfach! Ich hoffe, du bist stolz auf mich, denn ich bin kein Feigling.«

Dann legte er auf und ein lautes Lachen entrang sich seiner Kehle. Er freute sich wie ein kleiner Junge und trommelte mit der Hand auf das Lenkrad ein. Philip war glücklich. Endlich hatte er eine Freundin und die sah seiner angebeteten Cecilia sogar verdammt ähnlich. Heute war sein Glückstag.

Kapitel 4

Langsam öffnete Sofia die Augen und kämpfte damit gegen die unendliche Müdigkeit an. War der gestrige Abend so ausgeartet, dass sie einen Filmriss hatte? Zumindest konnte sie sich nicht daran erinnern, sich ins Bett gelegt zu haben. Um sie herum war es schummrig, sie lag auf dem Rücken. Aber irgendetwas stimmte nicht. Sie versuchte, ihre Arme und Beine zu bewegen, doch die waren - abgespreizt und festgegurtet! Heftig durch die Nase atmend blickte sie an sich herunter. Sie trug noch ihr schwarzes Kleid, exakt das Gleiche wie Cecilia, ansonsten fehlte ihr jedoch jegliche Erinnerung an das, was passiert war und wieso sie sich hier an diesem fremden Ort befand. Etwas anderes beunruhigte sie allerdings viel mehr: Ihre Fußgelenke steckten in schwarzen Lederfesseln. Ein Blick seitlich nach oben zeigte das gleiche Bild: Ihre Handgelenke waren mit schwarzen Lederriemen am Bettpfosten fixiert. Ermattet ließ sie sich zurücksinken. Ihr Kopf und ihr Rücken schmerzten, ihre Zunge fühlte sich pelzig an. Was war hier los? Ein Kälteschauer ließ sie erzittern.

Nervös schaute sie sich um. Sofort fiel ihr die hässliche grüne Blümchentapete an den Wänden auf sowie ein uralter Schrank, der gegenüber vom Bett an der Wand stand. Die orangefarbenen Vorhänge vor dem Fenster waren zugezogen, sie ließen ein paar Sonnenstrahlen hindurchschimmern.

Wo zum Teufel war sie hier? Und wo steckten ihre beiden Freundinnen?

Panisch zerrte Sofia an den Ledergurten, mit denen ihre Hände und Füße an den Bettpfosten fixiert waren. Ein stechender Schmerz schoss durch ihren Körper, denn die Manschetten waren so eng um die Gelenke gelegt, dass die Riemen in ihre Haut schnitten. Ein leises Knarzen ertönte von den hölzernen Bettpfosten, an denen die Gurte festgemacht waren. Sie hatte keine Chance, sich aufzurichten, umzudrehen oder loszureißen. War sie etwa in die Fänge eines Sadomaso- oder Bondagefreaks geraten?

Einem inneren Impuls folgend, wollte sie schreien, doch da fiel ihr auf, woher das komische Gefühl auf ihren Lippen kam. Jemand hatte ihr ein Klebeband quer über den Mund geklebt, weshalb sie nur ein hektisches Winseln statt eines lauten Schreis zustande brachte.

Plötzlich hörte sie das Klicken eines Schalters und grelles Licht blendete ihre Augen. Sie blinzelte der Deckenlampe entgegen.

»Guten Morgen, meine Schöne. Hast du gut geschlafen?«

Ein dicker Mann mit Brille trat zu ihr, stellte ihr eine qualmende Teetasse auf den Nachttisch und küsste sie hastig auf die Wange. Anschließend entfernte er mit einem heftigen Ruck das Klebeband von ihrem Mund.

»Aua!«, rief sie. »Wer bist du? Wo bin ich hier? Was soll das alles?« Verstört und eingeschüchtert zugleich sah sie ihn an.

»Ich bin ...« er zögerte einen Moment. »Ich bin dein Freund! Dein Partner!«

»Wie bitte?« Sofia riss die Augen auf. »Nein, du bist ganz bestimmt nicht mein Freund. Ich kenne dich überhaupt nicht. Mach mich bitte sofort los.« Hektisch zerrte sie an ihren Fesseln. »Wo sind Esra und Cecilia?«

»Pst! Ganz ruhig, meine Süße.« Er strich ihr sanft über den Kopf und führte vorsichtig die Teetasse an ihren Mund. »Das ist Ingwertee. Den trinkst du doch immer zum Frühstück, weil du Kaffee hasst.«

Sofia starrte ihn weiter fassungslos an. Woher wusste dieser Fremde das? Sie hatte ihn noch nie zuvor in ihrem Leben getroffen und sie hatte ein sehr gutes Gedächtnis.

»Hör zu, wenn du lieb bist, wird dir nichts passieren, dann werden wir eine sehr gute Zeit miteinander haben«, fuhr er im Plauderton fort. »Ich werde gleich zum Einkaufen fahren. Wollen wir heute Pizza Parma machen? Dann besorge ich noch Rucola, du sollst dich ja bei mir rundumwohl fühlen, auch wenn das hier leider nicht die Amalfiküste ist.« Lächelnd tätschelte er ihre Hand.

Sofia war sprachlos. Wie konnte es sein, dass er wusste, dass sie vor ein paar Wochen beruflich in Neapel gewesen war und anschließend ein paar Tage Urlaub in der Gegend drangehängt hatte, während derer sie fast täglich ihre Lieblingspizza gegessen hatte? In ihrem Hirn ratterte es und plötzlich hatte sie einen bösen Verdacht. Der Typ musste ihr Instagram-Profil komplett durchleuchtet haben. War er etwa ein Stalker?

»Ich habe übrigens Netflix. Lass uns doch heute Abend gemütlich auf der Couch kuscheln und du schaust in Ruhe ›Emily in Paris‹ zu Ende«, schlug er vor.

Sofia schluckte, es schnürte ihr vor Furcht die Kehle zu. Jetzt hatte sie die Bestätigung ihrer Vorahnung. Erst vor ein paar Tagen hatte sie in einem Beitrag gepostet, dass sie endlich die letzte Staffel ihrer aktuellen Lieblingsserie schauen wolle.

»Ich weiß, du bist ein Morgenmuffel, also ruh dich nur weiter aus«, sagte der Fremde und erhob sich. »Bis später, mein Schatz, dein Freund macht jetzt unsere Besorgungen.« Mit diesen Worten senkte er seinen Kopf zu ihr, um ihr einen Abschiedskuss zu geben. Instinktiv drehte Sofia ihren Kopf zur Seite weg und verzog das Gesicht. Sie ekelte sich von dem übergewichtigen Typen mit der Brille.

Die Tür zu ihrem Gefängnis fiel ins Schloss und Sofia starrte reglos an die Decke, doch ihr Inneres war komplett aufgewühlt. Tränen liefen ihr über das Gesicht, als sie realisierte, dass sie Opfer eines geistig Verwirrten geworden war, der sich einbildete, sie wäre seine Freundin, weil er aufgrund Social Media so viel von ihr wusste. Das war völlig krank! Angestrengt versuchte sie sich zu erinnern, ob der Irre ihr schon mal online begegnet war, aber bei mehreren tausend Followern war das gar nicht so einfach. Hatte sie ihn vielleicht blockiert und er hatte sie jetzt aus Frustration oder Rache entführt?

Verdammt! Esra hatte sie immer gewarnt, nicht zu viel von sich im Netz preiszugeben, da es ihrer Meinung nach zu viele psychisch Gestörte in der Onlinewelt gebe. Nun ärgerte sie sich darüber, dass sie nicht auf die Freundin gehört hatte, dabei war Cecilia viel freizügiger, wenn es darum ging, ihr Privatleben zur Schau zu stellen, sie kommunizierte ständig mit ihrer Community.

Verzweifelt versuchte Sofia, zu rekapitulieren, was gestern Abend geschehen war und wie sie in den Fängen dieses Verrückten hatte landen können. Sie hatten gefeiert und getanzt, dann hatte sie Wein aus dem Auto besorgen wollen. Genau! Sie war vor die Tür gegangen und hatte eine Zigarette geraucht. Aber ab diesem Moment konnte sie sich an nichts mehr erinnern. Filmriss!

Was war wohl mit ihren Freundinnen geschehen? Hatte der kranke Typ die beiden getötet und nur sie verschont, um sie an diesen unbekannten Ort zu verschleppen? Die Sorge und die Ungewissheit, was mit den beiden passiert sein mochte, waren fast noch schlimmer als die Tatsache, dass sie hier gefesselt auf einem fremden Bett lag.

Mit einem Mal war ihr kotzübel. Was konnte sie nur tun, um sich aus dieser verzwickten Situation zu befreien?

»Hilfe! Hiiiiiilfe«, schrie sie so laut, wie sie konnte. Dabei rüttelte sie panisch an ihren Fesseln.

Wenige Augenblicke später wurde die Tür aufgerissen. Ihr Entführer stürmte zornig auf das Bett zu, und ehe sie reagieren konnte, verpasste er ihr eine schallende Ohrfeige.

Sofia war schockiert. Dem lauten Knall folgte ein heißer Schmerz, ihre Wange glühte regelrecht. Völlig perplex schaute sie zu ihm auf. Wie konnte er so schnell seine Stimmung ändern? Eben hatte er ihr noch Tee ans Bett gebracht, sie geküsst und wenig später schlug er ihr mit voller Wucht ins Gesicht.

Seine Augen waren zu kleinen Schlitzen geformt. »Ich habe dir gesagt, dass du lieb sein musst, verstanden?«, zischte er. »Wenn du ein liebes Mädchen bist, wird dir nichts passieren.«

Sofia nickte zögerlich. Sie konnte ihr Herz laut pochen hören, so fürchterliche Angst hatte sie vor dem, was er ihr als Nächstes antun würde, wenn er so schnell gewalttätig wurde und ausrasten konnte. In ihren Augen sammelten sich Tränen.

»Was willst du von mir? Willst du Geld?«, fragte sie leise.

Er lachte. »Quatsch. Ich habe mir immer nur eine feste Freundin gewünscht und jetzt habe ich dich endlich gefunden! Du bist alles, was ich will, Sofia!«

»Ich bin nicht deine Freundin! Du verwechselst mich. Komm, mach mich bitte los«, flehte sie. Ihre Stimme brach und dicke Tränen der Verzweiflung flossen ihr über die Wangen. »Lass mich bitte frei, und ich verspreche dir, dass ich nicht zur Polizei gehen werde, wir tun so, als ob nichts passiert ist.«

»Polizei? Denkst du, ich bin blöd?« Schnell griff er nach dem silbernen Klebeband, das am Boden lag.

Sofia versuchte sich zu wehren, doch es war angesichts ihrer Fesseln zwecklos. »Was hast du mit meinen Freundinnen gemacht?«, waren ihre letzten Worte, bevor das Band auf ihre Lippen gepresst wurde.

»Denen geht's gut, um die musst du dich nicht sorgen«, erwiderte er. »Übrigens, ich habe eine Videokamera hier aufgestellt. Also mach keinen Blödsinn, Sofia.« Er zeigte auf den Kleiderschrank, wo eine Linse exakt auf sie gerichtet war. »Ich habe dich immer im Blick und unter meiner Kontrolle.« Dann ging er zur Tür, drehte sich noch einmal um und warf ihr einen Luftkuss entgegen, ehe er sie wieder sorgfältig schloss.

Sofia hörte, wie der Schlüssel im Schloss herumgedreht wurde und sofort war es mucksmäuschenstill. Nur ihren eigenen Atem und das laut pochende Herz in ihrer Brust nahm sie wahr.

Es gab kein Entrinnen. Wie eine eisige Kälte stieg die Todesangst in ihr auf und so ließ sie ihren Tränen freien Lauf, dabei betete sie stumm dafür, dass dieser Albtraum schnell vorbei sein würde. Vielleicht suchte man schon nach ihr?

Den Tränen nahe waren auch Esra und Cecilia, die am frühen Samstagmorgen völlig aufgelöst die Polizeidienststelle in Ed aufsuchten und dem Beamten schilderten, was geschehen war.

»Aha! Sie behaupten also, dass Ihre Freundin gestern Abend gegen 22:30 Uhr das Haus mit dem Autoschlüssel in der Hand verlassen hat, der Wagen jedoch nicht verriegelt ist und seitdem jede Spur von ihr fehlt?«

»Ja, sie ist wie vom Erdboden verschluckt, deshalb wollen wir eine Vermisstenanzeige aufgeben«, erklärte Esra. »Als Anwältin weiß ich natürlich, dass die Polizei nicht gleich eine Fahndung startet, wenn eine Erwachsene das Haus verlässt, aber wir machen uns wirklich große Sorgen.«

»Soso, und was glauben Sie, wo sich Ihre Freundin aufhält?« Der ältere, dickbäuchige Polizist trank einen Schluck Kaffee und schaute die beiden Frauen forschend an.

»Wir haben zu dritt ein bisschen gefeiert. Eigentlich wollte

Sofia dann Wein von draußen aus dem Auto holen, aber als sie nicht zurückkam, dachten wir, sie hätte die Flaschen vielleicht nicht gefunden und deshalb entschieden, in eine Kneipe zu gehen, um Nachschub zu besorgen«, unterstützte Cecilia ihre Freundin.

»In eine Kneipe also«, brummte der Dorfpolizist. »Sie meinen demnach, Ihre Freundin geht in der Dunkelheit einfach zu Fuß los, um Alkohol zu kaufen, ohne Ihnen Bescheid zu geben?« Er kräuselte die Stirn.

Esra und Cecilia zuckten die Schultern. »Sofia hat ihr Handy auf dem Couchtisch liegenlassen. Sie muss sich doch nicht bei uns abmelden. Vielleicht hat sie in der Kneipe jemanden kennengelernt oder sich in dem Waldgebiet verlaufen. Wir wissen eben nicht, wo sie steckt, sonst wären wir wohl kaum hier. Als ihr Bett heute Morgen immer noch leer war, haben wir uns schreckliche Sorgen gemacht«, erklärte Esra.

»Meine lieben Damen, glauben Sie im Ernst, dass die Polizei gleich losfährt, wenn jemand nach einer Partynacht morgens nicht in seinem Bett liegt?« Der Polizist gab ein herzhaftes Lachen von sich. »Lassen Sie mich raten, da war doch garantiert jede Menge Alkohol im Spiel?«

»Sie war nicht betrunken«, lenkte Esra ein. »Unsere Freundin war vielleicht etwas beschwipst.«

Cecilia seufzte. »Das ist alles meine Schuld! Wir hatten eine saudumme Diskussion und dann ist sie plötzlich nach draußen gerannt.«

»Aha! Es gab also einen Streit, woraufhin die von Ihnen vermisste Person das Haus verlassen hat«, schlussfolgerte der Polizist.

»Nein! Wir haben nur darüber diskutiert, wer zum Auto geht, um den dämlichen Wein zu holen, aber ab da wissen wir nicht, wo sie hin ist«, stellte Esra schnell klar. Sie wollte gegenüber der Polizei keinesfalls von den Streitigkeiten berichten, die sie den ganzen Tag schon begleitet hatten. Für sie wäre es nachvollziehbar gewesen, wenn Sofia die Flucht ergriffen hätte, statt sich weiter dem Zickenkrieg zwischen ihr und Cecilia auszusetzen, da Sofia jedes Mal hatte vermitteln wollen.

»Eine Diskussion ist aber auch ein interessantes Detail.« Der Ordnungshüter ließ sich gemütlich gegen die Stuhllehne sinken. »Mein Rat ist: Warten Sie erst einmal ab, bevor Sie alle Hebel in Bewegung setzen, und wenn sie morgen immer noch nicht da ist, melden Sie sich wieder.«

»Aber was ist, wenn Sofia in den See gestürzt ist? Sie hatte schon ein paar Gläschen Wein intus«, warf Cecilia beunruhigt ein. »Die Polizei muss doch irgendwas unternehmen, statt nur rumzusitzen.«

»Sollen wir jetzt Taucher in den See schicken, nur weil Ihre Freundin nach einem Streit, Pardon, einer Diskussion, gestern Abend freiwillig das Haus verlassen hat?« Der Polizist schnaubte. »Es gibt aktuell wirklich keinen Grund für die Annahme, dass Ihre Freundin sich in Gefahr befindet. Vielleicht sitzt sie in diesem Augenblick schon in Ihrem Ferienhaus und wartet mit leckeren Brötchen und frisch aufgebrühtem Kaffee auf Sie. Beruhigen Sie sich bitte und warten Sie ab. Die meisten Menschen, die als vermisst gemeldet werden, kommen von ganz allein bald wieder zurück. Es gibt überhaupt keinen Grund zur Panik.« Umständlich erhob er sich von seinem quietschenden Stuhl, was die beiden jungen Frauen als Aufforderung zum Gehen werteten.

Mit hängendem Kopf verließen die besorgten Freundinnen die kleine Dienststelle.

»Und, was glaubst du, wo Sofia steckt?«, fragte Esra und zwirbelte nervös eine Haarsträhne.

»Ich weiß es wirklich nicht.« Cecilia zuckte traurig die

Achseln. »Allerdings wäre es nicht das erste Mal, dass sie sich mit einem Typen von der Tanzfläche wegschleicht, ohne uns Bescheid zu geben. Du weißt, wie sie früher drauf war, sie hat nichts anbrennen lassen, wenn sie angetrunken war.«

»Ja, schon, aber diesmal sind wir nicht in der Großstadt, sondern auf dem Land. Hier gibt es weit und breit keinen Club und wir sind auch keine zwanzig mehr. Ich frage mich wirklich, warum du deinen Junggesellinnenabschied ausgerechnet hier in der Pampa feiern wolltest.«

»Weil ich hier immer mit meinen Eltern Urlaub gemacht habe«, verteidigte sich Cecilia. »Soll ich jetzt tatsächlich daran schuld sein, dass Sofia verschwunden ist?«

Esra winkte ab. »Entschuldige, so war das nicht gemeint. Niemand ist schuld daran. Ich hoffe einfach nur, dass Sofia wegen unserer dämlichen Streitigkeiten nicht sauer ist und deshalb abhauen wollte.«

Cecilia schaute in den Himmel, während sie nachdenklich sagte: »So ein kindisches Verhalten kann ich mir bei ihr nicht vorstellen. Außerdem würde sie doch nie ohne ihr geliebtes Handy weggehen. Nein, irgendwas stimmt hier nicht. Ich habe ein ganz merkwürdiges Bauchgefühl.« Als sie den Blick wieder senkte, hatte sie feuchte Augen.

»Zum Glück sind wir in einer sicheren Gegend, hier passiert schon nichts«, tröstete Esra.

Cecilia nickte. »Trotzdem werde ich die anderen Mädels anrufen, dass sie nicht extra aus Stockholm anreisen sollen. Die Lust auf meinen Junggesellinnenabschied ist mir echt vergangen. Ich will, dass meine beste Freundin wieder auftaucht. Es ist einfach schrecklich, nicht zu wissen, wo sie steckt«, schluchzte sie verzweifelt.

Esra nickte stumm und nahm Cecilia fest in den Arm. Sie war froh, dass sie sich gegenseitig Trost spenden konnten. Dafür waren langjährige Freundinnen nun mal da, auch wenn sie sich in letzter Zeit voneinander entfernt hatten.

Kapitel 5

Kriminalkommissarin Monica Sandström parkte ihren schwarzen Volvo an diesem Montagmorgen auf dem für sie reservierten Parkplatz des Polizeireviers in Uddevalla. Die ca. 35.000 Einwohner zählende Stadt im Westen Schwedens lag rund eine Autostunde nördlich von Göteborg, wo Monica früher etliche Ermittlungserfolge gefeiert hatte, bevor sie sich aus privaten Gründen in die Provinz Västra Götalands Län hatte versetzen lassen. In dieser Region waren mehrere Reviere angesiedelt. Ihr Zuständigkeitsbereich war der nördlichere Teil, der bis zur norwegischen Grenze reichte und damit das landschaftlich vielseitige Dalsland einschloss.

Mit Bauchschmerzen dachte die Mittfünfzigerin daran, wie es sein würde, nach den sechs Wochen, die sie krankgeschrieben gewesen war, wieder ihr Büro zu betreten und den Kollegen gegenüberzustehen. Eins war sicher: Sie wollte auf gar keinen Fall Mitleid! Hoffentlich hatte der Revierleiter die Mitarbeiter darüber informiert, dass man sie nicht wie ein rohes Ei behandeln, sondern ganz normal mit ihr umgehen sollte. Monica Sandström wollte nämlich ihr altes Leben zurück - zumindest wieder einen Hauch von Alltag, mehr wünschte sie sich für ihren ersten Arbeitstag nicht.

Doch schon nachdem sie mit einer Tüte Zimtschnecken bepackt die steilen Stufen zum Polizeigebäude erklommen hatte, lief ihr Ulla, die Sekretärin des Revierleiters Pontus Dahlberg, im Flur sprichwörtlich in die Arme.

»Monica! Monica! Das tut mir alles so schrecklich leid. Komm, lass dich bitte mal kurz drücken.«

Monica erstarrte. Genau so eine Situation hatte sie tunlichst vermeiden wollen, dennoch ließ sie die herzliche Umarmung der molligen Ulla, die kurz vor der Rente stand, stoisch über sich ergehen. Ulla konnte eben nicht anders.

»Also ich an deiner Stelle wäre noch längere Zeit zu Hause geblieben. Als mein Mann damals gestorben ist, war ich monatelang wie gelähmt, ich war gar nicht in der Lage, zu arbeiten. Und das, obwohl ich wusste, dass er diesmal den Kampf gegen den verdammten Krebs nicht gewinnen würde«, plapperte sie einfach drauflos.

»Das mag bei dir, liebe Ulla, wohl so gewesen sein, aber mein Gustav ist nicht tot«, stellte Monica klar. »Zumindest nicht offiziell.« Sie räusperte sich. Beschissener hätten die ersten Minuten im Job nicht laufen können.

Ulla nickte. »Ja, ja, natürlich. Entschuldige bitte, das war sehr unsensibel von mir. Selbstverständlich kann dein Mann noch leben, das wünsche ich dir von Herzen.« Sie streichelte ihr mütterlich den Arm. »Wir hoffen alle mit dir, denn ohne Hoffnung wäre das Leben viel anstrengender, als es eh schon ist, nicht wahr?«

»Danke, dir. Ich weiß, dass du es nur gut gemeint hast«, stimmte sie ihr lächelnd zu und setzte ihren Weg zu ihrem Büro fort. Dabei hoffte sie inständig, keine weiteren Umarmungen oder sogar Beileidsbekundungen zu erhalten, denn dann würde sie sofort nach Hause fahren und sich wieder unter der Bettdecke verkriechen.

Tagelang war in der Zeitung darüber berichtet worden, dass Gustav Sandström nach einem Angelausflug vermisst wurde. Sein kleines Motorboot war einsam und verlassen auf dem Vänern, dem größten See Schwedens, entdeckt worden. Von dem Mann der Kommissarin fehlte seitdem jede Spur. Die erste Vermutung der Ermittlungskollegen war, dass der leidenschaftliche Angler einen medizinischen Notfall erlitten habe und daraufhin in den See gestürzt sein könnte, doch seine Leiche wurde von den Tauchern nie gefunden, obwohl sie tagelang im Einsatz gewesen waren. Allerdings wusste auch keiner, wie lange das Boot schon auf dem fünftausend Quadratkilometer großen See führerlos herumgetrieben war. Monica hatte ihn erst abends als vermisst gemeldet, nachdem er in der Früh zum Angeln aufgebrochen war.

Lange hatte sie sich an dem Strohhalm festgeklammert, dass ihr Mann vielleicht entführt worden sein könnte, weil ein früherer Straftäter ihr eins auswischen wollte. Schließlich hatte sie während ihrer Arbeit als Kommissarin schon zahlreiche Mörder, Vergewaltiger und Pädophile hinter Schloss und Riegel gebracht. Da lag es auf der Hand, dass jemand Rache schwor. Doch die zuständigen Kriminalermittler des benachbarten Polizeigebiets in der Nähe des Sees gingen auf diese Möglichkeit überhaupt nicht näher ein. Laut den Kollegen gebe es dafür keinerlei Hinweise.

Daher war ihr neben der Kidnappingtheorie ein weiterer Verdacht gekommen, über den sie bisher mit niemandem gesprochen hatte. Die Sandströms hatten sich nämlich in einer Ehekrise befunden, weshalb sie die böse Ahnung beschlichen hatte, dass Gustav sich deshalb abgesetzt haben könnte. Und noch etwas anderes, worauf sie gar nicht stolz war, spielte in diese Überlegungen mit hinein: Sie hatte mit ihrem Nachbarn ein Verhältnis angefangen, was Gustav eventuell herausbekommen und zum Anlass genommen haben könnte, sie nun in den Wahnsinn zu treiben, um sich an ihrem Ehebetrug zu rächen. Vielleicht hatte er seinen eigenen Tod nur vorgetäuscht und sich aus dem Staub gemacht?

Wochenlang hatte sie verzweifelt zu Hause gesessen und sehnsüchtig auf einen Anruf oder einen Brief von dem Entführer oder ihrem Ehemann gewartet - beides erfolglos.

Doch all das Grübeln änderte nichts an der Situation, und

so wollte Monica wieder zur Normalität zurück – wenn das überhaupt möglich war. Dabei sollte ihr die Wiederaufnahme des Dienstes im Kommissariat helfen. Zu Hause in Einsamkeit und Trauer zu versinken, war für die sonst eher taffe und resolute Monica keine Dauerlösung. Sie liebte ihren Beruf und der würde hoffentlich für genug Ablenkung sorgen, um sie ihr privates Schicksal für ein paar Stunden vergessen zu lassen.

Wie um sich selbst einen kleinen Schubs zu geben, rückte sie die Tüte mit den Zimtschnecken in ihrem Arm zurecht und betrat ihr Büro.

Kaum hatte sie die Tür geöffnet, sprang Kollege Ole Henriksson von seinem Schreibtischstuhl auf.

»Hej«, begrüßte er sie und fügte etwas verlegen hinzu: »Schön, dich zu sehen.« Dann umarmte er sie. »Ich hoffe, es geht dir den Umständen entsprechend gut?«

Trotz seiner besorgten Miene sah er so attraktiv aus wie eh und je. Er trug einen seiner modischen, farbenfrohen Anzüge, die man eher bei einem Laufstegmodel statt bei einem Kriminalinspektor erwartete, heute in Lindgrün und mit einer Hose, die ein Stück über den weißen Turnschuhen endete und seine nackten Knöchel zeigte.

Die Kommissarin stand wie angewurzelt da und ließ die Begrüßung erstaunt über sich ergehen. Nachdem Ole sich von ihr gelöst hatte, hängte sie ihre schwarze Lederjacke am Haken auf und sagte: »Bitte sei so nett und stell mir keine Fragen. Ich will einfach nur wieder meinen Job machen und nicht diejenige sein, die von allen bemitleidet und in den Arm genommen wird.« Stöhnend ließ sie sich auf ihren Drehstuhl fallen und schaltete ihren Computer an. »Na, schauen wir mal, wie viele E-Mails diesmal auf mich warten. So lange war ich nämlich noch nie raus aus dem Job. Du kannst mir gleich berichten, was ansteht und worum wir uns kümmern müssen, jetzt, wo ich wieder an Bord bin. Übrigens habe ich uns Zimtschnecken mitgebracht. Sei doch bitte so gut und setz uns eine Kanne Kaffee auf, so wie wir das früher immer gemacht haben.« Die Teamleiterin lächelte ihm zu, denn nichts wünschte sie sich mehr, als ihre Routine zurückzuerlangen und so zu tun, als ob nichts geschehen wäre.

»Hm, okay ...«, murmelte Ole und strich sich nachdenklich über seinen gepflegten Dreitagebart. Wie verlangt kümmerte er sich um den Kaffee, nahm anschließend wieder an seinem Schreibtisch Platz, der dem seiner Chefin gegenüberstand, und begann lautstark auf der Tastatur herumzuklimpern - wohl um die unerträgliche Stille zu durchbrechen.

Monica spürte, dass er sich unwohl fühlte. Offenbar traute Ole sich nicht, ihr Fragen zu stellen, obwohl ihr Arbeitsverhältnis äußerst gut war. Dreimal hatte er sich seit dem Vorfall mit Gustav bei ihr per WhatsApp gemeldet, aber sie hatte nie geantwortet. Stattdessen hatte sie sich komplett in ihr Schneckenhaus zurückgezogen - bis jetzt.

»Wie geht es Ramón?«, fragte sie nach einer Weile. Sie dachte, ein bisschen Small Talk könnte die angespannte Stimmung durchbrechen.

»Danke der Nachfrage, es geht ihm ausgezeichnet. Wir sind zum Monatsersten in das kleine, aber sehr schicke Penthouse-Apartment gezogen, von dem ich dir mal erzählt habe. Erstbezug - alles nigelnagelneu. Der Vermieter hat uns beiden tatsächlich den Zuschlag gegeben.«

»Das wundert mich nicht. Doppeltes Einkommen - keine Kinder. Ihr als Paar seid doch ein Traum für jeden Eigentümer. Fühlt ihr euch denn wohl?«

»Absolut! Von der Dachterrasse, die fast so groß ist wie die Wohnung, hast du einen gigantischen Blick auf den Fjord, und zur Strandpromenade sind es gerade mal drei Minuten, da kann ich jederzeit joggen gehen. Stell dir vor, im Bad liegen sogar Marmorfliesen«, schwärmte Ole.

»Glückwunsch! Tja, die erste gemeinsame Wohnung ist immer etwas Besonderes und dann noch Penthouse - wow! Hat dir Pontus etwa eine Gehaltserhöhung gegeben, von der ich nichts weiß?« Monica grinste ihn an.

»Nein, schön wär's. Ramón hat die Facharztstelle in der Kardiologie hier im städtischen Krankenhaus bekommen, dadurch konnten wir unser Budget erhöhen. Du kannst dir ja denken, dass ich mir als junger Inspektor so eine Wohnung alleine niemals hätte leisten können.«

»Das ist ja großartig! Und ich weiß jetzt, wo und von wem ich demnächst mein Herz untersuchen lassen werde«, scherzte Monica. »Ich freue mich wirklich für dich, Ole. Ich weiß noch, als Gustav und ich vor vielen, vielen Jahren zusammengezogen sind ...« Mitten im Satz brach sie ab und schaute traurig auf ihre ungelesenen E-Mails. Das war doch ein bisschen zu schnell gewesen.

»Er wird garantiert gefunden. Du darfst die Hoffnung nicht aufgeben«, sagte Ole leise und mitfühlend.

»Ole, bitte sei still«, raunte sie ihm zu. Dann stand sie verlegen auf, schenkte sich eine Tasse von dem frisch gebrühten Kaffee ein und verzog beim ersten Schluck das Gesicht. Viel zu heiß.

Natürlich wusste Monica, dass ihr Kollege es nur gut meinte, aber all die Ratschläge von Familie, Freunden und Nachbarn in den letzten Wochen konnte sie einfach nicht mehr hören.

»Wo steckt eigentlich Kamal?«

»Keine Ahnung. Er wird mal wieder verschlafen haben«, antwortete Ole achselzuckend.

Monica schaute auf die Uhr und schüttelte den Kopf. »Wie verträgt sich Ulla mittlerweile mit ihm?«

Ole seufzte. »Tja, da sind letzte Woche mal wieder heftig die Fetzen geflogen, seit sie sich ein Büro teilen müssen.«

»Wie bitte? Wieso denn?«, fragte Monica verwundert und pustete vorsichtig in die Kaffeetasse.

»Ulla will das Fenster immer offen stehen haben und Kamal nicht, weil er ständig friert. Hoffen wir mal, dass die zwei sich deswegen nicht noch die Köpfe einschlagen. Wobei Mord und Totschlag am Arbeitsplatz mal ein Fall wäre, den ich bisher noch nie zu bearbeiten hatte.«

Monica grinste, auch wenn sie ebenso bekümmert darüber war, dass das Polizeirevier in Uddevalla aus allen Nähten platzte, nachdem mehrere Dienststellen zusammengelegt worden waren. Dennoch war sie froh, den Polizeiassistenten Kamal mit indischen Wurzeln neu in ihrem Team zu haben.

In dem Moment wurde die Tür aufgerissen und Ulla stürmte zu ihnen herein.

»Monica! Ole! Eine Frauenleiche wurde gefunden! Jemand von euch muss sofort dahin fahren. Die Kollegen von der Kriminaltechnik sind bereits unterwegs«, berichtete sie aufgeregt.

»Na, das fängt ja gut an heute«, bemerkte Monica ironisch. »Wohin müssen wir?«

»Nach Bäckefors, die Tote liegt in der Nähe der Landstraße Richtung Ödskölt.« Ulla sah Monica skeptisch an. »Bist du denn überhaupt schon bereit für so ein Verbrechen?«

»Natürlich! Ich bin komplett dienstfähig. Bitte hör auf, mich mit Samthandschuhen anzufassen.«

Ulla schluckte. »Das Opfer wurde angeblich brutal ermordet. Bist du dir ganz sicher, dass du dir das antun willst?«, versuchte sie es dennoch erneut.

Monica ging nicht darauf ein, stattdessen stand sie auf,

schlüpfte in ihre Lederjacke und warf Ole ihren Autoschlüssel zu. »Du fährst!«, sagte sie in bestimmtem Tonfall. »Ich brauche unterwegs nämlich erst noch einen starken Kaffee und gefrühstückt habe ich auch nicht.« Damit schnappte sie sich die Tüte mit den Zimtschnecken vom Schreibtisch und marschierte aus dem Büro, um für die circa sechzig Kilometer lange Strecke gut ausgerüstet zu sein.

Ole folgte ihr. Der sprachlosen Ulla flüsterte er im Rausgehen zu: »Monica ist ein harter Knochen, das darfst du nicht unterschätzen. Nur weil ihr Mann höchstwahrscheinlich tot ist, wird sie beim Anblick einer Leiche nicht gleich umfallen.«

Ulla nickte stumm. Sie wusste, dass Monica Sandström lange genug bei der Kriminalpolizei war und so viele Scheußlichkeiten gesehen hatte, dass der Anblick einer toten Frau ihr nichts ausmachen würde. Bei Ole Henriksson dagegen war sich die Sekretärin nicht so sicher. Immerhin war das Opfer laut dem anrufenden Polizisten mit zahlreichen Messerstichen ermordet worden. Regelrecht abgeschlachtet. Ulla schüttelte sich.

Kapitel 6

»Die Tote heißt Marie Lundberg, zwanzig Jahre alt, Studentin der Kunstgeschichte in Göteborg«, berichtete der Polizist von der Dienststelle in Mellerud, der als Erster am Tatort gewesen war. »Warum kommt ihr eigentlich erst jetzt?«

»Tut mir leid, wir standen im Stau. Wer hat die junge Frau gefunden?«, fragte Monica, während sie sich die Latexhandschuhe überstreifte.

Der Kollege winkte ihnen zu, ihm zu folgen, und so gingen sie gemeinsam die etwa zweihundert Meter zur Leiche, die zwischen dem dichten Fichtenwald und der Landstraße auf einer Wiese gefunden worden war. Angestrengt versuchte sie, mit dem Tempo des Streifenpolizisten mitzuhalten, denn sie war überhaupt nicht fit und schnell außer Atem.

»Ein Spaziergänger war heute Morgen gegen 8 Uhr mit seinem Hund im Wald unterwegs«, berichtete der Polizist. »Die Fellnase hat die Leiche unter dem Baum dort drüben gefunden.« Er wies mit ausgestrecktem Arm in die Richtung.

»Gibt es schon Hintergründe zur Tat?«, fragte Ole, der noch mit den hauchdünnen Handschuhen kämpfte.

»Sie wurde durch etliche Messerstiche getötet, aber Genaueres werden euch die Kollegen sagen können.« Er nickte in die Richtung der Mitarbeiter von der Spurensicherung, die in ihren weißen Schutzanzügen etwas abseits standen. »Die Tote wurde gestern Morgen von ihren Eltern als vermisst gemeldet, da sie am Samstagabend nicht von ihrer Spätschicht im Supermarkt heimgekommen war und man sie auch nicht auf dem Handy erreichen konnte.«

»Wissen die Eltern schon, dass ihre Tochter ...?« Monica ließ das Ende des Satzes offen.

Der Polizist schüttelte den Kopf.

Mittlerweile waren sie bei der Leiche angekommen und Ole und Monica begrüßten die Rechtsmedizinerin, die neben der Toten kniete, mit einem freundlichen: »Hej«.

Marie Lundberg saß komplett nackt mit dem Rücken an einen einsamen Baum gelehnt, als ob sie sich nur ausruhen wollte. Ihr Körper war übersät von blutigen Einstichstellen. Um ihren Hals trug sie ein goldenes Kettchen, in dessen Mitte der filigrane Schriftzug Marie zu lesen war.

Rechtsmedizinerin Irene sah auf. »Hej. Bevor Ihr mich mit Fragen löchert, die Kleine wurde mit einem Messer erstochen und heftigst gewürgt.« Sie zeigte auf die blauen Würgemale am Hals. »An ihrem Körper habe ich Körperflüssigkeiten entdeckt. Vermutlich Sperma, aber das müssen wir erst noch testen. Außerdem habe ich Hämatome in ihrem Genitalbereich festgestellt. Sehr wahrscheinlich kam es zu einer Vergewaltigung, aber hundertprozentig sicher kann ich das erst sagen, wenn ich meine Abschlussuntersuchung im Obduktionssaal durchgeführt habe, da habe ich nämlich deutlich bessere Lichtverhältnisse.«

»Ein Sexualmord also«, murmelte Ole und musterte die nackte Tote von oben bis unten.

»Übrigens wurde das Opfer nicht an dieser Stelle erstochen, sondern hier nur abgelegt.« Irene stand aus der Hocke auf, blies sich eine blonde Strähne aus dem Gesicht und wischte sich mit dem Unterarm den Schweiß von der Stirn.

»Da hat unsere Kriminaltechnik mal wieder einen hervorragenden Job gemacht.« Monica nickte den drei Männern anerkennend zu, die sich einige Meter entfernt unterhielten.

»Dafür braucht es keine Spurensicherung, sondern nur gesunden Menschenverstand«, konterte Irene patzig. »Ach ja, und ein bisschen Ahnung von Mathematik kann auch nicht schaden. Bei den über vierzig Einstichstellen, die ich gezählte habe, müsste die Tote in einer regelrechten Blutlache liegen. Tut sie aber nicht.«

»Danke, Irene, ohne dein Wissen geht natürlich nichts.« Monica rollte in Oles Richtung genervt mit den Augen. Die beiden Frauen hatten seit jeher ein distanziertes Verhältnis zueinander, da die Ärztin gerne das letzte Wort hatte und auf Monica weder empathisch noch sympathisch wirkte. Heute war sie allerdings insgeheim froh, dass Irene so war, wie sie war. Sie stellte wenigstens keine unangenehmen Fragen zu ihrem Privatleben.

»Übrigens, sehr lobenswert, dass du wieder im Dienst bist nach dieser Scheiße mit deinem Mann. Daheim fällt dir bestimmt die Decke auf den Kopf.«

Ole räusperte sich auffallend laut und schnitt Irene das Wort ab: »Was hat das Opfer eigentlich hinter dem rechten Ohr?« Er zeigte auf den Kopf der Toten.

»Also, ich kenne mich mit Pflanzen überhaupt nicht aus, bei mir gehen selbst Kakteen kaputt, aber das hier ist eine ganz stinknormale Orchideenblüte, würde ich mal als Frau ohne grünen Daumen sagen«, antwortete Irene auf ihre typisch trockene Art.

»Merkwürdig«, überlegte Monica laut. »Wer bringt denn einen Menschen so grausam um und schmückt ihn anschließend mit einer hübschen Blüte?«

Irene zuckte die Schultern. »Viel Vergnügen beim Ermitteln. Echt putzig, dass der Täter eine persönliche Note hinterlässt. Vielleicht stand das Opfer aber auch auf solche Blümchen und war eine hoffnungslose Romantikerin? Ich bin ja null romantisch, nur falls mir jemand zum Dank einen Strauß Rosen für meine Untersuchung überreichen möchte.«

»Gibt es Reifenspuren, Fingerabdrücke oder sonstige Hinweise?«, fragte Monica an einen der Kollegen von der Spurensicherung gewandt, der sich zu ihnen gesellt hatte.

»Leider nein. Ich vermute, der Täter hat vorne auf der Landstraße in der geteerten Parkbucht gehalten und die Tote dann an diese Stelle hier getragen.«

»Habt ihr Blutspuren im Gras gefunden?«, mischte sich Ole ein.

»Nein. Das Opfer war wohl schon länger tot. Sie hat hier kein Blut verloren, also ist sie nicht mit blutenden Wunden geschleppt worden.«

Nun schauten alle erwartungsvoll Irene an.

»Ja, sie ist seit mindestens 24 Stunden tot«, erwiderte die Rechtsmedizinerin sogleich. »Also muss sie irgendwann zwischen Samstag auf Sonntagnacht gestorben sein. Da ich, wie gesagt, vermutlich Spermaspuren gefunden habe, werden die Kollegen der Spurensicherung sicherlich bald loslegen, um im Register zu schauen, ob es Treffer bei der DNA uns bekannter Sexualstraftäter gibt. Das ist ja der ganz normale Ablauf in so einem Mordfall, also falls du dies in deiner Auszeit vergessen haben solltest, liebste Monica.« Sie grinste gekünstelt.

»Danke für diesen tollen Hinweis, Irene. Ohne dich wüssten wir wirklich nicht, wie wir unsere Arbeit machen sollten«, sagte Monica knapp und ging zu dem Streifenpolizisten, um sich die Adresse der Familie Lundberg geben zu lassen. Anschließend lief sie zurück zum Dienstwagen. Sie war geladen. Dass diese blöde Zicke von Rechtsmedizinerin sich ständig so aufspielen musste! Ole, der viel diplomatischer war als sie, folgte ihr umgehend.

»Nicht aufregen, du weißt doch, wie Irene tickt«, sagte er besänftigend, doch Monica wollte sich nicht beruhigen lassen.

»Diese Frau kotzt mich einfach an!«, schimpfte sie. »Diese Ironie bringt mich jedes Mal auf die Palme.«

»Dann lass mich besser fahren, nicht dass du noch deine Wut am Gaspedal auslässt.«

Monica winkte ab. So schlimm war es nun auch wieder nicht.

Kapitel 7

Die Lundbergs wohnten keine zwei Kilometer vom Fundort der Leiche ihrer Tochter entfernt. Auf dem gepflegten Anwesen stand ein verklinkertes Haus mit Wintergarten, durch dessen große Glasfront Monica und Ole sehen konnten, wie Herr Lundberg seiner Frau gerade einen Tee einschenkte. Sie gingen zu der offen stehenden Terrassentür des gläsernen Anbaus und klopften behutsam gegen die Scheibe.

»Guten Tag, ich bin Kommissarin Sandström und das ist mein Kollege Henriksson. Wir kommen von der Kriminalpolizei Uddevalla. Dürfen wir reinkommen?«

»Nein! Nein! Nein!!!!!« Die Mutter fing bei diesen Worten hysterisch zu schreien an, während Herr Lundberg seine Frau fest an sich drückte, um sie zu beruhigen.

»Unser Nachbar hat erzählt, dass mehrere Streifenwagen in der Nähe des Waldgebiets stehen. Da haben wir schon mit dem Schlimmsten gerechnet«, sprach der Vater mit brüchiger Stimme, dennoch wirkte er weitaus gefasster als seine Frau. »Was ist denn mit Marie? Wurde sie gefunden? Ist sie verletzt?«

Ole übernahm: »Wir müssen Ihnen leider mitteilen, dass Ihre Tochter tot aufgefunden wurde. Sie wurde Opfer eines Gewaltverbrechens.«

Bei diesen Worten sackte die Mutter auf dem Sofa in sich zusammen, die Augen des Vaters füllten sich mit Tränen. »Verstehe ich das richtig, unsere Marie wurde getötet?«

Monica schaute bedrückt zu Boden. Sie hasste diesen Part ihres Jobs. Besonders grausam war es, wenn sie Eltern, die sich nichts sehnlicher wünschten, als ihr Kind endlich wieder in den Arm zu nehmen, einen Stich ins Herz verpassen musste.

»Ja, sie wurde ermordet«, erwiderte Ole mit gesenkter

Stimme. Auch ihn nahm das Überbringen der Botschaft sichtlich mit.

»Hatte Marie einen Freund?«, erkundigte sich Monica. Für sie waren die vielen Messerstiche ein eindeutiges Indiz dafür, dass jemand in rasender Wut oder Eifersucht gehandelt haben könnte.

Herr Lundberg schüttelte den Kopf, während er seine Frau weiter tröstend im Arm hielt. Sie wimmerte vor sich hin und schmiegte sich an seinen Hals. »Nein. Marie war Single. Schon bestimmt seit über einem Jahr. Warum fragen Sie das, Frau Sandström?«

»Wir wollen uns ein Bild davon machen, wer Ihre Tochter war und was das Motiv für ihre Ermordung sein könnte.«

»Da gibt es überhaupt keinen Grund«, ereiferte sich der Vater. »Unsere Tochter war ein Sonnenschein. Sie war überall beliebt, da können Sie jeden fragen.«

»Natürlich, das glauben wir Ihnen, Herr Lundberg«, ruderte Monica zurück. Sie merkte selbst, dass sie zu unsensibel agiert hatte. »Wir wissen, dass Marie Kunstgeschichte in Göteborg studierte. Was wissen Sie von ihrem Umfeld dort? Wurde sie vielleicht belästigt oder gestalkt? Jeglicher Hinweis ist für uns wichtig.«

»Marie wohnte bei uns, sie fuhr nur an zwei Tagen die Woche zum Studieren in die Stadt. Sie war ein absoluter Naturmensch und hatte hier ihren Freundeskreis. Göteborg war ihr viel zu groß, das Stadtleben war nichts für sie. Außerdem hat sie hier im Ort ihr Pferd, denn sie liebt es, zu reiten und ...« Die Stimme des Vaters überschlug sich, er versuchte angestrengt, die Fassung zu bewahren, während seine Frau ihrer Trauer freien Lauf ließ.

»Herr Lundberg, laut unseren Kollegen von der Dienststelle in Mellerud haben Sie Ihre Tochter am Sonntagmorgen als vermisst gemeldet, nachdem sie am Vorabend nicht von der Arbeit heimgekommen war. Sie arbeitete in einem Supermarkt, ist das korrekt?«, fragte Ole.

»Ja. Marie arbeitet bei ICA als Kassiererin, sie will sich damit neben dem Studium etwas dazuverdienen. Der Laden schließt um 21 Uhr, aber mit Aufräumen und Abrechnung ist sie gewöhnlich nicht vor 21:30 Uhr daheim. Das Geschäft ist nur ein paar Minuten von hier entfernt. Ihr roter Mini Cooper, den wir ihr zum achtzehnten Geburtstag geschenkt haben, steht da immer noch.« Der Vater fuhr sich mit der Hand übers Gesicht. »Ich kann das alles noch gar nicht glauben. Wer zum Teufel tötet meine kleine Marie, mein Ein und Alles?«

»Haben Sie sich an dem Abend denn nicht gewundert, dass sie nicht pünktlich nach Hause gekommen ist?«

»Nein, Frau Sandström. Unsere Tochter ist eine junge Studentin, nach der Arbeit trifft sie sich gern mit Gleichaltrigen. Wer tut das in diesem Alter nicht? Machen Sie uns jetzt Vorwürfe, dass wir nicht schon am Samstagabend die Polizei alarmiert haben?«

»Tut mir leid, so war das nicht gemeint.« Sie spürte, dass eine gewisse Anspannung zwischen dem Vater und ihr herrschte, doch zum Glück hatte sie Ole an ihrer Seite, der wieder übernahm: »Wir wollen den Mörder Ihrer Tochter schnellstmöglich finden, deshalb müssen wir Ihnen leider auch unangenehme Fragen stellen. Sie hatten demnach ein gutes Verhältnis zu Marie?«

»Ja, sonst hätte sie nicht mit zwanzig Jahren noch bei uns gewohnt. Wie ist unsere Tochter eigentlich getötet worden?«

»Sie wurde erstochen«, antwortete Ole ehrlich, damit die Eltern die Todesumstände nicht erst aus der Zeitung erfahren würden.

Bei diesen Worten schluchzte die Mutter laut auf und wurde von einem fürchterlichen Weinkrampf geschüttelt. Monica schlug vor, einen Arzt oder Seelsorger zu rufen, was die Mutter jedoch vehement ablehnte. Als sie sich wieder etwas gefasst hatte, sagte sie: »Da war dieser komische Typ im Supermarkt, von dem Marie mir erzählt hatte. Er war irgendwie sonderbar und hat sie wohl belästigt.«

»Welcher Typ? Ein Kunde?«, fragte Ole interessiert.

»Nein. Ein Arbeitskollege, der sie ständig anrief oder ihr Nachrichten schrieb und sich mit ihr verabreden wollte.«

»Kennen Sie den Namen des Mannes?« Monica zog einen Zettel und einen Stift aus der Tasche ihrer Lederjacke. »Das ist wirklich wichtig für uns.«

»Ich glaube, sein Name ist Björn oder so. Aber ganz sicher bin ich mir nicht. Fragen Sie am besten im Supermarkt nach ihm.«

»Vielen Dank für die Informationen.« Monica steckte ihre Notiz in die Tasche. »Dürfen wir bitte noch den Computer Ihrer Tochter mitnehmen? Wir wollen überprüfen, ob sie vielleicht mit ihrem Mörder online gechattet hat. Ihr Handy konnten wir bisher leider nicht orten.«

»Selbstverständlich!« Der Vater ging nach nebenan und kam kurz darauf mit Maries Laptop zurück. »Finden Sie diese Bestie«, sagte er, während er ihn Monica überreichte.

»Leider müssen wir Sie bitten, Ihre Tochter offiziell zu identifizieren. Könnten Sie dafür heute Nachmittag in die Rechtsmedizin nach Uddevalla kommen?«, bat Ole. Monica war froh, dass er erneut den unbequemen Part übernahm.

Frau Lundberg richtete sich auf. »Vielleicht ist es ja gar nicht unsere Marie, sondern ein anderes Mädchen!« In ihren Augen schimmerte Hoffnung, doch Monica sah wenig Chancen, dass sie sich erfüllte. So viele vermisste Frauen gab es in der Gegend nicht. Zumindest keine weitere Marie, die zudem ein goldenes Kettchen mit ihrem Namen um den Hals trug.

Ole reichte dem Vater seine Visitenkarte und bat ihn, sich wegen der Identifizierung zu melden, dann verabschiedeten sie sich von den trauernden Eltern.

Eine Viertelstunde später saß Monica auf einem unbequemen Plastikstuhl in dem winzigen Büro des ICA Supermarktes, das einen entsetzlich verstaubten und unordentlichen Eindruck machte. Sie hatte Maries Chef bereits über den Todesfall in Kenntnis gesetzt, worauf der sie für ein ungestörtes Gespräch hierher geführt hatte. Ole befragte unterdessen die Angestellten des Supermarktes.

»Furchtbar, was Sie da sagen. Marie war eine ausgezeichnete Mitarbeiterin, das ist wirklich schrecklich.« Lasse Holmgren, ein Mann Mitte vierzig, der aufgrund seiner Falten viel älter aussah, machte ein betroffenes Gesicht.

»Erzählen Sie mir doch bitte etwas über einen gewissen Björn.«

»Hm, also der Kassierer Björn Martinsson ist ein ganz komischer Typ. Glauben Sie, er hat etwas mit Maries Tod zu tun?«

»Was können Sie zu dem Arbeitsverhältnis zwischen Frau Lundberg und Herrn Martinsson sagen? Hat Marie sich vielleicht über ihren Kollegen beschwert?«, fragte Monica und ignorierte Holmgrens Bemerkung.

»Also, über Marie kann ich nur Positives berichten. Sie war freundlich, fleißig und sehr beliebt im Team. Björn dagegen habe ich vor ein paar Wochen entlassen müssen. Er hat in die Kasse gegriffen und bei Diebstahl muss ich sofort die fristlose Kündigung aussprechen. Zwar hat er darum gebettelt, dass ich ihm eine zweite Chance gebe, aber wissen Sie, Frau Sandström, das Vertrauen ist einfach futsch. So jemanden kann ich nicht weiter bei mir beschäftigen. Ob er allerdings fähig ist, einen Mord zu begehen, und dann auch noch an Marie - das kann ich nun wirklich nicht sagen. Zwischen Diebstahl und Mord liegt ein himmelweiter Unterschied, nicht wahr?«

»Danach habe ich Sie nicht gefragt. Ich wollte lediglich wissen, ob Björn Martinsson seine Kollegin zum Beispiel während der Arbeit belästigt hat und es zu einer Beschwerde gekommen ist.«

Der Chef tupfte sich mit einem Taschentuch über die Stirn. »Sexuelle Belästigung dulden wir nicht bei ICA und wir haben ein paar Tausend Mitarbeiter in den vielen Geschäften im ganzen Land. Ehrlich gesagt habe ich nichts davon mitbekommen, dass Björn übergriffig wurde, wobei ich es mir schon vorstellen könnte, denn Marie war bildhübsch und Björn - verzeihen Sie, Frau Sandström, wenn ich das so offen sage - war ein Trottel. Niemand, um den sich die Frauen gerissen haben, weil er einfach dümmlich ist.«

»Ich habe gesehen, dass Sie eine Überwachungskamera auf dem Parkplatz installiert haben. Könnte ich mir die Aufnahme bitte einmal anschauen?«

»Sie meinen die Aufnahme von Samstagabend?«, stammelte Lasse Holmgren. Er kam sichtlich ins Schwitzen.

»Ja, das Auto von Marie Lundberg steht ja noch hier vorne auf dem Parkplatz. Es besteht der Verdacht, dass sie nach Schichtende vom Täter angesprochen oder sogar hier vor Ort überwältigt wurde.«

Das Gesicht des Marktleiters verfärbte sich in ein sattes Rot. »Nein, tut mir leid, Frau Sandström, damit kann ich Ihnen leider nicht weiterhelfen.«

»Warum nicht?«

»Tja, das ist mir etwas unangenehm, es ist nämlich so, dass

die Kamera defekt ist. Ein Unbekannter hat die Kabel durchgeschnitten und die Firma zum Austausch der Anlage ist noch nicht hier gewesen.«

»Okay, verstehe. Wann wurde Björn Martinsson denn von Ihnen entlassen? Ich hätte gern das konkrete Datum.«

Holmgren schaute in seinen Computer und gab dann kund, dass der Mitarbeiter vor vier Wochen seinen letzten Arbeitstag gehabt habe. »Glauben Sie, dass er unsere Kamera zerstört hat? Sie ist seit drei Wochen defekt.«

Monica zuckte die Achseln. »Ihre Überwachungskamera ist mir egal, ich versuche, einen Mordfall aufzuklären. Wo wohnt dieser Herr Martinsson?«

Der Leiter des Supermarktes notierte ihr die Adresse auf einem Blatt Papier und erhob sich von seinem Platz. »Wenn es keine weiteren Fragen gibt, würde ich gerne weiterarbeiten, heute ist im Laden die Hölle los.« Er reichte der Kommissarin die Hand zur Verabschiedung.

Während Monica auf dem Parkplatz den roten Mini Cooper von außen begutachtete, telefonierte sie mit der Spurensicherung, damit sie auch hier tätig würde. Gerade als sie das Telefonat beendete, kam ihr Ole entgegen.

»Und? Was hast du rausgefunden?«, fragte sie.

»Marie war am Samstagabend die Letzte im Supermarkt. Ihre Kollegin, mit der ich gerade gesprochen habe, ist eine Viertelstunde früher gegangen, weil sie zu einem Geburtstag eingeladen war und kurz vor 21 Uhr nichts mehr los war. Die Ärmste macht sich nun verständlicherweise entsetzliche Vorwürfe. Außerdem habe ich erfahren, dass Marie ein paar Mal mit diesem Björn ausgegangen ist und er sich wohl mehr erhofft hatte. Marie hat es dann aber beendet und wollte sogar kündigen, doch da kam der Chef ihr zuvor und hat Björn entlassen.«

»Ach, interessant. Mir hat der Chef erzählt, er hätte geklaut. Wenn man jetzt die vielen Einstichstellen in ihrem Körper berücksichtigt, spricht vieles für eine Beziehungstat oder eben eine nicht erwiderte Liebe. Lass uns mal mit diesem Björn sprechen. Ich weiß, wo er wohnt.«

In diesem Moment klingelte Oles Handy. Er unterhielt sich kurz mit dem Anrufer, anschließend wandte er sich seiner Chefin zu. »Du wirst es nicht glauben, Monica. Das war gerade unser lieber Kamal. Er hat mir mitgeteilt, dass eine weitere Frau hier in der Gegend vermisst wird, und zwar seit Freitag Abend.«

»Wirklich? Na, das nenn ich mal einen ereignisreichen ersten Arbeitstag. Es scheint, als hätten die Verrückten alle nur gewartet, bis ich wieder im Dienst bin. Wer wird denn vermisst?«

»Sofia Wättring, neunundzwanzig Jahre alt. Die Urlauberin wurde von ihren Freundinnen als vermisst gemeldet, nachdem sie das Ferienhaus in Ed verlassen hat. Seitdem ist sie spurlos verschwunden. Hoffentlich haben wir es nicht mit einem Serientäter zu tun, Ed liegt ja nur knapp zwanzig Kilometer entfernt von hier«, antwortete Ole und verzog besorgt das Gesicht.

»Es wäre nicht das erste Mal in meiner Karriere, dass ich einen grausamen Killer ins Gefängnis befördere. Der Unterschied ist nur, dass ich beim letzten Mal noch in Göteborg im Dienst war. Da hast du ein anderes Klientel als hier im wunderschönen Dalsland«, sagte sie und atmete tief ein und aus, um die ländliche Luft zu genießen. Dann stieg sie in ihren Wagen.

»Na ja, ich glaube nicht, dass ein Mörder darauf Rücksicht nimmt«, gab Ole zurück und nahm auf dem Beifahrersitz Platz.

Während der schwarze Volvo von Monica vom Parkplatz rollte, stand der Marktleiter Lasse Holmgren an seinem Bürofenster hinter der vergilbten Gardine. Er hatte sein Handy fest ans Ohr gedrückt und blickte dem Wagen der Ermittler mit gerunzelter Stirn hinterher. Als der Wagen außer Sichtweite war, wischte er sich nervös den Schweiß von der glänzenden Stirn.

Kapitel 8

Philip warf wütend sein Handy in die Ecke, er war fuchsteufelswild. Soeben hatte ihn sein Chef zusammengeschrien, da er die Präsentation der Geschäftszahlen nicht pünktlich vorgelegt hatte. Auch der imitierte Hustenanfall seinerseits hatte den Choleriker nicht besänftigen können - stattdessen hatte er tatsächlich verlangt, dass er im kranken Zustand gefälligst seine Arbeit erledigen solle. Nach dieser Aktion hasste Philip seinen Abteilungsleiter noch mehr als zuvor. Allerdings hatte er keinen anderen Ausweg gewusst. Nach dem, was am Wochenende geschehen war, hatte er überhaupt keinen Nerv für die Erstellung einer Power-Point-Präsentation gehabt, mit der er letzten Freitag doch nicht angefangen hatte.

Es war nämlich zu einem Zwischenfall gekommen, bei dem die junge Freundin seines engen Vertrauten in seinem Haus hatte sterben müssen. Philip schüttelte sich. Was sein Vertrauter da getan hatte, war einfach nur grausam, es war niemals Bestandteil ihres Plans gewesen, dennoch war die Sache in der Nacht auf Sonntag komplett aus dem Ruder gelaufen. Was sollte er nun machen? Den einzigen Menschen, der ihm wirklich nahestand, bei der Polizei anschwärzen? Nein, niemals. Philip hatte ihm geschworen, dass der Mord an Marie ihr kleines Geheimnis sein würde. Im Gegenzug würde sein Vertrauter nicht erzählen, dass er in seinem Keller Sofia gefangen hielt.

Um sich abzulenken, widmete Philip sich seinen verlässlichsten Freunden: den Blumen. Behutsam stellte er sie in die Wanne und spülte sie sorgfältig mit dem zarten Strahl aus der Handbrause ab. Dabei musste er erneut an das hübsche Gesicht von Marie denken, die wie eine Puppe auf seinem Bett gelegen hatte. Mit offenen Augen hatte sie ihn angestarrt, als er sie in einer Blutlache vorgefunden hatte. Philip hätte seinem Vertrauten niemals zugetraut, dass er zu so einer abscheulichen Tat in der Lage wäre, obwohl der ihm schon oft erklärt hatte, dass man Frauen grober anpacken müsse, damit sie gefügig wurden.

In diesem Moment wurde im Radio verkündet, dass am Morgen die Leiche einer jungen Frau gefunden worden sei und es noch keine Hinweise zum Täter gebe. Ein verschmitztes Grinsen breitete sich über Philips Gesicht.

»Ich weiß es, ich weiß es«, verfiel er in eine Art Singsang, »aber ich darf es nicht verraten, denn ich habe es versprochen, la, la, la, la, la, la.«

Nachdem er seine Topfpflanzen zurück auf die Fensterbank gestellt hatte, prüfte er im Schlafzimmer, ob er tatsächlich alle Blutspuren beseitigt hatte. Nicht, dass seine Freundin Sofia noch Angst bekäme, wenn der Zeitpunkt gekommen wäre, wo sie vom Keller nach oben umziehen durfte und dann auf dem Fußboden Blutstropfen entdeckte. Er wollte sie keinesfalls beunruhigen. Andererseits könnte es auch eine gute Warnung sein, was ihr blühen könnte, wenn sie kein braves Mädchen wäre. Marie Lundberg war definitiv nicht brav gewesen, das zumindest hatte ihm sein Vertrauter eingebläut, und der war schließlich sein Vorbild, weil er jede Menge Erfahrung mit Frauen hatte.

Zur selben Zeit saß Sofia mit angewinkelten Beinen auf einer schmutzigen Matratze, die auf einem noch dreckigeren Boden im feuchten muffigen Keller lag. Über ihrem Mund klebte noch immer ein silbernes Klebeband, nur ihre Handgelenke steckten jetzt in Handschellen, die über eine eiserne Kette an der Decke befestigt waren. Somit konnte sich Sofia wenigstens einen knappen Meter fortbewegen und auf einem Eimer ihre Notdurft erledigen, bevor das Rascheln der Eisenkette verstummte, da sie nicht mehr Auslauf von ihrem Entführer erhalten hatte. Sie fühlte sich elend, alles tat ihr weh. Plötzlich huschte ein Schatten an ihr vorbei und sie zuckte zusammen. War das eine Ratte? Oder bildete sie sich das nur ein?

Sofia hatte kein Zeitgefühl mehr, sie wusste nicht, wie lange sie schon einsam und verlassen in ihrem fensterlosen Verlies zusammengekauert ausharrte. Es kam ihr wie eine Ewigkeit vor, und immer wieder musste sie an die fürchterlichen Hilfeschreie denken, die sich in ihr Gedächtnis eingebrannt hatten. Das Mädchen oder die Frau, die hier im Haus um ihr Leben geschrien hatte, musste ein noch schrecklicheres Schicksal ereilt haben als sie. Hilflos mit anzuhören, wie eine Etage über ihr eine fremde Person gequält und vermutlich vergewaltigt worden war, war für Sofia unerträglich gewesen. Die Unbekannte hatte vor Schmerzen laut gekreischt und um ihr Leben gebettelt. Als es irgendwann totenstill geworden war, hatte sie die unheimliche Gewissheit, Ohrenzeugin eines Mordes gewesen zu sein. Seitdem waberte die eine Frage unablässig in ihrem Kopf herum: Würde sie die Nächste sein, der das gleiche Schicksal drohte? Sofia zitterte am ganzen Körper, sie konnte es nicht steuern.

Inständig hoffte sie, dass Esra und Cecilia mittlerweile die Polizei informiert hatten und man nun landesweit auf Hochtouren nach ihr suchte. Sie hatte nämlich überhaupt keine Ahnung, wo sie sich befand. Eine dicke Träne rollte über ihre Wange. Ihre Eltern würden sicherlich vor Kummer zerbrechen. Besonders ihr Vater, der gesundheitlich sehr angeschlagen war. Ob er die Ungewissheit um den Verbleib seines einzigen Kindes überstehen würde?

Um nicht gänzlich verrückt zu werden, versuchte Sofia

sich einzureden, dass dieser Albtraum bald vorbei sein und die Polizei sie aus ihrem Gefängnis befreien würde. Doch wann würde es so weit sein? Wie lange würde sie diese Gefangenschaft psychisch und körperlich aushalten?

Sofia schüttelte sich und bemühte sich, langsam tief ein und wieder auszuatmen, um sich zu beruhigen. Eine Panikattacke konnte sie trotz der Umstände nicht gebrauchen. Sie wollte positiv denken, dass alles gut für sie ausgehen würde.

Da hörte sie plötzlich Schritte auf der knarzenden Holztreppe, die immer näherkamen. Sofort begann ihr Herz zu rasen und ihr Körper verkrampfte sich. Sie hatte fürchterliche Angst vor dem Mann, der ständig behauptete, ihr Freund zu sein. Er war ein Verrückter, ein Irrer, der eine unschuldige Frau auf dem Gewissen hatte. Davon war Sofia absolut überzeugt.

»Hallo, meine süße Sofia. Na, hast du mich vermisst?« Mit einem Zug riss Philip ihr das Klebeband vom Mund. »Ich musste noch einiges erledigen, und ich hoffe, du bist brav gewesen. Du bist so hübsch, weißt du das?« Er streichelte ihr sanft über den Kopf und sah sie verträumt an.

Doch Sofia antwortete nicht. Sie starrte stumm ins Leere. Selbst beim sicherlich schmerzvollen Abziehen des Klebebands hatte sie keinen Mucks von sich gegeben. Ihre langen blonden Haare hingen ihr strähnig ins aschfahle Gesicht. Sie hatte so gar nichts mehr gemein mit der elegant gekleideten Marketingmanagerin, die sich auf Instagram immer bestens gelaunt und top gestylt präsentiert hatte.

»Sofia! Ich rede mit dir.« Er rüttelte an ihrer Schulter. Keine Reaktion.

Vielleicht würde sie ja das Geschenk, das er für sie gekauft hatte, ein wenig aufmuntern. Er zog das blaue Sommerkleid mit weißen Margeriten aus der Tüte. »Schau mal, was ich dir mitgebracht habe. Dazu habe ich dir sexy Unterwäsche gekauft.« Er präsentierte ihr die dunkelrote Spitzenunterwäsche - einen BH mit dem passenden Höschen.

Aber Sofia schwieg weiterhin. Um die peinliche Stille zu durchbrechen, plauderte Philip einfach weiter, während er ihre Handschellen öffnete: »So, und jetzt machst du dich mal hübsch für mich.«

Keine Regung.

»Haaaalllo, Sofia! Du darfst dich schon ein bisschen freuen, wenn ich dir Geschenke mitbringe. Wenn ich mich als kleiner Junge nicht über die Anziehsachen gefreut habe, die meine Mutter mir gegeben hat, habe ich eine Tracht Prügel bekommen. Also, sei mal dankbar«, forderte er. Es ärgerte ihn, dass sie sein Geschenk überhaupt nicht beachtete.

Sofia hob langsam ihren Kopf und schaute ihn intensiv an. »Ich will das nicht anziehen. Ich will einfach nur nach Hause. Bitte, lass mich gehen«, flehte sie ihn eindringlich an.

»Nein! Nein! Nein! Du gehst nirgends hin. Du bist jetzt meine Freundin.« Wütend stampfte er mit dem Fuß auf den Boden. »Komm, probier doch mal die neuen Sachen an. Ich will wissen, wie dir das steht.« Er zerrte sie von der Matratze hoch.

»Wozu?«, erwiderte sie tonlos. »Damit ich darin hier im Keller weiter vor mich hin vegetiere? Mir ist kalt, ich bin hungrig und durstig und ich stinke.«

»Okay, okay, einverstanden. Du hast recht, meine Hübsche. Du kannst dich duschen und dann werden wir zusammen zu Mittag essen. Ich habe uns Lachs besorgt und dazu mache ich leckere Ofenkartoffeln. Beides liebst du doch, nicht wahr?« Er schmunzelte sie an. Auch diese Information hatte er von Instagram, wo Sofia vor vielen Monaten einen entsprechenden Beitrag gepostet hatte.

»Was hast du mit dem Mädchen gemacht, das so geschrien hat?«, fragte sie und starrte ihn unverwandt an.

»Das geht dich überhaupt nichts an.«

»Hast du sie eiskalt ermordet, nachdem du sie vergewaltigt hast? Musste sie auch solche Unterwäsche tragen, um dich vorher schön geil zu machen?«

»Hör auf, so blöde Fragen zu stellen, sonst ...«

»Was sonst? Knallst du mir wieder eine oder bringst mich um?« Ihre Augen funkelten.

»Sei still! Dir wird nichts passieren, solange du dich an das hältst, was ich von dir verlange, verstanden?«

»Darf ich wenigstens alleine duschen?«

Er nickte zögerlich, auch wenn er sie nur allzu gern dabei beobachtet hätte, wie sie sich unter der Brause ihren Traumkörper einseifte und wie das Wasser an ihrer ebenmäßigen Haut abperlte.

Mit entschlossenem Griff zerrte er sie aus dem Keller nach oben und schob sie in das Badezimmer, das sich direkt neben der Haustür befand.

»Wenn du um Hilfe schreist, wirst du erleben, wozu ich fähig bin«, drohte Philip, um ihr noch etwas Angst einzujagen, so wie sein Vertrauter es ihm dringend geraten hatte, dabei zeigte er auf das kleine Fenster, aus dem Sofia niemals hätte flüchten, aber auf sich aufmerksam machen können. Dann verließ er den Raum und ging in die schräg gegenüberliegende Küche, um das Essen vorzubereiten.

Mit Herzklopfen öffnete Sofia die Badezimmertür einen klitzekleinen Spalt und horchte ins Haus. Würde sie unbemerkt von hier zur Haustür kommen, um dann zu fliehen?

Nein, ihr Entführer war vermutlich nicht so unvorsichtig, die Haustür nicht abzusperren. Was blieben ihr also für Möglichkeiten? Hastig klappte Sofia den Spiegelschrank auf und wühlte darin herum. Da, eine Nagelfeile! Sie würde duschen, sich für ihren Psycho schick anziehen und ihm dann im passenden Augenblick die spitze Feile in die Halsschlagader rammen und anschließend: rennen!

Mit zitternden Fingern zog Sofia ihr schmutziges Cocktailkleid aus, schaltete das Radio auf dem Wäscheschrank ein und drehte die Brause auf. Als das warme Wasser auf ihren Körper prasselte, entspannte sie sich ein wenig und in Gedanken ging sie noch einmal ihren Fluchtplan durch. Die Vorstellung ließ sie endlich Hoffnung schöpfen, dass sie sich selbst aus der Situation befreien könnte.

Beinahe beschwingt trocknete sie sich ab und lauschte den Nachrichten, die in diesem Moment das Musikprogramm im Radio unterbrachen: »Heute Morgen wurde in Bäckefors die Leiche einer Zwanzigjährigen gefunden, die am Samstagabend nach Schichtende nicht in ihr Elternhaus zurückgekehrt ist«, verlas die Moderatorin mit ernster Stimme. »Die Polizei geht nach ersten Erkenntnissen von einem Gewaltverbrechen aus. Zu Täter und Motiv ist noch nichts bekannt. Alle Hinweise, die zur Festnahme ...«

Sofia rang nach Luft, das Handtuch glitt ihr aus der Hand und fiel zu Boden. Sofort war ihr klar, um wen es sich bei dieser Person handelte. Ihr wurde schwarz vor Augen und mit letzter Kraft versuchte sie, sich am Waschbecken festzuhalten. Alles um sie herum drehte sich. In ihrem Schwindel erwischte sie das Regal mit den Badeutensilien, die mit viel Lärm auf den Fliesenboden knallten.

Nur Sekunden später wurde die Tür aufgerissen, eine

Hand griff nach ihrem Arm und riss sie hoch, dann spürte sie, wie der Entführer sie an sich drückte.

»Du hast sie getötet«, murmelte Sofia leicht benommen.

»Sei still!«, schrie ihr Peiniger.

Die laute Stimme weckte ihre Lebensgeister und sie befreite sich wild um sich schlagend aus der Umklammerung.

»Nein! Lass mich los«, brüllte sie und ließ sich fallen, doch er packte sie erneut und schleifte sie an den Handgelenken aus dem Bad.

Sofia hatte keine Kraft mehr, sich zu wehren, wieder drehte sich alles um sie und sie beschäftigte nur noch die eine Frage: Würde ihr das gleiche Schicksal drohen wie der Getöteten? Sie war wie gelähmt, die Todesnachricht hatte ihr regelrecht den Boden unter den Füßen weggezogen.

Kapitel 9

Rund zwanzig Kilometer von dem Supermarkt entfernt wohnte Björn Martinsson in Mellerud. Seine Wohnung lag im dritten Stock eines hässlichen braunen Backsteinhauses mit Flachdach, wo viele Menschen mit Migrationshintergrund lebten.

Monica parkte unmittelbar vor dem Dönerimbiss, der sich im Erdgeschoss des Hauses befand, dann suchte sie gemeinsam mit Ole auf der Klingelanlage nach der Apartmentnummer, die zu dem Ex-Supermarktmitarbeiter gehörte. Erst nach viermaligem Läuten wurde ihnen geöffnet und wenig später standen sie dem verschlafenen Mieter gegenüber.

»Guten Tag, wir sind von der Kriminalpolizei Uddevalla«, stellte Monica sich und ihren Kollegen mit gezückten Dienstausweisen vor. »Sind Sie Björn Martinsson?«

»Ähm, ja. Warum?« Der blonde, auffallend große Mann gähnte demonstrativ, er trug nur Boxer-Shorts und T-Shirt. Unwillkürlich fiel Monicas Blick auf seine nackten Füße.

»Haben wir Sie geweckt?«, fragte sie erstaunt.

»Ja, ich bin gerade aufgestanden. Jetzt sagen Sie mir bitte nicht, dass meine Nachbarn sich schon wieder wegen Lärmbelästigung beschwert haben?«

Ole lächelte. »Nein, nein. Wegen Lärm rückt nicht die Kriminalpolizei aus. Aber wenn Sie es schon freiwillig erwähnen, sollten Sie zukünftig wohl mehr Rücksicht nehmen, damit die Hausgemeinschaft Sie nicht irgendwann hassen wird.«

Björn verzog den Mund und ließ die beiden auf Monicas Bitte hin eintreten.

Drinnen war Monica es, die das Gesicht verzog, denn das Einzimmerapartment sah aus, als hätte dort eine Bombe eingeschlagen. Überall lagen Pizzaschachteln und Bierdosen herum, der Teppichboden war mit Chipskrümeln übersät und es roch unangenehm.

»Herr Martinsson, wo waren Sie am Samstagabend so ab 21 Uhr?«, begann Monica die Befragung. Sie fühlte sich nicht wohl in dem schmutzigen Apartment und wollte die Sache schnell hinter sich bringen.

»Ich war hier. Den ganzen Abend. Wieso fragen Sie mich das?«, erwiderte der junge Mann, während er hastig in eine Jogginghose schlüpfte, dann steckte er sich einen Kaugummi in den Mund. Auch er fühlte sich sichtlich unwohl nach einem solchen Überraschungsbesuch.

»Kann das jemand bezeugen?«, wollte Ole wissen.

Er schüttelte den Kopf. »Ich habe den ganzen Abend alleine am Computer Call of Duty gespielt und war vielleicht so gegen zwei oder drei Uhr in der Früh im Bett. Warum wollen Sie das wissen? Ist etwas passiert?«

»Jawohl«, reagierte Monica. »Ihre Kollegin beziehungsweise Ex-Kollegin Marie Lundberg ist heute Morgen tot aufgefunden worden. Daher überprüfen wir alle Personen, die mit ihr in Kontakt standen.«

»Oh nein, wie schrecklich! Hatte Marie einen Unfall?«

»Tut mir leid, Frau Sandström war in der Formulierung etwas undeutlich«, mischte sich Ole sogleich ein. »Ihre frühere Arbeitskollegin ist ermordet worden.«

Monica räusperte sich. Nach den sechs Wochen Jobauszeit war sie wohl ein wenig aus der Übung, was solche Befragungen anging.

Der Befragte wechselte schlagartig die Gesichtsfarbe und ließ sich langsam auf sein Sofa sinken. »Ermordet? Ich weiß gar nicht, was ich sagen soll ...«, stammelte er. »Das kann ich überhaupt nicht glauben ...«

»Wir haben erfahren, dass Sie einige Verabredungen mit

Marie Lundberg hatten. Stimmt das?«, übernahm Monica wieder.

»Ähm, ja, das stimmt.« Björns Augen weiteten sich. »Ach, jetzt verstehe ich, warum Sie hier sind. Sie glauben, dass ich Marie getötet habe? Das ist doch völliger Quatsch.« Vehement schüttelte er den Kopf und griff nervös in eine Schüssel mit Erdnüssen, die auf dem Couchtisch stand.

»Wenn Sie ein Alibi für Samstagabend haben, verlassen wir ganz schnell Ihre Wohnung und Sie hätten Zeit, mal zu putzen. Durchlüften könnte auch nicht schaden«, gab Monica zurück, diesen kleinen Seitenhieb konnte sie sich einfach nicht verkneifen. »Wann haben Sie Marie denn zuletzt gesehen?«

Björn zuckte mit den Schultern. »Keine Ahnung, das war auf der Arbeit, als ich meinen letzten Arbeitstag hatte.«

»Also vor vier Wochen. Diese Information habe ich schon von Ihrem ehemaligen Vorgesetzten erhalten. Haben Sie ihr seitdem Textnachrichten geschickt oder sie angerufen?«

Björn runzelte die Stirn. »Dieser Holmgren ist so ein mieses Arschloch! Er hat mir fristlos gekündigt, weil ich angeblich Geld geklaut hätte, aber das ist absolut frei erfunden. Ich habe noch nie in meinem Leben gestohlen. Der Kerl hasst mich einfach und jetzt hat er Sie auf mich angesetzt!«

»Warum sollte Ihr alter Chef Sie derart hassen?«, meldete sich Ole zu Wort.

»Das kann ich Ihnen gerne beantworten. Ich habe Marie zwar versprochen, dass ich dichthalte, aber jetzt, wo sie tot ist, ist das wohl egal. Marie hatte eine Affäre mit Lasse Holmgren.«

»Wie bitte?«, sagte Monica verwundert. Mit so einer Beschuldigung hätte sie nun wirklich nicht gerechnet.

»Ja, ich habe die beiden quasi in flagranti im Büro erwischt, als sie am Rummachen waren. Marie saß auf Lasses

Schoß, als ich dummerweise reingeplatzt bin. Tja, am nächsten Tag wurde mir gekündigt, wegen angeblichem Diebstahl, weil die Kasse nicht stimmte. Komischer Zufall, meinen Sie nicht?«

Die Ermittler warfen sich wortlos Blicke zu. Sagte Björn Martinsson die Wahrheit oder wollte er von sich ablenken?

»Wieso behauptet dann Maries Mutter, dass ihre Tochter von Ihnen belästigt wurde?«, fragte Monica.

»Keine Ahnung! Zugegeben, ich fand Marie echt süß, aber von Belästigung kann überhaupt nicht die Rede sein. Sie mochte mich als Kumpel, mehr nicht. Das passiert mir leider ständig, viele Frauen sehen in mir eher den Kumpeltyp. Oder ich bin ihnen einfach zu groß und sie haben Angst vor einem Zwei-Meter-Kerl, weil ich sie anscheinend erdrücken könnte.« Er stöhnte genervt.

»Dürfen wir einen Blick in Ihr Handy werfen?« Ole zeigte auf den Couchtisch, wo direkt neben der Erdnussschüssel ein Smartphone lag.

»Nein, dürfen Sie nicht, das ist ein Eingriff in meine Privatsphäre.«

»Sie können uns auch die Textnachrichten, die Sie sich mit Marie Lundberg geschrieben haben, vorlesen, falls Ihnen das lieber ist«, schlug Ole vor.

»Abgelehnt. Ich lese nicht gern. Tut mir leid«, sagte er und grinste frech. »Ohne meinen Anwalt sage ich jetzt auch gar nichts mehr.«

Monica zog eine Augenbraue hoch. Sie hatte nicht den Eindruck, dass Björn so ein Trottel war, wie Lasse Holmgren ihn dargestellt hatte, denn er war schlagfertig und clever. Vermutlich würden sie nicht mehr viel aus ihm herausbekommen, daher gab sie Ole ein Zeichen, dass sie gehen sollten. »Vielen Dank, Herr Martinsson. Halten Sie sich bereit, falls wir weitere

Fragen an Sie haben, und warnen Sie Ihren Anwalt gerne schon mal vor.«

Als die zwei vor die Tür traten, atmete Monica die frische Luft tief ein. »Da drinnen war es so stickig wie in einem Pumakäfig. Ekelhaft.« Sie schüttelte sich, dann sah sie Ole an. »Was meinst du? Sagt er die Wahrheit?«

»Gute Frage. Auf der einen Seite war er sehr überrascht, als er von Maries Tod erfahren hat, andererseits könnte für ihn Eifersucht als Motiv durchaus infrage kommen, und da er kein Alibi für Samstagabend hat, da hat er ja lieber am Computer gespielt ...«

»Kennst du dieses Spiel, Call of Duty?«

»Nein! Ich kriege schon die Krise, wenn Ramón mich zu Monopoly quält. Und jedes Mal zoffen wir uns, weil er immer gewinnt. Ich hol uns mal einen Kaffee aus der Dönerbude«, sagte Ole und wandte sich um.

Monica lächelte. Bevor sie darüber nachsinnen konnte, wie sie früher als glückliche Familie die Sonntage mit Brettspielen verbracht hatten, rief sie Kamal an und beauftrage das IT-Genie damit, alles über Marie Lundberg, Björn Martinsson und Lasse Holmgren herauszufinden.

»Ist notiert und wird gemacht«, sagte Kamal mit seinem leicht indischen Akzent. »Schön, dass du wieder da bist. Es war richtig langweilig ohne dich.«

»Danke! Damit du vor Langeweile nicht umkommst, gibt es mit unserem Mordfall ja auch jede Menge zu tun. Sag mal, kennst du das Computerspiel Call of Duty?«

»Selbstverständlich! Ich kenne sogar die komplette Reihe. Ist das eine Einladung zum Zocken, Chefin? Ich könnte am Freitagabend. Da kommst du bestimmt auf andere Gedanken.

Allerdings ist das so ein Kriegsspiel, da wird viel geballert. Ich weiß nicht, ob dir das gefällt.«

»Ach, ein Kriegsspiel. Nein, das mag ich nun wirklich nicht. Schade, dann überlege ich mir was anderes, wir finden schon was. Bis später.« Sie legte auf und musste grinsen. Kamals naive, leicht verpeilte Art brachte sie zuverlässig zum Schmunzeln. Wie kam er wohl darauf, dass die Teamleiterin ihren Assistenten am Wochenende zum Spieleabend zu sich nach Hause einladen könnte? Andererseits war sein Gedanke so liebenswert und entzückend, dass Monica sich fragte, warum sie ihr kleines dreiköpfiges Team nicht wirklich mal zum Zocken zu sich bitten sollte? Karten zu spielen würde sie garantiert von ihren privaten Problemen ablenken.

»Also, Martinsson spielt gerne Kriegsspiele, zumindest hat er das am Samstagabend angeblich an seinem Computer gemacht«, sagte Monica an Ole gewandt, der mit zwei Kaffee aus dem Dönerimbiss zu ihr zurückgekehrt war.

»Ja, und? Das hat sicher überhaupt nichts zu bedeuten. Viele Leute machen das, deshalb bringen sie aber nicht zwangsläufig auch im echten Leben Menschen um. Weißt du, was mir aufgefallen ist?«

Monica schaute ihn fragend an.

»Auf Martinssons Fensterbank standen ein paar Topfpflanzen. Eine Orchidee war zwar nicht dabei, trotzdem scheint er zumindest ein Faible für Grünzeug zu haben.«

»Das hat genauso wenig zu bedeuten«, winkte Monica ab.

»Schon. Aber traust du einem Typen, der in so einer verdreckten Wohnung lebt und Kriegsspiele mag, zu, dass er sich für Blümchen interessiert? Ich nicht.«

»Mich interessiert viel eher, ob an dem Gerücht, dass der Supermarktleiter mit dem Opfer ein Verhältnis hatte, etwas dran ist.«

»Du meinst, es war ein Beziehungsdrama?«, fragte Ole.

»Holmgren trug einen goldenen Ehering, als ich ihn befragt habe. Vielleicht wollte er die Familie nicht für seine junge Geliebte verlassen?«

»Oder es war ein Eifersuchtsdrama. Martinsson war sauer, dass er einen Korb von Marie bekommen hatte, und wollte sie nach Feierabend zur Rede stellen, aber dann vergewaltigt er sie und bringt sie um.«

»Interessanter Ansatz«, murmelte Monica. »Da würden auch die über vierzig Einstichstellen Sinn ergeben.«

»Genau!«

Sie stiegen wieder in ihren Dienstwagen und Monica fuhr aus der Parklücke, dann gab sie Gas.

»Es ist schon komisch, dass Marie sehr wahrscheinlich auf dem Parkplatz des Supermarkts auf ihren Mörder getroffen ist, wo die Überwachungskamera seit drei Wochen defekt war. Der Chef zumindest wusste das.«

»Vielleicht hat Martinsson die Kamera aus Frust wegen des Jobverlusts zerstört«, mutmaßte Ole.

Monica nickte. »Im Prinzip hätte jeder, der die Kamera näher betrachtet, erkennen können, dass die Kabel durchtrennt waren und die Kamera nichts mehr aufzeichnete.«

Ole strich sich nachdenklich über seinen Drei-Tage-Bart. »Tja, jeder könnte Marie getötet haben, aber ein Zufallsmord ist sehr unwahrscheinlich, da sich Täter und Opfer meistens kennen.«

»Danke für deine Belehrung«, reagierte Monica gereizt. »Ich mache meinen Job nicht erst seit heute.«

Kapitel 10

Sofia saß am Esstisch im Wohnzimmer und stocherte lustlos mit der Gabel in den Kartoffeln herum. Nach ihrem Kreislaufkollaps im Bad hatte sie sich dank ausreichender Flüssigkeitszufuhr wieder beruhigt. Als sie von ihrem Teller aufschaute, war sie überrascht, wie viele Orchideen auf den zwei Fensterbänken verteilt herum standen. Sie blühten in den Farben Violett, Gelb, Rosa, Orange, Rot und Weiß und verliehen ihrer grauenhaften Aussichtslosigkeit einen kleinen Farbtupfer.

»Schatz, schmeckt es dir etwa nicht?«, fragte ihr Entführer, der ihr gegenüber saß. »Du hast den Lachs noch gar nicht angerührt.«

Sofia wandte den Blick von den Blumen ab. »Warum bin ich hier?«, reagierte sie mit einer Gegenfrage und schob den Teller demonstrativ von sich weg.

»Magst du Nachtisch? Ich habe deine Lieblingseissorte besorgt. Vanille.«

»Warum hast du mich entführt?«

»Ich könnte dir auch frisches Obst anbieten. Soll ich dir einen Apfel schälen?«

Sofia spürte, wie Wut in ihr aufstieg. »Nein! Mir ist der Appetit vergangen. Beantworte doch einfach meine Frage. Mir ist klar, du willst mich als deine Gefangene festhalten, aber wieso?«

»Nein!«, gab er energisch zurück. »Du musst entschuldigen, dass ich dich im Keller auf der Matratze angekettet habe, aber das ist eine reine Vorsichtsmaßnahme, bis dir bewusst ist, dass ich der richtige Mann für dich bin. Wenn du mich endlich als deinen Partner respektierst, können wir beide ein wunderschönes Leben führen. Versprochen! Ich bin kein Monster, sondern ein lieber Mensch, der nur mit dir zusammensein möchte.«

Er wollte nach ihrer Hand greifen, doch Sofia zog sie schnell weg, verschränkte die Arme vor der Brust und schaute ihn skeptisch an: »Du bildest dir also tatsächlich ein, dass du mich entführen, fesseln und knebeln kannst und ich mich dann in dich verliebe?« Sie schüttelte fassungslos den Kopf.

»Meine Mutter sagt immer, dass Liebe wachsen muss und dass es keine Liebe auf den ersten Blick gibt. Das gäbe es nur im Film, aber nicht im wahren Leben. Ich kenne einige Arbeitskollegen, die heute glücklich verheiratet sind, weil sie lange genug zusammengearbeitet und sich letztendlich ineinander verliebt haben.«

»Soso! Und dann hat dir deine Mutter sicherlich auch mit auf den Weg gegeben, dass man keine Frauen schlägt und schon gar nicht einsperrt, geschweige denn entführt«, provozierte sie ihn.

»Von meiner Mutter habe ich die Liebe zu Pflanzen mitbekommen«, erwiderte er lächelnd und zeigte auf die Fensterbank.

»Ach, deshalb stehen hier überall Orchideen herum. Bist du von Beruf Gärtner?«, fragte Sofia und wechselte die Strategie. Sie wollte ihn in ein Gespräch verwickeln, um mehr über ihn herauszufinden.

Er strahlte. »Ich liebe meine Orchideen und jede Blütenfarbe hat eine andere Symbolik.« Doch so schnell, wie er freundlich gewirkt hatte, verfinsterte sich sein Gesicht wieder. »Nein, ich bin kein Gärtner. Meine Mutter hat es mir verboten, weil man mit Blumen nicht reich werden kann. Ich habe einen langweiligen Bürojob. Den ganzen Tag nur Zahlen, Zahlen, Zahlen. Es ist zum Kotzen - erst recht, wenn man einen Arschlochchef hat. Aber zum Glück habe ich ja meine Orchideen, die sind immer für mich da und lassen mich nie im Stich. Schau nur, wie wunderschön sie blühen und uns lauschen.«

Sofia schluckte. Langsam dämmerte es ihr, mit welcher einsamen Persönlichkeit sie es hier zu tun hatte. »Diese Orchideen sind also quasi deine Freunde?«, fragte sie vorsichtig.

»Jede Einzelne von ihnen ist wie ein Mitbewohner für mich. Meine allererste Orchidee habe ich zu meinem achten Geburtstag geschenkt bekommen, da fing es an. Wenn ich traurig war, habe ich mich in mein Zimmer zurückgezogen und ihr meine Probleme anvertraut. Die Hübschen hören nämlich zu, sie geben niemals Widerworte, und wenn sie blühen, geht es ihnen gut. Ich hoffe, dir geht es auch gut, denn ich will, dass meine Freundin glücklich ist. Würdest du für mich eine Blüte hinters Ohr stecken? Das unterstreicht deine Schönheit noch mehr, dafür wäre ich sogar bereit, eine Blüte zu opfern ...«

Sofia überkam eine Gänsehaut. Sie beugte sich über den Tisch und fasste all ihren Mut zusammen. »Du bist psychisch krank. Vielleicht bist du schizophren oder paranoid, aber leider bin ich keine Ärztin, um das festzustellen. Trotzdem weiß ich, dass du ganz dringend Hilfe brauchst, denn ich bin nicht deine Freundin und werde es auch niemals sein.« Sie sah ihm eindringlich in die Augen. »Komm, lass dir bitte medizinisch helfen. Wir vergessen alles, was passiert ist, und du lässt mich einfach nach Hause gehen. Bitte!«

Die Augen ihres Entführers formten sich plötzlich zu kleinen Schlitzen, aus denen er sie böse anfunkelte, dann ließ er wütend seine Faust auf den Tisch krachen. »Sag nicht, dass ich ein Psycho bin, nur weil ich mit meinen Orchideen spreche!«

»Nein!«, erwiderte sie verwundert. »Du bist krank, weil du glaubst, ich wäre deine Partnerin. Du bildest dir Dinge ein, die nicht der Realität entsprechen. Du bist aktuell in einem Wahn oder einer Psychose.«

Im selben Moment sprang ihr Peiniger auf und stürzte sich auf sie. Es gab einen lauten Rums. Sofia war mit dem Stuhl nach hinten gekippt.

»Hilfe! Hilfe!«, schrie sie voller Panik und versuchte, ihn von sich wegzudrücken.

»Halt endlich dein blödes Maul! Ich bin nicht geisteskrank!«, fluchte er und drückte seine Hand um ihren schmalen Hals.

Mit weit aufgerissenen Augen hechelte Sofia nach Luft, während er hasserfüllt auf sie herabblickte. Sein Griff schloss sich immer fester und Todesangst erfasste sie. Wildgestikulierend schlug sie um sich, statt eines Schreis kam nur noch ein heiseres Röcheln aus ihrer Kehle. Endlich gelang es ihr, ihm ihr Knie in den Schritt zu rammen.

»Au! Du verdammtes Biest!«, brüllte er mit schmerzverzerrtem Gesicht und ließ von ihr ab.

Sofia keuchte. Schnell nutzte sie den Augenblick und rollte sich zur Seite weg, um dann auf allen vieren Richtung Flur zu krabbeln. Die Haustür, wo jetzt ein Schlüssel im Schloss steckte, war zum Greifen nah. Erleichterung! Nur noch wenige Krabbeleinheiten war sie von ihrer Freiheit entfernt.

Doch plötzlich spürte sie einen groben Griff um ihren linken Fußknöchel. Vor Schreck hielt sie die Luft an.

»Komm her, du Miststück«, fluchte er und zog sie gewaltsam zu sich zurück.

»Hilfe! Hilfe!«, brüllte Sofia erneut, so laut, wie sie nur konnte. Mit letzter Kraft klammerte sie sich am Türrahmen fest. Sie wollte nicht aufgeben, nicht verlieren. Doch der Psycho war eindeutig stärker als die zierliche Sofia. Unerbittlich wurde sie zurück ins Wohnzimmer geschleift, wo sie weiter wild um sich schlug: »Nein, nein, nein!«

Auf einmal ertönte ein Gong, der wie ein Echo lange nachhallte. Sofia horchte auf. War das ihre Rettung? Erneut setzte sie an, auf sich aufmerksam zu machen: »Hil...«

Doch der Entführer presste ihr die Hand auf den Mund und zischte: »Du gibst keinen Mucks von dir, verstanden? Oder willst du wie das andere Mädchen enden, das nicht brav war?«

Sofia schüttelte stumm den Kopf. Sie musste gehorchen, denn sie traute ihm alles zu, außerdem konnte sie ihn und seine Gewaltausbrüche überhaupt nicht einschätzen. Er war wie eine tickende Zeitbombe. Aus dem Nichts wurde er gewalttätig.

»Hallo? Haaaallo? Alles in Ordnung bei Ihnen?«, war von draußen eine tiefe dunkle Männerstimme zu hören.

Beide lagen auf dem Fußboden und rührten sich nicht. Man hätte eine Stecknadel fallen hören, so mucksmäuschenstill war es. Doch dann wurde ein weiteres Mal die Klingel betätigt, gefolgt von der lauten Frage: »Benötigen Sie Hilfe? Ich habe Hilferufe gehört.«

Sofia schloss die Augen und betete innerlich. Bitte, bitte, lass es die Polizei sein. Die Hoffnung, gleich aus den Fängen dieses Verrückten befreit zu werden, ließ sie erzittern.

Ein drittes Mal ertönte der Gong, gleichzeitig wurde heftig gegen die Tür geklopft.

Sofias Herz raste jetzt vor Aufregung. Würde ihr Martyrium schon bald zu Ende sein?

Kurze Zeit später öffnete Philip die Haustür und fummelte sich sein T-Shirt in die Jeans. »Hej! Wie kann ich Ihnen helfen?« Er sah den Störenfried an, als ob nichts geschehen wäre.

»Ähm, ja, also ich bin Birger aus Oslo«, stellte der Fremde sich vor und reichte ihm höflich die Hand. »Ich habe vor ein paar Wochen das Ferienhaus gleich da drüben gekauft und wir haben uns noch gar nicht kennengelernt.« Er zeigte auf das schräg gegenüberliegende typisch, schwedische Holzhaus - höchstens einhundert Meter entfernt.

»Na, dann herzlich willkommen im Dalsland!« Philip erwiderte den Handschlag, ohne sich selbst vorzustellen. »Ich hoffe, du fühlst dich wohl hier in der Gegend.«

Birger seufzte. »Meine Frau ist letztes Jahr gestorben und mit diesem Ferienhaus kann ich mich durch Renovierungsarbeiten von meiner Trauer ablenken. Als Nächstes will ich die Fassade streichen, als Rentner hat man ja genug Zeit. Wohnst du dauerhaft hier oder bist du nur ein Feriengast?«

»Das Haus gehört meiner Familie, ich bin öfters hier, wenn es meine Zeit erlaubt.« Philip streckte den Rücken durch. »Tja, leider habe ich gerade überhaupt keine Zeit zum Plaudern, ich bin nämlich auf dem Sprung. Einen schönen Tag noch, Birger«, versuchte er den Nachbarn abzuwimmeln.

»Oh, verstehe. Ähm, also ich will mich ja nicht einmischen, aber ich glaube, dass ich eben Hilferufe aus deinem Haus gehört habe, als ich gerade auf dem Weg zur Mülltonne war.«

»Ach, wirklich?« Philip machte ein ungläubiges Gesicht. »Nein, Birger, da täuschst du dich. Vielleicht hast du die Stimmen aus meinem Fernseher gehört. Ich habe mir eben einen spannenden Actionfilm angeschaut, mein Heimkinosystem hat Dolby-Surround-Boxen, das macht ordentlich Lärm. Du, ich muss jetzt echt los.«

Der Nachbar lächelte. »Na, dann ist ja alles gut. Sag mal,

hast du vielleicht eine Bohrmaschine, die ich mir ausleihen könnte? Ich habe meine dummerweise in Oslo vergessen.«

»Tut mir leid, ich habe keine. Aber geh mal vorne zum Haupthaus und frag nach Victor. Der hat fast alles an Werkzeug, was man sich nur vorstellen kann. Sag ihm einen schönen Gruß von mir und dass du auf meine Empfehlung kommst. Also, schönen Tag noch.«

Birger bedankte sich und Philip warf erleichtert die Tür mit einem lauten Knall ins Schloss.

»Puh, das war knapp«, murmelte er vor sich hin und wischte sich den Schweiß von der Stirn, dann marschierte er Richtung Wohnzimmer, wo sich Sofia hinter der Polstergarnitur versteckte.

»Die Luft ist rein! Du kannst wieder vorkommen«, sagte er.

Keine Reaktion.

»Sofia?« Er beugte sich hinter das Sofa. »Wo bist du?« Hektisch drehte er sich um seine eigene Achse. Dabei fiel sein Blick auf eine wehende Gardine. Geschockt schaute er auf das geöffnete Fenster. Sofia war weg!

Zur selben Zeit rannte Sofia barfuß dem grauhaarigen Mann hinterher, der gerade zu dem schräg gegenüberliegenden roten Häuschen ging.

»Hallo! Hallo! Bitte helfen Sie mir, bitte, bitte! Ich wurde entführt. Von einem Killer!« Ihre Stimme überschlug sich, so aufgeregt war sie.

Der Mann drehte sich um und schaute sie irritiert an.

»Bitte! Bitte! Sie sind meine Rettung!« Verzweifelt fiel Sofia ihm um den Hals. Wie ein Häufchen Elend stand sie da in ihrem blauen Sommerkleid mit den Margeriten, das sie ihrem Entführer zuliebe tragen musste.

»Okay, beruhigen Sie sich.« Der Mann legte einen Arm um sie und tätschelte ihren Rücken. »Bei mir sind Sie sicher, ich heiße Birger. Niemand wird Sie töten.« Seine tiefe Stimme wirkte sofort beruhigend auf Sofia.

»Danke«, hauchte sie und plötzlich fing sie bitterlich zu weinen an. All ihre Ängste, die sie seit der Entführung nicht mehr losgelassen hatten, fielen in diesem Moment wie eine tonnenschwere Last von ihren Schultern. »Ich bin frei! Ich habe es geschafft«, schluchzte sie. Sie konnte es selbst noch nicht fassen, dass sie mit dem spontanen Fenstersprung dem Gestörten tatsächlich hatte entfliehen können. »Sie müssen sofort die Polizei alarmieren. Er hat schon eine Frau ermordet, der Typ ist total durchgeknallt.« Ihre Zähne klapperten vor Angst und ihre Fingernägel bohrten sich in Birgers Rücken. Sie wollte jetzt nur festgehalten werden und das Gefühl von Sicherheit spüren.

»Oh mein Gott!, das ist ja schrecklich. Kommen Sie, in der Küche liegt mein Handy. Alles wird gut, ich passe auf Sie auf.« Schützend legte er seinen Arm um sie und führte sie eilig über die schmale Straße, um zu seinem Grundstück zu gelangen.

»Birger! Nimm sofort deine dreckigen Pfoten von meiner Freundin!«, ertönte auf einmal eine Stimme.

Geschockt blieb Sofia stehen. Sie drehte sich um und sah, wie ihr Peiniger aufgebracht auf sie zugerannt kam. Ihr Herzschlag schien für eine Sekunde auszusetzen.

»Nein! Das ist er. Er wird mich töten!«, kreischte Sofia hysterisch.

»Das wird er nicht. Ich passe auf Sie auf«, versprach Birger ruhig. »Rennen Sie schnell in mein Haus und sperren Sie sich ein. Auf dem Küchentisch liegt mein Handy. Ich werde ihn aufhalten, alles wird gut, versprochen!«

Zittrig rannte Sofia los. Das Nachbarhaus war nicht weit entfernt, sie musste nur den begrünten, steilen Hügel hochlaufen, doch auf nackten Fußsohlen war das beschwerlich, ständig rutschte sie auf dem nassen Gras aus, rappelte sich auf und rannte weiter. Zeitgleich hörte sie den Verrückten schreien: »Sofia! Komm sofort zurück, wenn dir das Leben deines alten Freundes etwas bedeutet.«

Bei diesen Worten blieb sie abrupt stehen. Wie in Zeitlupe drehte sie sich um und starrte entsetzt der Horrorszene entgegen, die sich ihr am Fuß des Hügels bot.

Birger hockte auf den Knien im Gras, der Psycho hielt seinen Kopf an den grauen Haaren fest und drückte ihm mit der anderen Hand die scharfe Klinge eines Küchenmessers an die Halsschlagader.

»Du kommst jetzt sofort zu mir. Na, wird's bald? Sei ein braves Mädchen«, forderte er laut. »Du willst doch, dass ich ihm nichts antue, oder?«

Sofia nickte hastig.

»Du bist meine Freundin«, schrie er den Hügel hoch. »Du wirst jetzt auf der Stelle zu mir kommen.«

Das tödliche Dilemma lähmte Sofia. Auf der einen Seite wollte sie vor dem Irren fliehen, andererseits konnte sie jedoch nicht zulassen, dass sich ein Unschuldiger ihretwegen in Gefahr befand. Ihrem moralischen Kompass folgend, ging sie langsam und vorsichtig auf beide zu.

»Brav! Sehr braves Mädchen«, lobte sie der Entführer.

»Lass ihn in Frieden. Er wollte mir doch nur helfen«, sagte Sofia ängstlich.

»Helfen? Wobei helfen?«, frage er mit einem Kopfschütteln, dann schubste er den Rentner angewidert von sich weg. »Ich habe gesehen, wie du dich an ihn geschmiegt hast. Er wollte dich klauen, aber du bist meine Freundin. Hast du mich verstanden?« Drohend machte er einen Schritt auf sie zu.

»Ich bin nicht deine Freundin«, erwiderte sie verzweifelt. »Ich kenne dich doch gar nicht.« Dann kniete sie sich neben Birger und fragte, ob alles in Ordnung sei.

Der Rentner hustete, bestätigte jedoch, dass es ihm den Umständen entsprechend gut gehe, anschließend wandte er sich direkt an den Irren: »Du bist doch komplett verrückt! Ich kenne diese Frau überhaupt nicht. Ich bin auch nur wegen ihrer Hilfeschreie aufmerksam geworden.«

»Ich bin nicht verrückt!«, kreischte er zurück.

»Doch, du gehörst in die Psychiatrie. Du hast mich doch gerade erst mit einem Messer bedroht und glaubst, ich hätte dir deine Freundin ausgespannt. Du gehörst eingesperrt, du bist eine Gefahr für die Menschen.«

Sofia sah noch, wie es in den Augen ihres Entführers gefährlich aufblitzte, dann stach er auch schon zu.

Birger sackte sofort mit vor Schreck aufgerissenen Augen in sich zusammen. Blut quoll sprudelnd aus seiner Halswunde und spritzte nach allen Seiten. Der Irre hatte seine Halsschlagader getroffen. Für einen Moment taumelte Sofia, doch rasch fing sie sich.

»Nein! Nein!« Geistesgegenwärtig presste sie die Hände auf die Einstichstelle, um die Blutung zu stoppen. »Alles wird gut. Ganz ruhig ein- und ausatmen«, versuchte sie das Opfer zu beruhigen, dann sah sie auf. »Ruf sofort einen Rettungswagen!«

Doch der Messerstecher antwortete nicht. Er stand nur teilnahmslos daneben, als ob ihn das alles nichts anginge.

Birger reagierte ebenfalls nicht mehr. Seine Glieder zuckten nur noch ein paar Mal, bis seine Atmung immer flacher wurde.

Fassungslos starrte Sofia auf das regungslose Gesicht des

älteren Mannes. Dieser Psycho war absolut gemeingefährlich und skrupellos.

»Du hast ihn umgebracht«, sagte sie mit tränenerstickter Stimme und sah furchtsam zu ihrem Peiniger auf. Würde sie die Nächste sein, die kaltblütig erstochen werden würde? Ihr ganzer Körper bebte vor Angst, ihre Beine schlotterten, die Hände zitterten und ihre Zähne klapperten.

»Das ist alles deine Schuld«, erwiderte er jetzt kühl. »Wenn du nicht fortgelaufen wärst, würde er noch leben.«

Mit zitternden Händen griff Sofia nach einem Zipfel ihres Kleides und wischte sich die Tränen weg. Wie konnte dieser Geistesgestörte sie für diesen widerlichen Mord verantwortlich machen?

»Los, fass seine Beine an! Wir müssen ihn schnell wegschaffen, bevor hier noch Spaziergänger vorbeikommen«, forderte er und blickte sich nervös um.

Sofia rang nach Luft. Jetzt sollte sie also auch noch eine Leiche fortschaffen? Wieder wurde ihr schwindelig und sie musste sich übergeben, doch der Irre nahm keine Rücksicht auf ihre Verfassung. Er beharrte darauf, dass die Leiche unverzüglich an einen sicheren Ort gebracht werden müsse, und zerrte an ihrem Arm.

Mit der blanken Angst im Nacken rappelte sich Sofia auf, wischte sich erneut mit dem Rockzipfel über den verschmierten Mund und tat aus Furcht, was ihr befohlen wurde, obwohl die Angst, dass ihr das gleiche Schicksal widerfahren könnte, sie beinahe lähmte. Hatte der Psycho das schreiende Mädchen auf dieselbe Weise getötet? Sofia traute sich nicht, ihn zu fragen, denn ihr lief bereits ein eiskalter Schauer über den Rücken, als sie in Birgers starre Augen blickte.

Zusammen schleppten sie die Leiche zurück zu dem Grundstück ihres Entführers und legten ihn neben dem Holzschuppen ab, wo er den Toten in eine schwarze PVC-Plane einwickelte.

Sofia stand teilnahmslos daneben und blickte schwer atmend auf ihre blutverschmierten Hände. Auch ihr Kleid war mit Blut bespritzt. Bei diesem Anblick kam ihr ein weiteres Mal die Galle hoch. Kurzatmig vom Würgen, von der Angst und dem Ekel hockte sie sich neben den Schuppen. Das war alles zu viel für sie. Sie wollte schreien, doch sie hatte einfach keine Kraft mehr dazu.

Es war das erste Mal, seit sie in den Fängen des Psychopathen war, dass sie ernsthaft damit rechnete, ihre Eltern und Freunde nie mehr wiederzusehen. Durch einen Tränenschleier nahm sie wahr, wie der Irre festentschlossen auf sie zuging, in der Hand das Messer, mit dem er kurz zuvor zugestochen hatte.

»Nein, nein, bitte töte mich nicht«, flehte sie mit brüchiger Stimme und zog die Knie ganz nah an sich heran, doch ihr Peiniger reagierte darauf nur mit einem höhnischen Lachen.

Kapitel 11

Als Monica Sandström zum zweiten Mal an diesem Vormittag im ICA Supermarkt in Bäckefors auftauchte, um den Marktleiter unter vier Augen zu sprechen, kam Lasse Holmgren sichtlich ins Schwitzen. Er bat einen Mitarbeiter, das Auspacken der Konserven, mit dem er gerade begonnen hatte, für ihn zu übernehmen. Sichtlich nervös führte er sie erneut in sein schmutziges Hinterzimmer.

»Was gibt es denn noch so Wichtiges? Wollen Sie den Spind von Marie begutachten?«, fragte er, während er hektisch versuchte, das Chaos auf seinem Schreibtisch zu beseitigen.

Monica rümpfte die Nase. Sie verfügte aufgrund ihrer jahrelangen Erfahrung als Kommissarin über genug Menschenkenntnis, um zu erkennen, dass sich Holmgren absolut unwohl fühlte. Er war kalkweiß und schwitzte stark, was man in dem kleinen Zimmer auch riechen konnte.

»Ist Ihnen nicht gut?«, erkundigte sie sich.

»Was? Nein!« Er schob eine benutzte Kaffeetasse zur Seite und sah Monica betroffen an. »Wobei, der Tod von Marie ist mir ganz schön auf den Magen geschlagen. Wir haben uns eben im Team gegenseitig getröstet, aber ich kann den Laden deshalb nicht schließen, obwohl wir alle tieftraurig sind. Wissen Sie, die Kunden wollen trotzdem einkaufen, auch wenn unsere beste Mitarbeiterin unter solch tragischen Umständen ums Leben gekommen ist.« Er fuhr sich mit dem Ärmel über die glänzende Stirn.

»Hatten Sie ein Verhältnis mit Marie Lundberg?«, fragte Monica ohne jegliche Vorankündigung. Sie wollte sehen, wie sein Körper auf die direkte Konfrontation reagierte, wenn er bereits wegen eines Vier-Augen-Gesprächs ins Schwitzen kam.

»Wie bitte?« Holmgren musste sich sofort setzen.

»Sie haben mich schon richtig verstanden. Sagen Sie besser gleich die Wahrheit, mein Kollege befragt in dieser Angelegenheit nämlich auch gerade Ihre Mitarbeiter. Also, ich höre?«

Verlegen kratzte Holmgren sich am Hinterkopf. »Tja, Frau Kommissarin, das war ein Fehler, den ich da begangen habe.« Er beugte sich vor und sprach sehr leise weiter: »Das darf aber niemand erfahren. Bitte versprechen Sie mir das.«

»Ihre Frau muss nichts davon erfahren, wenn Sie unschuldig sind.«

»Natürlich bin ich das! Frau Sandström, ich bitte Sie! Sie verdächtigen mich doch wohl nicht, Marie etwas angetan zu haben.«

»Warum sind Sie dann so nervös? Wovor haben Sie Angst?« Monica nahm das weiß eingerahmte Familienfoto von seinem Schreibtisch und betrachtete die Aufnahme der vierköpfigen, lachenden Familie, die für diesen Anlass offenbar extra ein Fotostudio aufgesucht hatte.

»Weil ich meine glückliche Familie nicht wegen einem solchen Techtelmechtel aufgeben würde. Niemals hätte ich meine Frau für Marie verlassen! Das stand überhaupt nicht zur Debatte.«

»Soso. Wie alt sind Ihre Kinder?« Sie stellte den Rahmen zurück an seinen Platz.

»Lucia wird am Sonntag neun und Nils ist sieben. Ich liebe meine Kinder abgöttisch und natürlich auch meine wunderbare Frau. Aber wissen Sie, wenn man schon so lange zusammen ist, geht eine Beziehung manchmal im Alltag unter, weil die Kinder nun mal die oberste Priorität haben. Marie hat mir einfach gezeigt, dass ich immer noch ein begehrenswerter Mann bin und ...«

»Bitte verschonen Sie mich mit Details«, fiel Monica ihm ins Wort.

»Das war wirklich nichts Ernstes zwischen Marie und mir, es war halt nur so eine Liebelei auf der Arbeit. Verstehen Sie das?«

»Durchaus. Aber ich bin nicht hier, um mit Ihnen über Beziehungsprobleme oder Ihr angekratztes Ego zu sprechen, sondern darüber, wer der Mörder von Marie ist. Wo waren Sie eigentlich am Samstagabend, als Frau Lundberg Feierabend gemacht hat?«

Holmgren schluckte hörbar. »Ich war zu Hause.«

»Gibt es dafür Zeugen?«

Er verneinte und erklärte, dass seine Frau auf einem Geburtstag eingeladen gewesen sei und er daheim auf die Kinder aufgepasst habe.

»Wann gehen Ihre Kinder schlafen?«, feuerte Monica eine Frage nach der anderen ab.

»Am Wochenende so gegen 21 Uhr.« Er sah die Kommissarin erschrocken an. »Sie glauben bitte nicht wirklich, dass ich Marie getötet habe?«

Monica ging darauf nicht ein, stattdessen wollte sie wissen, wo Holmgren wohnte.

»In Ödskölt«, antwortete er.

»Ach, wie praktisch. Also gleich im Nachbarort, nur wenige Minuten von Ihrem Arbeitsplatz entfernt«, bemerkte sie.

»Ich habe nichts mit ihrem Tod zu tun«, verteidigte sich der Marktleiter erneut.

»Ja, ja, das haben Sie bereits erwähnt.« Monica stand auf und ging zur Tür, doch dort drehte sie sich noch einmal um. »Wie lange ging eigentlich Ihre sogenannte Liebelei mit Marie? Bitte lügen Sie mich nicht an, denn wir bekommen es sowieso heraus.«

Holmgren druckste ein wenig herum, ehe er gestand, dass er und Marie sich seit sechs Monaten heimlich getroffen hätten.

»Nennt man das dann nicht eher Affäre oder Verhältnis?«, gab Monica kühl zurück. »Aber das geht mich im Prinzip auch nichts an. Waren Sie für Samstagabend nicht vielleicht doch mit Marie verabredet? Die Kinder im Bett, die Frau außer Haus, da könnte man sich nach Maries Feierabend eigentlich schnell mal treffen, nicht wahr?«

Holmgren schüttelte energisch den Kopf. »Nein, ich sagte ja, ich musste auf die Kinder aufpassen!«

»Wo haben Sie sich denn für gewöhnlich heimlich getroffen? Marie wohnte ja bei den Eltern oder haben Sie diese Besenkammer hier für Ihre Schäferstündchen genutzt?« Abfällig musterte sie das kleine Büro.

»Das ist doch völlig egal«, sagte er verlegen, seine Wangen röteten sich.

»Wollte Marie vielleicht mehr als nur Ihre Geliebte sein?«, bohrte Monica weiter.

»Nein! Ich habe ihr von Anfang an klar und deutlich gesagt, dass ich meine Familie nicht verlassen werde. Das wusste sie.«

»Na ja, vielleicht hat sie sich mehr erhofft? Sie war zwanzig und ein Verhältnis mit dem weitaus älteren Chef kann doch so manche junge Frau zum Träumen bringen.«

»Hören Sie auf mit Ihren Unterstellungen!«, schnaubte der Marktleiter. »Marie war kein junges, naives Mädchen, wie Sie sie gerade darstellen. Sie war sehr reif für ihr Alter und wusste, worauf sie sich einließ.«

»Aha! Na gut. Ich danke Ihnen für Ihre Zeit, das war es fürs Erste«, sagte Monica und verließ das Büro. Sie hatte genug gehört, um sich ein Bild über die Ermordete und ihre Beziehung zu ihrem Chef zu machen. Und sie war ermittlungstechnisch endlich wieder ganz die Alte. Knallhart und ohne Umschweife Fragen zu stellen - dafür war sie eigentlich bekannt.

Ole saß auf dem Beifahrersitz und beendete gerade ein Telefongespräch, als Monica sich neben ihn auf den Sitz fallen ließ. Fragend schaute er sie an.

Monica seufzte. »Ein verheirateter Mann, der sich in seiner Midlife-Crisis befindet, hat seit einem halben Jahr ein Verhältnis mit seiner deutlich jüngeren Mitarbeiterin, die brutal getötet wurde.«

»Fremdgehen ist scheiße, das geht meistens nicht gut aus«, stimmte Ole zu.

»Zum Glück wird nicht jeder gleich ermordet, sonst hätten wir viel zu tun. Außerdem sollte man niemanden vorverurteilen, man muss auch immer hinterfragen, warum man sich anderweitig vergnügt«, schnaufte Monica nachdenklich.

»Befürwortest du gerade das Fremdgehen?«

»Quatsch! Natürlich nicht.« Sie schüttelte den Kopf. »Oh Mann, so habe ich mir meinen ersten Arbeitstag nicht vorgestellt - gleich einen Mord.«

»Na, willkommen zurück im Dienst. Wenigstens lenkt es dich ab«, erwiderte Ole grinsend. »Übrigens habe ich auch noch ein paar Neuigkeiten.«

»Lass mich raten, jeder der Kollegen wusste, dass der Chef und Marie eine Affäre hatten?«

»Falsch! Keiner konnte die Anschuldigungen bestätigen. Unser Pärchen hat offenbar gut aufgepasst, dass niemand etwas mitbekommt.«

»Wohl nicht gut genug. Björn Martinsson ist fristlos gekündigt worden, weil er die zwei in flagranti erwischt hat«, wandte Monica ein. »Zumindest geht er davon aus, dass dies der Grund seiner Entlassung war.«

»Aber dann hätte Holmgren doch eher Martinsson getötet und nicht Marie, damit dieser seiner Frau nichts verraten würde.«

Die Kommissarin ließ ihren Kopf auf das Lenkrad sinken, dabei rekapitulierte sie: »Für Samstagabend haben weder der Ex-Kollege noch der Supermarktleiter ein Alibi, und Holmgrens Frau war angeblich auf einem Geburtstag, während er auf die schlafenden Kinder aufgepasst hat.«

»Bitte vergiss nicht, dass Marie höchstwahrscheinlich vergewaltigt wurde, bevor man sie erstochen hat. Sobald der Abschlussbericht aus der Rechtsmedizin da ist, wissen wir es genau«, erinnerte Ole die Chefin.

»Stimmt, da hast du recht. Die betrogene Ehefrau wird also vermutlich nichts mit dem Mord zu tun haben.« Monica hob den Kopf und startete frustriert den Motor, um zurück ins Polizeirevier zu fahren.

»Übrigens wollte ich dir noch interessante Neuigkeiten von Kamal mitteilen«, begann Ole, »die werden deiner Laune sicherlich guttun.«

»Raus damit!«

»Björn Martinsson hat eine blütenweiße Weste, mal abgesehen von Beschwerden der Nachbarn, die ein paar Mal wegen lauter Musik die Polizei gerufen haben. Es liegen keine Anzeigen bezüglich Stalking, Belästigung oder Sonstigem dieser Art gegen ihn vor.«

»Na, das sind ja ganz tolle Neuigkeiten«, sagte Monica ironisch. »Irgendwann ist immer das erste Mal. Er war unglücklich in Marie verliebt.«

»Ich habe aber noch eine Information, die dir sicherlich besser gefallen wird«, beharrte Ole.

»Spann mich nicht auf die Folter.«

»Lasse Holmgren wurde vor etwa einem knappen Jahr angezeigt.«

»Oh, das ist wirklich interessant. Lass mich raten: Sexuelle Belästigung einer blutjungen Supermarktmitarbeiterin?«, mutmaßte Monica zynisch.

»Falsch! Er wurde von seiner Ehefrau angezeigt. Der Vorwurf lautet: häusliche Gewalt. Er hat sie geschlagen.«

Monica seufzte leise. »Dieses Schwein! Und auf seinem Schreibtisch steht ein Foto von seiner angeblich glücklichen Familie.«

»Die Anzeige wurde ein paar Tage später wieder zurückgezogen«, fuhr Ole fort.

»Typisch, es ist immer das gleiche Muster.« Monica schüttelte den Kopf. Sie konnte einfach nicht begreifen, warum viele Frauen reumütig zu ihren gewalttätigen Männern zurückkehrten.

»Gibt es nicht noch bessere Neuigkeiten? Was ist mit der vermissten Urlauberin aus Ed? Ist sie wieder aufgetaucht? Komm, wenigstens eine gute Nachricht an diesem beschissenen ersten Tag.«

»Tut mir leid. Sofia Wättring ist nach wie vor verschwunden. Ihre Freundinnen, die sie als vermisst gemeldet haben, haben sich laut Kamal vor ein paar Stunden auf den Weg zurück nach Malmö gemacht. Sie können hier ja nichts weiter tun, als zu warten.«

»Oh ja. Warten und herumsitzen kann einen in den Wahnsinn treiben. Glaub mir, ich weiß, wovon ich spreche«, sagte Monica bitter. »Ich habe die schlimmsten Wochen meines Lebens hinter mir. Hoffen wir, dass wir beide lebend finden.«

»Beide? Marie Lundberg ist tot«, sagte Ole verständnislos.

»Sofia Wättring und meinen Gustav!«

»Oh! Ja, natürlich. Tut mir leid.« Obwohl Ole den Blick aus dem Beifahrerfenster gewandt hatte, konnte Monica erkennen, dass es ihm total peinlich war.

Mit feuchten Augen steuerte die Kommissarin den Wagen weiter Richtung Uddevalla, dem baldigen Feierabend entgegen. Sie bereute, dass sie den Verlust ihres Mannes erwähnt hatte. Schließlich wollte sie mit niemandem darüber sprechen. Zumindest nicht heute.

Kapitel 12

Als Monica abends zu Hause ankam, hatte sie leichte Kopfschmerzen. Ihr erster Arbeitstag war anstrengender gewesen, als gedacht. Der gewaltsame Tod einer jungen Frau ging nun mal nicht spurlos an ihr vorbei, obwohl sie schon seit über dreißig Jahren Polizistin und davon die meiste Zeit bei der Kriminalpolizei tätig war. Allerdings war sie auch mit Mitte fünfzig keine Maschine, die ihren Kopf vor der Garageneinfahrt per Knopfdruck auf Feierabendmodus umstellen konnte. Dennoch versuchte sie, die Verbrechen vor der Tür zu lassen, denn sie hatte mit ihrem eigenen Schicksal zu kämpfen. Sie fühlte sich fast schon etwas schuldig, dass sie heute nicht pausenlos an Gustavs Verbleib gedacht hatte. Doch zu Hause hatte sie notgedrungen genügend Zeit zum Nachdenken. An diese Stille im Haus konnte sie sich einfach nicht gewöhnen, seit sie unfreiwillig allein lebte.

Sie legte sich aufs Sofa und massierte ihre Schläfen, dann schloss sie die Augen und verfiel in ihre Grübeleien. In Gedanken spulte sie - wie schon gefühlt tausendmal zuvor - den letzten Abend ab, bevor Gustav von seinem Boot verschwunden war. Verzweifelt suchte sie in ihrer Erinnerung nach irgendwelchen Auffälligkeiten, die einen versteckten Hinweis darauf geben könnten, dass er aus freien Stücken gegangen war - quasi eine wortlose Trennung.

An dem besagten Abend hatten sie zusammen gekocht und anschließend Monicas Lieblingsgericht gegessen: Tagliatelle mit Lachs und einer leckeren Sahnesoße. Sie hatten zwei Flaschen Rotwein getrunken und viel geredet. Alles in allem hatten sie einen wunderschönen Abend miteinander verbracht. Zumindest aus Monicas Sicht. Gegen 23 Uhr war sie dann todmüde in ihr Schlafzimmer gegangen - beide schliefen schon länger getrennt. Zum einen, da Gustav wie ein Bär schnarchte, zum anderen, da sich die Sandströms seit dem Auszug ihrer Tochter auseinandergelebt hatten. Jeder hatte seinen Job, eigene Hobbys und teilweise getrennte Freundeskreise. Streng genommen hatten sie wie in einer Wohngemeinschaft unter einem Dach gelebt. Doch ausgerechnet an diesem Abend hatten sie beschlossen, ihrer Beziehung kurz vor der Silberhochzeit eine zweite Chance zu geben.

Einige Tage zuvor hatte Monica auch ihre Affäre mit Ingvar, der mit seiner Frau nebenan wohnte, beendet. Rückblickend bereute sie zutiefst, dass sie ihren Mann überhaupt betrogen und zugleich ihre Nachbarin hintergangen hatte, denn sie hatten immer ein freundschaftliches Nachbarschaftsverhältnis gepflegt. Als das alles anfing, hatte Monica sich in ihrer Ehe mit Gustav einfach nur schrecklich einsam gefühlt und Ingvar hatte ihr stets aufmerksam zugehört. Er war überaus verständnisvoll und klagte oft, dass es ihm mit seiner Margareta ähnlich ergehe. Auf dieser gemeinsamen Basis hatte sich eine abenteuerliche Affäre entwickelt. Stolz war Monica nicht darauf, sie hatte auch bisher mit niemandem über ihren Ehebetrug gesprochen. Doch jetzt plagte sie ihr schlechtes Gewissen, und sie befürchtete, dass Gustav vielleicht doch Verdacht geschöpft haben könnte und dieser schöne letzte Abend nur eine schauspielerische Glanzleistung seinerseits gewesen war, da er seinen Fortgang längst beschlossen hatte.

Unruhig wälzte sich Monica auf dem Sofa hin und her. In ihrem Kopf gab es zu viele Fragezeichen und keine Antworten. Zum Glück erlöste sie das Klingeln des Handys aus ihren Überlegungen.

»Emma! Schön, dass du dich meldest. Wie geht es dir?«

»Hallo, Mama. Danke, mir geht es ausgezeichnet. Sag mir

lieber, wie es dir geht? Wie war der erste Tag?«, erkundigte sich ihre Tochter.

Monica holte tief Luft, denn sie wollte ehrlich antworten und wusste so spontan nicht, wo sie anfangen sollte. »Ach, es ging so. Die Kollegen waren sehr nett, aber heute Morgen haben wir den Mord an einer jungen Frau auf den Tisch bekommen. Du kannst dir vorstellen, dass meine Stimmung deshalb ein bisschen durchwachsen ist. Jedenfalls sind mein zauberhafter Kollege Ole und ich jetzt mit der Suche nach dem Täter beschäftigt, insofern bin ich gut abgelenkt, was die Sache mit deinem Vater betrifft. Aber lass uns lieber von etwas Schönem sprechen. Wie war die Uni heute?«

»Die Vorlesung ist ausgefallen, weil der Dozent krank ist, und ich bin eigentlich auf dem Sprung, weil ich mit meinen Mitbewohnerinnen gleich in eine Kneipe gehen werde. Später wollen wir noch in einen Club. Du, Mama, Berlin ist echt super. Hier kannst du jeden Abend ausgehen und Party machen. Göteborg ist ein verschlafenes Nest dagegen.«

»Wow! Das hört sich nach jeder Menge Spaß an. Solange man gute Noten bekommt und die Uni nicht vernachlässigt, kann man ruhig abends weggehen«, unterstützte Monica das Vorhaben ihrer Tochter. Sie freute sich für Emma, dass sie an ihrem Studienort Berlin so wunderbare Ablenkung fand und nicht um den Vater weinte oder sich in ihrem Zimmer verkroch. Schon im letzten Jahr hatte Emma sich dafür entschieden, ihr Business-Administration-Studium in der deutschen Hauptstadt fortzusetzen, statt in Göteborg zu bleiben. Als Gustav verschwand, hatte sie zurückkommen wollen, doch Monica hatte sie davon abgehalten. Ihre Tochter sollte ihr Leben leben und nicht ihretwegen auf ihre beruflichen Träume verzichten.

Die beiden plauderten noch ein paar Minuten, bevor

Emma von ihrer Mitbewohnerin zum Aufbruch gedrängt wurde, um einen vernünftigen Tisch mit Barhockern in der gut besuchten Studentenkneipe zu ergattern. Monica wünschte ihrer Tochter einen schönen Abend und ermahnte sie, auf sich aufzupassen.

Gerade als Monica aufgelegt hatte, klopfte es gegen die Terrassentür. Sie schreckte vom Sofa hoch und rollte genervt mit den Augen, dann schob sie die Glastür zur Seite, um den blonden Mann mit den stahlblauen Augen hereinzulassen.

»Was willst du, Ingvar?«, fragte sie reserviert.

»Wie geht es dir?«

»Den Umständen entsprechend ganz gut. War es das?«

»Du gehst mir seit Wochen aus dem Weg«, sagte der Nachbar und versuchte, sie in die Arme zu nehmen, aber Monica wich sofort ein paar Schritte zurück. Stattdessen verschränkte sie die Arme vor der Brust.

»Warum bist du so abweisend zu mir? Wir hatten doch eine schöne Zeit miteinander.«

»Hör zu, Ingvar. Was zwischen uns gelaufen ist, war ein riesiger Fehler, den ich mittlerweile zutiefst bereue. Geh zu deiner Margareta und lass mich bitte in Ruhe.«

»Aha, so ist das also. Ich war nur ein kleines Abenteuer für dich, um dich von deinem langweiligen Eheleben zu befreien.«

»Red keinen Quatsch! Ihr seid unsere Nachbarn. Und Freunde«, flüsterte Monica kopfschüttelnd.

Ingvar versuchte erneut, sie in die Arme zu schließen, doch Monica drehte sich weg.

»Du weißt, ich liebe dich«, offenbarte er ebenso leise. »Ich habe noch nie eine Frau so geliebt wie dich, das ist mir jetzt schmerzlich bewusst geworden, da wir so lange keinen Kontakt hatten. Ich bin bereit, Margareta für dich zu verlassen, damit wir zwei ...«

»Hör auf!«, raunzte Monica ihn energisch an und hob mahnend die Hand, damit er wirklich still war. »Ein ›wir zwei‹ gibt es nicht. Kapier das bitte endlich.« Sie schob die Terrassentür einen Spalt auf und bat ihn, unverzüglich zu gehen.

»Ich vermisse dich«, hauchte er ihr mit einem bemitleidenswerten Blick zu.

»Das alles hätte nie passieren dürfen«, beharrte sie. »Ich schäme mich so. Und ich vermisse Gustav, nicht dich. Also lass mich endgültig in Frieden. Geh zu deiner Frau, und dann versuchen wir, einfach nur ganz normale Nachbarn zu sein, so wie früher. Hast du mich verstanden?«

Ingvar schluckte. Mit gesenktem Kopf verließ er die Terrasse und huschte durch die Hecken zu seinem Haus zurück.

Monica donnerte wütend die Schiebetür hinter sich zu und warf sich anschließend heulend auf das Sofa. Sie fühlte sich unendlich elend und mies - gegenüber Gustav, gegenüber Margareta und gegenüber Ingvar, der sich anscheinend mehr als eine belanglose Affäre mit ihr erhofft hatte. Es war ein einziger emotionaler Schlamassel, in dem sie da knietief steckte.

Als sie sich etwas beruhigt hatte, öffnete sie frustriert die kleine Wohnzimmerbar, nahm eine Whiskeyflasche heraus, schenkte sich ein Glas ein und begutachtete die eingerahmten Bilder, die an der Wand hingen. Bilder aus glücklichen Tagen. Erneut überkamen sie die Emotionen und Monica glitt weinend zu Boden. »Gustav, wo bist du? Bist du meinetwegen abgehauen und alle sollen glauben, dass du tot bist?«, sagte sie schluchzend. Dann schleuderte sie, einem plötzlichen Impuls folgend, das Whiskeyglas gegen die Wand. Die Situation fraß sie innerlich auf. Immer häufiger hatte sie in letzter Zeit zur

Flasche gegriffen, um sich wegen der Selbstvorwürfe und ihres schlechten Gewissens auf andere Gedanken zu bringen.

Ohne dass sie etwas dagegen unternehmen konnte, setzte das Gedankenkarussell wieder ein: Hatte Ingvar die Affäre eventuell Gustav gebeichtet, weil sie kurz vorher mit ihm Schluss gemacht hatte, und hatte Gustav daraufhin möglicherweise sogar Suizid begangen? Den ermittelnden Kollegen gegenüber hatte sie diese Option immer kategorisch verneint, weil sie sich das bei ihm überhaupt nicht vorstellen konnte. Oder hatte Ingvar etwa seine Hände im Spiel, weil er so besessen von ihr war und Gustav aus dem Weg räumen wollte?

Es blieben auch hier viel zu viele Fragen und zu wenig Antworten. Es war einfach nur zermürbend.

Kapitel 13

Kurz nach 4 Uhr zeichnete sich am Horizont ein zarter Schimmer ab und zeigte, dass die Nacht schon bald vorüber sein würde. Die darauf einsetzende orangene Morgendämmerung sorgte für eine ganz besondere Stimmung inmitten der schwedischen Natur. Um diese Uhrzeit herrschte eine magische Stille, die lediglich von ein paar Eulen mit ihren schaurigen Rufen gestört wurde. Eine unheimliche Atmosphäre lag in der Luft.

Ein lautes Knattern zerriss jäh den Gesang der Waldkauze, die ihr Revier verteidigten, als Philip den Motor seines Angelbootes startete, das in der Nähe seines Ferienhauses an einem Holzsteg vertäut lag. Er löste das Tau und manövrierte das Boot auf den tiefblauen See Iväg hinaus. Seiner Meinung nach war jetzt der beste Zeitpunkt, um den toten Rentner zu entsorgen. Bei Sonnenaufgang war in dieser Region normalerweise keine Menschenseele unterwegs, nachts dagegen lief man Gefahr, dass Anwohner einen im Lichtkegel der Taschenlampe vom Ufer aus sehen und stutzig werden könnten. Dieser Gefahr wollte er sich und Sofia keineswegs aussetzen.

Seine Begleiterin saß zu dieser frühen Stunde, in eine rote Daunenjacke gehüllt, seltsam eingeschüchtert und zusammengekauert im Boot. Wortlos starrte sie auf den Boden des Bootes.

Etwa auf der Mitte des spiegelglatten Sees würgte Philip den Motor ab und warf den Anker.

»So, jetzt geht es los!«, sagte er und klatschte freudig in die Hände. Dann befestigte er zwei schwere Steine an der schwarzen Plane, in der Birger eingewickelt war, und schnürte das obere und untere Ende dabei mit einem Seil fest zu. Die Steine sollten als Beschwerer dafür sorgen, dass die Leiche nicht irgendwann aufgrund der Fäulnisgase Auftrieb bekam und an die Wasseroberfläche trat. Der tote Rentner sollte für immer verschollen bleiben.

»Los! Pack mal an. Der Typ ist verdammt schwer«, forderte er Sofia auf.

Schweigend tat sie, was von ihr verlangt wurde. Endlich verhält sie sich kooperativ, dachte Philip zufrieden, wie ein braves Mädchen. Er sah sie von der Seite prüfend an. Oder war sie einfach nur verunsichert und handelte aus Furcht, selbst mit einem Messer im Rücken ins Wasser zu fallen? Dabei würde er ihr so etwas doch nie antun, sie war schließlich seine Freundin. Wenn sie gehorchte.

Das Duo hievte den schweren Leichensack über den Bootsrand und mit einem lauten Plumps fiel Nachbar Birger ins kalte Wasser. Er verschwand augenblicklich, umgeben von ein paar Schaumblasen, in der Tiefe des Sees.

»Das hat man davon, wenn man sich in fremde Angelegenheiten einmischt!«, bemerkte er und lachte schadenfroh.

Sofia sah ihn an. »Du hast das hier nicht zum ersten Mal gemacht, stimmt's?«, fragte sie.

»Ja. Woher weißt du das? Wir hatten früher eine Katze, die so viele Babys geworfen hat, dass mein Bruder und ich eine Entscheidung treffen mussten, weil unsere katzenverrückte Mutter tatsächlich mit so vielen Stubentigern zusammenleben wollte. Da mussten wir halt handeln und haben die Kätzchen mit dem Kopf gegen einen Stein bewusstlos geschlagen, bevor wir sie ertränkt haben.«

»Du bist einfach abartig!«, zischte sie ihn unvermittelt an.

»Warum? Wir hatten keine andere Wahl.« Er grinste. »Zum Glück wurde nur mein Bruder bestraft, weil er die Verantwortung dafür übernommen hat. Er hat sich damals schützend vor mich gestellt und die Schläge unserer Mutter eingesteckt. Hast du eigentlich Geschwister?« Diese Information hatte er auf ihrem Instagram-Profil bisher nirgends entdecken können, obwohl er sich alle Beiträge von ihr sehr intensiv angeschaut hatte.

Sofia zog den Reißverschluss ihrer Jacke höher und verneinte.

»Das tut mir leid. Einen älteren Bruder zu haben, ist einfach wunderbar. Er war immer mein Vorbild.« Er seufzte und sah verträumt über den See ans Ufer. »Er war cool, witzig und ein echter Frauenschwarm.«

»Ist er auch tot?«, fragte Sofia.

»Nein, nein, mein Bruder lebt, aber er hat irgendwann die falschen Leute kennengelernt und viel Scheiße gebaut. Meine Mutter hat mir den Kontakt mit ihm strengstens verboten, damit ich nicht auch noch kriminell werde und auf die schiefe Bahn gerate. Er war früher immer mein bester Freund, aber man muss auch verzeihen können, nicht wahr? Die Familie ist doch das Wichtigste im Leben.«

Sofia deutete auf das dunkle Wasser neben dem Bordrand. »Seine Familie wird ihn suchen, man wird die Blutspuren im Gras finden und irgendwann Fragen stellen, was mit ihm geschehen ist.«

Philip erschrak. »Pst, pst!« Er legte den Zeigefinger auf seine Lippen. »Ich werde niemandem verraten, was du getan hast.« Schließlich war doch Sofia an allem schuld, das konnte er mittlerweile sogar beweisen, und er wollte nicht, dass seine Freundin in den Knast wanderte.

»Ich? Ich habe überhaupt nichts getan. Du hast mich gezwungen, dir bei der Beseitigung der Leiche zu helfen«, entrüstete sich Sofia.

»Stopp! Stopp! Stopp! Nicht ich habe ihn ermordet, sondern du«, erinnerte Philip sie. »Was glaubst du, warum ich dir gestern das Messer in die Hand gepresst habe, als du fix und fertig am Schuppen gelehnt hast? Du hast doch nicht wirklich geglaubt, dass ich dir damit wehtun wollte, meine süße Sofia.«

Da sie nicht reagierte, sondern nur stumm den Blick über das Wasser schweifen ließ, redete er weiter.

»Da sind jetzt deine Fingerabdrücke drauf. Wir zwei sind Komplizen, aber du brauchst dir keine Sorgen machen, denn ich werde dich nicht verraten. Ich verrate keinen lieben Menschen«, versicherte er und versuchte, an sie heranzurücken.

Sofia sträubte sich. »Keiner wird dir glauben! Du hast mich entführt und du bist ein Mörder!«, schrie sie ihn an.

Mit einem Satz sprang er auf und hielt ihr den Mund zu. Was musste sie hier auch so unbedacht herumschreien? Wenn jemand am Ufer sie hörte ...

»Die Polizei wird mir glauben, Sofia«, erklärte er eindringlich. »Der alte Sack hat sich an dich rangemacht, da hast du ihn aus Notwehr getötet, und ich habe dir geholfen, die Leiche im See zu versenken, um dich vor dem Gefängnis zu bewahren. Bitte vergiss nicht, dass sich deine Fingerabdrücke an dem Holzgriff befinden - nicht meine. Damit steht Aussage gegen Aussage!« Nun konnte er sich ein gehässiges Lachen doch nicht verkneifen.

Ursprünglich hatte er die Leiche mit seinem Verbündeten entsorgen wollen, schließlich hatte er sich nach dessen Missgeschick mit Marie auch um die Drecksarbeit gekümmert. Aber dann war sein Vertrauter auf eine viel bessere Idee gekommen, wie Philip seine Sofia noch mehr an sich binden könnte, nämlich wenn sie ein gemeinsames Geheimnis hätten: den Mord an Birger, nur mit Sofia als eindeutiger Täterin. Sein Verbündeter hatte ihm zudem empfohlen, Sofia zu manipulieren, sie einer Gehirnwäsche zu unterziehen, damit sie von ihm abhängig würde. Diese Idee war einfach genial und sie hatten auch schon weitere Pläne geschmiedet, wie er und Sofia ein glückliches Paar werden könnten. Nicht hier in Schweden, sondern an einem anderen Ort, doch davon wusste seine Traumfrau noch nichts. Er wollte sie damit überraschen und hoffte nur, dass sie darauf freundlicher reagieren würde als auf die Botschaft, dass sich ihre Fingerabdrücke an der Tatwaffe befanden.

Da Sofia endlich Ruhe gegeben hatte, startete er den Motor, um das Boot zurück zur Anlegestelle zu steuern. Das Problem Birger war jedenfalls aus der Welt geschafft und das gemeinsame Erlebnis in der stillen Morgendämmerung hatte sie einander viel nähergebracht, das spürte er jetzt schon.

Kapitel 14

»Ein totes Mädchen und eine vermisste junge Frau ausgerechnet gestern an deinem ersten Tag. Mensch, Monica, ich hätte dir wirklich von Herzen einen entspannteren Einstieg gewünscht. Ein paar Mails lesen, mit den Kollegen Kaffeetrinken und in alten Fällen rumstöbern, aber doch nicht so was.« Pontus Dahlberg, der Leiter des Polizeireviers in Uddevalla, faltete kopfschüttelnd die Zeitung auf seinem Schreibtisch zusammen.

»Es wäre mir neu, dass Verbrecher Rücksicht darauf nehmen, wann es der Polizei am besten passt, um nach ihnen zu fahnden«, reagierte Monica trocken. Sie war am frühen Morgen gleich zu ihrem Vorgesetzten zitiert worden, da dieser am Vortag an einer Fortbildung in Göteborg zum Thema Cyberkriminalität teilgenommen hatte.

»Habt ihr schon einen Tatverdächtigen?«, erkundigte sich Pontus.

»Es ist zu früh, um sich in dieser Hinsicht festzulegen. Das finale Ergebnis aus der Rechtsmedizin steht noch aus, aber es sieht alles nach einem Sexualmord aus.«

»Jetzt sag mir bitte nicht, dass dieser unsympathische Besen an dem Fall herumdoktert. Wenn diese Frau den Raum betritt, will ich jedes Mal aus dem Fenster springen«, murrte Pontus.

»Tut mir leid«, sagte Monica, die die Abneigung ihres Chefs gegen Rechtsmedizinerin Irene teilte.

»Hoffen wir, dass ihr den Täter bald schnappen werdet. Nicht, dass da noch weiteren Frauen Leid angetan wird.«

»Momentan gibt es keine Anhaltspunkte dafür, dass der

Mord und der Vermisstenfall in einem Zusammenhang stehen.«

Pontus erhob sich schnaufend von seinem imposanten Ledersessel, der perfekt zu dem riesigen Mahagoni-Schreibtisch passte. »Ich bitte dich, Monica. Wir ermitteln hier nicht in der Bronx, wo ständig jemand gekillt wird, sondern im wunderschönen Dalsland mit gerade mal 50.000 Einwohnern. Wir haben eine der niedrigsten Mordquoten in ganz Schweden, weil es dort so idyllisch ist, da kann es doch kein Zufall sein, dass erst eine Urlauberin in Ed verschwindet und keine vierundzwanzig Stunden später eine Studentin, die dann bei Bäckefors tot aufgefunden wird. Beide Orte liegen nur zwanzig Kilometer voneinander entfernt.«

»Trotzdem gibt es keinerlei Hinweise darauf, dass Sofia Wättring das Haus nicht freiwillig verlassen hat. Ich habe mir gerade noch mal den Bericht des Kollegen vor Ort durchgelesen, daraus geht hervor, dass es einen Streit unter den Freundinnen gab. Sie wäre nicht die Erste, die nach so einem Vorfall erst mal untertaucht, um ihre Ruhe zu haben.«

»Hm, okay. Vielleicht ist sie auch in den See gestolpert und ertrunken?«, mutmaßte der Revierleiter.

»Einige Taucher haben gestern Mittag den angrenzenden See abgesucht, gleich nachdem die Leiche von Marie Lundberg entdeckt wurde, aber sie haben nichts gefunden. Außerdem haben ihre Freundinnen ausgesagt, dass Sofia nicht betrunken gewesen sei, als sie das Haus verlassen hat.«

»Na siehst du. Noch ein Argument, dass beide Fälle zusammenhängen. Hier in der Gegend verschwinden keine Frauen - und schon gar nicht an ein und demselben Wochenende.«

Monica seufzte. »Wie gesagt, es gab einen Streit zwischen den Freundinnen, das könnte der Grund sein, weshalb sie weggelaufen ist. Sie ist eine erwachsene Frau und es gibt im Moment keine Anhaltspunkte, dass beide Fälle etwas miteinander zu tun haben. Bei Marie Lundberg vermuten wir eine Beziehungstat, bei der sich Opfer und Täter kannten. Die Urlauberin war gerade erst ein paar Stunden vor ihrem Verschwinden angereist.«

»Wieso bringt die Presse dann beide Fälle auf der Titelseite?« Pontus tippte auf die Zeitung, die vor ihm auf dem Schreibtisch lag.

Monica zuckte mit den Schultern. »Wahrscheinlich haben die Freundinnen oder ihre Familie in ihrer Verzweiflung Kontakt mit den Medien aufgenommen. Du weißt doch, wie verzweifelte Angehörige sich verhalten können.«

»Ich will bloß nicht, dass es später heißt, die Polizei hätte nichts gemacht und nur Däumchen gedreht.«

Pontus hatte große Angst, um seinen guten Ruf, das wusste Monica, dennoch musste sie sich gegen diesen Seitenhieb wehren: »Im Moment liegt unsere oberste Priorität darin, den Mord an Marie Lundberg aufzuklären. Ich kann dir versichern, dass wir gut ausgelastet sind und keinesfalls vor Langeweile nur Kaffee trinken.«

»Hast du wenigstens mal mit den Freundinnen der Vermissten gesprochen?«

»Nein! Wir von der Kripo kümmern uns um Mord, nicht um eine verschwundene Erwachsene, die sich erst vor ein paar Tagen im Streit aus einer Urlaubsunterkunft entfernt hat«, verteidigte sie ihren Standpunkt.

»Ja, ja, Monica, ich weiß schon«, lenkte Pontus ein. »Du machst selber gerade eine schwierige Phase durch. Wenn dir das alles zu viel wird, reicht ein Anruf bei meinem lieben Freund in Göteborg und wir stellen dir einen erfahrenen Ermittler an die Seite.«

»Lass bitte mein Privatleben da raus, Pontus«, reagierte sie nun ernstlich allergisch. »Mein Team und ich tun alles, um beiden Fällen gerecht zu werden, und ich wiederhole mich, wenn ich sage, dass der Schwerpunkt unserer Arbeit momentan darauf liegt, den Mörder von Marie zu finden. Du solltest mir vertrauen, ich bin keine blutjunge Ermittlerin.«

»Tut mir leid. So war das nicht gemeint.« Pontus hob entschuldigend die Hände, offensichtlich hatte er bemerkt, dass er eben eine Grenze überschritten hatte. »Aufgrund der Umstände solltest du trotzdem darüber nachdenken, Verstärkung anzufordern. Dafür muss man sich nicht schämen.«

»Umstände?« Sie hob die Augenbraue.

»Na ja, du weißt schon. Ole ist ein sehr junger Inspektor, du warst ein paar Wochen krankgeschrieben und Kamal ist nach seiner bestandenen Prüfung nur übernommen worden, weil wir ein Nachwuchsproblem bei der Polizei haben. Einen derart chaotischen Polizisten wie ihn könntest du doch niemals nach draußen an die Front schicken, um Zeugenbefragungen durchzuführen. Für den Innendienst ist er gerade mal so zu gebrauchen.«

»Kamal macht einen guten Job! Er ist wichtig für mein Team«, widersprach Monica und stand wütend von ihrem Stuhl auf. Sie hatte genug gehört. Pontus wollte ihr offensichtlich klarmachen, dass die Mordkommission Uddevalla unfähig und überfordert sei: Sie als Teamleiterin hatte an privaten Problemen zu knabbern, Ole war zu unerfahren und Kamal sowieso zu nichts gebrauchen. Eine Unverschämtheit. Stinksauer marschierte sie aus Pontus' Büro.

»Monica, Monica!«, rief er ihr hinterher. »Wir haben noch einen Blumenstrauß für dich besorgt, als Willkommensgruß, den wollte ich dir gern persönlich überreichen, aber ich ja war gestern nicht da.«

Widerwillig drehte Monica sich um und sah, wie Pontus

ihr in der Tür stehend mit einem bunten Strauß Gerbera zuwedelte. Es wirkte wie eine Art Friedensangebot.

»Steck dir deine Blumen sonst wohin«, giftete sie. »Oder schenk sie Ulla.« Damit rauschte sie an der Sekretärin im Vorzimmer vorbei, die ihr mit offenem Mund nachschaute, während Kamal vor Schreck sein Frühstück zurück in die Plastikdose fallen ließ. Anschließend donnerte sie die Türen so heftig hinter sich zu, dass jeder im Revier kapieren musste, dass Monica Sandström ganz schlechte Laune hatte.

»Was ist denn passiert? Deine Wangen glühen ja regelrecht!«, empfing Ole sie irritiert, als sie in ihr gemeinsames Büro stürmte.

»Pontus ist ein blödes A...«, sie brach ab und schaltete ihr Hirn wieder ein. Als Teamleiterin musste sie sich dem Leiter des Polizeireviers gegenüber loyal verhalten. »Ach, vergiss es einfach. Ist nicht so wichtig.« Sie setzte sich an ihren PC und ließ ihre Finger mit energischem Hämmern über die Tastatur flitzen. Irgendwie musste sie ihren Gefühlen eben doch freien Lauf lassen.

Ole schenkte ihr währenddessen stumm einen frischen Kaffee ein, was sie ihm mit einem milden Lächeln dankte.

»Es gibt übrigens Neuigkeiten von Irene. Sie rief an, als du drinnen beim Boss warst«, begann er nun doch vorsichtig eine Unterhaltung.

»Sehr gut. Dann ruf bitte Kamal rein, damit wir alle den gleichen Ermittlungsstand haben«, bat sie ihn.

Eine Viertelstunde später steckte das Trio bei Kaffee und Keksen die Köpfe zusammen. Ole hatte den offiziellen Bericht der Rechtsmedizinerin bereits für alle in eigenen Worten zusammengefasst, jetzt machten sie sich daran, die bisher gesammelten Fakten über den Mordfall zusammenzutragen. Zu diesem Zweck legte Monica das Foto der Leiche in die Mitte des Tisches.

»Igitt! Ihr wisst, ich kann kein Blut sehen«, reagierte Kamal erschrocken und verzog angewidert das Gesicht, dabei schob er die Kekse weit von sich weg.

Ole trank einen Schluck aus seiner Tasse und erklärte: »Marie Lundberg wurde mit achtundvierzig Messerstichen regelrecht abgeschlachtet, nachdem sie, wie schon vermutet, vergewaltigt wurde. In der Folge ist sie an ihren schweren inneren Verletzungen gestorben. Die Details erspare ich uns. Es konnten keine Übereinstimmungen zwischen der DNA, die wir an der Leiche gefunden haben, und den Daten uns bekannter anderer Straftäter festgestellt werden.«

Monica stand auf, um ein Foto von Marie an die Tafel an der Wand zu hängen. Es zeigte sie fröhlich lächelnd auf einem Wanderweg. Das Selfie war ihr letzter Beitrag auf Instagram.

»Also, was wissen wir über den Fall?«, fragte sie.

»Das Opfer wurde höchstwahrscheinlich am Samstagabend nach Dienstschluss auf dem Parkplatz des ICA Supermarktes vom Mörder überwältigt, wo noch am Montag ihr Auto stand. Laut Spurensicherung gab es keine Auffälligkeiten bezüglich Lackschäden, die vielleicht bei einer Rangelei am Wagen entstanden sein könnten«, teilte Ole sein Wissen, das er nach Rücksprache mit der kriminaltechnischen Abteilung gewonnen hatte.

»Aber sie wurde auch nicht am Fundort getötet. Laut Irene ist der Tod am Sonntagmorgen zwischen 3 Uhr und 5 Uhr eingetreten, allerdings wurde sie erst am Montagmorgen von einem Spaziergänger gefunden. Was bedeutet das also?«, fragte Monica in die Runde.

»Marie Lundberg wurde Samstagabend entführt, an einen

unbekannten Ort gebracht und dort vergewaltigt. Anschließend wurde sie erstochen und einen Tag später im Waldstück entdeckt«, fasste Kamal zusammen.

»Die Tote wurde also irgendwo in einer Wohnung oder einem Haus festgehalten und dann ermordet. Demnach müssten an diesem Ort Blutspuren oder sonstige Hinweise für so eine Tat zu finden sein«, schlussfolgerte Monica.

»Was macht dich da so sicher?« Ole runzelte die Stirn.

»Die Orchideenblüte hinter dem Ohr des Opfers. Sie spricht dafür, dass unser Täter Marie im Rausch getötet hat, sie dann ein paar Stunden liegen ließ und sie erst später, nachdem er sich wieder beruhigt hatte, mit einer Blüte geschmückt abgelegt hat. Es sieht so aus, als ob er seine Tat bereut, sonst hätte er die Tote auch irgendwo auf einer Müllkippe ablegen können. Niemand mordet mit so vielen Messerstichen und klemmt der Leiche dann eine Blüte hinters Ohr.«

»Unser Täter steht wohl auf Blumen«, fasste Kamal zusammen.

»Björn Martinsson hatte Grünzeug auf seiner Fensterbank und Lasse Holmgren verkauft Blumen in seinem Supermarkt«, fiel Ole spontan ein.

»Dieser Holmgren hat auch seine Frau zusammengeschlagen«, meldete Kamal. »Ich habe übrigens herausgefunden, dass er ein Ferienhaus in der Nähe besitzt. Das wäre doch ein perfekter Ort, um so vorzugehen, wie du es beschrieben hast.«

»Wo?«, fragten die Ermittler gleichzeitig.

»Der Ort heißt Västra Högen und liegt direkt am Iväg See, man braucht von da bis nach Bäckefors etwa dreißig Minuten mit dem Auto. Die Häuser liegen alle nur ein paar hundert Meter vom Wasser entfernt, das habe ich mir bei Google Street View näher angeschaut. Aktuell steht Holmgrens Haus zur Vermietung über eine Webseite zu Verfügung, da werden noch weitere Häuser in der Umgebung angeboten.«

Monica und Ole tauschten einen Blick, dann fuhren sie unverzüglich ihre Computer herunter, während IT-Nerd Kamal ihnen bestätigte, dass das Handy von Marie bislang nicht hatte geortet werden können und die Laptop-Auswertung nicht viel gebracht habe, was mit der Tat in Zusammenhang stehen könnte.

»Ach ja, außer dass ich in einem Ordner eine Menge Bilder von ihr in Dessous gefunden habe. Tut mir leid, dass ich nichts weiter dazu beitragen kann«, sagte der Assistent entschuldigend.

Monica klopfte ihm auf die Schulter und versicherte ihm, dass jedes Detail für die Aufklärung eines Falles hilfreich sein könne - auch Unterwäschefotos. Auf jeden Fall wollte sie als Vorgesetzte motivierend agieren und als Führungskraft nicht wie Pontus Dahlberg werden. Wenn doch, wäre es Zeit, den Dienst auf der Stelle zu quittieren.

Kapitel 15

Brigitta Nyberg, achtzig Jahre alt, saß auf ihrer Terrasse und genoss ihren Pfefferminztee sowie die wohltuende Wärme der Mai-Sonnenstrahlen in Västra Högen. Doch plötzlich wurde sie aus ihren Gedanken gerissen, als die zwei mausgrauen Windhunde am schmiedeeisernen Tor ihres über zehntausend Quadratmeter großen Anwesens zu bellen begannen. Eilig bewegte sie sich aus dem Liegestuhl, um nach dem Rechten zu schauen.

»Kriminalpolizei?«, fragte die Großgrundbesitzerin und blickte irritiert auf die Ausweise von Monica und Ole. »Was ist denn passiert?« Nervös sah sie zwischen den beiden hin und her, die Hunde hatten sich wieder beruhigt.

»Wir interessieren uns für ein Ferienhaus, das auf Ihrer Webseite angeboten wird«, erklärte Ole und hielt der Frau sein iPhone hin. »Dort habe ich gelesen, dass Sie für die Vermietung zuständig sind.«

Frau Nyberg lächelte, was noch mehr kleine Fältchen in ihrem Gesicht erscheinen ließ. »Ah, verstehe«, meinte sie amüsiert. »Wir vermieten allerdings nicht stundenweise, sondern mindestens für drei Nächte, sonst lohnt sich der Aufwand für uns nicht, wir machen ja auch die Endreinigung.«

»Nein, nein! Sie haben meinen Kollegen missverstanden«, beeilte sich Monica, die Sache richtigzustellen. »Wir interessieren uns rein dienstlich für dieses Haus. Es gehört Lasse Holmgren. Wann war er denn zuletzt hier?«

Die sehr vornehm und perfekt frisierte Frau Nyberg zuckte mit den Schultern und spielte nervös an ihrer Perlenkette, die über ihrem royalblauen Business-Kostüm hing. Sie wirkte eher wie eine grauhaarige Adlige und nicht wie eine schwedische Oma vom Land. »Wir betreuen über zwanzig Ferienhäuser, da weiß ich leider nicht, wann wer zur Eigennutzung hier aufschlägt. Wissen Sie, mein Mann hat die Holzhäuser vor ewigen Zeiten gebaut, und wir haben sie dann mit viel Gewinn verkauft. Im Anschluss haben wir uns um Vermietung, Wartung, Instandsetzung, Gartenpflege, Malerarbeiten und so weiter gekümmert. Also das Rundum-sorglos-Paket, damit die Besitzer keine Arbeit haben und nebenbei ein bisschen Geld mit den Touristen verdienen können. Ich sage Ihnen, das Geschäft ist die reinste Goldgrube, die Urlauber wollen doch alle in Seenähe wohnen«, plauderte sie offenherzig aus. »Aber ich kann natürlich am Computer nachschauen, wann Herr Holmgren im Online-Buchungskalender sein Haus für sich selbst reserviert hat. Also, falls das wichtig für Sie sein sollte.«

»Wir bitten darum«, forderte Monica sie freundlich, aber bestimmt auf.

Die ältere Dame drehte sich um und lud die Ermittler ein, ihr in das prachtvolle Haus zu folgen.

Als sie das Herrenhaus betraten, bemerkte Monica, wie Ole mit offenem Mund die hohe Decke und dem imposanten goldenen Kronleuchter, die Ölgemälde und die Treppe aus schwarz-weißem Marmor im Flur anstaunte. Mit dem Ellenbogen boxte sie ihn leicht in die Seite, damit er Haltung bewahrte. Das Geschäftsmodell der betagten Unternehmerin schien wirklich lukrativ zu sein.

Das Büro für die Ferienhausvermietung war allerdings augenscheinlich in den Achtzigerjahren stehen geblieben. Überall standen zum Teil vergilbte Aktenordner herum, ein Heimtrainer vor dem Schreibtisch sollte wohl dafür sorgen, dass die Seniorin noch lange fit und rüstig blieb.

Brigitta Nyberg hatte sich unterdessen auf einem knarzenden Drehstuhl am Computer niedergelassen und tippte mit dem Zeigefinger nacheinander jeden Buchstaben einzeln auf der Tastatur ein. Monica spürte, wie Ole nervös von einem Bein aufs andere trippelte. Man konnte der Geschäftsfrau auch kaum beim Einfinger-Adlersuchsystem zuschauen, ohne die Nerven zu verlieren. Wohl um sich abzulenken, trat Ole an die rechte Wand, wo ein großer Lageplan des Anwesens mit allen Häusern, die zur Vermietung angeboten wurden, hing.

»Toll, dass Sie in Ihrem Alter immer noch beruflich aktiv sind«, lobte Monica, um die Stille durch ein wenig Small Talk aufzulockern.

Die Angesprochene nahm ihre goldene Lesebrille von der Nasenspitze und seufzte. »Ich habe ja noch meinen Victor, meine rechte Hand. Allein würde ich das alles gar nicht schaffen, aber solange ich noch nicht verkalkt da oben bin«, sie tippte sich gegen den Kopf, »mache ich den Verwaltungskram. Er kümmert sich um alles andere, was bei den Häusern direkt anfällt.«

»Dann hat Ihr Mann bestimmt gerade den Rasen gemäht«, bemerkte Ole und zeigte mit dem Finger nach draußen, wo ein Rasenmähertraktor einsam und verlassen auf der Wiese stand.

»Nein.« Sie winkte ab. »Der mäht überhaupt nichts mehr, der liegt schon seit fünf Jahren unter der Erde. Schlaganfall. Den dritten hat er nicht überlebt.«

Ole entschuldigte sich sofort für seinen Fauxpas.

Frau Nyberg stoppte das Tippen auf der Tastatur und ihr Gesicht nahm einen verträumten Ausdruck an. »Victor ist wie ein Sohn für mich«, erklärte sie, »weil wir keine eigenen Kinder haben. Er kümmert sich wirklich um alles, er ist ein wahrer Goldschatz, mein Victor. Ohne ihn hätte ich längst alles verkauft und mich in Marbella in einer Seniorenresidenz einquartiert. Ich bin doch eine echte Sonnenanbeterin.« Sie lächelte verschmitzt.

»Das gönnt man Ihnen«, versicherte Monica. »Wenn man ein Leben lang gearbeitet hat, dann darf man sich am Ende die Sonne auf den Bauch scheinen lassen.«

»Ach ja, und das Putzen machen wir auch nicht selber, das machen so syrische Frauen. Alles wirklich blitzeblank.«

Monica nickte. »Was ist denn jetzt mit dem Haus von Herrn Holmgren?« Sie hatte langsam den Eindruck, dass sie in ein Plauderstündchen hineingezogen werden sollten, dabei waren sie nicht zum Vergnügen hier.

»Moment, Moment, nicht so eilig. Ich bin keine fünfzig mehr. Also ... ja, er hat das Haus seit sechs Monaten immer an den Wochenenden für sich blockiert. Allerdings sind wir ja noch nicht in der Hauptsaison, da kommen eigentlich keine Gäste.«

»Das gilt auch für das letzte Wochenende?«, bohrte Monica nach.

Die Verwalterin schaute in den PC und nickte. »Ja. Herr Holmgren hatte letzten Freitag bis einschließlich Sonntag das Haus für sich selbst besetzt, allerdings heißt das nicht, dass er auch hier war. Es ist ja nur ein Blocker, damit keine Gäste buchen können.«

»Dann könnten wir doch die syrischen Putzfrauen befragen, die müssten bemerkt haben, ob er anwesend war«, schlug Ole vor.

»Nein, Herr Holmgren hat keine Endreinigung gebucht, er wollte sich immer selbst ums Putzen kümmern. Das ist natürlich jedem freigestellt.«

Monica warf Ole einen Blick zu. Damit hatten sie genug Hinweise, um das Haus umgehend in Augenschein zu nehmen, und darum bat sie Frau Nyberg auch sogleich.

»Haben Sie denn einen Durchsuchungsbeschluss?«, fragte die aufgeweckte Unternehmerin.

Den hatten sie nicht. Vor Schreck stieß Monica mit dem Ellenbogen gegen die Briefablage, woraufhin das vierstufige Plastikgestell zu Boden krachte.

»Verzeihung!« Monica bückte sich hastig und sammelte alle Unterlagen zusammen, um sie anschließend der Ferienhausverwalterin zu überreichen.

Die stöhnte auf. »Das hier ist der Vertrag mit einem ganz neuen Ferienhausbesitzer, für den wir ab sofort die Vermietung und Instandhaltung übernehmen sollen. Eigentlich sollte der Herr schon gestern Nachmittag zum Unterschreiben vorbeikommen, aber es ist eben kein Verlass auf diese Norweger. Wenn ich eins auf den Tod nicht leiden kann, dann sind es Unpünktlichkeit und Unzuverlässigkeit, weil...«

»Wir brauchen übrigens keinen Durchsuchungsbeschluss«, fiel Ole ihr ins Wort, um seiner Chefin schlagfertig beizuspringen, »wir sind nämlich an dem Haus zum Anmieten interessiert. Da verdienen Sie im Anschluss sogar eine Provision, nicht wahr?«

Frau Nyberg grummelte etwas von läppischen fünfzehn Prozent und suchte nach dem Schlüssel der gewünschten Immobilie. Monica zwinkerte Ole dankbar zu.

Wenige Minuten später fuhren die drei im polizeilichen Dienstwagen an mehreren Häusern in Hanglage vorbei, während die Ferienhausverwalterin auf dem Beifahrersitz von ihrem Mann und den Anfängen erzählte. Damals hätten sie den Bauern die Grundstücke abgekauft und seien anschließend durch den Verkauf der Häuser automatisch zur Oberschicht aufgestiegen. Die Vermietung mache sie nur, weil ihr das Leben sonst zu langweilig sei.

Ole gähnte demonstrativ.

»Da vorne ist es, das blaue Haus«, sagte sie schließlich.

»Herr Holmgren ist ein richtiger Patriot, der wollte sogar, dass Victor die Fensterrahmen gelb streicht.«

Nachdem die geschwätzige Frau Nyberg endlich das Zielobjekt aufgeschlossen hatte, inspizierten Monica und Ole die Räumlichkeiten, die über zwei Etagen gingen. »Sehr schick und geschmackvoll eingerichtet«, bemerkte die Kommissarin anerkennend, während sie mit Argusaugen jedes Zimmer musterte. »Hätte ich dem Supermarktleiter überhaupt nicht zugetraut«, raunte sie ihrem Kollegen zu.

»Alles sehr sauber«, bestätigte Ole und strich mit dem Finger über die Oberfläche eines Sideboards. Auch er hatte ganz genau hingeschaut.

»Da hat Herr Holmgren wohl einen kleinen Putzfimmel«, scherzte Monica. Die oberflächliche Besichtigung hatte nichts zutage gefördert, was darauf hinwies, dass Marie hier zu Tode gekommen sein könnte, bevor sie an einem anderen Ort abgelegt worden war. Monica wandte sich an die Verwalterin. »Ich würde gerne noch den Keller begutachten.«

Brigitta Nyberg runzelte die Stirn, doch davon ließen sich die Ermittler nicht verunsichern. Leider fanden sie auch dort nichts Verdächtiges.

»Komisch, dass man ein Ferienhaus besitzt, von dem man selbst gerade mal zwanzig Minuten entfernt wohnt«, bemerkte Ole.

Die alte Dame kicherte. »Er war öfters in weiblicher Begleitung hier, nur handelte es sich dabei nie um seine Frau. Die beiden scheinen eine sehr moderne Ehe zu führen, aber das geht mich ja nix an, wenn hier jemand ein Liebesnest hat.«

Das war für Monica das Stichwort, der älteren Dame ein Bild von Marie Lundberg zu zeigen und zu fragen, ob es sich um diese Begleiterin gehandelt habe.

Die Verwalterin sah das Foto eingehend an und zuckte

dann die Achseln. »Nein, die habe ich noch nie hier gesehen. Ist sie das tote Mädchen, was man gestern gefunden hat?«

»Darüber können wir Ihnen leider nichts sagen«, erwiderte Monica.

»Ja, das verstehe ich. Fragen Sie mal meinen Victor, der ist ja viel öfter hier draußen bei den Häusern am Werkeln. Ich mache nur den Papierkram, das kann mein Victor nicht.«

Monica bedankte sich für die Führung und erkundigte sich, wo »ihr Victor« denn zu finden sei.

»Tut mir leid, der ist jetzt gerade auf dem Weg zum Flughafen in Göteborg, um Gäste abzuholen. Diesen Shuttle-Service bieten wir nämlich auch an, er wird aber nur ganz selten angefragt, weil fast alle reisen mit dem eigenen Auto an. Apropos Service: Seien Sie doch bitte so nett, Frau Sandström, und fahren mich zu dem Haus von dem Norweger, dann bring ich ihm den Vertrag für die Vermietung vorbei, wenn er es selbst nicht schafft, sich zu mir zu bequemen.«

Monica war damit einverstanden, obwohl sie sich sehr auf die Zunge beißen musste, um nicht zu entgegnen, dass die Polizei kein Taxiunternehmen sei.

Während Ole und Monica in ihrem Wagen bei heruntergelassenen Fensterscheiben warteten und die frische Luft genossen, beobachteten sie, wie die Verwalterin mehrfach mit der Faust gegen die Haustür des neuen Eigentümers hämmerte.

»Herr Christiansen, hallo? Sind Sie zuhause?«, schrie sie.

Niemand öffnete.

Kopfschüttelnd ging sie zurück zum Auto, doch auf halbem Weg blieb sie stehen und winkte einem leicht moppeligen Mann mit Brille auf dem gegenüberliegenden Grundstück mit einem typisch rot gestrichenem Häuschen und weißer Zierleiste zu. Dieser hievte gerade einen Benzinkanister in seinen Kofferraum.

Sie drehte vom Auto ab und ging laut rufend auf ihn zu. »Hej, Sie wissen nicht zufällig, wo sich Ihr neuer Nachbar befindet? Sein Wagen steht vor der Tür, aber keiner öffnet.«

Der Angesprochene riss die Augen weit auf: »Ähm, nein. Keine Ahnung. Vielleicht ist er im Wald spazieren.«

»Ja, das ist gut möglich, das Wetter ist ja einfach traumhaft. Falls Sie ihn sehen, richten Sie ihm doch bitte aus, dass er sich umgehend bei mir melden soll. Es geht um die Vermietung seines Hauses.«

»Selbstverständlich. Das mache ich sehr gerne«, versicherte der Nachbar.

»Reisen Sie denn schon wieder ab, Herr Pettersson?«, fragte Brigitta Nyberg und Monica rollte genervt mit den Augen. Offenbar drohte das nächste Plauderstündchen.

»Abreisen? Wie kommen Sie denn darauf?«

Frau Nyberg zeigte auf den Koffer, der vor der Haustür stand.

Der Angesprochene lächelte. »Ach so, ja, meine Mutter braucht mich. Es geht wieder heim nach Uddevalla.«

»Dann grüßen Sie mal die werte Frau Mutter von mir. Ich habe sie ja schon ewig nicht mehr gesehen. So, ich muss los.« Doch anstatt wirklich loszugehen, beugte sie sich näher an ihren Gesprächspartner heran und flüsterte ihm etwas zu, dabei deutete sie auf den Volvo, in dem Monica und Ole sehnsüchtig auf ihre Rückkehr warteten.

»Wahrscheinlich steckt sie ihm gerade, wer wir sind«, mutmaßte Monica und trommelte genervt mit den Fingern aufs Lenkrad. Ole nickte stumm.

Und richtig, die redselige Verwalterin fuhr jetzt so laut mit ihrer Rede fort, dass die Ermittler wieder jedes Wort mithören konnten: »Das sind Leute von der Kriminalpolizei, die will ich nicht allzu lange warten lassen, sonst verhaften die mich noch.« Sie kicherte.

»Kriminalpolizei?«, fragte der Moppelige mit runzliger Stirn.

»Ja, die wollten sich drüben das Haus von Herrn Holmgren anschauen. Heute Morgen stand in der Zeitung, dass man ein totes Mädchen gefunden hat. Das kann doch kein Zufall sein, dass jetzt die Polizei hier aufkreuzt, oder? So, noch einen schönen Tag, und denken Sie daran, Herrn Christiansen zu informieren.«

Damit drehte sie sich um und ging zurück zu Monica und Ole, die sie netterweise wieder zu ihrem Herrenhaus chauffierten.

Kapitel 16

Rastlos ging Philip in seinem Wohnzimmer auf und ab. Was sollte er jetzt tun? Wie konnte es sein, dass die Polizei so schnell hier auftauchte? Er griff nach seinem Handy und tippte mit zittrigen Fingern eine WhatsApp: Wir müssen ganz dringend telefonieren. Hast du Zeit?

Warum? Was ist los?, kam prompt die Antwort.

Die Polizei war hier! Ich weiß nicht, was ich tun soll, schrieb er.

Im selben Moment klingelte sein Handy. Hektisch drückte er auf das grüne Hörersymbol.

»Oh Gott, hier läuft gar nichts nach Plan, wir sind erledigt«, schoss es aus ihm heraus. »Ich bekomme die Krise!«

»Jetzt beruhig dich«, flüsterte der Anrufer. »Du darfst nicht die Nerven verlieren, hörst du? Wenn du jetzt einen Fehler machst, werden wir in den Knast wandern. Willst du das?«

Philip krampfte die Finger um das Handy zusammen. »Natürlich nicht. Ich will alles richtig machen!«

»Was wollte die Polizei?«, fragte der andere weiter und Philip berichtete seinem Vertrauten, was Frau Nyberg ihm erzählt hatte.

»Okay. Du befolgst jetzt sofort meine Anweisungen, verstanden?«, forderte der Anrufer eindringlich.

»Ja, natürlich. Was soll ich tun?«

»Bist du schon mit Sofia im Auto unterwegs?«

»Nein! Wir wollten eigentlich gleich losfahren.«

»Gut, du fährst besser nirgendwohin, du bleibst im Ferienhaus. Hast du mich verstanden?«

Philip schluckte. So hatte er sich das nicht vorgestellt. »Aber warum? Du hast mir doch gestern erst gesagt, dass ich mich mit Sofia ins Ausland absetzen soll. Deshalb habe ich sogar noch zwei große Kanister in den Kofferraum gelegt, damit wir bis Spanien nirgends zum Tanken rausfahren müssen. Ich habe alles so gemacht, wie du es vorgeschlagen hast.«

»Vergiss es! Schlag mal die Zeitung von heute auf. Da ist ein Bild von deiner Sofia abgedruckt - Titelseite! Jeder wird sie erkennen. Also, du verlässt auf gar keinen Fall das Haus. Du versteckst sie im Keller!«

Unruhig ging Philip auf und ab. Hier lief wirklich gar nichts mehr nach Plan. »Wie lange soll ich das denn noch durchziehen? Ich kann sie doch nicht ewig gefangen halten. Ich will mich frei mit ihr bewegen können. Hand in Hand am Strand spazieren gehen, an der Promenade zusammen mit ihr ein Eis schlecken. Halt so normale Dinge, die jedes Paar macht.«

Sein Vertrauter schnaufte. »Sei nicht so dumm und naiv. Momentan ist es viel zu gefährlich, wenn du versuchst, Schweden mit ihr zu verlassen, Sofia könnte überall erkannt werden. Da müsstest du sie schon in den Kofferraum stecken.«

»Ich kann sie doch nicht in meinen Kofferraum sperren, das bringe ich nicht über Herz. Nicht bis Spanien. Niemals!«, protestierte Philip.

»Quatsch. Hör zu, du machst jetzt genau das, was ich dir sage, nur dann hast du eine Chance, mit deiner kleinen Freundin unbemerkt von hier zu verschwinden. Du willst doch raus aus deinem stinklangweiligen Scheißleben, oder etwa nicht?«

»Ja, natürlich. Ich will weg. So schnell wie möglich. Das habe ich dir schon so oft gesagt. Was soll ich machen?« Philip hatte seine unruhigen Runden durch das Wohnzimmer unterbrochen und starrte angestrengt durch das Fenster auf die Wiese vor seinem Haus, während sein Vertrauter ihm im Flüsterton die weitere Vorgehensweise erklärte.

Wie ein Schwamm saugte er alle Informationen in sich auf, denn nichts wollte er mehr, als endlich das Ziel seiner Träume zu erreichen: ein Leben mit seiner Traumfrau im Ausland, weit entfernt von seiner dominanten Mutter.

»Denk dran, sei nicht immer so nett und lieb, damit kommt man im Leben nämlich nicht weit. Wenn deine Freundin nicht spurt, musst du sie halt auch mal grober anpacken. Du musst ihr zeigen, dass du das Sagen hast, dass du der Mann in der Beziehung bist, verstanden? Du hast die Kontrolle, erst dann wird sie dich respektieren«, ermahnte ihn sein Vertrauter, der ihm immer wieder von seinen Erfahrungen mit Frauen berichtete.

»Und du bist dir ganz sicher, dass Sofia sich dann in mich verlieben wird?«, hakte er verunsichert nach.

»Ja! Ich habe dir doch inzwischen tausendmal gesagt, dass du mehr Geduld brauchst. Sofia wird schon noch merken, dass du ihre wichtigste Bezugsperson bist und sie mit den Fingerabdrücken am Messer in der Hand hast. Du deckst sie, damit sie nicht ins Gefängnis muss wegen diesem alten Sack. Sie als Täterin darzustellen ist doch der genialste Clou. Sie wird dir wie ein frommes Lamm aus der Hand fressen, warte mal ab.«

»Hm, okay, wenn du meinst...« Philip strich sich unsicher über die Haare.

»Übrigens bin ich echt stolz auf dich, dass du jetzt auch einen Menschen getötet hast. Hätte ich dir gar nicht zugetraut, du hoffnungsloser Romantiker«, sagte sein Vertrauter und lachte schallend.

»Na ja, ich habe halt rot gesehen, als mich dieser dumme Rentner als verrückt bezeichnet hat. Wie konnte er das nur tun, dieser Idiot?«

Sein Vertrauter gab ein abfälliges Geräusch von sich. »Ich

habe den Mord an Marie überhaupt nicht genießen können, weil ich so neben mir stand. Eigentlich kann ich mich gar nicht mehr so richtig daran erinnern.«

»Du musst deine verdammten Drogen weglassen«, mahnte Philip.

»Na, du wirst auch noch auf den Geschmack kommen. Mit dem Zeug bist du in einer ganz anderen Sphäre. Ein echter Rausch der Sinne - einfach phänomenal.«

Philip zögerte kurz, bevor er sagte: »Warum musstest du Marie dann in diesem Rausch töten? Sie tat mir wirklich leid, weil sie so qualvoll sterben musste. Sie mit derart vielen Stichen niederzumetzeln ... die schöne Marie.« Philip seufzte nachdenklich. »Das hatte sie nicht verdient.«

»Du weißt, dass ich keine andere Wahl hatte«, erwiderte sein Vertrauter scharf. »Ich musste sie töten! Wenn sie mich wegen Vergewaltigung angezeigt hätte, würde ich für lange Zeit ins Gefängnis kommen. Willst du das?«

»Nein!«, rief Philip erschrocken. »Natürlich nicht. Ich brauche dich.«

»Siehst du. Ich habe das nur für uns getan. So, ich muss jetzt auflegen. Du weißt, was zu tun ist, und mach diesmal bloß keinen Fehler«, warnte er.

»Welchen Fehler? Ich mache doch alles, was du sagst.«

Sein Vertrauter lachte spöttisch. »Na, du hast immerhin die falsche Frau geklaut! Da muss man echt sehr dämlich sein.«

»Ja, das war blöd von mir«, lenkte er sofort ein. »Glaubst du, dass Cecilia sich in mich verliebt hätte?«

»Verschwende keine Zeit damit, darüber nachzudenken, fokussiere dich auf Sofia. Ich an deiner Stelle hätte sie übrigens längst gefickt. Ich weiß gar nicht, warum du dich da so anstellst.«

»Ich will den richtigen Moment abwarten, das weißt du doch«, entgegnete Philip.

»Oh ja, wie konnte ich das vergessen. Am besten überall mit Teelichtern, ganz vielen Blütenblättern und irgendwo läuft Kuschelrock«, erwiderte er höhnisch. »So, ich muss Schluss machen, die Arbeit ruft.« Damit beendete er das Gespräch.

Philip stand reglos da, das Handy noch immer fest umklammert, und dachte darüber nach, was er als Nächstes tun sollte. Den Koffer wieder auspacken? Die Benzinkanister aus dem Kofferraum räumen, da sie heute erst mal keine Fahrt nach Spanien unternehmen würden?

Nein, er würde jetzt sofort genau das tun, was ihm sein Vertrauter geraten hatte, denn wenn er dessen Vorschlägen folgte, würde alles gutgehen. Er war der einzige Mensch, auf den er sich blind verlassen konnte, nachdem er von anderen schon so oft enttäuscht oder im Stich gelassen worden war.

Er ging in die Küche, holte etwas aus der Schublade und stieg dann nach unten in den Keller, wo Sofia auf ihn wartete.

Leider waren ihre ausdruckslosen Augen immer noch voller Angst und nicht voller Liebe, und als er mit dem Gegenstand in der Hand nach ihrem Kopf griff, liefen ihr Tränen die Wangen herunter und gedämpfte Schreie waren unter dem Klebeband zu hören.

»Tut mir leid, es ist einfach besser so für dich«, versuchte er sie zu trösten, »und für mich. Wir wollen doch bald ein neues Leben beginnen. Also sei nicht traurig. Es wird nicht wehtun, versprochen.«

Dann schnitt er Sofias langes, engelsblondes Haar auf Höhe ihres Nackens mit der Schere ab, so wie sein Vertrauter es ihm befohlen hatte, damit Sofia nicht mehr so aussah, wie die gesuchte Frau in der Zeitung.

Sofia weinte bitterlich, als das große Büschel Haare vor ihr auf der Matratze landete.

»Auch mit kurzen Haaren bist du noch sehr hübsch, und weißt du, was dich noch schöner machen wird?«, sagte er und lächelte.

Sofia schüttelte den Kopf, während sie aufgeregt atmete.

»Schau mal, was ich hier für dich habe.« Er schwenkte eine fünfblättrige weiße Orchideenblüte, die er mit nach unten genommen hatte, vor ihren Augen und steckte sie ihr anschließend hinters rechte Ohr. »Perfekt! Jetzt bist du noch schöner, mein Schatz«, raunte er ihr zu.

Doch statt Dankbarkeit zu zeigen, wimmerte Sofia nur vor sich hin.

»Pst! Pst! Nicht weinen. In Tahiti erkennt man vergebene Frauen, wenn sie die Blüte hinter dem rechten Ohr tragen, Singles nutzen ihr linkes Ohr. Ich habe jetzt dafür gesorgt, dass jeder weiß, dass du mir gehörst. Zu mir ganz allein.«

Noch während er das sagte, streichelte er ihr fasziniert über die Wange und bestaunte sein Werk. Er war begeistert. Sie sah so unglaublich hübsch aus, vor allem mit der Blüte hinter dem rechten Ohr. Ihm wurde ganz warm und er strahlte übers ganze Gesicht.

Kapitel 17

Kristina Holmgren war gerade dabei, die Wäsche hinter ihrem Haus in Ödskölt aufzuhängen, als Monica ihren Garten betrat, Ole wartete im Auto. Bei einem so sensiblen Thema wie häuslicher Gewalt wollte sie lieber ein Vier-Augengespräch unter Frauen führen, denn sie vermutete, dass die Betrogene in Gegenwart eines männlichen Begleiters komplett dichtmachen könnte.

»Frau Holmgren?«

Die Ehefrau des Marktleiters ließ vor Schreck das feuchte T-Shirt ihres Sohnes auf den Rasen fallen und drehte sich um.

»Kriminalpolizei Uddevalla, mein Name ist Monica Sandström. Es geht um Ihren Mann, hätten Sie kurz Zeit?«, fragte die Kommissarin und lächelte sie freundlich an, um eine angenehme Grundstimmung zu schaffen.

»Ist er tot?«

Monica zog die Augenbrauen hoch, da sie ein Flackern in den Augen der Frau bemerkte. Wünschte sich die betrogene Ehefrau etwa den Tod des Mannes?

»Nein, ich möchte Ihnen nur ein paar Fragen stellen. Können wir nach drinnen gehen? Die Wäsche kann sicherlich kurz warten.«

Frau Holmgren nickte zögerlich.

»Sind Sie allein?«, erkundigte sich Monica, als sie die Küche betraten.

»Ja, die Kinder sind in der Schule«, erwiderte sie und setzte sich mit vor der Brust verschränkten Armen auf den Küchenstuhl. Sie wirkte angespannt.

»Sie haben sicherlich in den Medien erfahren, dass eine

junge Frau ermordet wurde. Es handelt sich hierbei um eine Angestellte Ihres Mannes. Wissen Sie davon?«

»Ja. Lasse hat es mir erzählt. Einfach schrecklich. Wer tut nur so etwas Grausames?«

»Das versuchen wir herauszufinden. Wissen Sie, in welchem Verhältnis die Tote und Ihr Mann standen?«

Kristina Holmgren schien mit sich zu ringen, ehe sie sagte: »Mein Mann redet zu Hause nicht über die Arbeit, sobald er hier ist, hat das Familienleben oberste Priorität.«

Nun rang Monica mit sich, ob sie von dem Verhältnis berichten sollte, doch um die zierliche Frau vor einem Gewaltausbruch ihres Mannes zu schützen, falls sie ihn mit dem Vorwurf des Fremdgehens konfrontierte, hielt sie den Mund.

»Wo war Ihr Mann am Samstagabend?«

»Hier. Bei mir. Wir haben einen Film geschaut.«

»Sie waren nicht bei einem Geburtstag eingeladen?«, hakte Monica nach, denn das hatte Lasse Holmgren ihr gegenüber behauptet.

»Ähm ... ach, am Samstag meinen Sie, Frau Sandström. Tut mir leid, ich bin etwas durcheinander, ich habe ja nicht täglich eine Kommissarin in meiner Küche sitzen. Also, am Samstag war ich abends unterwegs und am Sonntagabend haben wir den Film geschaut. Mein Mann hat auf die Kinder aufgepasst, während ich auf der Feier war.«

»Können Sie mir bitte die Kontaktdaten des Gastgebers geben?«

Frau Holmgren nickte zögerlich und begann in ihrem Smartphone herumzuscrollen. »Tut mir leid, ich kann die Nummer nicht finden«, entschuldigte sie sich.

Monica stöhnte leise. »Frau Holmgren, ich frage Sie jetzt noch einmal: Wo war Ihr Mann am Samstagabend?«

»Das sagte ich doch, er hat auf unsere Kinder aufgepasst.«

»Hat er Sie gebeten, diese Aussage zu tätigen, falls die Polizei Ihnen Fragen stellen würde?«, wagte Monica einen Vorstoß.

Die Frau sah eingeschüchtert und nervös zu Boden.

»Wir wissen von Ihrer Anzeige wegen häuslicher Gewalt. Wenn Sie Angst vor Ihrem Mann haben, gibt es Hilfsangebote, es gibt einen Ausweg für Sie und die Kinder.«

Jetzt schüttelte sie energisch den Kopf. »Das war ein großes Missverständnis. Er war damals betrunken, weil sein Eishockeyverein verloren hatte, und dann haben wir gestritten. Ich habe die Anzeige zurückgezogen, weil es ein einmaliger Ausrutscher war und er sich tausendmal dafür bei mir entschuldigt hat.«

»Das soll ich Ihnen ernsthaft glauben?« Monica sah die Ehefrau prüfend an.

»Also, wenn Sie keine weiteren Fragen haben, können Sie jetzt mein Haus verlassen. Ich muss die Kinder von der Schule abholen«, erwiderte sie und stand auf.

»Warum lügen Sie?«, fragte Monica ruhig. Sie hatte in ihrer Laufbahn eine Menge betroffene Frauen kennengelernt, die ihre Partner ständig in Schutz nahmen oder ihre Anzeige zurückzogen.

»Bitte gehen Sie jetzt!« In Kristina Holmgrens Augen glitzerten Tränen.

Monica legte ihre Visitenkarte auf den Tisch und versicherte ihr, dass sie sich jederzeit melden könne, wenn sie reden wolle, anschließend wandte sie sich zum Gehen.

»Frau Sandström, warten Sie!«

Monica blieb stehen und seufzte zufrieden, dann ließ sie die Klinke wieder los.

»Ich war nicht auf einem Geburtstag. Ich habe meinen Mann angelogen«, offenbarte sie nun.

»Wo waren Sie stattdessen?«

»Ich war am Samstagabend kurz vor der Schließung des Supermarktes bei seiner kleinen Schlampe und habe sie zur Rede gestellt.«

»Wie bitte? Sie sprechen von Marie Lundberg?«

»Ja, ich wollte wissen, wer diese Frau ist, mit der Lasse rummacht.«

»Frau Holmgren, das heißt, Sie wollten die Geliebte Ihres Mannes darum bitten, die Finger von ihm zu lassen?«

»Nein, auf gar keinen Fall. Ich habe ihr gesagt, dass sie ihn gerne geschenkt haben kann, weil ich keinen Wert darauf lege, meine unglückliche Ehe fortzusetzen. Das wäre meine Chance gewesen, ihn endlich loszuwerden, weil eine Scheidung lehnt er kategorisch ab. Ich soll nach wie vor kochen, putzen, bügeln, während er sich in seinem Ferienhaus mit irgendwelchen Weibern vergnügen darf. Marie ist ja nicht die Erste, mit der er mich betrügt.«

Monica verkniff sich einen erstaunten Laut. »Wie hat Marie Lundberg reagiert?«, fragte sie stattdessen.

»Sie hat mich ausgelacht. Die blöde Kuh meinte, sie wolle nichts Festes, könne aber das Geld ganz gut gebrauchen, weil sie endlich von zu Hause ausziehen wolle.«

»Geld? Wie meinen Sie das? Wollte Frau Lundberg einen höheren Stundenlohn?«

»Sie hat von meinem Mann ein sogenanntes Taschengeld bekommen«, erklärte die Ehefrau. »So hat sie es zumindest mir gegenüber genannt. Für sie war das alles nur ein Spiel mit dem wesentlich älteren Chef, um sich als Studentin etwas dazuzuverdienen. Vom Kassiererinnenjob wurde sie nicht reich, da prostituiert man sich heutzutage wohl schon mal.« Kristina Holmgren schüttelte angewidert den Kopf. »Außerdem sagte sie mir, dass Lasse regelrecht besessen von ihr sei, mit so einem

Menschen könne sie keine langfristige Beziehung führen. Sie wäre mehr der freiheitsliebende Typ.«

Monica war baff. Mit dieser Wendung hatte sie überhaupt nicht gerechnet.

»Haben Sie gesehen, ob sich nach Ihrem Gespräch noch jemand auf dem Parkplatz herumgetrieben hat? Ist vielleicht ein Auto auf den Hof gefahren?« Die Frau des Marktleiters war garantiert die Letzte gewesen, die Marie gesehen hatte, bevor sie auf ihren Mörder traf.

»Nein, ich habe sie direkt an der Ladentür abgefangen, als sie um 21 Uhr zugesperrt hat. Sie musste drinnen dann noch aufräumen und die Kasse abschließen, da kommt man eigentlich nie vor 21:30 Uhr raus. Das weiß ich von meinem Mann.«

»Okay, verstehe. War Ihr Mann zu Hause, als Sie heimgekommen sind?«

Kristina Holmgren überlegte.

»Ich weiß es nicht, Frau Sandström. Ich bin nicht nach Hause gefahren, ich habe einen lieben Menschen getroffen, den ich aber hier raushalten möchten, wenn Sie verstehen, was ich meine.«

»Sie haben einen anderen Mann kennengelernt?«

»Ja«, flüsterte sie, »im Internet, aber er ist auch verheiratet, von daher ist das alles schrecklich kompliziert. Mein Mann darf das niemals erfahren, sonst schlägt er mich tot. Ich war erst morgens um ein Uhr daheim. Eine Geburtstagsfeier gab es nie. Wir schlafen in getrennten Schlafzimmern, weil er so schrecklich schnarcht, daher weiß ich nicht, ob er Samstagabend daheim war. Erst morgens haben wir zusammen gefrühstückt wie eine ganz normale Familie.« Sie gab ein ironisches Lachen von sich.

Monica bedankte sich für ihre offenen Worte und verwies erneut auf ihre Visitenkarte und darauf, dass sie sich jederzeit melden könne. Außerdem bat sie Frau Holmgren, bei ihren Kindern nachzufragen, ob sie an dem besagten Abend vielleicht wach geworden seien und den Vater nicht vorgefunden hätten. Sie brauchte Beweise, dass die Aussage des Marktleiters falsch war. Aber die neuen Erkenntnisse, dass er angeblich von seiner neuen Freundin besessen gewesen sei und ihr ein Taschengeld gezahlt habe, könnten ein Motiv sein, sie umzubringen, sollte Marie seine starken Gefühle nicht erwidert haben. Andererseits: Konnte sie der Frau trauen, die eigentlich liebend gern ihren gewalttätigen Gatten losgeworden wäre und nicht dessen Geliebte?

Kapitel 18

Als die beiden Ermittler auf dem Weg ins Polizeirevier an einem kleinen Café vorbeikamen, hielt Monica kurz an und Ole sprang aus dem Auto, um ihnen jeweils einen Cappuccino und Zimtschnecken zu holen, denn es war Zeit für eine Fika. Die typisch schwedische Kaffeepause war den beiden ein wichtiges Anliegen, außerdem konnte Monica sowieso nie genug Kaffee in sich hineinschütten.

»Nicht krümeln!«, warnte sie mit erhobenem Zeigefinger, als Ole auf dem Beifahrersitz die Papiertüte öffnete und der Duft nach frischem Zimtgebäck durch die Luft zog. Sie startete den Motor und setzte die Fahrt in das knapp sechzig Kilometer entfernte Uddevalla fort.

»Dein Auto hat auch schon lange keinen Staubsauger, geschweige denn eine Waschanlage mehr gesehen«, feixte Ole. Er biss in die Zimtschnecke und knüpfte anschließend an das Gespräch an, das sie vor ihrem Halt geführt hatten. »Ich kann echt nicht glauben, dass Marie der betrogenen Ehefrau erzählt hat, dass sie nur gegen Geld mit ihrem Mann geschlafen habe. Wie siehst du das?«

»Gute Frage. Auf mich macht die Holmgren einen überaus eingeschüchterten Eindruck, als würde ihr Mann sie nicht nur schlagen, sondern sie auch manipulieren. Allerdings ist es schon schräg, dass sie ihren Mann ausgerechnet an die Geliebte loswerden will.«

»Maries Eltern werden durchdrehen, wenn sie erfahren, dass ihre Tochter eine Prostituierte war.«

»Stopp! So weit würde ich nicht gehen. Ich vermute eher, dass der Sugardaddy ihr hin und wieder ein bisschen Geld zugesteckt hat, damit sie sich schöne Unterwäsche oder Kosmetik kaufen kann. Den Aussagen von Frau Holmgren würde ich nicht so viel Glauben schenken.«

Ole stopfte sich den Rest der Leckerei in den Mund und erklärte kauend: »Vielleicht war es aber auch so, dass Lasse Holmgren dahintergekommen ist, dass seine Geliebte noch mit anderen Männern gegen ein Taschengeld intim geworden ist, und daraufhin die Nerven verloren hat. Tja, und dann hat er sie aus Eifersucht brutal getötet.«

»Ja, wäre denkbar. Und er hat kein Alibi! Seine Frau ist erst nachts heimgekommen und seine schlafenden minderjährigen Kinder bringen ihm nichts. Wie weit ist der Supermarkt vom Haus der Holmgrens entfernt?«

»Maximal zehn Minuten mit dem Auto, schätze ich.«

»Ich hab's«, sagte Monica und stellte ihren Kaffeebecher zurück in die Halterung. »Frau Holmgren spricht gegen 21 Uhr mit Marie und erfährt, dass sie keine ernsthafte Beziehung mit ihrem Mann möchte. Dann ruft sie den Gatten daheim an und berichtet ihm davon. Holmgren flippt aus und fährt zum Supermarkt. Dort wartet er, bis Marie gegen 21:30 Uhr rauskommt und überredet sie, mit ihm die Nacht zu verbringen. Sie fahren in sein Ferienhaus, er vergewaltigt und tötet sie.«

Ole hörte aufmerksam zu, wandte jedoch sogleich ein, dass in dem Ferienhaus nichts darauf hinweise, dass dort jemand mit über vierzig Messerstichen regelrecht abgeschlachtet worden war.

»Das stimmt. Aber vielleicht hat er alles fein säuberlich gereinigt. Ich wette mit dir, wenn die Spurensicherung sein Ferienhaus auf den Kopf stellen würde, würde man da was finden. Vorausgesetzt, dass es sich dabei tatsächlich um den Tatort handelt.«

Ole wiegte nachdenklich den Kopf. »Möglicherweise liegst

du aber auch völlig falsch und Lasse Holmgren ist unschuldig.«

»Hör zu, Ole. Ich kenne solche gewaltbereiten Männer, von denen Außenstehende später sagen, dass sie ihm so etwas nie zugetraut hätten, weil der doch immer so nett und freundlich gewesen ist. Ich bin seit über drei Jahrzehnten bei der Polizei und kenne solche Ekelpakete, die scheuen nicht davor zurück, eine Frau zu töten, wenn sie schon vor Schlägen nicht zurückschrecken.«

»Was ist mit Björn Martinsson? Er könnte seine unerreichbare Liebe genauso gut auf dem Parkplatz abgefangen haben. Er kannte doch bestimmt den Dienstplan für die kommenden Wochen.«

»Nein, nein, Ole, für mich setzt sich das Puzzle mit dem Marktleiter gerade wunderbar zusammen. Frau Holmgren ist abends weg und die Kinder schlafen in ihrem Kinderzimmer. Das ist der perfekte Zeitpunkt, um für ein paar Stunden fort zu sein, einen Mord zu begehen und sich danach wieder zum Schlafen ins Bett zu legen. Vielleicht hat er auch im Affekt gehandelt, weil es zu einem Streit zwischen den beiden gekommen ist. Seine Frau hat ausgesagt, dass Marie ihr gegenüber erwähnte, Holmgren sei besessen von ihr gewesen. Das könnte ein Grund dafür sein, warum sie mit so abartig vielen Messerstichen getötet wurde – also aus purer Wut und Hass. Marie wollte ihn ja nicht als festen Freund.«

»Laut der Rechtsmedizin starb Marie am Sonntag in den frühen Morgenstunden«, hielt Ole dagegen.

»Die Holmgrens schlafen getrennt. Keiner weiß, wann er wirklich zurück ins Bett gegangen ist, und sie sagte mir, sie sei auch erst mitten in der Nacht zu Hause gewesen. Er könnte also im Laufe des Sonntags locker wieder ins Ferienhaus gefahren sein, dort alles blitzeblank geputzt und die Leiche in der

Nacht auf Montag bei Dunkelheit an dem Baum abgelegt haben. Weil er dann alles zutiefst bereut und ein schlechtes Gewissen hat, verziert er seine Geliebte mit dieser Orchideenblüte und hofft, dass sie schnell gefunden wird, damit man sie anständig begraben kann.«

»Hm«, machte Ole und Monica merkte, dass er seine Zweifel hatte. Zugegeben, vielleicht hatte sie sich an Lasse Holmgren festgebissen, weil sie einfach einen Hass auf gewaltbereite Ehemänner wie ihn hatte. Trotzdem passte alles so gut zusammen.

»Ich werde morgen mit der Staatsanwaltschaft sprechen, damit wir sein Ferienhaus offiziell wegen dringenden Tatverdachts unter die Lupe nehmen können«, fuhr sie fort. »Außerdem will ich einen DNA-Test, ob das gefundene Sperma bei Marie von diesem Dreckskerl stammt.«

»Du weißt schon, dass die zwei eine Affäre hatten. Da werden sich garantiert irgendwelche Spuren von ihm an der Leiche nachweisen lassen«, mahnte Ole.

Monica winkte ab. »Die meisten Morde sind Beziehungsdramen.«

»Na bestens, dann ist der Fall ja schnell gelöst und wir können uns endlich um die vermisste Sofia Wättring kümmern«, bemerkte Ole ironisch und Monica stöhnte genervt.

»Jetzt fang du bitte nicht auch noch davon an. Pontus hat mich heute Morgen deshalb schon wahnsinnig gemacht. Wir kriegen das alles hin. Die Aufklärung eines Mordes hat eine andere Priorität, als wenn eine Erwachsene nach einem Streit mit ihren Freundinnen abhaut.«

In dem Moment klingelte Monicas Handy. Sie nahm das Gespräch über die Freisprechanlage entgegen, da sie auf dem Display sah, dass Emma anrief. »Hej, meine Lieblingstochter ruft an«, sagte sie besonders überschwänglich. »Wie war es in der Disco? Oder soll ich Club sagen?«

»Hej, Emma, ich sitze neben deiner Mutter - also bitte keine intimen Mutter-Tochter-Geheimnisse ausplaudern, die nicht für fremde Ohren bestimmt sind«, meldete sich auch Ole sicherheitshalber lachend und Monica schlug ihm grinsend auf seinen Oberschenkel.

»Mama!«, schniefte Emma. »Reg dich jetzt bitte nicht auf, aber ich komme gerade aus der Notaufnahme nach Hause.«

Monicas Fröhlichkeit endete abrupt und ihre Gesichtszüge verfinsterten sich. Sie wollte umgehend wissen, was geschehen war.

»Ich wurde von einem Motorrad angefahren, als ich die Straße überqueren wollte. Es ging alles so furchtbar schnell.«

Monica fuhr sofort rechts an den Fahrbahnrand und hielt an, um sich ganz auf das Gespräch zu konzentrieren. Sie war schockiert und besorgt zugleich. »Oh, nein! Bist du verletzt?«

»Nur ein paar Kratzer und ein aufgeschlagenes Knie. Nichts Schlimmes, also kein Grund zur Sorge. Ich konnte mich mit einem Sprung zur Seite retten, daher hat der Fahrer mich zum Glück nur gestreift und nicht überfahren.«

»Puh. Da hast du mir gerade aber einen Schrecken eingejagt. Hast du die Polizei verständigt?«

»Natürlich. Der Motorradfahrer ist einfach abgerauscht und hat mich auf der Straße liegen lassen.«

»So ein Idiot! Der muss doch erste Hilfe leisten. Das ist Fahrerflucht!«, regte Monica sich auf.

»Du, Mama«, schluchzte Emma jetzt am anderen Ende der Leitung. »Ich glaube, der Motorradfahrer hatte es genau auf mich abgesehen, denn als ich aus unserem Haus gekommen bin, um die Straße zu überqueren, habe ich nach links und rechts geschaut und da war alles frei. Dann rauscht auf einmal dieses Motorrad von irgendwoher mit Karacho auf mich zu, als ob es sich zwischen zwei parkenden Autos versteckt hätte.«

Monica war sprachlos. Das konnte doch kein Zufall sein. Erst verschwand Gustav von seinem Angelausflug und nun wurde Emma absichtlich von einem Motorradfahrer umgefahren. Sie versprach Emma, sofort zurückzurufen, sobald sie zu Hause wäre. Sie wollte ihren Verdacht nicht im Beisein von Ole äußern, sondern mit ihrer Tochter allein darüber sprechen.

»Zum Glück ist sie nicht ernsthaft verletzt«, versuchte Ole sie zu trösten, doch Monica kullerten bereits ein paar Tränen übers Gesicht, was ihr äußerst unangenehm war. Vor ihrem Kollegen zu heulen, zeigte nur, wie schwach und verletzlich sie war, und das wollte sie als Teamleiterin keinesfalls sein. Sie war schließlich immer die Taffe. Die Starke. Die mit dem Pokerface.

»Irgendwer will mich fertigmachen. Erst Gustav und jetzt Emma«, raunte sie, sie konnte es einfach nicht für sich behalten.

»Was? Wie kommst du denn darauf? Das sind zwei ganz unterschiedliche Sachverhalte, Gustav war mit dem Boot unterwegs und ...«

»Doch«, fiel sie ihm ins Wort. »Kamal soll sich die Akten sämtlicher Straftäter anschauen, die ich jemals in meiner Laufbahn hinter Gitter gebracht habe und die mittlerweile wieder auf freiem Fuß sind.«

»Wie bitte?« Ole konnte offenbar nicht glauben, was er da hörte. »Du bist seit über dreißig Jahren bei der Kripo.«

»Da will sich doch jemand an mir rächen, und das tut er, indem er meine Familie umbringen möchte, weil er mich dadurch systematisch brechen kann.«

»Liebe Monica, ich glaube, du übertreibst. Wenn dir das alles zu viel wird mit deiner Privatsituation, nimm dir besser noch länger frei, dafür werden wir alle Verständnis haben, aber Kamal brauchen wir zur Aufklärung des Mord- und des Vermisstenfalls. Notfalls können wir Verstärkung aus einem anderen Revier anfordern.«

Monica sah ihn fassungslos an. »Privatsituation? So nennst du das? Was würdest du denn tun, wenn dein Ramón wie vom Erdboden verschluckt wäre oder absichtlich über den Haufen gebrettert wurde, hm? Würdest du dann nicht alles dafür tun, um zu erfahren, wer dafür verantwortlich sein könnte und was geschehen ist?«

»Sorry, ich wollte dich nicht verärgern. Was du in letzter Zeit erlebt hast, war wohl ein bisschen viel.« Ole strich ihr behutsam über den Arm, um sie zu beruhigen.

»Lass das.« Energisch schob sie seine Hand weg. »Kein Mensch kann nachvollziehen, was ich die letzten Wochen durchgemacht habe. Ich kann keine Nacht mehr durchschlafen, weil ich nicht weiß, ob Gustav tot im Wasser liegt oder irgendwo gegen seinen Willen festgehalten wird. Und jetzt noch Emma ... Nein, ich werde mir meine Familie nicht zerstören lassen. Wenn du Bedenken hast, Kamal mit der Prüfung meiner festgenommenen Straftäter zu beauftragen, werde ich das selbst erledigen. Du kannst dich dann um den Lundberg- und den Wättring-Fall kümmern und dich von Pontus feiern lassen. Du kriechst ihm doch sowieso bei jeder Gelegenheit in den Arsch. Wahrscheinlich bist du nur scharf darauf, endlich mein Nachfolger zu werden, was?« Monica kochte innerlich. Sie wusste, dass das eben sehr provokant gewesen war, aber sie fühlte sich nun mal überhaupt nicht verstanden in ihrer furchtbaren Sorge um den Mann und die Tochter.

Ole tippte sich nur gegen die Stirn.

Die restliche Fahrzeit zum Polizeirevier in Uddevalla verbrachte das Ermittlerteam schweigend. Ole sah aus dem Beifahrerfenster und Monica konzentrierte sich auf den Straßenverkehr. Einen ungünstigeren Zeitpunkt für zwischenmenschliche Querelen konnte es nicht geben. Trotzdem ließ die Sache Monica keine Ruhe, denn sie hatte den Verdacht, dass sie gerade selbst zum Opfer wurde, indem man es auf ihre Liebsten abgesehen hatte. Jemand da draußen wollte sich an ihr rächen. Sie fühlte sich elend, hilflos und unverstanden. Vollkommen unverstanden.

Kapitel 19

»Die Fotos, die du heute auf Instagram gepostet hast, sind echt zauberhaft. Hast du wirklich überhaupt keine Angst, allein in dem fremden Haus zu schlafen?« Das Gesicht ihrer Freundin auf dem Monitor sah besorgt aus.

»Nein, warum sollte ich? Falls du es vergessen haben solltest, ich bin hier im Dalsland aufgewachsen. Außerdem ist es ja nur diese eine Nacht, bis Thomas aus London kommt«, beruhigte Annika ihre beste Freundin, mit der sie gerade am Laptop per Facetime telefonierte.

»Also, ich würde mir vor Angst in die Hose machen«, kicherte die Freundin. »Ich traue mich nicht mal, in der Dämmerung durch einen Park zu spazieren, weil es mich so gruselt.«

»Du bist eben auch ein kleiner Angsthase«, scherzte Annika.

»Trotzdem voll bescheuert, dass er so kurzfristig nach London musste.«

»Nun, meine Liebe, das ist leider die Schattenseite, wenn man mit einem Investmentfonds-Manager verheiratet ist, der ständig auf Dienstreise ist. Ich habe ihn allerdings vorgewarnt, denn wenn er den siebzigsten Geburtstag seiner Schwiegermutter morgen verpasst, wird sie ihn ab sofort ignorieren und wie Luft behandeln.«

Die beiden Frauen lachten.

»Und im Haus deiner Mutter war kein Platz mehr für euch zwei?«

Annika schüttelte den Kopf und erklärte ihrer Freundin, dass es auch kein Hotel in der Nähe gebe und da ihre Schwester mit den drei Kindern ebenfalls anreise, sei das Haus eher ein Kinderspielplatz als ihr Elternhaus. »Thomas bekommt die Krise, wenn meine Nichte in aller Herrgottsfrüh zu uns ins Bett gekrabbelt kommt. Nein, so ein bisschen räumlicher Abstand tut uns schon gut, auch wenn ich meine Familie über alles liebe. Das Ferienhäuschen in Västra Högen mieten wir an Weihnachten eh jedes Mal, also fühle ich mich gar nicht fremd hier. Es ist wirklich total gemütlich und von der Terrasse kann man sogar den Iväg See sehen. Wenn es nicht so kühl wäre, würde ich morgen früh glatt eine Runde schwimmengehen.«

»Na, das will ich sehen. Du bist doch eine alte Frostbeule«, stichelte die Freundin.

Plötzlich war lautes Babygeschrei im Hintergrund zu hören, das Kind ihrer Freundin war hungrig. »Ich komme mir vor wie eine Melkmaschine, der Zwerg saugt mich komplett leer. Meine Brüste sehen aus wie verschrumpelte Luftballons«, moserte sie scherzhaft.

Annika lachte. Sie liebte den Humor ihrer besten Freundin, die in Stockholm nur ein paar Straßen von ihr entfernt lebte. Gleich nach der Schule hatte Annika das Dalsland verlassen, um in der Hauptstadt bei einer Bank Karriere zu machen, und sich dort in einen Kollegen verliebt, der mittlerweile zu den Topmanagern gehörte.

Die beiden jungen Frauen winkten sich zum Abschied zu und Annika klappte das Display des MacBooks herunter. Sie gähnte. Die fünfstündige Autofahrt nach Västra Högen machte sich bei ihr bemerkbar. Da sie ihre Mutter am nächsten Morgen bei den Vorbereitungen zu deren rundem Geburtstag unterstützen wollte, beschloss sie, schon jetzt ins Bett zu gehen, immerhin war es 22:30 Uhr. Sie schrieb ihrem Mann Thomas eine Gute-Nacht-Whats-App, da er sich bei einem Geschäftsessen in der Londoner Innenstadt befand, und prüfte ihren letzten Instagram-Post, den sie vor drei Stunden veröffentlich hatte. Bereits über zweihundert Likes hatte ihr Selfie erhalten, das sie mit dem Ferienhaus im Hintergrund von sich gemacht hatte. Anschließend pustete sie die Teelichter im Wohnzimmer aus und ging laut gähnend ins Bad, um sich die Zähne zu putzen und bettfertig zu machen. Sie war sehr müde.

Etwa eine Stunde später schreckte Annika in ihrem Bett hoch. Sie hatte ein Geräusch gehört. War das ein Klirren gewesen? Glassplitter?

Vielleicht eine Katze, die auf der Terrasse irgendetwas umgestoßen hatte, beruhigte sie sich sofort. Dennoch hatte sie ein mulmiges Gefühl, an Weiterschlafen war gerade nicht zu denken.

Annika schaltete das Nachttischlämpchen an und stieg aus dem Bett. An der halbgeöffneten Schlafzimmertür blieb sie stehen und lauschte in die Dunkelheit.

»Hallo? Hallo?«, rief sie ängstlich nach unten Richtung Erdgeschoss.

Keine Reaktion. Es war absolut still.

Vorsichtig schlich sie barfuß die Stufen hinunter. Sie traute sich nicht, den Lichtschalter anzuknipsen, aber der Mond spendete ein kleines bisschen Helligkeit, sodass sie nicht komplett im Dunkeln durch den Flur ins Wohnzimmer tapste. Da fiel ihr Blick auf die zerbrochene Scheibe der Terrassentür. Abrupt blieb sie stehen, sie wollte keinesfalls barfuß in eine der Scherben treten.

Scheiße! Hier hat jemand versucht, einzubrechen, schoss es ihr durch den Kopf. Ihr Magen krampfte sich zusammen und sie spürte, wie ihr Herz zu klopfen begann. Sie musste sofort die Polizei anrufen oder zumindest Frau Nyberg kontaktieren, deren Herrenhaus etwa zehn Gehminuten entfernt lag.

Den ersten Impuls, nach draußen in die Dunkelheit zu rennen, unterdrückte sie. Womöglich würde sie dem Einbrecher dann erst recht in die Arme laufen. Also entschied sie sich, zurück ins Schlafzimmer zu gehen, denn dort lag ihr Handy auf dem Nachttisch.

Schweißgebadet trippelte sie auf Zehenspitzen nach oben. Bei jeder Stufe blieb sie kurz stehen, um zu lauschen, ob der Einbrecher vielleicht doch noch im Haus war, aber da alles mucksmäuschenstill blieb, setzte sie ihren Weg zum Mobiltelefon fort.

Oben angekommen, verriegelte sie laut schnaufend die Schlafzimmertür hinter sich und wischte sich den Schweiß von der Stirn. Sie zitterte vor Angst, aber hier war sie zum Glück in Sicherheit. Als sie sich umdrehte, um zum Nachttisch zu gehen, blieb sie plötzlich wie angewurzelt stehen. Das eingeschaltete Lämpchen zeigte eine leere Fläche. Als sie auf die andere Bettseite sah, um zu prüfen, ob sie das Handy vielleicht dort abgelegt hatte, blieb ihr kurz der Atem weg. Nichts!

Annikas Herz raste und Panik machte sich in ihrem Körper breit. Sie war felsenfest davon überzeugt, dass sie ihr Telefon auf den Nachttisch gelegt hatte. Oder irrte sie sich und es lag doch noch im Wohnzimmer? Sie setzte sich auf ihr Bett und überlegte, was sie als Nächstes tun sollte, dabei horchte sie angestrengt, ob sie irgendetwas Verdächtiges wahrnahm, aber bis auf ihr klopfendes Herz war es absolut still.

Wahrscheinlich war der Einbrecher längst über alle Berge, nachdem er bemerkt hatte, dass sich ein Gast in dem Ferienhaus befand, oder sie lag ohnehin komplett falsch und ein wildes Tier war für die Glasscherben verantwortlich, versuchte sie sich zu beruhigen.

Da spürte sie plötzlich einen festen Griff um ihren Knöchel. Annika stieß einen Schrei aus, aber im selben Moment wurde auch ihr anderes Fußgelenk gepackt.

Der Eindringling war hier, in ihrem Zimmer, er hatte sich unter ihrem Bett versteckt!

Dann ging alles rasend schnell. Der Fremde zog mit einem Ruck an ihren Beinen, Annika rutschte von der Matratze und fand sich auf dem Bettvorleger wieder. In Todesangst schrie sie so laut, wie sie nur konnte, um Hilfe, während der Einbrecher sie wortlos auf den Rücken drehte und sich auf sie warf, zugleich riss er ihr Schlaf-T-Shirt hoch und zerrte ihren Slip nach unten.

»Nein! Nein! Bitte, nein«, flehte Annika jetzt. »Tun Sie das nicht. Ich habe Geld und Schmuck - Sie können alles haben, aber tun Sie mir nichts!«

Vergeblich versuchte sie sich zu wehren, doch ihr Peiniger hatte kein Interesse an materiellen Gütern, ihn interessierte nur der Körper seines wehrlosen Opfers.

Kapitel 20

Philip klatschte freudig in die Hände. Er hatte soeben im Internet ein Schnäppchen bei der Ferienhausvermietung gemacht: ein schickes Häuschen mit Meerblick in Lloret de Mar. Endlich gab es ein konkretes Ziel, wohin er und seine Freundin fahren würden, statt einfach so nach Spanien aufzubrechen. Laut Google Maps würde er für die rund 2.600 Kilometer lange Strecke 27 Fahrstunden benötigen. Mit den beiden randvoll gefüllten Benzinkanistern würde er zumindest bis nach Frankreich kommen, erst da würde er eine Tankstelle ansteuern müssen.

Er hatte sich für die Strecke via Flensburg entschieden, um jegliche Fährverbindung von Schweden nach Dänemark sowie von dort nach Deutschland zu vermeiden. Zu groß war das Risiko, dass Landsleute an Bord Sofias Foto aus der Zeitung wiedererkannten - trotz ihres neuen Kurzhaarschnitts und einer Baseball-Cap, die er für sie bereithielt. Doch bis zur Abreise in den nächsten Tagen stand noch das schwierigste Problem an: seine Mutter. Wie sollte er ihr schonend beibringen, dass er sich auf und davon machen würde, weil er endlich seine Traumfrau gefunden hatte? Sie mit in den Süden zu nehmen, war komplett ausgeschlossen, wünschte er sich doch nichts mehr als ein Leben ohne sie, die immer über ihn bestimmt hatte.

Immerhin blieb ihm noch ein wenig Bedenkzeit, denn sein Vertrauter hatte ihn gewarnt nicht überstürzt abzureisen, sondern erst ein paar Tage verstreichen zu lassen, bis die Vermisstensuche in den Medien abgeflaut wäre, und natürlich hörte er auf ihn.

Nachdenklich wandte er sich seinen Orchideen zu: »Keine

Sorge, ihr kommt mit nach Spanien. Das Klima wird euch guttun. Ihr braucht keine Angst haben, ich werde euch nicht allein hier zurücklassen oder euch meiner nervigen Mutter anvertrauen. Nein, niemals. Und jetzt gute Nacht, schlaft schön.«

Damit drehte er sich um und wollte ins Schlafzimmer gehen, da wurde auf einmal heftig gegen die Haustür geklopft.

Er zuckte ängstlich zusammen und versteckte sich instinktiv hinter der Polstergarnitur. Wer war das um diese späte Uhrzeit? Die Polizei? Hatte ihn doch jemand beim Mord an dem Nachbarn beobachtet? Oder hatte jemand gesehen, wie er die Leiche früh am Morgen im See versenkt hatte?

»Philip! Mach auf! Ich bin's«, hörte er jetzt eine ihm wohlbekannte Stimme.

Erleichtert kroch er aus seinem Versteck und gewährte seinem Vertrauten Einlass. »Was ist los?«, fragte er besorgt.

»Ich habe es wieder getan«, sagte der und ging schnurstracks an ihm vorbei ins Wohnzimmer, wo er sich auf die Couch fallen ließ.

»Wovon sprichst du? Was hast du wieder getan?«

»Ich habe ne kleine Urlauberin erst gefickt und dann mundtot gemacht.« Zu diesen Worten machte er eine passende Handbewegung an seinem Hals. »Sie liegt drüben im Schlafzimmer.« Jetzt streckte er den Arm aus und zeigte durch das Fenster auf ein etwas entfernt stehendes Ferienhaus in der Dunkelheit, das nur von einer Terrassenlampe erhellt war.

»Was? Bist du jetzt total übergeschnappt?«, rief Philip entsetzt. »Hast du wieder Drogen genommen? Du kannst doch nicht innerhalb von ein paar Tagen zwei Frauen umbringen. Du weißt, dass die Polizei heute Mittag hier war.« Er schüttelte den Kopf und fuhr sich nervös übers Haar. »Oh Mann, Scheiße, Scheiße, Scheiße.«

Sein Vertrauter legte nur die Hände in den Nacken und

strahlte ihn mit einem diabolischen Lächeln an. »Weißt du, wenn du schon richtig lange auf ne Frau scharf bist und sie dir dann auf dem Silbertablett präsentiert wird, musst du halt zuschlagen.«

»Ich finde es abscheulich, dass du wehrlose Frauen tötest«, hielt Philip dagegen.

»Ich finde es auch abscheulich, dass du deine kleine Freundin im Keller gefangen hältst.«

»Aber ich töte sie doch nicht!«, ereiferte sich Philip und stampfte wütend auf den Holzboden auf.

»Und was ist mit dem Rentner, den du kaltgemacht hast?«

»Das war Notwehr!« Rastlos tigerte Philip im Wohnzimmer auf und ab.

Sein Vertrauter machte eine abwinkende Handbewegung. »Du mordest auch und du entführst. Also, tu mal nicht so scheinheilig.«

Philip blieb abrupt stehen. »Es war nie unser Plan, dass jemand stirbt, es ging immer nur darum, dass wir beide unser Glück finden.«

»Falsch! Du wolltest immer eine monogame Bilderbuchbeziehung haben: Mutter, Vater, Kind, Hund und Haus. Ich hingegen habe jedes Mal gesagt, dass ich auf Marie abfahre, und wir haben zusammen überlegt, wie ich sie um den Finger wickeln kann. Das hat ja auch geklappt.« Er grinste mit vor Stolz geschwellter Brust und lachte dreckig.

»Du hast doch deine Prostituierten, zu denen du immer gehst, wenn du in der Stadt bist.«

»Das ist nicht das Gleiche. Das sind Nutten, das gibt mir nicht so den Kick, wenn die nur wegen der Kohle mit dir ins Bett steigen. Außerdem ist das ein sehr kostspieliges Hobby. Na ja, einer wie du, der noch nie Sex hatte, kann das eh nicht verstehen. Du hast ja keine Ahnung, wie es ist, wenn es um

Lust und Begierde geht. Oh Mann, du musst echt noch viel lernen.«

»Aber warum musste jetzt ein weiteres Mädchen sterben?« Völlig aufgelöst nahm Philip seine Brille ab und fuhr sich hektisch mit der Hand übers Gesicht. Er fühlte sich entsetzlich, obwohl er mit dieser Tat überhaupt nichts zu tun hatte.

»Weil töten so einfach ist. Wenn eine von den Weibern mich wegen Vergewaltigung anzeigt, lande ich hinter Gittern. Willst du das?«

»Nein! Ich habe doch nur dich! Aber die ganze Situation läuft doch außer Kontrolle.«

»Völliger Quatsch! Du musst mir vertrauen, und jetzt hör endlich auf zu jammern, ich habe natürlich schon einen Plan.«

»Soll ich wieder die Leiche für dich wegschaffen?«

»Hm, fast. Um genau zu sein, habe ich mir was viel Schöneres ausgedacht, das wird dir richtig gut gefallen.« Ein Grinsen breitete sich über sein Gesicht und er zeigte auf die Orchideen auf der Fensterbank. »Nimm deine blöden Blümchen, du kleiner Romantiker, und walte deines Amtes. Tob dich mal so richtig schön aus.« Er lachte laut und dann weihte er Philip in seinen perfiden Plan ein.

Philip hörte aufmerksam zu und nickte eifrig. Er verstand, was als Nächstes getan werden musste, damit kein Verdacht auf seinen Freund fiel. Dass er dafür jedoch seinen Orchideen wehtun musste, bekümmerte ihn. Nun ja, es war für einen guten Zweck.

Mit hängendem Kopf schnitt er mehrere Blüten am Stängel ab, dabei murmelte er vor sich hin: »Seid nicht traurig, dass ich euch nicht nach Spanien mitnehmen kann. Ihr werdet ein Mädchen schmücken, damit sie im Tod noch hübscher sein wird. Ihr habt also noch eine wichtige Aufgabe.«

»Wo hast du das blutverschmierte Laken und die Kleidung von Marie?«, wollte sein Vertrauter wissen.

»Das liegt alles in einem Müllsack unten im Keller«, antwortete Philip etwas abwesend.

»Okay, dann werde ich das Zeug bei Birger Christiansen im Haus verstecken.«

Philip sah auf. »Glaubst du wirklich, dass die Polizei denken wird, der Norweger wäre ein Zweifachmörder?«

»Natürlich! Erst hat er Marie getötet und danach seine Nachbarin, weil er halt auf junge Frauen steht. Du hast doch erzählt, dass er Witwer ist, da ist wohl die Geilheit mit ihm durchgegangen.« Er lachte laut. »Da du ja schlauerweise seine Leiche im See versenkt hast, wird man ihn nie finden, um das Gegenteil zu beweisen. Was soll da schon schiefgehen?«

Philip zuckte die Achseln. Vielleicht hatte er recht und es war wirklich so einfach.

»Die einzige Gefahr ist Sofia. Sie muss weg«, sagte sein Vertrauter.

Philip drehte sich entsetzt um. »Wieso muss sie weg? Ich habe gerade erst ein Ferienhaus in Lloret de Mar für uns angemietet, in ein paar Tagen werden wir zusammen in den Süden aufbrechen, wenn sich die Lage hier etwas beruhigt hat. Außerdem muss ich daheim noch alles mit meiner Mutter klären, sie hat schließlich nur noch mich.«

»Ja, du sollst doch mit ihr dein neues Leben führen«, beschwichtigte ihn sein Freund, »aber sei nicht naiv. Die Polizei wird hier überall rumlaufen und jedem Fragen stellen, da kannst du Sofia wohl kaum im Keller eingesperrt halten. Das ist viel zu gefährlich, sie ist dir ja schon mal entwischt.«

»Was soll ich deiner Meinung nach tun?«

»Gar nichts. Ich werde Sofia an einen geheimen Ort bringen, und wenn der Norweger offiziell als Täter bestätigt ist, holst du sie von dort ab und dann könnt ihr euch zusammen ins Ausland absetzen. Einverstanden?«

»Geheimer Ort?« Philip runzelte die Stirn, es gefiel ihm überhaupt nicht, dass seine Freundin wegsollte.

»Die alte Fischerhütte unten am See steht doch schon ewig leer. Da wird niemand sie vermuten. Vertrau mir.«

Philip zögerte, er hatte kein gutes Gefühl dabei. »Versprichst du mir, dass du sie gut behandeln wirst und ihr nicht wehtust?«

»Was ist das denn für eine bescheuerte Frage?«, entrüstete sich sein Vertrauter. »Ich bin dein Freund, ich will doch nur, dass du endlich glücklich wirst.«

»Na gut, aber ich will mich noch von ihr verabschieden«, bat Philip.

»Nein! Wir haben jetzt keine Zeit für romantische Abschiedsszenen.«

»Okay«, reagierte er kleinlaut und sein Vertrauter schob ihn mit den Orchideenblüten Richtung Tür.

Nun teilten sie sich auf: Philip gab seinem Verbündeten den Schlüssel für Sofias Handschellen, dann machte er sich auf den Weg, um für ihn die Leiche zu dekorieren. Sein Vertrauter versprach ihm noch einmal, sich gut um Sofia zu kümmern, damit ihr ausgeklügelter Plan auch aufging, und machte sich auf in den Keller.

Sofia war währenddessen in ihrem Kellerverlies in einen unruhigen Schlaf verfallen. Doch nun wurde sie wach, weil jemand an ihrem Arm rüttelte.

»Los, aufstehen!«, hörte sie eine Männerstimme. In ihrem verschlafenen Zustand dachte sie im ersten Moment, es wäre jetzt so weit und sie würden nach Spanien aufbrechen, da ihr

Entführer davon geschwärmt hatte, dass sie bald dorthin verreisen würden.

Sie blinzelte dem grellen Licht der Glühbirne entgegen, die genau über ihr von der Decke hing, sie konnte noch gar nicht richtig sehen.

»Au!«, schrie sie laut, als ihr das Klebeband mit einem Ruck vom Mund gerissen wurde. Mit einem Schlag war sie hellwach und starrte den Mann an. Es war nicht ihr Entführer. »Wer sind Sie? Was wollen Sie?«, fragte sie entsetzt.

Keine Reaktion.

Sie schnappte nach Luft und ihr Herz fing zu rasen an, als sie in der Hand des Fremden die spitze Klinge eines Messers aufblitzen sah.

»Halt's Maul!«, forderte er grob und drohte ihr mit dem Messer, dann öffnete er die Handschellen und zerrte an ihrem Arm.

»Was wollen Sie?«, kreischte sie und versuchte voller Angst, sich an der Matratze festzukrallen. Wer war dieser Typ? Und warum war er so rabiat?

»Wir machen jetzt einen kleinen Ausflug«, sagt er und zerrte sie mit einem Handgriff von der Matratze herunter.

»Hilfe! Hilfe!«,

»Halt die Fresse!«, brüllte er, dabei hielt er ihr das Messer vor das Gesicht. »Wenn du dich ruhig verhältst, wird dir nichts passieren.«

Mit weit aufgerissenen Augen hielt sie den Atem an, dann murmelte sie, dass sie brav sein und alles machen werde, was man von ihr verlange.

»Sollst du mich nach Spanien bringen?«, traute sie sich schließlich doch, zu fragen. Dieser Fremde versetzte sie in absolute Todesangst, er verhielt sich um einiges brutaler, fokussierter und unsympathischer als ihr Entführer.

»Nein! Ich bringe dich an einen sicheren Ort, danach bist du in ein paar Tagen frei. Dir wird nichts passieren, wenn du kooperativ bist. Versprochen!«

Sofia stöhnte erleichtert auf. Endlich hatte sie wieder Hoffnung, dass ihr Martyrium bald vorbei sein würde. Dann wurde sie aus ihrem Keller nach draußen geführt.

Kapitel 21

Monica hatte extrem schlecht geschlafen. Die ganze Nacht hatte sie sich hin und her gewälzt und kein Auge zubekommen. Sie fühlte sich wie gerädert und hoffte darauf, dass der zweite Kaffee an diesem Mittwochmorgen sie einigermaßen fit aussehen lassen würde. Keinesfalls wollte sie Pontus Dahlberg mit tiefen Augenringen gegenübertreten, der wartete doch nur auf eine Gelegenheit, sie nach Hause schicken zu können und den Fall Lundberg an die Kripo in Göteborg abzugeben. Als sie ihr Spiegelbild betrachtete, musste sie sich jedoch eingestehen, dass die letzten Wochen sich optisch in ihrem Gesicht niedergeschlagen hatten. Mehr Make-up schien ihr die beste Lösung zu sein, damit niemand im Revier Verdacht schöpfte, wie schlecht es ihr ging.

Als sie das Haus verließ und zu ihrem Wagen ging, der in der Garageneinfahrt parkte, rief jemand laut ihren Namen. Monica rollte genervt die Augen. Die hatte ihr gerade noch gefehlt!

»Margareta! Schön, dich zu sehen«, sagte sie dennoch und setzte ein freundliches Gesicht auf.

Die Nachbarin und Ehefrau Ingvars war gerade dabei, ihren Müll in die Tonne zu werfen. Jetzt drehte sie sich um und musterte Monica von oben bis unten. »Wir haben uns ja lange nicht mehr gesehen. Sag mal, wie geht es dir denn mittlerweile?«

»Ach, danke dir. Mir geht es den Umständen entsprechend gut. Ich arbeite wieder. Das war die richtige Entscheidung, so komme ich auf andere Gedanken. Es lenkt mich ab.«

Margareta stimmte ihr zu und seufzte dann laut: »Tja, komischerweise habe ich das Gefühl, dass du mir aus irgendeinem Grund aus dem Weg gehst. Soll ich nicht mal abends zu dir rüberkommen und wir plaudern endlich mal wieder ausgiebig so wie früher?«

Monica fiel vor Schreck der Autoschlüssel aus der Hand, sie suchte sofort nach einer Ausrede. »Das ist sehr nett von dir, aber momentan eher nicht. Ich bin nicht einsam. Emma ruft abends immer an und wir quatschen dann manchmal bis spät in die Nacht«, log sie.

»Na gut, das kann ich verstehen. Als mein Bruder damals so plötzlich verstarb, wollte meine Schwägerin die ersten Monate auch niemanden sehen.«

Monica hasste solche Bemerkungen, denn bis heute war Gustavs Leiche nicht gefunden worden, trotzdem rechneten augenscheinlich alle in ihrem Umfeld nicht mehr mit einem glücklichen Ausgang. »Tut mir leid, Margareta, ich würde gern noch ein bisschen mit dir reden, aber ich habe es wirklich sehr eilig. Auf meinem Schreibtisch stapelt sich die Arbeit.« Sie wünschte der Nachbarin einen schönen Tag und stieg in den Wagen.

Als sie losfuhr, hämmerte Monica wütend auf das Lenkrad ein. »Was habe ich da nur für einen Mist gebaut«, schimpfte sie mit sich.

Ihre Schlafstörungen waren ja nicht allein Gustavs Verschwinden geschuldet, sondern ebenso der Tatsache, dass Nachbar Ingvar seine Frau für sie hatte verlassen wollen. Angeblich sei er so unsterblich verliebt in Monica. Zu Beginn ihrer Affäre hatte sie es genossen, dass sich endlich mal wieder ein Mann für sie interessierte und ihr Komplimente machte, mit einigen Wochen Abstand sah das jedoch ganz anders aus. Am liebsten hätte sie die Zeit zurückgedreht und sich niemals auf das Verhältnis eingelassen, aber es gehörten eben immer zwei dazu, und da Monica sich in ihrer Ehe nicht wertgeschätzt gefühlt hatte, war es für Ingvar ein Leichtes gewesen, sie für sich zu gewinnen. Doch das schlechte Gewissen hatte die ganze Zeit mitgeschwungen und sie überlegte inzwischen ernsthaft, das Haus zu verkaufen. Was hielt sie denn noch hier? Emma war in Berlin, Gustav verschwunden, Ingvar in sie verknallt und Margareta wollte sie wegen ihrer Gewissensbisse nicht ständig im Garten begegnen.

In diesem Moment klingelte ihr Handy.

»Emma! Endlich rufst du zurück! Ich habe mir schon Sorgen gemacht.« Sie hatte ihrer Tochter in der Nacht mehrere Nachrichten geschickt mit der Bitte, dass sie sich umgehend bei ihr melden solle.

»Morgen, Mama. Was gibt's denn Dringendes? Ich habe dir doch gestern Abend gesagt, dass ich nicht nach Uddevalla zurückkommen werde, nur weil du denkst, dass mein Unfall ein Anschlag gewesen sein könnte.« Sie gähnte.

»Ich lag die ganze Nacht wach. Du musst doch einsehen, dass es kein Zufall sein kann, dass erst dein Vater spurlos verschwindet und dann du absichtlich angefahren wirst.«

»Mama! Du spinnst dir da was zusammen, was überhaupt keinen Sinn ergibt. Meine Mitbewohnerinnen meinten auch, keine andere Mutter würde auf so eine abstruse Idee kommen. Das ist bloß, weil du Kriminalkommissarin bist. Außerdem, woher soll denn ein ehemaliger Strafgefangener wissen, wo ich wohne, nachdem ich Göteborg verlassen habe?«

»Du bist auf Instagram aktiv! Ständig postest du Bilder von deinem neuen Studentenleben in Berlin oder wie ihr in der WG-Küche zusammensitzt«, ereiferte sich Monica.

»Ach so, das heißt, du willst mir jetzt verbieten, dass ich mal ein Bild poste?« Sie schnaubte. »Das geht wirklich zu weit. Du bist ja paranoid.«

»Mir wäre wohler, wenn du nicht jedem deiner Follower

mitteilen würdest, wo du dich gerade aufhältst. Ist das denn zu viel verlangt?«, beharrte Monica.

»Ich bin alt genug, um zu entscheiden, welche Informationen ich über mich im Netz teile. Außerdem habe ich ein privates Profil und kein öffentliches.«

»Kennst du denn alle deine paar tausend Follower persönlich?«, hakte Monica gleich ein. Sie folgte ihrer Tochter natürlich auch, nutzte ihren eigenen Account jedoch nur, um sich auf der Plattform umzusehen und zu verfolgen, was für spannende Erlebnisse ihre Tochter aus Deutschland postete. Sie selbst hatte bisher noch nie einen Beitrag erstellt und daran sollte sich auch nichts ändern.

»Mama! Ich merke schon, es war ein Fehler, dass ich dich wegen diesem dämlichen Motorradfahrer angerufen habe. Ab sofort werde ich nichts, aber auch gar nichts mehr berichten.«

»Emma, jetzt sei doch nicht gleich eingeschnappt. Ich meine es nur gut. Ganz im Ernst, ich will bloß verhindern, dass du in Gefahr bist«, verteidigte sich Monica.

»Du solltest echt mal eine Therapie machen wegen Papas Bootsunglück. Du gehst noch daran kaputt, dass du nicht weißt, was mit ihm geschehen ist, und spinnst dir die unglaublichsten Sachen zusammen. Du arbeitest einfach zu lange bei der Kripo, deshalb verrennst du dich in solche Verschwörungsfantasien und glaubst, dass man mich töten will, um dir Schaden zuzufügen, weil du irgendwann mal einen Verbrecher festgenommen hast, der sich jetzt an dir rächen will«, gab sie Monicas Theorie wieder. Am Vorabend hatten sie noch telefoniert und Emma hatte extrem genervt auf Monicas Annahmen reagiert. »So, ich muss leider auflegen, die erste Vorlesung ruft.« Damit war das Gespräch beendet.

Monica atmete tief ein und wieder aus. Zum einen ärgerte sie sich, dass Emma sie einfach abgewürgt hatte, andererseits hatte sie vielleicht recht und sie sollte tatsächlich eine Gesprächstherapie beginnen. Sie beschloss, sich ernsthaft damit zu beschäftigen, doch jetzt würde sie zuerst einmal eine Apotheke ansteuern, um sich medikamentös erste Hilfe zu besorgen: Sie wollte endlich mal wieder durchschlafen! Nach dem gezielten Anschlag auf Emma würden ihre Sorgen und Schlafprobleme sicher nur noch schlimmer werden.

»Wo steckt denn Monica?« Pontus Dahlberg ging nervös in ihrem Büro auf und ab, als könnte er ihre Ankunft dadurch beschleunigen. »Es ist gleich halb zehn.« Demonstrativ tippte er auf seine goldene Armbanduhr.

»Sie wollte noch etwas erledigen«, schwindelte Ole ihn an. Nach ihrer letzten gemeinsamen Fahrt zum Polizeirevier am vergangenen Mittag, die in einem Streit geendet hatte, hatte ihn die Teamleiterin wortlos am Revier rausgelassen und aufgrund angeblich starker Kopfschmerzen unverzüglich Feierabend gemacht. Seitdem hatte er nichts weiter von ihr gehört. Vermutlich hatte Monica sich wegen ihrer Familie zu sehr den Kopf zerbrochen und war dadurch ganz krank geworden, aber gegenüber Pontus wollte er diesen Verdacht nicht aussprechen.

»Früher war sie immer schon um 8 Uhr hier – also bevor diese schlimme Sache mit ihrem Mann passiert ist«, bemerkte Pontus, dann lehnte er sich unvermittelt gegen Oles Schreibtisch und sah ihn eindringlich an. »Sag mal, Ole, du arbeitest doch täglich mit ihr zusammen, deshalb will ich dich jetzt ganz direkt fragen: Schafft Monica das Pensum? Immerhin haben wir gerade einen Mord und einen Vermisstenfall auf dem Tisch und vielleicht ist sie momentan ein wenig labil, wenn du verstehst, wie ich das meine.«

»Natürlich schafft sie das«, antwortete Inspektor Ole Henriksson, ohne zu zögern. Er war der loyalste Ermittlungspartner, den man sich nur vorstellen konnte. »Sie wird garantiert bald hier sein, es gibt keinen Grund zu Sorge.«

Der Revierleiter hob die Augenbraue. »Wie weit seid ihr eigentlich mit dem Mordfall?«

»Es gibt einen dringenden Tatverdächtigen.«

»Aha! Tolle Neuigkeiten. Wer ist es?«

»Der verheiratete Marktleiter vom Supermarkt, mit dem Marie Lundberg ein Verhältnis hatte. Alles sieht nach einem klassischen Beziehungsdrama aus. Es fehlt nur noch der Beschluss für einen DNA-Test und die Hausdurchsuchung für sein Ferienhaus, wo er sie möglicherweise umgebracht hat.«

»Sehr gut, aber was macht euch in Sachen Ferienhaus so sicher? Man könnte einen Menschen doch überall ermorden. Im Auto, im Gebüsch ...«

»Lasse Holmgren, also der Verdächtige, hatte sein Ferienhaus ausgerechnet für dieses Wochenende zwecks Eigennutzung geblockt, und genau in der Zeitspanne ist Marie Lundberg verschwunden und später getötet worden.«

Pontus nickte anerkennend. »Ja, das macht Sinn für einen Tatort. Apropos Ferienhaus. Was ist eigentlich mit der vermissten Frau? Habt ihr in der Angelegenheit mittlerweile auch Neuigkeiten?«

Ole überlegte kurz, was er antworten sollte, ohne Monica zu schaden, und entschied sich dann für die halbe Wahrheit. »Leider nein. Aber wir arbeiten natürlich an beiden Fällen und geben wie immer unser Bestes.«

»Lass mich raten, Henriksson. Ihr habt den Vermisstenfall links liegen lassen, weil ihr euch nur um die Aufklärung des Mordfalls kümmert.«

»Ähm ...«

»Du musst nichts sagen. Ich weiß Bescheid und deine Loyalität Monica gegenüber finde ich sehr löblich. Du bist ein ausgezeichneter Kriminalinspektor! Auch die Kollegen aus Deutschland, bei denen du im Rahmen des Austauschprogramms gearbeitet hast, haben dich in den höchsten Tönen gelobt. Du kannst jetzt sogar internationale Erfahrung vorweisen. Ach, sag mal, wie heißt die Gegend noch mal, wo du gewesen bist?« Er schnipste mit den Fingern, als könnte er seiner Erinnerung damit auf die Sprünge helfen.

»Saarland. Nicht zu verwechseln mit Dalsland«, antworte Ole neutral. Ihm waren diese Lobhudeleien unangenehm, weil sie meistens nur einem Zweck dienten - zumindest wenn sie von Pontus kamen.

»Stimmt! Ich kann mich nur daran erinnern, dass ihr da wegen einem Fahrlehrer ermitteln musstet, der überfahren wurde. Aber egal. Was ich eigentlich sagen möchte, mein lieber Ole Henriksson: Du hast das Zeug, um einmal in Monicas Fußstapfen zu treten. Die macht das doch nicht ewig und wie sie gerade so drauf ist ... Na, warten wir's mal ab. Sie ist einfach viel zu früh wieder in den Job zurückgekehrt, statt sich um ihre eigenen Probleme zu kümmern. Ich will mir gar nicht ausmalen, wie diese Ungewissheit, was mit dem geliebten Menschen geschehen ist, einen zermürben muss. Arme Monica, sie ist doch total überfordert mit der Situation.« Pontus stieß einen theatralischen Seufzer aus, dann beugte er sich zu ihm herunter: »Hör zu, ich will, dass du den Vermisstenfall mit höchster Priorität behandelst. Ihr habt jetzt einen Tatverdächtigen in dem Lundberg-Fall, damit ist Monica völlig ausgelastet. Wir müssen die Ärmste ein bisschen schonen.«

»Aha, okay. Warum ist dir diese vermisste Frau so wichtig? Kennst du sie persönlich?«, fragte Ole verwundert.

»Nein, aber im Dalsland verschwinden niemals einfach so Frauen. Das ist eine Urlaubsregion und die Presse berichtet bereits davon, da können wir es uns nicht leisten, dass die Polizei sich nur um einen Fall kümmert und den anderen stiefmütterlich behandelt. Verstehst du, Henriksson? Ich will, dass man diese Urlauberin findet, und zwar ganz schnell und natürlich lebendig!«

Ole stimmte dem Vorschlag zögerlich zu. Er hatte eher den Eindruck, dass Pontus die Tourismusbehörde im Nacken saß, und die wollte Sofia Wättring gern schnellstmöglich der Presse präsentieren - am besten, nachdem die Polizei sie in einer spektakulären Befreiungsaktion in Sicherheit gebracht hätte und die Gegend für Touristen wieder absolut sicher wäre.

Auf einmal wurde die Bürotür aufgerissen und die beiden schreckten hoch. Ulla platzte aufgeregt herein. »Ihr glaubt es nicht. Es ist schon wieder jemand ermordet worden!«

»Mir wird schlecht, das kann ja wohl nicht wahr sein«, sagte Pontus gequält.

»Hier ist die Adresse.« Sie wedelte mit einem Zettel in der Hand. »Die Tote wurde von ihrer Mutter in einem Ferienhaus in Västra Högen gefunden.«

Ole riss der Sekretärin die Notiz aus der Hand. »Das gibt's doch nicht! Das ist das Ferienhaus von unserem Verdächtigen, für das wir eine Genehmigung zur Hausdurchsuchung beantragen wollten.«

»Na, die Genehmigung hat sich jetzt wohl erledigt«, stellte Pontus trocken fest.

»Guten Morgen! Was hat sich erledigt?« Monica betrat das Büro und ging schnurstracks zu ihrem Schreibtisch, wo sie ihre Lederjacke über die Lehne des Drehstuhls hängte.

»Du kannst dich gleich wieder anziehen. Es gibt nach Marie Lundberg eine weitere getötete Frau«, klärte Ole sie auf.

»Sofia Wättring?«, mutmaßte sie sofort. »Die Urlauberin aus Malmö?«

»Natürlich, wer denn sonst?« Pontus wurde hektisch. »Jetzt

sagt mir bitte nicht, dass noch mehr Frauen verschwunden sind, von denen ich nichts weiß?«

Ulla gab ein Handzeichen, um scheu die nächste Information in den Raum zu werfen: »Das Opfer heißt Annika Bergman.«

»Oh mein Gott!« Pontus ließ sich auf einen Besucherstuhl sinken. »Ulla, wir brauchen sofort eine Pressekonferenz.« Fassungslos schüttelte er den Kopf. »Zwei Tote und eine Vermisste im wunderschönen und bisher stets so sicheren Dalsland. Das ist eine absolute Tragödie! Ein Skandal!«

Kapitel 22

Der Tatort in Västra Högen war mit einem Flatterband abgesperrt. Zwei Streifenwagen parkten vor dem blau gestrichenen Holzhaus mit den gelben Fensterrahmen. Rechtsmedizinerin Irene stand rauchend auf der Terrasse, während die Kollegen von der Kriminaltechnik drinnen ihren Job machten.

»Hej«, grüßten Ole und Monica die Rauchende.

Diese nickte nur und zog gierig an ihrem Glimmstängel, dabei blickte sie in Richtung des Sees, der lediglich ein paar Hundert Meter entfernt lag. »Wenn wir uns diese Woche noch ein drittes Mal wegen einem Mord treffen sollten, werde ich auf der Stelle kündigen und auf Bali ein Yoga-Bootcamp eröffnen.«

»Wie bitte?«, fragte Ole irritiert.

Irene drehte sich zu ihm um. »Ach, das ist nur so ein Traum von mir. Wobei, die Yogis können auch ganz schön anstrengend sein, dann vielleicht doch lieber Tote obduzieren, die nerven wenigstens nicht.« Sie zog erneut an der Zigarette.

Monica räusperte sich. »Können wir uns bitte um den Mordfall kümmern? Deshalb sind wir nämlich hier.«

»Im Gegensatz zu der Leiche von Montagmorgen wurde dieses Opfer nicht erstochen, sondern erwürgt«, erwiderte Irene knapp.

»Das bedeutet also schon mal, dass wir es nicht mit einem Serienmörder zu tun haben, der nach dem gleichen Muster tötet«, mutmaßte Ole.

»Da muss ich dich wohl leider enttäuschen. Der Täter hat ein Faible für Orchideen. Kommt mal mit nach oben, um euch selbst ein Bild davon zu machen.« Sie drückte ihren Zigarettenstummel im Aschenbecher aus und winkte ihnen, ihr zu folgen.

Allein durch diese Geste hatte Monica schon wieder genug von der Rechtsmedizinerin. Die tat doch glatt so, als ob sie hier das Sagen hätte. Monica zwang sich, das Schauspiel so professionell wie möglich hinzunehmen. Trotzdem, mit Irene kam sie einfach nicht klar.

Kurz darauf betrat Monica im weißen Schutzanzug das Zimmer des Opfers und war über den Anblick mehr als überrascht. Die Tote lag mit gefalteten Händen auf der Bettdecke, als ob sie dort aufgebahrt worden wäre. Allerdings trug sie ein Schlaf-T-Shirt, welches knapp ihren Schambereich bedeckte. Hinter ihrem rechten Ohr steckte eine weiße Orchideenblüte. Um die Leiche herum waren überall Blütenblätter in den verschiedensten Farben verteilt.

»Was weiß man über sie?«, fragte Monica.

»Annika Bergman, zweiunddreißig Jahre, aus Stockholm, verheiratet, ihr Mann befindet sich geschäftlich in London und ist bereits informiert. Frau Bergman hat das Haus erst gestern angemietet und wurde von ihrer Mutter gefunden, nachdem sie nicht zum vereinbarten Frühstück bei ihr erschienen ist und sie ihre Tochter auch telefonisch nicht erreichen konnte«, fasste ein Streifenpolizist, der als Erster am Tatort gewesen war, sein Wissen zusammen. »Die Mutter wurde eben mit dem Krankenwagen ins Hospital gebracht, weil sie einen Nervenzusammenbruch erlitten hat. Ausgerechnet heute ist ihr Geburtstag.«

»Gibt es schon Anhaltspunkte zum Tathergang?«, erkundigte sich Ole.

Der Polizist berichtete, man gehe davon aus, dass ein Einbrecher die Scheibe der Terrassentür eingeschlagen und sich dann sein Opfer vorgeknöpft habe. »Wir wollen gleich mal die Nachbarn befragen, ob sie etwas Verdächtiges bemerkt haben.«

»Kann man schon etwas zum Zeitpunkt des Todes sagen?«, wandte sich Ole an die Medizinerin.

»Ich schätze mal, zwischen Mitternacht und 2 Uhr - zumindest wenn ich die Totenstarre zugrunde lege.«

»Wurde sie wie Marie Lundberg vergewaltigt?«, fragte Monica.

»Davon gehe ich doch sehr stark aus. Ihren Slip trägt sie auf jeden Fall nicht mehr unter ihrem Schlaf-T-Shirt. Genaueres wie immer nach der Obduktion, weil ich euch dieses Kunstwerk der Blumendeko nicht zerstören wollte. Es sind übrigens exakt 35 Blütenblätter, die der Täter hier mit viel Liebe zum Detail um die Leiche herum arrangiert hat. Ich bin der Meinung, das könnte für die Profis von der Kripo von Belang sein, oder täusche ich mich da?«

»Damit liegst du goldrichtig«, gab Monica mit einem ironischen Lächeln zurück, dann wandte sie sich zu Ole: »Merkwürdiger Zufall, dass wir erst gestern hier waren, und jetzt liegt hier eine ermordete Frau. Lass uns gleich mal in den Supermarkt von Holmgren fahren und ihn fragen, wo er letzte Nacht gewesen ist.«

Dann wandte sie sich einem Kollegen von der Spurensicherung zu und fragte nach, ob es ein Handy gebe, doch der schüttelte nur den Kopf und erklärte, dass man keines gefunden habe. Lediglich einen Laptop habe man im Wohnzimmer sichergestellt.

»Okay, bitte alles auswerten. Vielleicht hat das Opfer vorher mit dem Täter gechattet und ihn zu sich eingeladen.«

»Komischer Ansatz. Meine Dates kommen immer durch die Tür und schlagen keine Scheibe ein«, konnte sich Irene offenbar einen Kommentar nicht verkneifen.

»Die Überlegungen überlässt du mal schön der Kriminalpolizei«, zickte Monica zurück. Dann wandte sie sich wieder an den Kollegen: »Bitte stellen Sie das ganze Haus auf den Kopf und prüfen Sie, ob Sie Blutspuren einer weiteren Person finden können.«

»Eine weitere Person?«, mischte sich Irene irritiert ein. »Ich werde aus deinen Überlegungen nicht schlau. Das Opfer wurde erwürgt, nicht erstochen.«

»Ja, es besteht nämlich der Verdacht, dass auch Marie Lundberg in diesem Haus getötet und danach am Waldrand abgelegt wurde«, antwortete Ole hastig für sie.

»Finde du jetzt mal schnell raus, ob diese Frau hier ebenfalls Opfer eines Sexualverbrechens wurde, bevor sie erwürgt wurde.« Damit verließ Monica, ohne sich noch einmal umzudrehen, das Schlafzimmer. Ole folgte ihr.

»Diese doofe Kuh mit ihren spitzen Bemerkungen geht mir so was von auf die Nerven«, schimpfte Monica, als sie im Auto saßen. »Ich bin der Meinung, das könnte für die Profis von der Kripo von Belang sein ... bla, bla, bla«, äffte sie die Rechtsmedizinerin nach.

»Komm, reg dich nicht auf. Du weißt doch, wie Irene tickt. Sie hat halt eine ganz spezielle Art. Nicht jeder versteht ihren Humor.«

»Das hat in meinen Augen nichts mit Humor zu tun. Tja, aber vielleicht endet jeder irgendwann mal so, wenn man sich jahrelang nur mit Leichen beschäftigt und an ihnen herumschnippelt. Das macht was mit einem Menschen, glaubst du nicht?«

»Wäre möglich«, lenkte Ole ein. »Das ist bei uns aber nicht anders, wenn man's mal genau nimmt. Auch unser Beruf wirkt sich auf uns aus, wir reagieren in manchen Situationen besonders skeptisch, weil wir ständig mit Kriminalität konfrontiert sind.«

»Ist das eine Anspielung darauf, dass ich gerne die Akten aller entlassenen Straftäter einsehen möchte, die ich festgenommen habe?« Monica fühlte sich sofort angegriffen.

Ole hob abwehrend die Hände, offenbar beschäftigte ihn der gestrige Streit noch immer. Dann legte er den Kopf schräg und sagte: »Was hältst du davon, wenn du dich um die Akten der alten Straftäter kümmerst, und ich widme mich ganz dem Aufspüren von der vermissten Sofia Wättring. Die zwei Morde klären wir gemeinsam auf, das wäre doch ein Superdeal, meinst du nicht?«

Erneut kochte der Unmut in Monica hoch. Sie war wieder im Dienst und wollte als vollwertiges Mitglied der Einheit behandelt werden, niemand sollte auf sie Rücksicht nehmen müssen. »Nein! Wir kümmern uns gemeinsam um alle drei Fälle. Lasse Holmgren werden wir gleich wegen dringenden Tatverdachts festnehmen und wenn er geständig ist, verrät er uns vielleicht auch, was er mit dieser Sofia angestellt hat. Vorausgesetzt natürlich, er ist es tatsächlich gewesen.«

»Einverstanden.« Ole lächelte, doch dann wurde er wieder ernst. »Weißt du, was mich daran zweifeln lässt, dass Holmgren unser Täter ist?«

»Na, da bin ich ja mal gespannt. Er war der heimliche Geliebte von Marie und in seinem Ferienhaus wurde soeben eine zweite Frauenleiche gefunden. Dann erzähl mal«, erwiderte Monica ironisch.

Ole ging auf die Spitze nicht ein, sondern erklärte ruhig: »Warum bricht Holmgren in sein eigenes Haus ein, wenn er als Eigentümer einen Schlüssel besitzt?«

»Weil er ein cleverer Täter ist und damit von sich ablenken will«, lieferte die erfahrene und fast doppelt so alte Kommissarin die Antwort. »Er wäre ja nicht der Erste, der die Polizei absichtlich in die falsche Richtung lenken will.« Mit diesen Worten beschleunigte sie, um möglichst schnell zum Supermarkt in Bäckefors zu gelangen und den Marktleiter festzunehmen. Nebenbei forderte sie sogar Verstärkung von den Streifenpolizisten an. Man wusste ja nie, wie ein Tatverdächtiger bei der Festnahme reagierte - erst recht nicht, wenn es sich dabei um einen mutmaßlichen zweifachen Frauenmörder handelte, der auch gegenüber seiner Ehefrau bereits gewalttätig war.

Kapitel 23

Philip ging vor seinen teilweise geköpften Orchideen am Fenster nervös auf und ab. »Na, was glaubt ihr, wann die Polizei bei mir vorbeikommt?«

Er blieb kurz stehen, sah die verbliebenen Blüten nachdenklich an, dann setzte er seine Runden fort.

»Ja, ja, ich muss mich gedulden. Es fühlt sich nur so an wie damals als kleiner Junge, als ich es an Weihnachten nicht abwarten konnte, bis es endlich die Geschenke gab«, gestand er grinsend. Es beruhigte ihn enorm, dass er mit seinen Pflanzen sprechen konnte, denn die Warterei machte ihn wahnsinnig. Sein Vertrauter hatte ihm prophezeit, dass die Polizei alle in der Nähe anwesenden Personen befragen würde - also alle Nachbarn samt Verwalterin und Hausmeister. Aus diesem Grund konnte er auch noch nicht zurück nach Uddevalla zu seiner Mutter fahren. Sein Vertrauter hatte ihm eingeschärft, dass es viel zu auffällig, ja geradezu verdächtig sei, so kurz nach dem Vorfall vom Ort des Geschehens zu verschwinden, er solle nur ihm und seinem Plan vertrauen. Und das tat er.

Um seine Nervosität in den Griff zu bekommen, trank Philip ein Glas kaltes Wasser, sein Mund war vor Aufregung staubtrocken. Wann würden die Uniformierten endlich auf seiner Matte stehen?

Zugleich war er sehr besorgt, wie es wohl seiner Sofia ging, die er schweren Herzens hatte ziehen lassen müssen. Er hatte sich noch nicht einmal mehr von ihr verabschiedet, weil alles so schnell gehen musste. Während er sich nämlich um die Tote gekümmert hatte, hatte sein Vertrauter Sofia in ihr neues Versteck gebracht und die blutverschmierte Kleidung von Marie in Birgers Haus deponiert. Danach hatten sie den Wagen des Norwegers in dem rund einhundert Kilometer entfernte Tjurpannans Naturreservat abgestellt, direkt an einem Steg, wo ein paar Boote lagen. Alle sollten glauben, dass Birger Christiansen sich zusammen mit der vermissten Sofia über die Nordsee abgesetzt hätte, sodass keiner auf die Idee kommen würde, dass sie in Wahrheit mit Philip in Spanien war. Noch besser wäre es, wenn die Polizei vermuten würde, dass Birger auch Sofia getötet hätte, allerdings ohne jemals ihre Leiche zu finden.

Als es endlich an der Tür klingelte, begann Philips Herz zu rasen. Hoffentlich würde er sich nicht verplappern. Er atmete noch einmal tief durch und öffnete dann die Tür.

»Guten Tag! Entschuldigen Sie bitte die Störung, aber ich hätte ein paar Fragen an Sie. In Ihrer Nachbarschaft ist ein Verbrechen geschehen. Heute Nacht wurde eine Urlauberin in dem Ferienhaus dort drüben ermordet.« Der Uniformierte zeigte mit ausgestrecktem Arm zu dem nur ein paar hundert Meter entfernten Ferienhaus, das mit blau-weißem Flatterband abgesperrt war.

Philip riss sich zusammen und brachte ein halbwegs bestürztes: »Wirklich? Oh nein, das ist ja ganz entsetzlich, wer macht denn so etwas?« hervor. Dabei gab er sich die allergrößte Mühe, nicht zu lachen.

»Ist Ihnen heute Nacht irgendetwas Verdächtiges aufgefallen wie zum Beispiel ein fremdes Auto oder Personen, die nicht hierher gehören?«, fuhr der Polizist unbeirrt fort. »Alle Hinweise können uns helfen, diesen Mord aufzuklären.«

»Hm, lassen Sie mich mal überlegen.« Philip legte die Stirn in Falten. »Also, es ist sicher total unwichtig, aber ich habe gestern Abend gesehen, wie mein Nachbar von schräg gegenüber sich auf dem Grundstück da drüben mit der Urlauberin gestritten hat. Es sah auf jeden Fall nach einem Streit aus, weil er dabei wild mit seinen Händen herumgefuchtelt hat.«

»Das ist sehr interessant. Bitte erzählen Sie mir mehr«, forderte der Streifenpolizist ihn auf.

»Sein Name ist Birger Christiansen, er ist so um die siebzig Jahre alt und wohnt normalerweise in Oslo. Das Haus hier hat er erst kürzlich gekauft, aber worum es in dem Streitgespräch ging, kann ich Ihnen natürlich nicht sagen. Ich habe sie nur beobachtet, ich habe nichts gehört, dafür steht das Haus zu weit weg.«

Der Polizist sah ihn prüfend an. »Respekt! Dann haben Sie ja verdammt gute Augen, dass sie diese genaue Beobachtung auf die Entfernung gemacht haben.«

Philip schluckte. Hatte er sich jetzt schon verraten? »Ähm, ich habe das mit meinem Fernglas gesehen, weil ich Vögel beobachte. Da bin ich auf die Streitenden aufmerksam geworden«, erklärte er hastig und fuhr sich mit der Hand über die feuchte Stirn.

»Danke für die Information. Dann werde ich gleich mal diesen Herrn Christiansen befragen.«

»Da muss ich sie enttäuschen«, hakte Philip sofort ein. »Er ist heute Morgen ganz früh weggefahren, nachdem er einige Koffer in sein Auto gepackt hat.«

»Haben Sie das auch mit dem Fernglas beobachtet?«, scherzte der Polizist.

Philip fuhr sich nervös durch die Haare und verneinte.

»Wann war das?« Der Uniformierte zückte seinen Stift, um sich Notizen zu machen.

»Das müsste so gegen 6 Uhr gewesen sein. Ich bin Frühaufsteher und war in der Küche beschäftigt, als ich ihn wegfahren gesehen habe.«

»Sie haben sich nicht zufällig das Kennzeichen gemerkt?«

»Nein, tut mir leid. Das dürfen Sie, ähm, ich meine das müssen Sie selber herausfinden. Ich weiß nur, dass er einen grauen VW Passat Kombi fährt. Mit norwegischem Kennzeichen, versteht sich.«

»Dankeschön, Sie haben mir sehr geholfen. Wohin geht's denn bei Ihnen?« Der Polizist zeigte auf den großen Koffer, der im Flur stand.

Mist! An den dämlichen Koffer hatte er gar nicht mehr gedacht.

»Ach, nur nach Hause zu meiner Mutter«, antwortete er spontan. »Ihr gehört dieses Häuschen hier, ich fahre nur ab und zu hier raus in die wunderschöne Natur, weil ich im Home-Office arbeiten kann. Das Internet ist hier zum Glück spitzenmäßig.«

»Was machen Sie denn beruflich?«, fragte der Polizist neugierig.

»Controlling, mein absoluter Traumberuf«, log er ihn an.

»Dann eine schöne Heimreise und vielen Dank für Ihre Hinweise. Ach, sagen Sie mir bitte noch, mit wem hatte ich das Vergnügen?«

»Ähm, warum?«, fragte er.

»Weil wir die Personalien zu den Zeugenaussagen aufnehmen müssen.«

Er lächelte. »Ja, natürlich. Tut mir leid, ich bin ein bisschen neben der Spur. So ein Mord passiert in dieser ruhigen Gegend nicht alle Tage. Mein Name ist Pettersson. Philip Pettersson.«

Der Streifenpolizist machte sich letzte Notizen und verabschiedete sich von ihm.

Kaum hatte Philip die Tür hinter sich geschlossen, ließ er sich erschöpft gegen die Wand gelehnt auf den Fußboden sinken, dann griff er zu seinem Handy, um seinen Vertrauten wie versprochen direkt darüber zu informieren, wie das Gespräch gelaufen war. Er hatte sich genau an den Plan gehalten und die Polizei in die falsche Richtung gelotst. Hoffentlich war sein Lügenmärchen vom Streit der Nachbarin mit dem Rentner überzeugend rübergekommen.

Mehrfach ließ er das Telefon klingeln, doch es nahm keiner ab. Sofort begann sein Puls zu rasen und seine Atmung wurde schneller. Merkwürdig, er war sonst immer für ihn erreichbar.

Philip schnaufte laut. Würde wirklich alles so eintreten, wie sein Verbündeter es ihm vorausgesagt hatte? Würde ihm die Flucht mit seiner Sofia bald gelingen? Wie ging es Sofia eigentlich? Behandelte er sie gut, versorgte er sie mit Essen und gab ihr ausreichend zu trinken? Dummerweise hatte er Philip verboten, sie in der Fischerhütte zu besuchen, aber natürlich hielt er sich an diese Vorgabe.

Tausend Fragen gingen ihm durch den Kopf und er rief seinen Mitwisser erneut an. Diesmal sprang sofort die Mailbox an. Was hatte das zu bedeuten? Philip wurde hektisch.

Kapitel 24

Monica trank einen Schluck von ihrem schwarzen Kaffee und stellte die Tasse mit einem absichtlich lauten Rums auf den Tisch im Verhörraum. Ihr gegenüber saß ein arroganter Lasse Holmgren, der überhaupt nicht nachvollziehen konnte, warum man ihn als Tatverdächtigen in Handschellen aus dem Supermarkt abgeführt hatte. Kundschaft und Mitarbeiter waren schockiert gewesen.

»Herr Holmgren, Sie sind sich also ganz sicher, dass Sie keinen Anwalt möchten?«, begann Monica das Gespräch.

»Ja! Weil ich mir keiner Schuld bewusst bin«, erwiderte er genervt. »Ich habe Marie nicht getötet. Hier muss ein Missverständnis vorliegen, das habe ich Ihnen schon mehrfach gesagt.« Er gähnte gelangweilt.

»Sind Sie müde? Wo waren Sie denn heute Nacht?«

»In meinem Bett, wo sonst. Ich habe einfach schlecht geschlafen. Aber eins kann ich Ihnen versprechen, für diese Rufschädigung werden Sie von meinem Anwalt hören, Frau Kommissarin Sandström.« Er betonte jede Silbe ihres Dienstgrades und Namens so scharf, als würde er die Buchstaben ausspucken.

»Und wie erklären Sie sich dann, dass heute Morgen ausgerechnet in Ihrem Ferienhaus ein weibliches Mordopfer gefunden wurde, das in der Nacht getötet wurde?«

»Keine Ahnung! Vielleicht will mir jemand zwei Morde anhängen.«

»Wer hätte denn Ihrer Meinung nach Interesse daran, Sie im Gefängnis zu sehen?« Monica funkelte ihn gereizt an.

»Möglicherweise ein ehemaliger Mitarbeiter, der mir eins auswischen will.«

»Bitte erzählen Sie mir nicht schon wieder die Story von Björn Martinsson, dem Sie wegen eines angeblichen Diebstahls gekündigt haben. Er bestreitet übrigens den Griff in die Kasse.«

»Dieser Trottel würde mir bestimmt gern einen Mord anhängen. Haben Sie ihn überhaupt überprüft?«

»Sie können sich darauf verlassen, dass wir jedem Hinweis nachgehen. Was ist eigentlich mit Ihrer Frau? Hätte sie nicht auch einen triftigen Grund, Sie lebenslänglich hinter Gittern sehen zu wollen?«, ging Monica in die Offensive.

»Lassen Sie Kristina da raus«, reagierte er energisch. »Meine Frau liebt mich und ich liebe meine Frau. Niemals hätte ich sie und die Kinder für Marie verlassen.«

»Tja, das sagen Sie uns jetzt, Herr Holmgren. War es nicht vielmehr so, dass Sie besessen waren von Ihrer jungen Geliebten? Sie waren ihr doch komplett verfallen.«

»Warum sollte ich sie dann töten? Das macht überhaupt keinen Sinn«, gab Holmgren aufgebracht zurück.

»Sie haben Ihrer Geliebten regelmäßig Geld gegeben. Warum?«

»Hat meine Frau Ihnen das erzählt?«

»Nein«, log Monica. Sie wollte keinesfalls, dass die Ehefrau Schwierigkeiten mit ihrem Gatten bekommen könnte. Vielmehr wollte sie den Verdächtigen provozieren, damit er ein Geständnis ablegte. »Hat Marie vielleicht davon berichtet, dass sie sich noch mit anderen Männern traf, von denen sie ebenfalls Geld erhielt, und hat Sie das möglicherweise so geärgert, dass Sie sie rasend vor Eifersucht im Streit getötet haben?«

»Halten Sie Ihr Maul«, schnauzte Holmgren sie wütend an.

Doch Monica ging noch einen Schritt weiter. Bald hatte

sie ihren potenziellen Täter da, wo sie ihn gern haben wollte. »Muss ich etwa befürchten, dass Sie mich verprügeln, so wie Sie das mit Ihrer Frau regelmäßig tun?«, fragte sie mit hochgezogenen Brauen. »Wir wissen von der Anzeige wegen häuslicher Gewalt.«

»So ein Quatsch. Die hat meine Frau wieder zurückgezogen, da müssen Sie nur mal in Ihren schlauen Computer ...«

»Weil Sie ihre Frau unter Druck gesetzt haben«, fuhr Monica ihm ins Wort. »Anderenfalls hätte die nächste Tracht Prügel angestanden, nicht wahr?«

»Worum geht es hier eigentlich?«, polterte Holmgren. »Sind Sie jetzt meine Paartherapeutin oder eine Kriminalkommissarin?«

»Es geht um Mord, Herr Holmgren, um zweifachen Mord. Für Samstagabend haben Sie schon mal kein Alibi, Ihre schlafenden Kinder helfen Ihnen da nicht und Ihre Frau war auf einer Geburtstagsfeier. Sagen Sie mir lieber noch einmal, wo Sie sich gestern gegen Mitternacht aufgehalten haben, als in Ihrem Ferienhaus in Västra Högen Annika Bergman getötet wurde.« Sie zeigte auf das Foto der hübschen, strahlenden Blondine, das in der Mitte des Tisches lag.

»Wie oft soll ich Ihnen das noch sagen?«, reagierte er genervt.

»Ich würde es gern erneut hören, Herr Holmgren.« Sie grinste ihn herausfordernd an und lehnte sich entspannt auf dem Stuhl zurück.

»Ich habe letzte Nacht genau das getan, was Sie auch gemacht haben: Ich habe in meinem Bett gelegen und tief und fest geschlafen.«

»Ihre Frau und Sie schlafen in getrennten Zimmern, ist das korrekt?«

»Ja, weil ich schnarche. Viele Paare schlafen nicht im gleichen Raum, deshalb führen wir aber noch lange keine schlechte Ehe.«

»Sie prügeln und betrügen Ihre Frau. Das nennen Sie also eine gute Ehe?«, rutschte es Monica heraus.

»Sind Sie noch nie fremdgegangen? Sind sie eine Heilige, Frau Kommissarin?«

»Es geht hier nicht um mich! Sie stehen unter dem dringenden Verdacht, Ihre Freundin Marie Lundberg getötet zu haben, und Ihr Motiv könnte Eifersucht sein, weil Sie so besessen von ihr waren.«

»Sie spinnen doch! Was wäre denn bitteschön das Motiv für den Mord an der anderen Frau, die ich noch nie in meinem Leben getroffen habe?« Er trommelte ungeduldig mit den Fingerkuppen auf der Tischplatte herum.

»Laut unseren Recherchen war Frau Bergman bereits acht Mal in Ihrem Ferienhaus zu Gast. Ich glaube Ihnen daher nicht, dass Sie das Opfer noch nie persönlich getroffen haben. War es nicht vielmehr so, dass Sie diesmal Ihre Chance genutzt haben, da sie ohne ihren Ehemann anreiste, und den Mord unter den Deckmantel des Einbruchs gestellt haben?«

Holmgren tippte sich mit dem Finger gegen die Stirn, verschränkte die Arme demonstrativ vor der Brust und schwieg.

In dem Moment betrat Ole das Verhörzimmer. »Hier ist der richterliche Beschluss.« Er legte Monica ein Dokument auf den Tisch.

Lasse Holmgren sah den Neuankömmling irritiert an, denn er konnte nicht wissen, dass der junge Inspektor das Gespräch die ganze Zeit hinter dem venezianischen Spiegel mitverfolgt hatte, um genau im richtigen Moment den Raum zu betreten.

»Danke, Ole«, raunte sie ihm zu.

Der junge Inspektor beugte sich vor und flüsterte Monica

noch einige wichtige Erkenntnisse ins Ohr, die er soeben von der Rechtsmedizinerin erfahren hatte. Dann kehrte er auf seine Position hinter dem Spiegel zurück, während sich Monica wieder dem Verdächtigen zuwandte.

»Herr Holmgren, Sie sind nun offiziell zu einem DNA-Test eingeladen. Na, wie finden Sie das?« Monica lächelte ihn ironisch an.

»Sie wollen mein Sperma haben?«

»Eine Speichelprobe reicht völlig, um nachzuweisen, dass Sie Marie vergewaltigt haben.«

»Natürlich werden Sie meine DNA bei ihr finden«, brauste Holmgren auf, »ich hatte letzte Woche mit ihr Geschlechtsverkehr, da wird es auf jeden Fall an ihrem Körper Spuren geben, die auf mich zurückzuführen sind. Das sagt gar nichts darüber aus, ob ich ihr Mörder bin.«

Monica winkte ab. »Das ist korrekt, aber auf diese Weise können wir feststellen, ob Sie Annika Bergman ebenfalls vergewaltigt und getötet haben. Dieses Opfer haben Sie ja angeblich noch nie gesehen, von daher dürften Sie in der Hinsicht nichts zu befürchten haben, nicht wahr?«

»Sie werden nichts finden!«, ereiferte sich der Marktleiter.

Monica beugte sich über den Tisch vor und sagte leise: »Meine Kollegen stellen Ihr Ferienhaus komplett auf den Kopf, und wenn wir Blutspuren von Marie dort finden, dann sind Sie dran, oder wo haben Sie Ihre Freundin mit dem Messer niedergemetzelt?«

»Sie sind ja völlig übergeschnappt, das können Sie sich sparen!«, entgegnete Holmgren wie aus der Pistole geschossen. »Ich habe niemanden getötet! Kapieren Sie das doch endlich. Kann ich jetzt gehen?« Er rutschte nervös auf seinem Stuhl hin und her.

»Stopp. Wir sind noch nicht fertig.« Monica legte ein weiteres Foto auf den Tisch. »Das ist Sofia Wättring, die seit letztem Freitagabend spurlos verschwunden ist.«

»Soll ich die jetzt auch umgebracht haben? Das wird ja immer absurder.«

»Ist sie denn tot?« Monica fixierte ihn mit einem stechenden Blick. Hatte Holmgren sich gerade verraten?

Dem Verdächtigen klappte kurzzeitig die Kinnlade herunter. »Wollen Sie mich jetzt für alle Frauen, die in dieser Gegend vermisst werden, verantwortlich machen?«

Monica ging auf diese Bemerkung nicht ein, stattdessen bohrte sie weiter: »Wo waren Sie am Freitagabend, Herr Holmgren?«

Der lehnte sich nun wieder auf seinem Holzstuhl zurück und grinste sie überheblich an. »Ich war beim Bowling, Frau Kommissarin Sandström, und zwar mit meinen Kumpels, die das bezeugen können. Wir waren erst nach Mitternacht daheim. Mein bester Freund Willem hat mich sogar nach Hause gefahren, weil ich etwas viel getrunken hatte.«

»Das werden wir überprüfen. Wo fand denn dieser Bowlingabend statt?«

»Im Bowling-Center in Ed. Kann ich jetzt gehen?«

»In Ed?«, wiederholte Monica irritiert. Sie blickte in den venezianischen Spiegel, wohlwissend, dass nur die anderen ihren verblüfften Gesichtsausdruck sehen konnten. Das Ferienhaus, wo Sofia verschwunden war, lag ebenfalls in Ed, zwanzig Kilometer von Västra Högen entfernt.

»Jawohl, in Ed, da kann man wenigstens ordentlich bowlen. War's das jetzt endlich?« Holmgren rückte mit dem Stuhl ein Stück nach hinten, um aufzustehen.

»Sie bleiben sitzen! Sie gehen nirgendwohin, außer in die Untersuchungshaft. Lasse Holmgren, Sie stehen unter dem dringenden Verdacht, Marie Lundberg sowie Annika Bergman getötet zu haben. Sie sollten Ihren Anwalt kontaktieren.«

Holmgrens herablassendes Grinsen verschwand abrupt, er schaute Monica verwundert an und sagte: »Das ist alles ein richtig großes Missverständnis, irgendjemand will mir diese Morde anhängen. Das müssen Sie mir glauben, bitte!«

Zum ersten Mal wirkte er wie ein Mensch, der wirklich Angst hatte. Angst davor, für etwas verantwortlich gemacht zu werden, was er nicht getan hatte. Oder war Lasse Holmgren nur ein grandioser Lügner?

Auf der anderen Seite des Spiegels applaudierte Pontus Dahlberg. »Das hat sie wirklich super gemacht, unsere Monica. Endlich ist sie wieder ganz die Alte. Knallhart und dem Befragten immer einen Schritt voraus - einfach großartig! Henriksson, check mal schnell, wie weit dieses Bowling-Center von dem Haus entfernt liegt, von dem Sofia Wättring verschwunden ist, kann ja nicht weit sein, Ed ist nicht besonders groß. Und dann überprüf diesen Freund. Nein, am besten gleich die ganze Bowlingtruppe. Vielleicht hat Holmgren einen Komplizen und sie entführen ihre Opfer zu zweit oder sogar als Gruppe, wer weiß das schon.«

»Natürlich, wird gemacht«, verkündete Ole.

»Pontus?« Ulla steckte ihren Kopf durch die Tür.

»Ja bitte?« Er unterbrach sein wohlwollendes Klopfen auf Oles Schulter.

»Hier steckst du also. Die Eltern von Frau Wättring sind bereits eingetroffen, wegen dem Aufruf an den oder die Entführer gleich im Anschluss an die Pressekonferenz.«

»Danke, Ulla. Wobei ich gar nicht mehr sicher bin, ob wir diesen Aufruf überhaupt noch starten müssen, denn unsere Topermittlerin Monica hat unseren Täter soeben derart in die

Mangel genommen, dass er uns bald verraten wird, wo Sofia ist.«

Ole räusperte sich. »Also, ich würde die Eltern schon noch an den Entführer sprechen lassen, ich glaube nämlich nicht, dass Lasse Holmgren der Mörder von drei Frauen ist.«

»Und was lässt dich daran zweifeln?«

»Es sind mir einfach zu viele Zufälle. Erst wird Holmgrens Geliebte getötet, dann wird eine weitere Frau ermordet, die in seinem Ferienhaus übernachtet hat, und Sofia Wättring ist ausgerechnet in dem Ort verschwunden, wo er sich beim Bowlingspielen aufgehalten hat.«

Pontus wiegte den Kopf. »Hm, du meinst, da will tatsächlich jemand Holmgren die Frauenmorde und eine Entführung anhängen?«

»Vielleicht ein ehemaliger Mitarbeiter, der sich rächen will, weil er zu Unrecht gekündigt wurde?«

»Oh mein Gott. Ich habe mich während meiner Karriere leider auch schon von so manchem Kollegen trennen müssen. Wenn ich mir vorstelle, dass...« Pontus brach ab und legte die Stirn in Falten.

»Unser Hauptanliegen sollte jetzt erst einmal sein, die vermisste Sofia zu finden. Und zwar lebend. Dann wissen wir mehr«, erwiderte Ole gewohnt diplomatisch.

Da hatte er allerdings recht. Pontus klopfte ihm erneut auf die Schulter und war gleich wieder bestens gelaunt. »Auch du machst einen tollen Job, Henriksson! Genau wie Monica. Ach, ihr zwei seid einfach bombastisch. Noch bombastischer wäre es, wenn ihr die Fälle schnell aufklärt. Also, immer dran bleiben und weiter so!« Daraufhin eilte er auf den Flur hinaus, denn die angekündigte Pressekonferenz sollte bald beginnen. Schließlich musste die Bevölkerung informiert und zugleich gewarnt werden.

Auf halber Strecke wurde er allerdings von einer aufgebrachten Dame aufgehalten. Die Leiterin der Tourismuszentrale für das Dalsland war am Boden zerstört. Sie prophezeite ihm, dass diese Saison die schlechteste aller Zeiten sein werde, denn wer urlaubte schon gern dort, wo junge Frauen verschwanden und getötet wurden? Der Revierleiter beruhigte sie jedoch mit salbungsvollen Worten, schließlich stehe man kurz vor der Aufklärung der Fälle. Zumindest glaubte Pontus Dahlberg ganz fest daran, denn er setzte all seine Hoffnungen auf seine zwei besten Ermittler: Sandström und Henriksson.

Kapitel 25

Kamal hüpfte nervös von einem Bein aufs andere. Es war das erste Mal für den Polizeiassistenten mit dem niedrigsten Dienstgrad, dass er bei einer Pressekonferenz mitverantwortlich war. Pontus höchstpersönlich hatte ihn damit beauftragt, für einen reibungslosen Ablauf bezüglich der Technik zu sorgen, denn das Ereignis wurde live übertragen. Viele Journalisten sowie ein Fernsehsender hatten für den Termin zugesagt, und seine Aufgabe bestand nun darin, die Fotos der Opfer sowie der Vermissten im richtigen Moment mithilfe eines Projektors auf der Leinwand anzuzeigen. Etwas fahrig checkte er ein letztes Mal den Ladestand seines Laptops, damit dieser nicht plötzlich ein schwarzes Bild zeigte, weil der Akku leer war, danach prüfte er die Tischmikrofone, um ohrenbetäubende Rückkopplungen zu verhindern. Für IT- und Technik-Nerd Kamal war diese Aufgabe ein großes Vergnügen, auch wenn er einen Heidenrespekt davor hatte. Er hoffte inständig, dass nichts schiefgehen würde, denn es gab nicht sehr häufig eine Live-Pressekonferenz aus dem Polizeirevier in Uddevalla. Eigentlich so gut wie nie.

»Kamal! Falls ich umkippen sollte, musst du hier übernehmen.« Ulla war noch hektischer als er, wie er an ihrem hochroten Kopf erkennen konnte. Die Sekretärin war mit der Akkreditierung der Medienvertreter maßlos überfordert, es sollte schließlich nicht jeder x-Beliebige Zugang zum Konferenzraum bekommen.

»Keine Sorge! Ich bin hier und fang dich auf. Erst letzte Woche habe ich meinen Erste-Hilfe-Kurs aufgefrischt, da könnte ich dich auf den Teppich legen und ...«

Bei dieser Vorstellung winkte Ulla schnell ab. »Es geht

schon wieder. In meinem Alter bekommt man halt mal Hitzewallungen, weil es so stressig ist.«

»Deshalb reißt du also ständig das Fenster in unserem Büro auf.« Kamal grinste.

Ulla nickte zögerlich. Sie wollte so kurz vor dem Veranstaltungsstart keine Diskussion über geöffnete Fenster mit dem Technikverantwortlichen anfangen.

Pünktlich um 16 Uhr betrat Pontus Dahlberg zusammen mit Monica Sandström den Raum, der bis auf den letzten Platz besetzt war. Sie nahmen an dem Tisch mit den darauf aufgestellten Mikrofonen Platz, während alle Anwesenden gespannt darauf warteten, mehr über den aktuellen Ermittlungsstand zu erfahren, denn natürlich war mittlerweile schon zu einigen Journalisten durchgesickert, dass am Morgen eine weitere Ermordete gefunden worden war.

Der Revierleiter hatte mit seiner Uniform, der dazugehörigen Krawatte und der Polizeimütze ein medienwirksames Outfit gewählt. Monica dagegen wirkte neben ihm, als wäre sie gerade erst aufgestanden. Trotz des Make-ups sah sie übernächtigt und ausgemergelt aus. Hinzu kam, dass sie nur wenige Minuten zuvor von diesem Termin erfahren hatte, da ihr Vorgesetzter die Sache hinter ihrem Rücken organisiert hatte. Dementsprechend war sie überhaupt nicht vorbereitet, was sie außerordentlich sauer machte. Bis eben hatte sie sich noch in der Vernehmung mit Lasse Holmgren befunden, jetzt wurde sie ins kalte Wasser geschubst und musste schnell umschalten, damit sie den Pressemenschen nicht zu viel, aber auch nicht zu wenig verriet.

Pontus begann die Konferenz mit einem ausführlichen Begrüßungsmonolog, bei dem Kamal per Mausklick nacheinander die Fotos der beiden Mordopfer auf der Leinwand zeigte. Es klappte alles reibungslos.

»Und nun übergebe ich an Kriminalkommissarin Sandström, die leitende Ermittlerin, die mit ihrem Team alles dafür tut, dass der Täter so schnell wie möglich festgenommen wird. Da sie eine der besten Ermittlerinnen Schwedens ist, habe ich ein sehr gutes Gefühl, dass die Bevölkerung ganz bald wieder beruhigt schlafen können wird.« Er lächelte zu ihr rüber.

»Dankeschön.« Monica war dieses überschwängliche Lob vor den Reportern äußerst unangenehm. Sie hoffte, dass ihre Schamesröte von ihrem Make-up einigermaßen überdeckt wurde. »Ja, also, nachdem wir heute Morgen eine zweite Frauenleiche gefunden haben, gehen wir davon aus, dass wir es mit einem Serienmörder zu tun haben«, setzte sie an.

Sofort ging ein lautes Raunen durch den Raum, denn Pontus hatte in seiner Begrüßung das Wort Serienmörder nicht benutzt. Aus gutem Grund, wie Monica jetzt feststellte, da das selbstverständlich ein riesiges Medienecho auslösen würde. Das war nun gelaufen.

»Was macht die Polizei so sicher, dass es sich um einen Serientäter handelt?«, bohrte eine junge Zeitungsreporterin, die für den Göteborgs-Posten arbeitete, gleich nach. Sie war höchstens Mitte zwanzig.

Monica hielt kurz inne und überlegte, was sie erzählen könnte. »Ähm, es ist so«, stammelte sie, »beide Opfer wurden mit einer Orchideenblüte hinter dem Ohr geschmückt. Das kann man als Ritual des Täters deuten, vermutlich wollte er damit eine besondere Note hinterlassen.«

»Sie suchen also einen Orchideenmörder?«, hakte die Zeitungsfrau sofort nach und machte sich eifrig Notizen.

Monica blickte zu Pontus und antwortete zögerlich: »Das ist eine Bezeichnung, die Sie von der Presse ab jetzt vermutlich benutzen, damit sich die Zeitungsauflage besser verkauft. Wir dagegen suchen einen Mörder.«

»Hat die Polizei schon einen Verdächtigen?«, fragte ein anderer Reporter, der für einen Radiosender tätig war.

Monica kam ins Schwitzen. Es gab für diese Pressekonferenz überhaupt keine Strategie, sie war einfach damit überrumpelt worden, und das Blitzen der Fotoapparate war für ihren Gefühlszustand komplett kontraproduktiv. »Wir haben einige Hinweise aus der Bevölkerung erhalten, denen wir sorgfältig nachgehen. Mein Team und ich arbeiten mit Hochdruck daran, den Täter so schnell wie möglich zu fassen«, antwortete sie ausweichend.

»Glauben Sie, dass die vermisste Urlauberin auch Opfer dieses Serientäters wurde?«, plapperte die Zeitungsreporterin ungefragt weiter.

Erneut ertönte ein lautes Raunen.

Pontus beugte sich hastig zum Tischmikrofon vor und teilte mit, dass man sich zu diesem Fall erst äußern werde, nachdem man alles zu den beiden Morden gesagt habe, was für die Presse von Bedeutung sei. Doch die nervige Journalistin gab so schnell nicht auf, sie wandte sich wieder an Monica: »Frau Kommissarin Sandström, Ihr Mann ist vor Kurzem auf dem Vänern von seinem Boot spurlos verschwunden. Welche Tipps können Sie den Angehörigen der Vermissten in dieser schwierigen Zeit geben und haben Sie selbst noch Hoffnung, dass man Ihren Mann finden wird?«

»Pause!«, rief Pontus und zerrte Monica am Ärmel hoch. »In fünfzehn Minuten geht es weiter.«

Er drängelte die fassungslose Monica in einen Nebenraum und versprach ihr, dass er sich beim Chefredakteur des Göteborgs-Posten über diese unmögliche Person beschweren werde. Beide spielten zusammen Tennis.

Monica massierte sich die Schläfen. Sie merkte, dass sich Kopfschmerzen ankündigten, und sie ärgerte sich darüber, dass ihr Privatleben schon wieder Thema war. Hörte diese Fragerei denn nie auf?

Kapitel 26

Philip war endlich daheim. Er ließ sich in den abgenutzten Sessel im Wohnzimmer seiner Mutter plumpsen und machte ein extra missgelauntes Gesicht, damit man ihm die schlechte Laune ansah. Um ihn herum sah es aus, als hätte eine Bombe eingeschlagen. Der Raum war bis unter die Decke mit Krimskrams zugestellt und auf dem Couchtisch stapelten sich schmutziges Geschirr, Medikamentenschachteln und einige Frauenzeitschriften. Er schaltete den Fernseher an, um sich bloß nicht unterhalten zu müssen.

»Na, mein Lippy, wie war diesmal deine Dienstreise nach Stockholm?«, fragte seine Mutter, während sie im Schneckentempo an ihrem Rollator aus der Küche geschlurft kam.

Allein bei der Nennung seines Spitznamens wurde Philip übel.

»Nichts Besonderes, so wie immer halt«, wich er ihr aus.

Seine Mutter hatte es inzwischen bis zu seinem Sessel geschafft und beugte sich nun zu ihm herunter, um ihn auf die Wange zu küssen. Philip zog schnell seinen Kopf weg. »Ich will das da schauen«, sagte er und zeigte auf den Fernseher. »Ich bin hungrig. Ist das Essen bald fertig?«

»Nein, darum musst du dich kümmern.« Seine Mutter hatte sich zur Couch geschleppt und versuchte, sich zu setzen. »Au, au, ah ... mein Rücken tut höllisch weh und meine Beine kann ich von der Spastik kaum noch beugen, so steif sind die heute wieder. Ich bin auch so furchtbar müde, so antriebslos, da kann ich mich nun wirklich nicht an den Herd stellen.«

»Ja, okay. Ich werde kochen und anschließend wie immer sauber machen«, stöhnte er frustriert.

»Vergiss nicht, Lippy, dass du mich morgen Mittag zum

Arzt fahren musst, ich habe um 15 Uhr einen Termin. Der soll mir andere Tabletten verschreiben, ich vermute nämlich, dass ich bald wieder einen heftigen Schub bekomme, hast du gehört?« Mit einem lauten, in die Länge gezogenen Stöhnen legte sie sich auf das Polster.

Philip ignorierte ihr Gejammer, er hatte es so satt, sich ständig ihre Krankheitsgeschichten anhören zu müssen, denn in ihrem Leben drehte sich alles ausschließlich um ihre Multiple Sklerose. Er wusste, dass sie das Thema nutzte, um Aufmerksamkeit zu erhaschen, und die erhielt sie dummerweise nur noch von ihm. Rut Pettersson hatte keine sozialen Kontakte mehr, abgesehen von »ihrem Lippy«.

»Erzähl doch mal von Stockholm. Du bist so still.«

»Mama!« Er rollte genervt mit den Augen. Er wollte nicht mit ihr sprechen und ihr erst recht keine weiteren Lügen auftischen. Sonntagabend hatte er seinen Koffer gepackt und ihr mitgeteilt, dass er kurzfristig aus dienstlichen Gründen in die Hauptstadt fahren müsse, dabei sollte es bleiben. Seine Mutter hatte ihm auch geglaubt, denn er war ständig auf Dienstreisen - zumindest gaukelte er ihr diese Fahrten vor, um im Ferienhaus wenigstens mal ein paar Tage Ruhe vor ihrem ewigen Wehklagen zu haben. Das Häuschen war sein Zufluchtsort. Hier hatte er Abstand von ihrer dominanten Art, denn ständig sollte er etwas für sie erledigen und Zeit mit ihr verbringen. Oft fühlte er sich, als wäre er ihr Partner - nicht ihr Sohn. Andererseits tat sie ihm auch wieder leid, weil er ihr einziger Halt war. Es war ein Teufelskreis, den er selbst als Hass-Liebe zwischen Mutter und Sohn bezeichnete.

»Du hättest dich ruhig öfters mal melden können oder habt ihr den ganzen Tag Meetings gehabt?«, bohrte sie weiter nach.

»Ja, hatten wir, das war echt anstrengend.«

»Hattest du sehr viel Stress? Hat dein Chef dich wieder geärgert?« Sie richtete sich ein wenig auf. »Du darfst dir nichts gefallen lassen, hörst du? Soll ich mal mit ihm sprechen, wenn du dich nicht traust? Man darf sich nicht alles bieten lassen, man muss auch mal mit der Faust auf den Tisch hauen.«

»Mama! Spinnst du? Untersteh dich gefälligst, meinen Chef zu kontaktieren«, warnte Philip sie aufgebracht.

»Sprich nicht in diesem Ton mit mir!«

»Tut mir leid, Mama. Ich bin einfach nur schrecklich müde und erschöpft von der Arbeit«, zeigte er sich rasch wieder versöhnlich.

»Irgendetwas stimmt doch nicht mit dir. Du bist ganz anders als sonst, so abwesend. Lippy, du hast doch nicht in Stockholm eine Frau kennengelernt?« Sie schaute ihn mit mahnend erhobenem Zeigefinger an.

»Nein! Wie kommst du darauf?« Er schüttelte entsetzt den Kopf. Merkte man ihm an, dass er Liebeskummer hatte, weil er seine Freundin Sofia hatte zurücklassen müssen und sein Verbündeter sich noch immer nicht bei ihm gemeldet hatte?

»Denk dran, du brauchst keine Frau. Die wird uns zwei nur auseinandertreiben und das werde ich nicht zulassen. Wir beide sind doch ein tolles Team, wir sind glücklich!«

»Es war einfach so viel los im Job und die Autofahrt von Stockholm hierher war richtig stressig«, lenkte er ein.

»Also doch. Ich wusste es! Du musst mit deinem Chef sprechen, dass er dich nicht ständig auf Dienstreisen schicken kann. Du hast schließlich eine kranke Mutter daheim. Was wäre denn, wenn ich wie letztens einen akuten Schub habe, mich nicht mehr bewegen kann und aus dem Bett falle? Willst du, dass ich hilflos auf dem Boden liege und dehydriert vor mich hin vegetiere, bis ich gefunden werde?«

»Nein, Mama, natürlich will ich das nicht. Ich werde mich

um eine Pflegerin kümmern, die zukünftig auf dich aufpasst, wenn ich weg bin.«

»Du bist mein Ein und Alles. Außer dir habe ich doch niemanden mehr, für den es sich lohnt, zu leben«, klagte seine Mutter.

»Du hast sehr wohl noch jemanden außer mir. Wenn du nicht so stur und dickköpfig wärst, könnte ...«

»Vergiss es! Deinen Bruder möchte ich nie wiedersehen«, schnitt sie ihm das Wort ab.

»Er könnte sich um dich kümmern, wenn ich unterwegs bin oder mal eine längere Zeit weg.«

»Sei still! Der kommt mir nie wieder ins Haus, du weißt, was er getan hat.«

Philip seufzte. »Das ist doch schon ewig her, man muss auch mal verzeihen können.«

»Nein!«, beharrte seine Mutter. »Dein Bruder ist für mich gestorben und für dich hoffentlich auch, oder etwa nicht?«

»Ähm, ja. Das habe ich dir ja versprochen.«

»Sehr gut! Dein Bruder ist kein Umgang für dich.« Wieder erhob sie mahnend den Zeigefinger. »Und jetzt will ich nichts weiter davon hören. Koch dir endlich was! Du musst schließlich was essen, du siehst so blass aus.«

Philip nickte stumm und stand auf. Ihre Mutter-Sohn-Beziehung war einfach nur toxisch. Er fand nur leider keinen Ausweg, um ihr zu entfliehen, denn mal zeigte sie sich liebevoll und reizend, bloß um sich im nächsten Moment wieder dominant und gefühlskalt zu zeigen.

Was seinen Bruder betraf, so hatte sie ihm ein Kontaktverbot erteilt, und das, obwohl sie genau wusste, dass sie sich immer blendend verstanden hatten. Sie waren mehr als nur Brüder, sie waren beste Freunde, die sogar zusammen in den Urlaub gefahren waren, als ihre Familie noch intakt gewesen war.

Wie sollte er es nur schaffen, die beiden wieder zu versöhnen? Bald würde sie ja auch ihren Lippy verlieren, weil er mit seiner Sofia ein neues Leben starten wollte. Trotz all der düsteren Grübeleien ließ ihn der Gedanke daran vorfreudig schmunzeln und er verspürte mit einem Mal sogar Appetit auf die Fertigpizza, die er sich jetzt in den Ofen schob, da er keine Lust auf ausgiebiges Kochen hatte.

Zurück im Wohnzimmer zappte er gelangweilt durch die TV-Kanäle, seine Mutter war offenbar vor Erschöpfung eingeschlafen. Als er plötzlich ein Foto von seiner Sofia auf dem Bildschirm sah, ließ er die Fernbedienung sinken und starrte mit offenem Mund auf den Fernseher. Sie wurde tatsächlich überall gesucht! Nervös stellte er den Ton etwas lauter.

Nach der Einblendung des Bildes schwenkte die Kamera auf ein älteres Ehepaar. Die Eltern von Sofia Wättring! Die Mutter, schätzungsweise Ende sechzig, trug ein schwarzes Kostüm mit goldener Brosche und passenden Ohrringen, ihre langen blonden Haare waren perfekt zu einer Hochsteckfrisur frisiert und trotz ihrer offenbar aufgewühlten Verfassung machte sie einen sehr vornehmen Eindruck. Ihr Mann stand reglos neben ihr und wirkte im Gegensatz zu ihr auffällig labil.

Jetzt übernahm die Mutter mit brüchiger Stimme das Sprechen in die Kamera: »Sofia ist unser einziges Kind, ein absolutes Wunschkind! Wir hatten ein wundervolles Verhältnis, mein Mann und ich waren für sie eher Freunde statt Eltern, und es gibt keinen Grund, weshalb sie einfach weggelaufen sein könnte. Nein, das passt nicht zu unserer geliebten Sofia. Sie muss entführt worden sein, alles andere macht für uns keinen Sinn. Seit ein paar Tagen befinden wir uns nun in diesem Albtraum. Einem Albtraum, den ich meinem schlimmsten Feind nicht wünsche, denn wir wissen nicht, wo unsere Sofia sich befindet.« Frau Wättring machte eine kurze Pause und räusperte sich mehrfach. Augenscheinlich fiel es ihr nicht leicht, vor so großem Fernsehpublikum zu sprechen, ohne die Fassung zu verlieren. Nach einer Weile fuhr sie fort: »Wir bitten den Entführer eindringlich, unsere über alles geliebte Tochter endlich freizulassen. Tun Sie ihr bitte, bitte nicht weh. Wenn Sie Lösegeld möchten, melden Sie sich. Wir sind bereit, alles, wirklich alles dafür zu tun, dass unsere Tochter wohlbehalten nach Hause kommt.« Mit glasigen Augen fügte sie hinzu: »Sofia, halte durch. Wir lieben dich!« Anschließend wandte sie sich zur Seite: »Frau Kommissarin Sandström, wir hoffen, dass Sie unsere Tochter schnell finden werden, auch wenn wir sehr enttäuscht sind, dass die Polizei erst jetzt anfängt, nach ihr zu suchen.«

Philip spürte, wie er zu schwitzen begann. Würde ihm zusammen mit seiner Sofia die Flucht ins Ausland tatsächlich noch gelingen? Nervös spielte er mit der Fernbedienung herum. Die Fernsehübertragung hatte ihn komplett verunsichert und sein Vertrauter hatte sich noch immer nicht bei ihm gemeldet. Seit mehreren Stunden herrschte jetzt schon Funkstille. Was hatte das zu bedeuten?

Kapitel 27

Gegen 21 Uhr saß Monica immer noch in ihrem Büro. Nur ein kleines Lämpchen spendete Licht auf ihrem Schreibtisch. Es war ein anstrengender Tag gewesen und zum Glück hatten ihre Kopfschmerzen dank einer Tablette nachgelassen.

»Also, wenn es nichts mehr zu tun gibt, würde ich Feierabend machen«, sagte Kamal vorsichtig in die Stille.

Die Kommissarin zuckte zusammen. »Ach, du bist es! Du hast mich gerade total erschreckt.«

»Ich arbeite doch hier«, reagierte Kamal todernst.

Monica lächelte. »Ich dachte, es wären schon alle heimgegangen. Ole habe ich vor einer Stunde nach Hause geschickt. Es war wirklich anstrengend heute, für uns alle.« Sie streckte sich gähnend.

»Ich fand es sehr spannend, mal so eine Pressekonferenz mitzuerleben«, erklärte Kamal.

»Danke noch mal für deinen Einsatz mit der Technik. Das hast du echt super gemacht.«

»Mir tat die Mutter richtig leid. Muss schrecklich sein, wenn die Tochter entführt wurde und irgendwo gegen ihren Willen festgehalten wird.«

Monika gab ihm recht und war zugleich überrascht, wie sensibel das Nesthäkchen im Team war.

»Noch schlimmer muss es sein, wenn man weiß, dass das eigene Kind ermordet wurde«, fügte Kamal traurig hinzu.

Monica seufzte. »Tja, es ist in beiden Fällen entsetzlich. Die Mütter von Marie Lundberg und Annika Bergman können wenigstens trauern, aber Frau Wättring lebt mit der Ungewissheit – und das kann genauso schlimm sein. Glaub mir, ich weiß, wie sich das anfühlt.«

»Oh, sorry«, entschuldigte sich Kamal. »Pontus sagte uns, dass wir dich wegen der Sache mit deinem Mann nicht ansprechen sollen.«

Kamals indischer Akzent stimmte Monica gnädig, sie fand es einfach entzückend, wenn er sein rollendes R sprach. »Schon okay. Du, Kamal, ich hätte da noch einen Spezialauftrag für dich, bei dem du mich unterstützen kannst.«

Kamal schaute sie mit großen Augen an. »Soll ich etwa die Bowlingfreunde befragen? Die Adressen der fünf Kumpels von Herrn Holmgren habe ich ja schon rausgesucht. Ich liebe es, im Innendienst zu sein.«

»Nein, mach dir keine Sorgen. Ole wird überprüfen, ob die Freunde getrennt voneinander die gleichen Angaben machen werden. Ehrlich gesagt, hat mein Auftrag gar nichts mit den aktuellen Fällen zu tun, es geht da eher um etwas Administratives.«

»Akten sortieren im Archiv?« Er schaute entsetzt.

Wieder verneinte sie und erklärte ihm, dass sie gern alles über die Täter erfahren wollte, die sie in den letzten dreißig Jahren verhaftet hatte. Der Assistent sollte herausbekommen, was aus ihnen geworden war.

Auch wenn er eben noch beteuert hatte, den Innendienst zu lieben, klappte Kamals Kinnlade nach unten. »Das werden Tausende sein«, bemerkte er verunsichert.

»Keine Bange, nur die, die in den letzten Jahren aus dem Gefängnis entlassen wurden«, ruderte Monica zurück.

»Habe ich heute bei der Pressekonferenz irgendwas falsch gemacht?« Kamal knetete nervös seine Hände, offenbar dachte er, die Chefin würde ihm eine Strafarbeit aufbrummen.

»Nein, nein, überhaupt nicht!«

»Aber warum bekomme ich dann so einen Idiotenjob? Ich bin doch kein Praktikant«, beschwerte er sich.

Monica rang mit sich, ob sie einen weiteren Mitarbeiter ihres Teams in ihren Verdacht einweihen sollte, allerdings war Polizeiassistent Kamal noch nicht sehr lange bei ihnen. Außerdem erinnerte sie sich lebhaft daran, wie Ole reagiert hatte, als sie ihm ihre Befürchtungen preisgegeben hatte, und mit Ole arbeitete sie seit einigen Jahren eng zusammen. Hinzu kam, dass Kamal keinesfalls Pontus etwas von diesem speziellen Auftrag erzählen durfte. Der Revierleiter würde ausrasten, wenn sie einen Mitarbeiter mit so einer Aufgabe beschäftigte, statt ihn zu einhundert Prozent in die aktuellen drei Fälle einzubinden. Daher musste sie sich genau überlegen, wie sie ihm die Aufgabe verkaufte, denn sie hatte als leitende Ermittlerin tatsächlich keine Zeit, die Akten selbst zu durchsuchen. Sie hatte auch so schon ein Schlafdefizit.

»Es könnte sein, dass ein entlassener Straftäter erneut zugeschlagen hat und diese Person hinter den Morden und dem Vermisstenfall steckt«, erwiderte sie daher ausweichend. »Wir müssen bei der Kriminalpolizei jeden möglichen Stein und jedes Blatt umdrehen und prüfen, ob es eine Spur gibt.«

»Das ist mir schon klar, ich bin wie gesagt kein Praktikant. Aber warum soll ich ausgerechnet nur die Straftäter überprüfen, die du verhaftet hast, und nicht alle Täter?«

Jetzt war Monica baff. Kamal war wirklich clever, daher erwiderte sie erneut etwas kryptisch, dass man eben irgendwo anfangen müsse.

Doch Kamal grinste. »Lass mich raten, kein Wort zu Dahlberg, stimmt's?«

Monica knipste die Schreibtischlampe aus und klopfte ihm anerkennend auf die Schulter. »Kein Wort zu niemandem. Auch nicht zu Ole, das ist nämlich ein Spezialauftrag.«

»Geht klar, Chefin!«

»Danke! Du wirst es bei der Polizei sehr weit bringen. Wir

haben ja alle mal ganz klein angefangen und vielleicht bist du irgendwann auch mal leitender Ermittler«, lobte sie ihn.

»Bitte nicht! Ich fühle mich im Innendienst absolut wohl. Rausfahren und Leute befragen oder verhören macht mir überhaupt keinen Spaß. Ich bin lieber der Mann hinter der Bühne oder wie sagt man dazu?«

»Du meinst, hinter den Kulissen«, verbesserte sie ihn. »So gesehen bist du dann bei meiner Aufgabe, dir die Akten gründlich anzuschauen, bestens aufgehoben.«

Kamal nickte erleichtert und lachend schlossen sie die Tür hinter sich, um endlich gemeinsam Feierabend zu machen. Monica war todmüde, aber sie freute sich auch, dass sie Kamal einen passenden Job hatte zuweisen können - neben seiner Vorliebe für alles Technische. Er wurde immer wichtiger für das Team und das war für sein Selbstbewusstsein absolut hilfreich.

Auch in dieser Nacht konnte Monica nicht schlafen. Es war, als wäre sie hyperaktiv. Unruhig wälzte sie sich in ihrer roten Bettwäsche von links nach rechts und schaute gefühlt alle paar Sekunden auf die leuchtenden Ziffern ihres Digitalweckers. 1:25 Uhr. Monica bekam kein Auge zu. Da sie vor dem Zubettgehen jedoch zwei Gläser Whiskey getrunken hatte, um etwas runterzukommen, wollte sie auf keinen Fall eine Schlaftablette einnehmen, das war ihr viel zu riskant.

Plötzlich hörte sie ein seltsames Geräusch. Wie erstarrt blieb sie im Bett liegen. Was war das? Sofort griff sie zu ihrer Dienstwaffe, die immer griffbereit in der Nachttischschublade lag. Das war zwar gegen die Vorschrift, aber seit Gustav auf dem See verschollen war, fühlte sie sich so sicherer. Auf nackten Füßen schlich sie mit gezückter Pistole aus ihrem Schlafzimmer und horchte in die Dunkelheit. Jetzt nahm sie das unidentifizierbare Geräusch lauter wahr, doch sie konnte noch immer nicht sagen, was es sein könnte. Vorsichtig stieg sie die Stufen zum Wohnzimmer hinunter, dabei drehte sie sich ständig um, so schreckhaft war sie in diesem Moment, was sicher auch ihrer Übernächtigung geschuldet war.

Unten angekommen, atmete sie erleichtert auf. Ein flatternder Vorhang, der vom Wind hin und her geweht wurde, flappte gegen den Spalt der offenen Terrassentür. Monica senkte ihre Waffe und zog die Schiebetür mit einem lauten Rums zu. Hatte sie die Tür tatsächlich nicht ganz zugezogen, nachdem sie bei Whiskey und Zigaretten auf der Terrasse den Tag Revue passieren gelassen hatte? Sie konnte sich nicht daran erinnern, fand es aber seltsam, dass sie den Vorhang nicht schon vor zwei Stunden flattern gehört hatte, als sie zu Bett gegangen war. Oder war der Wind erst jetzt stärker geworden?

Sie ging in die Küche, um sich ein Glas Wasser zu holen. Ihr Mund fühlte sich nach dem Schreck wie ausgedörrt an. Als sie den Lichtschalter anknipste, blieb sie wie vom Donner gerührt stehen.

Auf den Schränken ihrer weißen Einbauküche stand in großen Buchstaben mit einem schwarzen Edding gekritzelt das Wort: HURE!

Schnell lief sie zurück zu ihrer Waffe, die auf dem Wohnzimmertisch lag, und brüllte: »Na, wo versteckst du dich? Was soll das? Erst Gustav, dann Emma und jetzt ich?! Na, los! Komm, trau dich. Hier bin ich! Willst du dich rächen, weil ich dich mal hinter Gitter gebracht habe, hä?«

Todesmutig, die Pistole im Anschlag, ging Monica durch ihr Haus, dabei wich das Gefühl, dass ein Fremder hinter jeder Ecke lauern konnte, nicht von ihr. Sie würde sofort auf ihn schießen. Aus Notwehr!

Allerdings konnte sie keinen Eindringling finden, weshalb

sie mit klopfendem Herzen und einem rasenden Puls in die Küche zurückkehrte. Frustriert schenkte sie sich ein Glas Whiskey ein und begutachtete erneut die Sauerei auf ihren Schränken. Sollte sie Ole davon berichten?

Nein, er würde Fragen stellen, warum jemand sie ausgerechnet als »Hure« beschimpfte. Sie wollte auf keinen Fall, dass ihr Kollege zu viel Einblick in ihr Privatleben bekäme, schließlich arbeiteten sie nur zusammen und Monica hätte theoretisch seine Mutter sein können - altersmäßig. Daher beschloss sie, nichts zu sagen, denn es war ihr schon unangenehm genug, dass die ganze Stadt über ihr Schicksal und ihren verschollenen Mann Bescheid wusste.

Da schoss ihr eine Eingebung durch den Kopf, wer hinter dem Einbruch stecken könnte, und ihr wurde fast schwindelig. Hatte Gustav doch von ihrem Verhältnis mit dem Nachbarn erfahren und sich daraufhin abgesetzt, um Monica jetzt in den Wahnsinn zu treiben und sich für ihren Ehebetrug zu rächen? Hatte er seinen eigenen Tod womöglich nur vorgetäuscht? Immerhin hatte er seinen Haustürschlüssel beim Bootsausflug dabei gehabt und könnte daher ohne Weiteres hier rein- und rausspazieren - wenn er tatsächlich noch lebte. Hatte Gustav seinen Tod also nur inszeniert? Und hatte Emma ihr mit dem Anschlag des Motorradfahrers ebenfalls eine Lüge aufgetischt, weil sie mit ihrem Vater unter einer Decke steckte? Wollten sich beide an der Ehefrau und Mutter rächen, weil sie auf dem besten Weg gewesen war, das Familienglück zu zerstören, weil sie mit Ingvar von nebenan ein Verhältnis gehabt hatte? Sie hatte es zwar kurz zuvor beendet, aber vielleicht war es trotzdem zu spät gewesen.

Mit einem lauten Knall stellte sie das leere Whiskyglas in die Spüle. Sie hatte das Gefühl, wahnsinnig zu werden, wenn sie jetzt schon ihre Liebsten verdächtigte. Tausend unbeantwortete Fragen kreisten ihr durch den Kopf. Sie war verzweifelt, sie wusste einfach nicht mehr, was sie glauben oder denken sollte. Schwankend lehnte sie sich gegen den Küchentisch und atmete tief durch, dann fiel ihr Blick wieder auf die schwarze Schmiererei.

Sie würde jetzt gleich versuchen, die Buchstaben von ihren Schränken zu schrubben. An Schlaf war ohnehin nicht mehr zu denken, dafür war sie viel zu aufgewühlt.

Kapitel 28

Pontus machte am Donnerstagmorgen ein Gesicht, als hätte er gerade eine Wurzelbehandlung ohne Narkose durchlitten. So ähnlich fühlte sich allerdings auch Monica, nachdem der Revierleiter den Anwesenden verkündet hatte, dass Lasse Holmgren am Morgen aus der U-Haft entlassen worden sei, weil es keinen dringenden Tatverdacht mehr gegen ihn gebe.

»Das darf doch nicht wahr sein! Was macht den zuständigen Richter denn da so sicher?« Monica konnte nicht fassen, wie diese Entscheidung hatte fallen können. Noch mehr ärgerte sie jedoch, dass Pontus vor ihr davon erfahren hatte, schließlich jagte sie den »Orchideenmörder«, wie der Göteborgs-Posten den Serienmörder in seiner heutigen Schlagzeile nannte.

»An der Leiche von Annika Bergman, die laut Bericht definitiv auch vergewaltigt wurde, befinden sich keine Fingerabdrücke geschweige denn DNA-Spuren, die auf Lasse Holmgren zurückzuführen sind«, erklärte Pontus jetzt. »Die Tatsache, dass ihm das Ferienhaus gehört, reicht nicht aus, um ihn wegen Mordverdachts festzuhalten.«

»Und was ist mit seiner heimlichen Geliebten Marie Lundberg?«, hakte die Kommissarin nach.

»Tut mir leid, Monica. Die Körperflüssigkeit, die im Genitalbereich entdeckt wurde, stimmt nicht mit der DNA von Holmgren überein. Glaub mir, ich hätte mir genau wie du gewünscht, dass er unser Mann ist, aber die Ergebnisse aus dem Labor sind eindeutig.«

»Da muss doch Sperma von Holmgren zu finden sein, das kann mir keiner erzählen!«, widersprach Monica energisch.

Pontus räusperte sich. »Ich habe nicht behauptet, dass überhaupt keine Spuren von Holmgren an dem Opfer Marie

Lundberg gefunden werden konnten, schließlich waren die zwei ein Liebespaar. Aber es gibt nun mal eine fremde DNA, was bedeutet, dass zuletzt ein anderer mit dem Opfer Geschlechtsverkehr hatte - unfreiwilligen wohlgemerkt, und diesen anderen gilt es ausfindig zu machen, denn wir haben diese andere DNA auch bei Annika Bergman festgestellt. Da draußen läuft also ein Doppelmörder frei herum, der endlich gefasst werden muss, und das bitte so schnell wie möglich, versteht ihr?«

»Was ist mit den Kumpels vom Bowlingabend in Ed?« Monica schaute Ole mit einem auffordernden Blick an. So ohne Weiteres wollte sie Holmgren als Tatverdächtigen noch nicht aufgeben - zumindest nicht im Vermisstenfall.

»Ich habe bisher nur zwei von den fünf Freunden erreicht, allerdings sagen die beiden übereinstimmend aus, dass sie am Freitagabend bis zur Schließung der Bowlingbahn um Mitternacht mit Holmgren zusammen waren. Außerdem hat Frau Holmgren bestätigt, dass sie gegen 0:30 Uhr wach wurde, als er angetrunken heimgekommen ist und reichlich Lärm gemacht hat.«

»Blödsinn«, echauffierte sich Monica. »Die Holmgren wird alles aussagen, nur damit ihr Mann sie nicht windelweich prügelt.«

»Vergiss es, Monica. Holmgren ist nicht unser Täter. Ich verstehe ohnehin nicht, warum du dich so an ihm festbeißt. Liegt es daran, dass er gegenüber seiner Frau gewalttätig ist und du ihn deshalb hinter Gittern sehen möchtest?«

»Ach, Pontus, jetzt red keinen Unfug!«

»Ihr müsst weiteren Spuren nachgehen, da gibt es keinen anderen Ausweg«, mahnte Pontus. »Ich würde euch sogar anbieten, Verstärkung aus Göteborg anzufordern. Wir stehen unter enormem öffentlichem Druck, diesen Killer schnellstmöglich zu finden.«

Missmutig winkte Monica ab. »Das ist nicht nötig, ich habe alles im Griff. Komm, Ole, wir fahren noch mal zu dieser Ferienhausanlage in Västra Högen.«

»Okay, aber warum?«

»Ich will wissen, wer in der Umgebung anwesend war, als Annika Bergman ermordet wurde. Irgendein Anwohner oder Urlauber muss da doch was mitbekommen haben.«

Kamal, der lässig gegen die Heizung am Fenster gelehnt bisher nur aufmerksam zugehört hatte, meldete sich nun schüchtern per Handzeichen und warf ein: »In dem Bericht von dem Kollegen, der vor Ort mit allen Ferienhausbewohnern gesprochen hat, ist vermerkt, dass jemand am Vorabend ein Streitgespräch zwischen dem Opfer und einem Nachbarn beobachtet hat. Am nächsten Morgen sei dieser Nachbar, ein gewisser Herr Christiansen, mit gepackten Koffern abgereist.«

»Wieso erfahre ich erst jetzt davon?«, reagierte Monica leicht gereizt.

»Sorry, du warst so mit Holmgren beschäftigt, dann noch die Pressekonferenz ...« Kamal schaute verlegen zu Boden.

»Gibt es sonst noch irgendetwas Wichtiges, was ich als leitende Ermittlerin wissen sollte?« Monica kochte schon wieder innerlich, sie sah die drei Männer auffordernd an. »Was ist mit Frau Wättrings Aufruf an den eventuellen Entführer?«

»Es war nichts wirklich Brauchbares dabei«, antwortete Ole. »Hast du denn ernsthaft damit gerechnet, dass der Täter gleich einknickt und sich aufgrund des Flehens der Mutter meldet?«

»Nein, aber es könnten auch Hinweise aus der Bevölkerung eingegangen sein«, pampte Monica ihn an. »Außerdem darf ich euch daran erinnern, dass die Wättring dem Entführer sogar die Zahlung eines Lösegelds angeboten hat. Hast du ihr diesen Quatsch vorgeschlagen, Pontus?«

»Natürlich nicht - das war nicht abgesprochen. Es weiß doch jeder, dass es da draußen genügend Idioten gibt, die nur auf das Geld scharf sind und sich einen Spaß mit den verzweifelten Eltern erlauben. Ich habe Frau Wättring gesagt, dass sie sich umgehend bei uns melden soll, falls jemand in der Angelegenheit direkten Kontakt mit ihr aufnimmt.«

»Habt ihr schon mal daran gedacht, dass Sofia Wättring längst tot ist und sich deshalb kein Entführer melden wird?«, warf Kamal ein.

»Dann wäre sie die dritte ermordete Frau.« Pontus schluckte laut. »Der Tourismus ist ein enorm wichtiger Wirtschaftszweig für die Gegend, seit Volvo sein Werk in Uddevalla geschlossen hat. Bitte tut alles dafür, dass diese Frau ganz schnell gefunden wird, und zwar lebendig! Selbstverständlich auch wegen der Eltern.«

»Wir sind schon unterwegs«, sagte Monica und zog Ole vom Stuhl hoch. Sie musste sich dringend die Ferienhausanlage noch einmal näher anschauen und mehr über diesen Nachbarn erfahren, der am Abend zuvor mit Annika Bergman gestritten hatte.

Kapitel 29

Philip war nach seiner vorgeschobenen Erkältung, wegen der er seinem Arbeitsplatz drei Tage lang ferngeblieben war, mit hängenden Schultern an seinen Schreibtisch in der Götalands Werft zurückgekehrt. Sein Vorgesetzter hatte ihn gleich in der Früh zu sich zitiert und ihn angeschnauzt, da er ihm die fehlende Präsentation für die Geschäftsleitung immer noch übelnahm. Es folgte ein Monolog über Loyalität, Teamwork und Verantwortung, bei dem Philip schon gar nicht mehr richtig zuhörte, weil er seine Ohren einfach auf Durchzug gestellt hatte. Viel lieber malte er sich aus, wie es sich anfühlen würde, dem ätzenden Chef in diesem Moment ein spitzes Messer in die Halsschlagader zu stechen - genau wie er es bei seinem Nachbarn getan hatte. Allerdings mit dem großen Unterschied, dass eine solche Attacke in einem Unternehmen mit mehreren Hundert Mitarbeitern nicht unentdeckt bleiben würde. Nicht so, wie bei Birger Christiansen, der ein Zufallsopfer gewesen war: zur falschen Zeit am falschen Ort. Außerdem hatte er sich in Dinge eingemischt, die ihn überhaupt nichts angingen.

Während der Chef immer weiter meckerte, konnte sich Philip bei dem Gedanken an das kühle Grab des Norwegers ein breites Grinsen nicht verkneifen. An der tiefen Stelle im See würde man die Leiche des Rentners niemals vermuten. Das war ein geniales Versteck! Eigentlich hätte auch sein idiotischer Chef so ein Grab verdient, damit er endgültig die Schnauze hielte. Philip hasste ihn.

Nach der Standpauke und nachdem er die sich angehäuften E-Mails gelesen hatte, die ihn überhaupt nicht interessierten, verabschiedete er sich in die Mittagspause. Er brauchte

Zeit zum Nachdenken, daher ging er aus dem Bürogebäude nach draußen und nahm auf einer Bank Platz. Erleichtert sog er die kühle Luft tief in seine Lungen. Die frische Brise am Fjord tat ihm gut und er ließ seinen Blick in die Ferne schweifen. Ein Containerschiff unterquerte dort gerade die 1,7 Kilometer lange Uddevalla-Brücke und nahm Kurs auf die Nordsee. Wie gern würde er jetzt auch verschwinden. Seinen Job, seine Mutter, seine Heimat, einfach alles hinter sich lassen und irgendwo neu anfangen. Allerdings würde er vorher noch Sofia aus dem Geheimversteck holen, denn nur mit ihr wollte er ein neues Leben beginnen. Zumindest war das der bisherige Plan gewesen, der jedoch auf der Kippe stand, seit sich sein Vertrauter gestern Abend endlich gemeldet hatte. In dem gestrigen Telefonat hatte er ihm einen sehr interessanten Vorschlag unterbreitet, doch Philip hatte um Bedenkzeit gebeten. Ob er tatsächlich auf seine Sofia verzichten könnte? Nur mit ihr hatte er sich in Spanien gesehen, als glückliches Paar, barfuß und Hand in Hand am feinkörnigen Sandstrand entlang spazierend. Sollte er diesen Traum jetzt wirklich begraben, was bedeutete, dass Sofias Entführung umsonst gewesen wäre, ebenso wie der Mord an Birger?

Die kreischenden Möwen um ihn schafften es, ihn aus seinen Gedanken zu reißen und auf den Boden der Tatsachen zurückzubringen. Er musste diese lebenswichtige Entscheidung heute treffen. Eine Entscheidung, die seine Zukunft komplett verändern würde.

Pünktlich wie vereinbart klingelte sein Handy. Jetzt musste er seinem Vertrauten eine Antwort geben.

»Na, Philip, bist du dabei?«, fragte dieser ohne Umschweife.

»Ich bin immer noch unsicher«, stammelte er verlegen.

»Eigentlich wollte ich zusammen mit Sofia weg aus Schweden und sie nicht hier zurücklassen«.

»Ja, das war der Plan, bevor wir im Fernsehen gesehen haben, dass die Alten von deiner kleinen Freundin freiwillig das große Geld rausrücken wollen«, erwiderte sein Vertrauter ungehalten. »Mensch, das ist doch das Beste, was uns passieren kann. Wir hauen beide ab, und zwar mit einem Sack voller Kohle - besser geht es ja wohl nicht.«

»Hm. Und wohin?«

»Natürlich nach Thailand, wohin denn sonst! Da sind die Frauen viel freundlicher, nicht so wie die zickigen Schwedinnen. Da können wir in Saus und Braus leben und uns die Sonne auf den dicken Bauch scheinen lassen. Das ist deine große Chance, deinem stinklangweiligen Leben endlich einen Kick zu verpassen und neu anzufangen.«

»Aber ich habe doch schon in Lloret de Mar ein Haus angemietet«, wagte Philip zu widersprechen.

»Vergiss Spanien! Wir müssen Europa verlassen!«

»Hast du denn tatsächlich mit Sofia darüber gesprochen, dass sie bei ihrer Freilassung aussagen wird, Birger hätte sie entführt und ihr gegenüber die Morde an Marie und der Nachbarin gestanden?«

»Ja! Sie hat es mir hoch und heilig versprochen und geschworen, dass sie sich daran halten wird. Sie will endlich wieder frei sein.«

»Was ist, wenn sie bei der Polizei doch die Wahrheit sagt?«

Der andere lachte. »Keine Sorge. Ich habe ihr gestern Abend eingetrichtert, dass ich böse Kumpels habe, die ihren Eltern alle Knochen brechen werden, wenn sie sich nicht an die Spielregeln hält und dich verpfeift.«

Philip seufzte. »Nicht nur mich. Du hängst da auch mit drin, und nicht ich habe die beiden Mädchen ..., sondern du«, beharrte er leise, obwohl kein Mensch in seiner Nähe stand. Lediglich ein paar Möwen pickten zu seinen Füßen die Brotkrumen auf.

»Das weiß sie doch nicht, oder hast du ihr das erzählt?«

»Nein! Natürlich nicht. Ich werde dich niemals verraten. Das habe ich dir versprochen.«

»Klar, ich weiß ja, dass ich mich komplett auf dich verlassen kann und du dich auch auf mich«, versicherte sein Vertrauter. »Also, hör zu: Du meldest dich bei den Wättrings, forderst die 10 Millionen Kronen, holst den Schotter ab und setzt dich dann ins Flugzeug nach Bangkok. Ich werde auch nach Thailand fliegen, und wenn wir schließlich beide auf Ko Samui unter einer Palme liegen und aus einer Kokosnuss Milch trinken, gibt es unseren anonymen Hinweis, dass sich Sofia in der Fischerhütte befindet. Sobald man sie gefunden hat, wird sie den Blödsinn von Birger erzählen und wir sind alle glücklich und zufrieden. Ist das nicht ein genialer Deal?«

»Ich will Sofia aber noch mal sehen und mich von ihr verabschieden«, blieb Philip standhaft.

»Du hoffnungsloser Romantiker. Vergiss sie endlich! Freu dich auf die kleinen Thailänderinnen! Die werden dir zu Füßen liegen, erst recht, wenn du viel Geld in den Taschen hast.«

»Und wenn ich bei der Abholung vom Lösegeld geschnappt werde?«

Sein Verbündeter lachte auf. »Du bist echt niedlich. Du hast eine Frau entführt, einen Mann erstochen sowie zwei Leichen hübsch dekoriert und dich dabei nicht erwischen lassen. Was soll denn da bei so einer lächerlichen Geldübernahme schief gehen? Das ist ein Klacks für dich. Komm, du schaffst das, dann können wir für immer sorgenfrei leben. Nur du und ich. Bis wir in Gras beißen. Na, ist das ein Wort?«

Philip stöhnte. »Okay ... ich muss aber erst schauen, wie ich das mit zu Hause regeln kann.«

»Mensch, vergiss doch endlich die Alte. Die behindert dich schon dein ganzes Leben lang. Du weißt, wie sie tickt, wie sie dich immer rumkommandiert. Die würde dich niemals alleine ziehen lassen. Jetzt kommt deine Zeit, Philip. Du musst endlich mal an dich denken«, sagte sein Vertrauter eindringlich.

Nun lächelte Philip. »Ja, du hast recht, ich muss mehr an mich denken.«

»Siehst du. Ich gebe dir jetzt wie gewohnt genaue Anweisungen, an die du dich nur zu halten brauchst. Dass du dir die Frau aus ihrem Ferienhaus geholt hast, war schließlich auch meine Idee und das hat doch wunderbar geklappt.« Wieder lachte er schallend ins Telefon.

»Ja, du hast echt geniale Einfälle«, bestätigte er. »Schwörst du mir, dass du ab sofort immer für mich erreichbar sein wirst?«

»Aber natürlich! Mensch, ich hab's dir doch jetzt ein paar Mal gesagt, mein Akku war gestern leer und ich hatte unterwegs kein Ladekabel dabei. Ich bin immer für dich da! Tag und Nacht!«

»Geht es Sofia denn gut?«, fragte Philip schüchtern.

»Es geht ihr ausgezeichnet. Sie will halt schnell wieder nach Hause. Also komm, gib dir einen Ruck und sei kein Unmensch. Lass Sofia laufen, nimm das Lösegeld und wir zwei starten in Thailand ein neues Leben«, drängte sein Vertrauter erneut.

Philip biss sich auf die Lippe, schließlich willigte er ein. »Okay. Sag mir, was ich tun soll.«

»Bravo! Na endlich!«, freute sich sein Verbündeter und

schilderte ihm ausführlich, wie die Lösegelderpressung vonstattenzugehen hätte. Philip hörte aufmerksam zu.

Nachdem er das Gespräch beendet hatte, ging Philip mit einem Lächeln auf den Lippen schnurstracks in das Büro seines Chefs und knallte ihm seinen Mitarbeiterausweis auf den Schreibtisch. »Ich kündige! Fristlos!«

Kapitel 30

Brigitta Nyberg von der Ferienhausverwaltung hatte den Kriminalpolizisten in ihrem Wohnzimmer Tee und Gebäck serviert, bevor sie in ihrem Arbeitszimmer verschwunden war, um dem Anliegen der Ermittler nachzukommen. Wie bei ihrem ersten Besuch sah sich Ole staunend die prunkvolle Einrichtung an, die überhaupt nicht typisch skandinavisch dezent war, sondern eher dem Schloss des schwedischen Königs entsprungen zu sein schien.

»Hier steckt wirklich viel Geld dahinter, oder?« Er zeigte auf die Wandgemälde und den Lüster, der an der Decke hing.

»Nicht mein Geschmack und das Sofa ist unbequem.« Monica setzte sich anders hin und nippte an ihrer Tasse mit Goldrand. Ein Kaffee wäre ihr zwar lieber gewesen, aber Frau Nyberg hatte eben erst einen Tee aufgesetzt, da wollte sie ihr keine extra Umstände machen. Ungeduldig blickte Monica auf die tickende Wanduhr mit dem goldenen Pendel.

Als die Herrenhausbesitzerin nach einer gefühlten Ewigkeit zu ihrem Besuch zurückkehrte, gab sie einem Papierstau die Schuld daran, dass es mit dem Ausdruck der Liste sämtlicher Ferienhausbesitzer sowie der aktuellen Gäste so lange gedauert habe.

»Kein Problem, wir haben ja Zeit«, schwindelte Ole und fing sich einen bösen Blick von Monica ein.

»Das ist so schrecklich, was da mit dieser Urlauberin passiert ist«, zeigte sich die alte Dame bestürzt. »So etwas Schlimmes ist hier in Västra Högen noch nie vorgekommen und ich bin hier vor achtzig Jahren geboren worden. Wissen Sie schon, wer es war?«

»Nein, Frau Nyberg. Genau deshalb sind wir ja bei Ihnen.

Wir haben nicht unbedingt die Zeit, mal eben so für eine Plauderei bei Tee und Keksen eine gute Stunde zu Ihnen raus zu fahren«, erklärte Monica sehr direkt.

Ole räusperte sich. »Das Gebäck ist fantastisch, ausgesprochen lecker«, erklärte er hastig und strahlte die Gastgeberin an. Offenbar wollte er ihre kleine Spitze ausbügeln.

»Dankeschön, sehr reizend von Ihnen, Herr Henriksson. Tja, also ich habe Ihrem Kollegen schon alles gesagt, was ich weiß. Er ist hier gestern rumgelaufen und hat alle Anwohner befragt.«

»Wir hören es gern ein zweites Mal aus Ihrem Mund.« Monica lächelte gekünstelt. »Übrigens liebe ich Pfefferminztee.« Sie bemühte sich, es Ole gleichzutun, da man mit Komplimenten eben doch manchmal schneller ans Ziel kam.

»Das freut mich. Nur leider muss ich Sie enttäuschen, Frau Sandström. Als Frau Bergman vorgestern Abend anreiste, war ich bei meiner Freundin. Wir haben Rommé gespielt. Früher waren wir immer zu viert, mittlerweile sind wir nur noch zu zweit. Ach, es ist so traurig, wenn alle um einen herum wegsterben.«

»Wer hat Frau Bergman den Schlüssel zum Haus übergeben?«, fragte Ole.

»Das hat Victor übernommen. Er war schon vom Flughafen Göteborg zurück, wo er zwei Gäste abgeholt hat.«

»Wo erreichen wir denn Ihren Victor jetzt?«, erkundigte sich Monica und nippte ein letztes Mal an der edlen Porzellantasse.

»Der mäht den Rasen, und zwar bei den Österreichern, die er hierher kutschiert hat. Die haben sich gleich beschwert, dass sie es unmöglich finden, dass der Rasen nicht gemäht ist. Ganz komische Feriengäste sind das. Beide Schriftsteller, die haben ja alle gerne mal eine Schraube locker, nicht wahr?« Sie lachte vergnügt.

»Apropos Gäste. Können Sie uns jetzt bitte sagen, wer von Dienstag auf Mittwoch in den Ferienhäusern anwesend war?« Monica zeigte auf das ausgedruckte Blatt, das Frau Nyberg auf ihrem Schoß liegen hatte.

»Ach so, natürlich. Ich werde auch immer vergesslicher.« Sie setzte ihre goldene Lesebrille auf die Nase und erklärte, dass zur Tatzeit lediglich vier Häuser bewohnt gewesen seien. »Wissen Sie, im Mai haben wir hier noch keine Hauptsaison und mitten in der Woche ist nicht viel los bei uns. Der See ist viel zu kalt, um Badegäste anzulocken.«

»Die Namen bitte, Frau Nyberg«, drängelte Monica.

»Ach ja, natürlich. Also, da hätten wir das Ehepaar Koller, diese Schriftsteller aus Wien, die Victor am Dienstagmittag vom Flughafen abgeholt hat, und das Haus der Petterssons war ein paar Tage von dem Sohn belegt. Dann war noch der neue Besitzer aus Oslo da, Herr Christiansen, und das Haus, wo das furchtbare Unglück passiert ist, war ebenfalls belegt, aber das wissen Sie ja.« Sie überreichte Monica ihren Ausdruck.

»Dann werden wir mal zu den Bewohnern gehen und sie befragen.« Ole ließ die Handflächen mit einem leisen Klatschen auf die Oberschenkel fallen und erhob sich vom Sofa.

»Da werden Sie nicht viel Glück haben. Herr Pettersson ist gestern abgereist, und Herr Christiansen ist auch nicht mehr da. Der hat mir den unterschriebenen Vertrag immer noch nicht vorbeigebracht.« Sie seufzte. »Aktuell sind nur die Schriftsteller anwesend, die sind aber gerade mal ein paar Stunden, bevor der Mord geschehen ist, angekommen. Ich bezweifle, dass die etwas mitbekommen haben, da sie das letzte Ferienhaus in der Straße haben, also ganz weit ab vom Schuss«, bremste die Verwalterin Oles Enthusiasmus.

»Wir wissen, dass ein Zeuge beobachtet hat, dass Herr Christiansen schon gestern Morgen in der Früh weggefahren ist. Können Sie uns seine Kontaktdaten geben, damit wir ihn trotzdem befragen können?«

»Selbstverständlich, Frau Sandström. Allerdings hat seine Tochter mich vor ein paar Stunden angerufen, weil sie ihren Vater seit Montag nicht erreichen kann. Sie hat mich gebeten, mal nach dem Rechten zu sehen. Tja, aber sein Auto ist weg, also wird er nicht tot im Bett liegen.«

Ole warf seiner Kollegin einen skeptischen Blick zu und fragte an Frau Nyberg gewandt, ob sie zufälligerweise das Kfz-Kennzeichen des Norwegers in ihren Unterlagen notiert habe.

Die alte Dame bejahte das und bat die zwei, ihr nun doch ins Arbeitszimmer zu folgen. »Wissen Sie, Herr Henriksson, mir ist das Kennzeichen von jedem Hausbesitzer bekannt, damit sich keine Fremden in dem Gebiet aufhalten. Das gilt übrigens auch für die Feriengäste. Es gab mal vor vielen Jahren eine Einbruchsserie, drei Häuser waren betroffen. So etwas soll sich nicht wiederholen. Wobei, was da jetzt mit dieser jungen Frau im Haus der Holmgrens passiert ist, ist natürlich noch viel schlimmer.« Sie stöhnte laut auf. »Frau Bergman und ihr Mann waren Stammgäste hier – ein sehr sympathisches Pärchen. Wer bringt so eine nette Frau nur um?«

»Das Kennzeichen bitte«, erinnerte Monica die Verwalterin.

»Stimmt! Moment. Ich habe es gleich.« Sie tippte mit einem Finger langsam auf der Tastatur herum und sagte währenddessen: »Ach, wissen Sie, Herr Christiansen fährt einen mausgrauen VW Passat Kombi, das weiß ich deshalb so genau, weil mein Mann auch mal so einen hatte, aber der war ständig kaputt und ...«

»Das Kennzeichen«, wiederholte Monica mit etwas Nachdruck, da Frau Nyberg offensichtlich wieder in Plauderlaune verfiel.

»Gibt es vielleicht eine Überwachungskamera, wenn hier in der Vergangenheit schon mal eingebrochen wurde?«, wollte Ole wissen.

»Nein, wir sind schließlich keine Haftanstalt. Außerdem ist das Gebiet sehr groß, da müssten wir ja zig Kameras aufstellen, weil man auch vom Wald aus Zugang zu den Häusern hat, und einen Zaun gibt es nicht. Der Hauptweg führt zwar die Sackgasse entlang zum See, wo die Häuschen hübsch versteckt und mit ausreichend viel Abstand zum Nachbarn idyllisch von Bäumen umgeben errichtet wurden, aber man kommt auch zu Fuß vom Wald kommend an die Grundstücke.«

»Und Ihnen ist tagsüber, also bevor Frau Bergman nachts getötet wurde, kein fremdes Auto aufgefallen? Bei ihr im Haus wurde nämlich eingebrochen, zumindest deutet die eingeschlagene Scheibe darauf hin. Vielleicht hat sich der Täter die Umgebung schon mal vorab näher angeschaut.«

»Nein, ich habe nichts bemerkt, aber fragen Sie doch meinen Victor, der schaut immer bis spät nachts Fernsehen. Möglicherweise hat er etwas Verdächtiges mitbekommen.«

»Dürfen wir den hier mitnehmen?«, fragte Ole und zeigte auf den Lageplan an der Wand, auf dem alle Häuser aufgezeichnet waren.

Die Verwalterin hatte nichts dagegen und erklärte, dass Victor am letzten Haus am Ende der Sackgasse den Rasen mähe. Nebenbei notierte sie das Kfz-Kennzeichen von Birger Christiansen, das sie endlich im Computer gefunden hatte, auf einem Zettel. Auf einem weiteren schrieb sie die Adresse von Familie Pettersson auf.

Victor saß auf einem hochmodernen Rasenmäher-Traktor und zog seine Bahnen auf dem gemieteten Anwesen der Kollers, die aufgrund des Lärms von der Terrasse ins Innere geflüchtet waren. Als Ole ihm wildgestikulierend entgegenging, nahm der Hausmeister die Ohrenschützer ab.

»Sie sind Victor, korrekt?«, fragte Ole.

Der Mann um die vierzig nickte freundlich. »Ja, der bin ich. Victor Blom ist mein Name. Mit wem habe ich das Vergnügen?«

»Henriksson, Kripo Uddevalla. Haben Sie am Dienstagabend oder in der Nacht auf Mittwoch irgendetwas Verdächtiges mitbekommen, das in Zusammenhang mit dem Tötungsdelikt an Frau Bergman stehen könnte?«

Victor schüttelte den Kopf. »Das habe ich schon gestern Ihrem Kollegen mit der Uniform gesagt, ich habe bereits um 22 Uhr geschlafen.«

»Wirklich? Ihre Chefin behauptet, dass Sie immer bis spät in die Nacht Fernsehen schauen«, hakte Ole nach.

»Da hat Brigitta, entschuldigen Sie, ich meine natürlich Frau Nyberg, auch tatsächlich recht. Ich war nur an dem Abend todmüde, ich hatte nämlich mittags eine Fahrt zum Flughafen. Autofahren ist anstrengender als Rasenmähen.« Er schmunzelte.

»Richtig, das Schriftstellerpärchen - von denen habe ich schon gehört. Dass die ohne Auto hier in die Pampa reisen ...«

»Stadtmenschen ohne Führerschein halt, die in der Einöde an ihrem neuen Buch schreiben wollen. Die waren schon öfters hier. Sie schließen sich immer acht Wochen ein und schreiben rund um die Uhr. Verrückte Leute gibt's«, amüsierte er sich.

»Das mag sein. Auf jeden Fall haben Sie abends noch Frau

Bergman den Schlüssel für ihr Ferienhaus überreicht. Wann war das? Und wie hat sie auf Sie gewirkt?«

Victor zog seine Handschuhe aus und überlegte. »Das müsste so gegen 19 Uhr gewesen sein, da Frau Nyberg bereits zu ihrem Spieleabend gegangen war. Ich habe mit Frau Bergman nur kurz ein paar Sätze gewechselt, weil sie sich in dem Haus auskannte und keine Fragen hatte. Sie war schon oft hier, eine Stammkundin sozusagen.« Dann schüttelte er den Kopf. »Ach, einfach schrecklich, was da passiert ist. Sie war wirklich eine ausgesprochen sympathische Frau, die immer grüßte und sehr freundlich war. Da krieg ich jetzt schon wieder eine Gänsehaut, wenn ich bedenke, dass hier in unserer Idylle so etwas Katastrophales geschehen ist. Man kennt so was doch nur aus Filmen.« Er rieb sich schnell über die Unterarme, als würde er frösteln.

»Ist Ihnen denn irgendetwas an Frau Bergman aufgefallen, was merkwürdig war?«

»Nein, sie machte auf mich einen Eindruck wie immer.«

Ole nickte. »Ist in den letzten Tagen vielleicht sonst irgendetwas Verdächtiges vorgefallen? Ein fremdes Auto, das hier auf und ab gefahren ist?«

»Nein, es war alles so wie immer«, erklärte Victor achselzuckend. »Ich hoffe, Sie finden dieses Schwein bald. Glauben Sie, dass es der gleiche Täter ist, der auch dieses junge Mädchen getötet hat, das in Bäckefors gefunden wurde?«

»Tut mir leid. Dazu kann ich keine Aussagen machen, Herr Blom. Aber können Sie mir etwas zu Birger Christiansen sagen? Haben Sie möglicherweise einen Streit zwischen ihm und Frau Bergman beobachtet?«, fragt Ole. Er wusste zwar, dass laut Polizeibericht ein anderer Nachbar diese Aussage gemacht hatte, aber er wollte es trotzdem auch von dem Hausmeister wissen.

»Nein, die Häuser stehen alle viel zu weit entfernt von unserem Haupthaus, um da etwas mitzubekommen. Ich weiß auch gar nicht, ob die beiden sich kannten. Herr Christiansen hat ja erst kürzlich sein Anwesen gekauft. Auf mich hat er sehr zurückhaltend und traurig gewirkt.«

»Traurig? Können Sie das konkretisieren?«

»Er hat mir erzählt, dass er sich lange um seine Frau gekümmert hat, die an Krebs gestorben ist. Ich glaube, er wollte sich mit der Renovierung des neuen Ferienhauses ablenken«, vermutete Victor.

»Haben Sie mitbekommen, dass er gestern ganz früh abgereist ist?«

»Nein, das habe ich nicht bemerkt, vor 7 Uhr stehe ich nie auf«, gab Victor mit einem Augenzwinkern zurück. »Ich bin ein absoluter Morgenmuffel. Sagen Sie, Herr Henriksson, wissen Sie, wann der Tatort freigegeben wird?«

»Will Herr Holmgren, dass die Scheibe in der Terrassentür ausgetauscht wird?«

»Ähm, nein. Ich wollte nur dort ums Haus den Rasen mähen und natürlich muss ich auch den Glaser informieren. Bitte melden Sie sich bei mir, wenn es so weit ist.« Er überreichte Ole seine Visitenkarte.

Ole versprach es und wünschte dem Hausmeister weiterhin viel Spaß bei der Gartenarbeit, dann ging er zurück zum Dienstwagen, um auf dem Beifahrersitz Platz zu nehmen.

Keine zwei Minuten später setzte sich Monica neben ihn. »Oh Mann! Diese Schriftsteller sind wirklich komisch. Die meinen doch tatsächlich, dass sie sich hier zur Recherche für einen Krimi aufhalten. Diese Frau Koller hat mich mit derart vielen Fragen gelöchert, dass ich das Gefühl hatte, sie wäre die Kommissarin und hätte mich im Kreuzverhör.«

»Haben nicht alle Künstler einen kleinen Schaden?«, gab Ole lachend zurück.

»Na, die zwei auf alle Fälle. Die Frau hat die ganze Zeit ohne Punkt und Komma geredet, während Herr Koller nur zugehört und keinen Mucks von sich gegeben hat. Merkwürdiges Paar.«

»Haben sie denn etwas mitbekommen?«

»Natürlich nicht, und das bedauern sie sehr, weil wann würde sich schon mal ein Mord direkt vor ihrer Haustür zutragen? Einen besseren Quell der Inspiration würde es nicht geben.« Monica tippte sich gegen die Stirn. »Außerdem wären sie Stammgäste hier und würden schon seit vielen Jahren ins Dalsland kommen, weil hier so nette Leute wohnen, viel angenehmer als in Wien, wo alle ständig am Mosern sind.«

»Wie heißen denn ihre Bücher? Vielleicht gibt es die auch auf Schwedisch, wir brauchen doch noch ein Geburtstagsgeschenk für Ulla, unsere kleine Leseratte.«

Monica winkte ab. »Habe ich sie nicht gefragt. Interessiert mich auch nicht. Wenn ich schon tagsüber mit Straftaten zu tun habe, will ich doch keine Krimis als Abendlektüre lesen. Was gibt's denn Neues von diesem Victor?«

»Auch nichts Brauchbares, außer dass Birger Christiansen sich angeblich von dem Tod seiner Frau ablenken wollte und traurig war.«

»Dann ruf mal Kamal an, er soll sofort den Wagen von Christiansen zur Fahndung rausgeben - dank der Nyberg haben wir ja die Daten, und wenn seine Tochter schon länger nichts mehr von ihm gehört hat, ist das ja sehr verdächtig.«

»Mach ich gerne, Chefin.« Er zwinkerte ihr zu. »Und anschließend sollten wir zur Familie Pettersson fahren, denn dank der Nyberg wissen wir auch, wo die leben.«

»Sorry, ich wollte nicht so bestimmend rüberkommen«,

entschuldigte Monica sich und fügte besonders freundlich hinzu: »Bitte sei so lieb und tipp die Adresse ins Navi ein. Vielen, herzlichen Dank.«

»Sag mal, was machst du eigentlich heute Abend?«, fragte Ole, ohne vom Navi aufzusehen.

»Nichts. Ich bin zu Hause.«

»Dann komm doch heute Abend um 19 Uhr bei uns vorbei. Wir haben Freunde eingeladen und du könntest dir bei der Gelegenheit unsere neue Wohnung anschauen. Ich glaube, etwas Ablenkung täte dir gut, jetzt wo du dir auch noch solche Sorgen um Emma machst. Wie geht es ihr eigentlich nach dem Unfall?«

Monica seufzte laut. Sie wollte nicht aus Mitleid eingeladen werden und antwortete ausweichend, dass mit Emma alles in Ordnung sei.

»Also, kommst du? Ramón würde sich sehr freuen, dich endlich mal wiederzusehen.«

»Ich überlege es mir«, sagte Monica und konzentrierte sich auf die Straße.

Sie war froh, dass Ole sie nicht auf die Sache mit der Rache eines ehemaligen Straftäters angesprochen hatte. So feinfühlig, wie er war, wusste er sicher ganz genau, dass sie die Einladung in dem Falle ausgeschlagen hätte. Er hatte ein Gespür dafür, welche Fragen er stellen sollte und welche besser nicht, vor allem im Zwischenmenschlichen. Nur im Job legte er den Finger in die Wunde, wenn es nötig war. Er würde es eben noch weit bringen bei der Polizei.

Kapitel 31

Rut Pettersson lebte auf einem Hügel im Stadtteil Vännerberg in unmittelbarer Nähe des angrenzenden Waldes und damit weit entfernt vom Zentrum Uddevallas. Von hier aus hatte man einen wundervollen Blick auf den Fjord, obwohl man bis zur Strandpromenade mindestens eine Stunde zu Fuß brauchte.

Beim Anblick des kleinen roten Holzhauses mit den weißen Fensterrahmen rümpfte Ole die Nase. Überall blätterte die Farbe ab. Überhaupt machte das Anwesen einen sehr ungepflegten Eindruck - der reinste Schandfleck neben den hübschen Häuschen in der Nachbarschaft. Im Vorgarten stand ein Unfallwagen, der schon so verrostet war, dass ein Schrotthändler seine Freude daran gehabt hätte, daneben lag ein alter Kühlschrank quer auf der Wiese und die Mülltonnen quollen über.

»Herrlich, oder?« Monica atmete tief ein.

»Mein Geschmack ist das hier überhaupt nicht, aber wenn du Vintage magst ...«

»Ich spreche doch von dieser phänomenalen Aussicht. Komm, dreh dich mal um. Ich bin viel zu selten hier oben.«

»Also ich würde die Lage unserer Penthouse-Wohnung gegen kein Geld der Welt eintauschen wollen«, erklärte Ole. »Wenn du heute Abend zu uns kommen würdest, könntest du dich ja selbst davon überzeugen.«

»Ja, ist angekommen!«, erwiderte Monica, die den Wink mit dem Zaunpfahl begriffen hatte. Ole wollte sie unbedingt zu sich und Ramón nach Hause locken. »Jetzt kommt aber erst mal die Arbeit und danach vielleicht das Vergnügen.« Zielstrebig ging Monica auf die Haustür der Bruchbude zu.

Es dauerte eine gefühlte Ewigkeit, bis Rut Pettersson ihnen auf ihr Klingeln öffnete. Am Rollator stehend japste sie nach Luft und wirkte sehr irritiert, als sich die Polizisten mit Namen vorstellten und um Einlass baten.

»Ich muss Sie vorwarnen, ich habe nicht aufgeräumt«, sagte sie entschuldigend und schlurfte mit winzigen Schrittchen zurück zur Couch, wo sie sich laut stöhnend niederließ. »Sie haben Glück, dass ich zu Hause bin.«

»Wollten Sie verreisen?« Ole blickte sich skeptisch um, Monica folgte seinem Blick. Im Vergleich zur prachtvollen Hütte von Frau Nyberg kam man sich hier wie in einem Gewächshaus vor. Überall standen Zimmerpflanzen herum, die auf Blumenbänken, Schränken und dem Teppichboden verteilt waren. Die Fensterbank erinnerte an das Schaufenster einer Gärtnerei.

»Ich hätte eigentlich heute Mittag einen Arzttermin gehabt, aber mein Sohn hat vorhin angerufen und abgesagt, weil bei ihm im Job so viel zu tun ist und er mich nicht fahren kann. Wissen Sie, er war ein paar Tage dienstlich unterwegs, da ist eine Menge liegen geblieben. Mein Sohn wird mal eine phantastische Karriere machen.«

»Sind Sie denn krank?«, erkundigte sich Monica mitfühlend.

»Leider ja. Seit über dreißig Jahren habe ich MS, die Krankheit mit den eintausend Gesichtern. Manchmal habe ich einen guten Tag und manchmal geht es mir miserabel, so wie heute. Zum Glück habe ich meine Pflanzen, die mir jeden Morgen ein Lächeln aufs Gesicht zaubern. Wissen Sie, so eine Krankheit macht verdammt einsam. Soziale Kontakte habe ich gar keine mehr, wer will schon mit einer Kranken befreundet sein.«

»Sie leben also alleine hier, Frau Pettersson?«, schlussfolgerte Ole.

»Nein, das geht schon lange nicht mehr. Ich wohne hier mit meinem Sohn, er ist mein Ein und Alles, einfach der Allerbeste. Ohne ihn hätte ich längst meinen Lebensmut verloren. Aber warum fragen Sie mich das alles?«

»Streng genommen sind wir wegen Ihres Sohnes hier, Frau Pettersson«, kam Monica endlich auf den Punkt.

»Na, das wundert mich jetzt überhaupt nicht. Was hat der Bastard denn diesmal angestellt?«

»Wie meinen Sie das?« Monica war überrascht über diese Reaktion. Hatte die Frau nicht eben noch ihren Sohn in den höchsten Tönen gelobt?

»Ich habe den Kontakt zu meinem Sohn schon vor vielen Jahren abgebrochen. Ich weiß wirklich nicht, was ich als Mutter bei ihm falsch gemacht habe. Mein Lippy ist da zum Glück ganz anders. Man kann kaum glauben, dass die zwei Geschwister sind.«

»Frau Pettersson, Sie besitzen ein Ferienhaus in Västra Högen«, fuhr Monica fort. »Dort hat sich Ihr Sohn laut unseren Angaben in den letzten Tagen aufgehalten.«

»Moment, von wem reden Sie?«, reagierte Rut Pettersson irritiert. »Lippy war auf einer Dienstreise in Stockholm und mit meinem Ältesten möchte ich nichts mehr zu tun haben. Ich dachte, Sie sind seinetwegen hier. Wäre ja nicht das erste Mal, dass die Polizei nach ihm fragt.«

Ole und Monica warfen sich verstörte Blicke zu.

»Haben denn beide Söhne Zugang zu Ihrem Ferienhaus?«, übernahm nun Ole.

»Sind Sie wahnsinnig? Diesen Menschen lasse ich ja nicht mal mehr in mein eigenes Haus, geschweige denn in mein Ferienhaus. Das ist ausgeschlossen! Wissen Sie, Frau Sandström, das Häuschen habe ich von meiner Mutter geerbt, im Sommer vermiete ich es an Touristen. Das Geld ist ein schöner Nebenverdienst, wenn man seit vielen Jahren arbeitsunfähig ist und nur eine kleine Rente bezieht.«

»Okay. Und wie können wir Ihren Lippy am besten erreichen, um mit ihm persönlich sprechen zu können?« Monica zückte ihren Notizblock.

»Lippy ist nur sein Spitzname, seit er ein kleiner Bub ist. Sein richtiger Name ist Philip und er ist um diese Zeit natürlich noch im Büro, weil er so fleißig ist. Dafür bekommt er ja auch ein gutes Gehalt.« Sie strahlte vor Stolz.

»Können Sie uns bitte seine Telefonnummer geben?«, fragte Monica und wartete ungeduldig mit dem Kugelschreiber klickend auf die Zahlenfolge.

»Ähm, nein, weil ... er hat auf der Dienstreise sein Handy verloren«, wich Rut Pettersson aus. »Hier muss sowieso ein Missverständnis vorliegen. Mein Lippy war doch gar nicht im Ferienhaus, sondern wegen der Arbeit in Stockholm. Er musste ganz spontan am Sonntagabend abreisen und ist erst gestern heimgekommen.«

»Hm, merkwürdig. Frau Nyberg, die Ferienhausverwalterin, sagte uns, dass Ihr Sohn die letzten Tage in Västra Högen gewesen sei. Ein Kollege von uns hat sogar vor Ort mit ihm gesprochen. Er hat eine Zeugenaussage getätigt, die für uns sehr wichtig ist, deshalb haben wir noch weitere Fragen an ihn.«

Ratlos saß die Mutter da und schüttelte den Kopf. »Das verstehe ich jetzt überhaupt nicht. Mein Lippy lügt doch nicht.« Nervös nestelte sie an ihrem Blusenknopf herum.

»Haben Sie noch weitere Kinder oder gibt es andere Personen, die einen Schlüssel zu Ihrem Ferienhaus haben könnten?«, fragte Monica.

Wortlos schüttelte die Angesprochene den Kopf. Wie in Trance saß sie auf ihrem Platz und starrte die Wand an. Monica spürte, wie unwohl sich Frau Pettersson fühlte, daher legte sie ihre Visitenkarte auf den Couchtisch und bat sie darum, ihrem Sohn Philip auszurichten, er möge sich schnellstmöglich bei ihr melden.

»Wieso eigentlich?«, fragte die Mutter erstaunt.

»In einer Unterkunft in direkter Nachbarschaft zu Ihrem Ferienhaus wurde eine Frau ermordet. Wir möchten ihm deshalb nur ein paar Fragen stellen, das ist reine Routine.«

Rut Pettersson schluckte laut, ging aber auf die Nachricht nicht weiter ein, stattdessen starrte sie auf den Boden.

Die Ermittler verabschiedeten sich von ihr, nicht ohne ihr zu versichern, dass sie den Ausgang allein finden würden und sie sitzen bleiben solle.

Als die Tür ins Schloss fiel, griff Frau Pettersson nach ihrem Handy, das auf dem Couchtisch lag, und wählte die Nummer ihres Lippys. Da nur der Anrufbeantworter ansprang, fauchte sie drei Worte in den Hörer: »Komm! Sofort! Heim!«

Kapitel 32

Zurück im Revier trommelte Monica augenblicklich ihr Team für eine Besprechung zusammen und rekapitulierte noch einmal alle Fakten.

»Unter Berücksichtigung unserer letzten Erkenntnisse haben wir es bei beiden Morden mit demselben Täter zu tun, dafür sprechen die Orchideenblüten, die beiden Opfern hinters Ohr gesteckt wurden. Die einzige uns bekannte Verbindung zwischen den Opfern ist bislang Lasse Holmgren: Die eine ist seine Geliebte, die andere eine Urlauberin, die in seiner Unterkunft gewohnt hat. Allerdings wurden bei beiden Leichen fremde DNA-Spuren gefunden, die zumindest bei Annika Bergman nicht auf Holmgren zurückzuführen sind. Nach Überprüfung der gefundenen DNA mit der DNA bei uns registrierter Sexualstraftäter gab es keine Übereinstimmung. Demnach können wir von einem Ersttäter ausgehen.«

Ole strich sich über seinen Drei-Tage-Bart und grübelte vor sich hin, dann sagte er: »Könnte es denn sein, dass Kristina Holmgren ihrem Mann die Morde in die Schuhe schieben will, um ihn loszuwerden?«

»Die Opfer wurden doch vergewaltigt«, widersprach Kamal kopfschüttelnd.

»Ein Auftragskiller! Sie wäre nicht die erste Ehefrau, die Geld dafür zahlt, dass jemand einen Mord für sie ausführt«, schlug Ole vor.

»Aber dann hätte sie doch eher Holmgren töten lassen und nicht zwei unschuldige Frauen.«

»Vielleicht will sie ihn in einem Gefängnis schmoren sehen, weil er dadurch viel mehr leiden würde, als wenn er einfach nur umgelegt wird.«

»Stopp, Jungs«, ging Monica dazwischen, die blühende Fantasie der Kollegen wurde ihr zu absurd. »Unser Hauptverdächtiger ist ein älterer Mann namens Birger Christiansen, der laut einer Zeugenaussage gestern Morgen überstürzt abgereist ist. Hinzu kommt, dass man ihn am Abend der Tat mit dem Opfer Annika Bergman hat streiten sehen.«

»Die Fahndung ist schon rausgegangen. Alle suchen nach dem grauen VW Passat mit norwegischem Kennzeichen. Der Rentner hat übrigens keinerlei Vorstrafen, wie mir die Kollegin in Oslo bestätigt hat. Ein unbescholtener Bürger«, verkündete Kamal.

Monica winkte ab. »Das hat nichts zu bedeuten. Irgendwann ist immer das erste Mal - auch für Sexualstraftäter. Seine Tochter hatte am Montag, also vor drei Tagen, zuletzt mit ihm Kontakt, seitdem kann sie ihn nicht mehr telefonisch erreichen. Er könnte also auf der Flucht sein, weil niemand seinen Aufenthaltsort kennt.«

»Genau wie bei Sofia Wättring, bei der auch niemand weiß, wo sie sich befindet. Glaubst du, dass der Norweger dahintersteckt?«, wollte Ole wissen.

Monica nickte. Sie trank einen Schluck Kaffee und verzog sofort angewidert das Gesicht. Die braune Brühe war bereits kalt. »Im Moment schon. Die Spurensicherung soll das Haus von Birger Christiansen auf den Kopf stellen und schauen, ob es dort irgendwelche Hinweise zu der Vermissten gibt.«

»Gibt es sonst keine weiteren direkten Nachbarn, die etwas mitbekommen haben könnten?«, fragte Kamal.

»Nicht wirklich«, antwortete Ole resigniert. »Der Hausmeister lag schon früh im Bett und Frau Nyberg war beim Kartenspielen. Wobei, zur Tatzeit lag sie garantiert längst in den Federn ...« Er lächelte süffisant.

»Das Schriftstellerpaar, das ich befragt habe, hat ebenfalls nichts gehört, und den Zeugen Philip Pettersson konnten wir daheim nicht erreichen. Wir warten noch auf seine Rückmeldung.«

»Warum eigentlich?«, fragte Kamal neugierig mit seinem charmanten, indischen Akzent.

»Na, weil ich gern mit ihm persönlich sprechen will, wenn er sich in direkter Nachbarschaft von unserem dringend Tatverdächtigen aufgehalten hat. Vielleicht hat er ja noch andere Auffälligkeiten an Christiansen festgestellt, die Hinweise auf den Mord an Marie Lundberg sowie die Vermisste Sofia Wättring geben.«

»Könnte es sein, dass sich die Frauen heimlich mit dem Täter getroffen haben, also quasi Mord beim Sex-Date?«, warf Ole eine ganz neue Überlegung in den Raum.

»Du glaubst demnach nicht, dass Christiansen der Täter ist?« Aus purer Gewohnheit nippte Monica an ihrem Kaffee und machte erneut ein Gesicht, als hätte sie in eine saure Zitrone gebissen.

»Der Mann ist zweiundsiebzig! Ich will jetzt nicht seine Potenz anzweifeln, aber ich weiß nicht, ob man in dem Alter innerhalb von ein paar Tagen gleich zwei Frauen vergewaltigt und tötet. Und eine dritte gefangen hält.«

Monica gab ihm grundsätzlich recht, wollte aber dennoch nichts ausschließen.

»Viagra soll alten Männern angeblich helfen«, sagte Kamal verschmitzt, entschuldigte sich jedoch sogleich für den unangemessenen Kommentar.

»Haben wir vielleicht irgendetwas übersehen?«, fragte die leitende Ermittlerin noch einmal sicherheitshalber in die Runde. »Sind die Laptops und Computer aller Opfer gecheckt worden? Ich will mich nicht auf Christiansen festlegen und nachher wie bei Holmgren komplett danebenliegen.«

Kamal erklärte, dass die Laptops der Opfer untersucht worden seien und es keine Hinweise darauf gebe, dass sich alle drei Frauen zu einem Date mit einem Unbekannten getroffen hätten.

»Also kein Tinder-Killer«, witzelte Ole.

»Aber vielleicht ein Instagram-Mörder«, ergänzte Kamal.

»Ach, Jungs, hört auf! Es reicht mir schon, dass die Presse von einem Orchideenmörder spricht.«

»Sorry«, sagte Kamal. »Ich habe übrigens festgestellt, dass alle drei Frauen sehr aktiv auf Instagram waren. Zusammengerechnet kommen sie auf über fünfzigtausend Follower und haben ständig Selfies und Neuigkeiten aus ihrem Alltag gepostet.«

»Puh!« Ole blies die Backen auf. »Wenn wir bei den ganzen männlichen Followern eine Speichelprobe durchführen wollen, brauchen wir aber definitiv Verstärkung.«

Bei dem Wort »Verstärkung« blockte Monica sofort ab. »Ich will, dass dieser Rentner gefasst wird. Vielleicht hat er das Land mittlerweile mit seinem Auto verlassen.«

Auch darauf hatte Kamal eine Antwort parat: »Das gesuchte Kennzeichen wurde bislang auf keiner Fähre registriert, die in den letzten Tagen von Göteborg abgelegt hat. Ich weiß, das ist nur ein kleines Trostpflaster, weil es ja unzählige Möglichkeiten gibt, aus Schweden auszureisen.«

Monica nickte dankend und schaute zur Uhr. Es war schon spät und mehr, als darauf zu warten, dass die Fahndung nach Christiansen erfolgreich sein würde, konnten sie momentan nicht tun. Also machten sie Feierabend. Die Kollegen von der Kriminaltechnik sollten gleich morgen in der Früh sein Haus untersuchen.

Kamal sprang sofort auf und verließ eilig das Büro, da er zum Boxtraining wollte. Monica schaute dem schmächtigen

Polizeiassistenten überrascht hinterher, denn erstens wusste sie nichts von seinem Hobby und zweitens hatte sie gehofft, dass er freiwillig Überstunden machen würde, um ihren Spezialauftrag in Sachen Akten entlassener Straftäter abzuarbeiten.

»Was ist mit dir, Monica? Du bist in einer Stunde bei uns?«, fragte Ole. »Ich texte dir nachher unsere Adresse, ich müsste jetzt nämlich los, um Ramón bei den Vorbereitungen zu unterstützen. Er kocht und das Ergebnis ist immer eine kulinarische Gaumenschmeichelei.«

Monica lächelte milde, Ole war einfach überzeugend. »Na gut. Du hast gewonnen, ich werde kommen. Vorher will ich hier aber noch was erledigen, ich bin dann gegen 19 Uhr bei euch.«

Ole winkte ihr lächelnd zu und schloss die Tür hinter sich. Monica machte sich sogleich daran, nach den öffentlichen Instagram-Profilen von Marie Lundberg, Annika Bergman sowie Sofia Wättring zu suchen. Sie musste sich selbst ein Bild davon machen, welche Informationen die Opfer von sich mit der Öffentlichkeit teilten. Wer hatte es nur auf solche hübschen, sympathisch wirkenden Frauen abgesehen? War der Täter vielleicht doch auf dieser Plattform zu finden?

Kapitel 33

Wie ein reumütiger Hund kam Philip an diesem Abend ins Wohnzimmer seiner Mutter geschlichen. Aufgrund ihres strengen Tonfalls bei der Mailboxnachricht ahnte er bereits, dass er sich eine Standpauke würde anhören müssen. Wahrscheinlich hatte sie seine kurzfristige Absage für den Chauffeurdienst zu ihrem Arzttermin verärgert. Doch nach seiner spontanen Kündigung war er erst einmal mit der Übergabe an einen Kollegen sowie dem Ausmisten seiner Schreibtischschubladen beschäftigt gewesen. Er hatte alles kurzerhand in den Müll geworfen, um endgültig einen Schlussstrich unter sein altes Leben zu ziehen. Lediglich seine beiden Orchideen hatte er behutsam vom Bürofensterbrett gerettet und zu sich ins Auto gesetzt.

Nun stand er mit gesenktem Kopf seiner Mutter gegenüber. »Entschuldige, aber heute war die Hölle im Job los. Ich musste so viel tun, weil...«

»Warum lügst du mich an?«, unterbrach sie ihn, ihre vor der Brust verschränkten Arme deuteten auf offene Konfrontation.

»Wovon sprichst du?«

»Deine Dienstreise nach Stockholm war erstunken und erlogen«, zischte sie.

Philip fiel die Kinnlade nach unten: »Du hast meinen Chef angerufen? Das habe ich dir strikt verboten!«

»Warum lügst du mich an, Philip?«, wiederholte sie lauter. Und aggressiver.

Ratlos zuckte er mit den Schultern. Er begriff noch immer nicht, was sie eigentlich von ihm wollte. Doch wenn sie ihn nicht beim Spitznamen nannte, war das ein Indiz dafür, dass sie sehr wütend auf ihn sein musste.

»Willst du etwa so enden wie dein Bruder? Bei ihm hat es auch mit Lügen angefangen, und du weißt, wohin das bei ihm geführt hat.«

»Kannst du mir nicht endlich sagen, was los ist?«

»Die Polizei war hier.«

»Was? Warum?« Entsetzt ließ Philip sich auf einen Sessel fallen und fummelte nervös an seinem Hemdknopf herum.

»Ich weiß, ich müsste es gewohnt sein, dass Polizisten hier aufkreuzen, aber doch nicht wegen dir, sondern wegen deinem wahnsinnigen Bruder, der schon lügt, wenn er nur den Mund aufmacht«, keifte sie.

»Red nicht so abfällig über ihn«, wagte Philip, ihn in Schutz zu nehmen.

Wütend schlug seine Mutter mit der Faust auf die gepolsterte Armlehne. »Jetzt sag verdammt noch mal, warum du mich angelogen hast und nicht in Stockholm, sondern in unserem Ferienhaus gewesen bist!«

Philip merkte, wie es in seinem Inneren zu Brodeln begann. Er fühlte sich wie ein Tier, das in die Enge getrieben wurde.

»Das willst du wirklich wissen?«, erhob nun auch er seine Stimme. »Ich verrate es dir: weil du mich krank machst. Du unterdrückst mich, du behandelst mich wie deinen persönlichen Leibeigenen und lässt mich kein selbstbestimmtes Leben führen!«

»Erzähl nicht solchen Schwachsinn.« Sie tippte sich gegen die Stirn.

»Doch! Das ist die Wahrheit. Ich hatte noch nie eine feste Freundin, weil du es nicht zulässt, weil du Angst hast, dass du dann nicht mehr an erster Stelle stehen wirst. Du kontrollierst mich, du kommandierst mich herum und immer rechtfertigst du es mit deiner verdammten Krankheit. Ich kann das alles nicht mehr hören. Ich will so nicht mehr weiterleben«, sprudelte es aus ihm heraus.

Seine Mutter sah ihn mit großen Augen an, sie atmete schwer. »Du bist völlig verrückt! Genauso verrückt wie dein Bruder.«

»Nimm das sofort zurück! Das stimmt nicht!«, brüllte er.

»Wenn es mich nicht gäbe, würdest du mit deinem Bruder zusammen in der Irrenanstalt sitzen. Ich passe schon dein ganzes Leben lang nur auf dich auf.«

»Halt endlich die Fresse«, schoss es aus ihm heraus.

»Nein! Das ist die Wahrheit!«

In diesem Moment sah Philip plötzlich rot. Er stürzte sich auf seine Mutter und presste ihr die Hand auf den Mund. »Du sollst deine Fresse halten! Ich will nie wieder einen Mucks von dir hören«, fauchte er.

Endlich war er der Überlegene in dieser eigenartigen Mutter-Sohn-Beziehung, wenn auch nur körperlich. An ihren weit aufgerissen Augen erkannte er jedoch, wie ängstlich sie war, sie zitterte vor Furcht. Der Anblick brachte ihn wieder zur Vernunft, er ließ von ihr ab und setzte sich zurück auf den Sessel.

»Tut mir leid, Mama. Das wollte ich nicht, ich hatte da wohl einen Aussetzer«, gab er schuldbewusst zu.

Seine Mutter röchelte nach Luft und versuchte, sich wieder gerade hinzusetzten, dann sagte sie mit glasigen Augen: »Als dein Bruder mich damals gewürgt hat, habe ich ihn rausgeworfen. Kein Kind darf gegen die Eltern gewalttätig werden.«

»Ich habe dir nur den Mund zugehalten, damit du endlich still bist. Ich habe dich nicht gewürgt.«

»Noch nicht!« Mit fahrigen Bewegungen strich sie ihre Bluse glatt. »Ich wünschte mir, dass dein Bruder für immer weggesperrt wird, dann kann er wenigstens niemandem mehr Schaden zufügen.«

»Er hat sich geändert«, widersprach Philip kleinlaut.

»Wie bitte?«, fragte sie entsetzt. »Du hast Kontakt mit ihm? Ich hab dir das strikt verboten.«

»Er ist immer noch mein Bruder. Außerdem hat er mich mal aus dem Gefängnis angerufen«, gestand er.

»Aha, na Gott sei Dank sitzt er noch hinter Schloss und Riegel. Lass dich bloß nicht von ihm um den Finger wickeln. Er nutzt dich doch nur aus.«

»Überhaupt nicht! Er hat im Gefängnis eine Therapie gemacht«, verteidigte Philip ihn.

»Er ist kein guter Umgang für dich. Versprich mir, dass du dich von ihm fernhältst.« Sie sah ihn eindringlich an, dann fragte sie ganz leise: »Was hast du in Västra Högen gemacht, wo diese Frau getötet wurde? Komm, erzähl es mir. Hast du etwas damit zu tun?«

»Nein! Ich habe niemanden getötet.«

»Wer war es dann?«, fragte sie vorsichtig.

Philip schaute sie böse an. Dass sie ihm so etwas überhaupt zutraute. Schließlich sagte er: »Das verrate ich nicht. Ich habe es versprochen.«

»Aber Lippy, mir kannst du es doch sagen. Ich bin deine Mutter.«

Er antwortete nicht. Stattdessen verließ er fluchtartig den Raum und rannte nach oben in sein Zimmer. Nervös nahm er seine Brille ab, fuhr sich durchs Gesicht und versuchte, endlich wieder einen klaren Gedanken zu fassen. Nachdem er sich etwas gesammelt hatte, rief er seinen Vertrauten an und bekam sofort Anweisungen, was als Nächstes erledigt werden musste. Doch was sein Verbündeter ihm da auftrug, erschien Philip unmöglich.

»Das kann ich nicht tun. Sie ist meine Mutter«, flüsterte er.

»Du musst es tun. Sie ist eine Gefahr, vor allem weil sie schon mit der Polizei gesprochen hat. Komm, wir sind unserem Traum so nah. Bald sind wir in Thailand. Denk doch ein Mal an dich.«

Philip nickte stumm. Er beendete das Gespräch und sammelte hastig ein paar Klamotten zusammen, die er in eine Reisetasche stopfte, dann suchte er hektisch nach dem Schweizer Taschenmesser, das er einmal geschenkt bekommen hatte.

Nachdem alles erledigt war, ging er zurück ins Wohnzimmer.

»Was soll das?«, fragte Rut ängstlich, als er mit dem aufgeklappten Messer in der Hand auf sie zuging.

»Es tut mir leid, Mama, aber ich muss das jetzt tun, damit ich endlich frei bin. Sonst schaffe ich es nie, von dir loszukommen.« Er wischte sich eine Träne fort, da ihm das, was nun kommen musste, wirklich nicht leichtfiel. Es kostete ihn einige Überwindung, den nächsten Schritt auszuführen.

Er atmete tief durch, dann setzte er in die Tat um, was sein Verbündeter ihm kurz zuvor aufgetragen hatte.

Kapitel 34

Monica parkte vor dem schicken Neubau ganz in der Nähe der spektakulären Strandpromenade, die über mehrere Kilometer bis nach Gustavsberg führte, doch sie stieg noch nicht sofort aus. Zuerst rief sie ihre Tochter an, um sich zu erkundigen, ob bei ihr alles in Ordnung sei. Sie machte sich einfach Sorgen, aber Emma warf ihr sogleich Kontrollsucht vor und versuchte, sie schnell abzuwimmeln. Als Monica ihr dann im weiteren Gespräch ihre Theorie darlegte, dass ihr Vater seinen Tod nur inszeniert haben könnte, empfahl Emma ihr dringend, professionelle Hilfe zur Trauerbewältigung anzunehmen, statt sich weiter »solchen Hirngespinsten« hinzugeben. Sie warf Monica vor, sich zu einer verbitterten Person zu entwickeln, die irgendwann voller Wut und Trauer in Depressionen versinken würde, weil sie über den Verlust des Ehemanns nicht hinweggekommen sei. Nach diesen Zurechtweisungen erwähnte Monica lieber nichts von dem nächtlichen Einbruch und der Schmiererei in der Küche, da sie Emma nicht beunruhigen wollte. Außerdem fürchtete sie, dass sie ihr Verfolgungswahn unterstellen könnte.

»Was hast du denn heute noch vor, Mama?«, wechselte Emma das Thema.

»Mein lieber Kollege Ole hat mich in seine neue Wohnung eingeladen. Sein Lebensgefährte wird für alle kochen.«

»Super! Das ist der beste Weg, damit du wieder in den Alltag zurückfindest und soziale Kontakte pflegst. Ich wünsche dir einen wunderschönen Abend«, sagte Emma aufrichtig erfreut.

Sie verabschiedeten sich, dann stieg Monica aus und ging

über einen Schotterweg zum Eingangsportal des mehrstöckigen Hauses. Der Vorplatz war eine einzige Baustelle.

»Monica! Endlich bist du hier!« Ramón, der eine Kochschürze trug, umarmte sie überschwänglich und gab ihr je ein Küsschen links und rechts auf die Wange. »Wir haben uns ja ewig nicht mehr gesehen. Du siehst fantastisch aus.«

»Du alter Charmeur«, erwiderte Monica grinsend. Sie fühlte sich sofort pudelwohl. Es war die richtige Entscheidung gewesen, sich endlich aus ihrem Schneckenhaus zu trauen. Ramóns südamerikanische, offene Art, machte auf einen Schlag gute Laune.

Oles Begrüßung fiel nicht ganz so herzlich aus, sie sahen sich ja fast täglich. Dafür machte er Monica jetzt mit den anderen beiden Frauen am Tisch bekannt und rückte ihr den Stuhl zurecht.

»Ich hoffe, das wird hier kein Pärchenabend, weil dann bin ich komplett fehl am Platz«, scherzte sie.

»Du bist doch die Kollegin, deren Mann von seinem Angeltrip nicht mehr heimgekommen ist, oder?«, fragte die Blondine mit den kurzen Haaren. Ihre Freundin gab ihr zwar umgehend einen leichten Stoß mit dem Ellbogen, aber es war zu spät.

Totenstille am Tisch.

»Ich schaue mal nach den Kochbananen«, sagte Ramón und verschwand schnell in die Küche.

Ole stand sprachlos da, doch Monica beschloss, das Ganze locker anzugehen, erst recht, nachdem Emma ihr die Meinung gesagt hatte.

»Ja, genau die bin ich, aber ich will heute Abend nicht daran denken, sondern mich ablenken. Wo bleibt eigentlich der Wein? Ich bin ganz schön durstig.« Demonstrativ hob sie ihr leeres Glas hoch. Emma sollte keinesfalls recht damit behalten, dass sie als einsame, verbitterte alte Frau enden würde. Der Alkohol würde ihr dabei helfen, die erdrückende Situation zu verdrängen - allerdings nicht, sie zu vergessen.

Ole atmete sichtlich auf und schenkte ihr sofort von seinem besten Rotwein ein, zeitgleich kam Ramón mit gut gefüllten Tellern um die Ecke. Es gab Pabellón criollo - das venezolanische Nationalgericht.

Mit seinem reizenden spanischen Akzent erklärte er: »Ihr habt hier schwarze Bohnen, Reis, gezupftes Rindfleisch und frittierte Bananenscheiben. Buen provecho!«

»Hm, riecht köstlich«, schwärmte Monica und nahm noch einen Schluck von ihrem Rotwein, der ganz besonders süffig war. Sie wollte jetzt einfach nur diese nette Gesellschaft genießen - auch wenn sie mit großem Abstand die Älteste am Tisch war.

Während sie am Tisch über allgemeine Themen wie Urlaub, Hobbys sowie Ramóns neuen Job im Krankenhaus sprachen, löschte Monica ihren Durst mit weiterem Rotwein. Nach einer Weile erhob sie sich von ihrem Platz. »Bitte entschuldigt mich, ich muss jetzt mal eine Zigarette rauchen.«

»Seit wann qualmst du denn wieder?«, fragte Ole irritiert und stand auf, um sie auf die Dachterrasse zu begleiten. Gemeinsam traten sie in die kühle Abendluft hinaus.

»Ich habe wegen dem ganzen Stress wieder angefangen«, erklärte Monica und zündete die Zigarette an, dann ließ sie den Blick über den Fjord streifen. »Wow, wirklich ein traumhafter Ausblick. Die Wohnung ist echt sehr gemütlich. Klein, aber fein! Ich freue mich für euch beide.« Sie blies den Qualm in die Luft und blickte in die Abenddämmerung am Horizont. »Ich überlege, ob ich mich einer Selbsthilfegruppe von vermissten Angehörigen anschließe«, sagte sie plötzlich komplett aus dem Zusammenhang gerissen. »Ich glaube, die Gespräche mit anderen Betroffenen werden mir helfen.«

»Das ist wirklich eine Superidee«, pflichtete Ole ihr bei. »Finde ich gut, dass du jetzt vorangehst und positiv in die Zukunft blickst. Ich bin sehr stolz auf dich.«

»Stolz auf mich? Weshalb?« Monica wandte sich zu ihm um.

»Na ja, du hast geglaubt, dass ein von dir festgenommener Typ dir Rache geschworen hat und es deshalb auf Gustav und Emma abgesehen hat.«

Monica lächelte. »Ja, wie dumm von mir, so was zu denken«, log sie ihm ins Gesicht. Sie wollte Ole da nicht weiter mit hineinziehen, es reichte ihr schon, dass Emma ihr nicht glaubte. »Das war wohl eine Kurzschlussreaktion von mir. Viel wichtiger ist, dass da draußen ein Mörder frei herumläuft und vielleicht sogar eine Frau gefangen hält. Das hat jetzt oberste Priorität.«

Ole verzog den Mund. »Wollen wir die Arbeit nicht besser aus unserer neuen Wohnung raushalten? Das bringt Unglück.«

»Seit wann bist du denn abergläubisch?«, fragte sie und hob die Augenbraue, dann fügte sie scherzhaft hinzu: »Außerdem stehen wir auf der Dachterrasse.«

»Dieses Abkommen habe ich mit Ramón geschlossen«, erklärte er. »Er erzählt daheim nichts von seinen Patienten und ich nichts über die bösen Verbrecher, die ich jagen muss.«

»Das ist ein wirklich vernünftiges Abkommen mit deinem Ramón. Ist echt schön, zu sehen, wie glücklich ihr seid.«

»Du wirst auch bald wieder glücklich sein«, tröstete Ole sie. »Es dauert halt, bis du bereit bist, dich neu zu verlieben.«

»Lassen wir das Thema«, bremste Monica ihn. Sie wollte nicht ihre gute Laune verlieren, denn mit dieser Aussage hatte sie den Beweis, dass auch ihr Kollege daran glaubte, dass Gustav längst tot war.

Zu ihrer Rettung öffnete Ramón in dem Moment die Schiebetür und kündigte seinen Nachtisch an, den man sich nicht entgehen lassen solle. Schnell drückte Monica ihren Glimmstängel im Aschenbecher aus und ging voller Vorfreude auf sein selbstgemachtes Vanilleeis mit Mango-Ingwer-Soße, von dem Ole im Büro schon öfters in den höchsten Tönen geschwärmt hatte, wieder hinein.

Gegen 23 Uhr und vier Gläser Rotwein später verabschiedete sich Monica von den Gastgebern und dem weiblichen Paar. Vorsichtshalber ließ sie ihr Auto stehen, und da sie nur etwa dreißig Minuten Fußweg von Oles neuem Zuhause entfernt wohnte, verzichtete sie auch auf ein Taxi. Der Alkohol hatte sie nicht nur beschwipst, sondern zugleich müde gemacht, da war ein kleiner Spaziergang an der frischen Luft genau das Richtige.

Um diese Zeit war sie ganz allein unterwegs und nur selten wurde sie von den Scheinwerfern entgegenkommender Autos geblendet, während sie ein Stück an der Hauptstraße entlang ging. Als sie jedoch in eine dunkle Seitenstraße mit vielen Bäumen abbog, hörte sie auf einmal ein Rascheln hinter sich. Aufgeschreckt drehte sie sich um. War das ein Tier oder Blätter, die vom Wind aufgewirbelt wurden? Die Straßenlaternen spendeten nur spärliches Licht, trotzdem war nichts Ungewöhnliches zu erkennen. Sie beschleunigte ihren Schritt, doch nach ein paar Metern hörte sie erneut seltsame Geräusche. Abrupt blieb sie stehen und drehte sich nach allen Seiten um. Nichts!

Wurde sie etwa verfolgt? Ihr Atem wurde hektischer, ihr Herzschlag schneller und geistesgegenwärtig griff sie zu ihrer

Dienstwaffe, die im Gürtelholster steckte, da sie direkt nach Arbeitsende zu Ole gefahren war. Mit der zum Boden gerichteten Waffe in der Hand fühlte sie sich automatisch etwas sicherer, auch wenn sie der festen Überzeugung war, dass ihr jemand folgte.

»Hallo? Hallo?«, schrie sie in die Stille der Nacht.

Keine Antwort.

»Gustav? Bist du das etwa?«, rief sie, in ihrem beschwipsten Zustand einer spontanen Eingebung folgend.

Nein, das war völlig absurd, er würde ihr nie so einen Schrecken einjagen.

Mit rasendem Puls lief sie weiter, sie wollte so schnell wie möglich nach Hause. Immer wieder drehte sie sich um, da sie befürchtete, dass plötzlich jemand hinter ihr stehen und sie zu Boden schleudern könnte.

Als ein Hund in der Nachbarschaft zu bellen begann, schreckte sie so zusammen, dass sie beinahe einen Schuss aus ihrer bereits entsicherten Pistole abgefeuert hätte. Sie war das reinste Nervenbündel, so kannte sie sich überhaupt nicht. Sie war immer die Tapfere, die Mutige, die vor nichts Angst hatte, doch das hatte sich mittlerweile komplett geändert.

Als sie endlich völlig verschwitzt zu Hause ankam, fühlte sie sich sogar hier nicht mehr sicher. Sie schenkte sich ein Glas Whiskey ein, das ihr beim Beruhigen helfen sollte. Dann knipste sie neben der Couch die Stehlampe an und setzte sich.

Tatsächlich führte der Trunk dazu, dass Monica auf dem Polster einschlief. Daher bemerkte sie nicht, wie eine schwarz gekleidete Gestalt, mit einer über den Kopf gezogenen Kapuze auf ihre Terrasse trat und sie lange durch die Scheibe beobachtete. Der Plan, die Kommissarin psychisch fertigzumachen, funktionierte also. Sie sollte für das Büßen, was sie getan hatte.

Kapitel 35

Am Freitagmorgen saß Philip in seinem Wagen auf dem Parkplatz einer McDonald's-Filiale kurz vor Malmö. Nervös fummelte er die neugekaufte Prepaid SIM-Card in ein altes Handy, das er zuhause noch gefunden hatte, dann wählte er die Nummer seines Vertrauten.

»Hi, ich bin's. Das ist meine neue Nummer, mit der werde ich gleich bei den Wättrings anrufen. Hoffentlich klappt alles, ich bin total aufgeregt.«

»Ach, du musst einfach mehr an dich glauben, was soll da schon schiefgehen!«, beruhigte ihn sein Vertrauter. »Ich werde gleich meine Koffer packen und zum Airport nach Göteborg aufbrechen. Hier ein kleiner Ansporn für dich: Auf Ko Samui ist es aktuell über 30 Grad warm! Wir treffen uns dann morgen wie besprochen in Bangkok und fliegen, sobald du gelandet bist, weiter auf die Insel.«

Philips Wangen röteten sich. »Ja, genau so machen wir es. Mein Flug geht morgen früh um 6 Uhr. Wie erkenne ich noch mal deinen Kumpel wegen der Geldübergabe am Flughafen?«

»Er ist um 4 Uhr dort, wo sich die Mietwagenstationen befinden, und wird das Lösegeld von dir in Empfang nehmen. Du brauchst dich um nichts weiter zu kümmern, er wird dich erkennen, weil er von mir ganz genaue Anweisungen erhalten hat.«

»Dieser Typ ist auch wirklich vertrauenswürdig?«, fragte Philip skeptisch. »Das ist schließlich eine ganz schöne Stange Geld, die ich ihm aushändigen werde - vorausgesetzt, die Wättrings zahlen für Sofia.«

»Natürlich zahlen die«, zischte der andere. »Die wollen ihre Tochter wohlbehalten zurückhaben, dafür lassen sie ordentlich was springen. Was meinen Kumpel betrifft, brauchst du dir übrigens keine Sorgen zu machen. Der kriegt seine versprochenen zehn Prozent und besorgt uns gefälschte Ausweise, damit wir in Thailand unter einer neuen Identität leben können. Außerdem überweist er uns sofort das Geld auf ein ausländisches Konto, dann sind wir dort immer flüssig.«

»Wow. Du hast echt an alles gedacht.« Philip war schwer beeindruckt.

»Na, stell dir vor, du würdest in der Sicherheitskontrolle mit einem Koffer voller Geld erwischt werden, da wäre der schöne Plan doch für die Katz.«

Philip lachte. »Ja, das stimmt. Wobei, du bist dann ja längst in Thailand und würdest gar nicht mitbekommen, dass ich verhaftet werde. Was machen wir eigentlich, wenn ich wirklich geschnappt werde?«

Sein Verbündeter gab ein abfälliges Geräusch von sich. »Das wird nicht passieren. Denk doch nicht so negativ. Du holst das Lösegeld bei den Wättrings ab, fährst zum Airport, übergibst meinem Kumpel die Knete und steigst anschließend in den Flieger. Alles verstanden?«

»Ja, ja, du hast recht. So mache ich es.«

»Na, dann los, auf was wartest du noch«, spornte er Philip an.

»Warte! Geht es meiner Sofia denn wirklich gut?«, fragte er besorgt.

»Natürlich, ihr geht es blendend. Mach dir keine Gedanken! So, ich muss jetzt packen«, sagte sein Vertrauter und legte auf.

Philip sah auf das Handy und atmete noch einmal tief ein. Er vertraute seinem Verbündeten und dessen Plan, und er wollte alles dafür tun, dass der andere stolz auf ihn war, weil er noch heute das nötige Geld besorgen würde, um auf Ko Samui ein sorgenfreies Leben führen zu können.

Er zählte bis drei, dann wählte er die Festnetznummer, die er in der Nacht ausfindig gemacht hatte. Seine Nervosität stieg.

Nach dem vierten Freizeichen wurde endlich abgehoben.

»Wättring.«

»Guten Morgen! Spreche ich mit der Mutter von Sofia Wättring?«, sagte Philip, seine Stimme zitterte leicht.

»Ja. Ich bin am Apparat.«

»Sind Sie allein?«

»Ja. Mein Mann ist seit gestern im Krankenhaus, er hatte einen Schwächeanfall. Rufen Sie wegen Sofia an? Wurde unsere Tochter endlich gefunden?« Die Stimme der Frau klang zum Ende hin immer brüchiger.

»Sofia geht es gut. Hören Sie mir genau zu, denn ...«

»Oh, Gott sei Dank«, fiel sie ihm erleichtert ins Wort. »Ist sie bei Ihnen auf dem Revier oder in einem Krankenhaus? Ich will sofort zu ihr.«

Philip erschrak. »Wird Ihr Telefon abgehört?«

»Nein. Wieso fragen Sie mich das?«

»Sie bestätigen also, dass Sie aktuell keinen Kontakt zur Polizei haben?«, fragte er und fand wieder in die Rolle zurück, die sein Verbündeter ihm eingeschärft hatte. Sie durften kein Risiko eingehen.

»Ach, wir fühlen uns von der Polizei total im Stich gelassen. Dort ist man doch nur mit den Morden an den anderen beiden Frauen beschäftigt. Unsere Sofia ist nur eine von vielen vermissten Personen in deren Akten«, klagte sie. »Rufen Sie von der Zeitung an?«

»Wenn Sie Sofia lebend zurückhaben möchten, hören Sie mir jetzt ganz genau zu«, fuhr Philip fort.

»Wovon sprechen Sie? Wer sind Sie?« Frau Wättrings Stimme klang aufgeregt.

»Sie hören mir bitte genau zu«, wurde Philip lauter. »Ich will 10 Millionen Kronen in kleinen Scheinen in einem Koffer, nur dann wird Sofia freigelassen. Das Geld hole ich heute Abend um 18 Uhr bei Ihnen ab. Keine Polizei, keine Tricks, ansonsten ist Sofia tot. Verstanden?«

Er konnte ihr lautes Schlucken durch die Leitung hören und stellte sich ihr geschocktes Gesicht vor, nachdem sie erkannt hat, dass sie gerade mit dem Entführer ihrer Tochter sprach.

»Ähm, ach so ...«, stammelte Frau Wättring. »Aber so eine hohe Summe haben wir überhaupt nicht daheim.«

»Das ist nicht mein Problem«, erwiderte Philip kühl. »Sie haben jetzt acht Stunden Zeit, um die Kohle zu besorgen, wenn Ihnen das Leben Ihrer Tochter wichtig ist. Sollten Sie irgendwelche Spielchen mit der Polizei planen, wird unserer hübschen Sofia die Kehle durchgeschnitten. Haben Sie mich verstanden?«

»Nein! Nein! Tun Sie ihr bitte, bitte nichts«, flehte die ängstliche Mutter. »Ich werde das Geld besorgen!«

»Sehr gut. Dann brauchen Sie keine Angst zu haben, dass ihr etwas zustößt. Und kein Wort zu niemandem! Kann ich mich auf Sie verlassen?«

Hastig atmend versicherte sie, dass sie alles tun werde, damit ihre Tochter bald wohlbehalten wieder daheim sein würde.

»Dann besorgen Sie jetzt das Geld. Ich melde mich später wieder«, sagte Philip und legte auf.

Erleichtert warf er sein Mobiltelefon auf den Beifahrersitz. Er hatte es sich viel schwieriger vorgestellt, ein Lösegeld zu erpressen, und war richtig stolz auf sich. Am liebsten hätte er die Scheibe heruntergelassen, um laut herauszubrüllen, was für ein megacooler Typ er war. Sein älterer Bruder wäre bestimmt mächtig stolz auf ihn, wenn er das Gespräch belauscht hätte. Ob er ihn kurz anrufen sollte, um ihm von seinem Erfolgserlebnis zu berichten?

Nein, besser nicht, das hier war erst der Anfang der Erpressung. Er musste schließlich noch den Geldkoffer abholen und ihn morgen früh an diesen Unbekannten übergeben. Erst dann würde er sich entspannt zurücklehnen können, und sobald sie in Thailand gelandet wären, würden auch die Wättrings erleichtert sein, wenn sie Sofia gegen die Lösegeldsumme von knapp 900.000 Euro wieder in die Arme schließen könnten. Alle würden glücklich sein.

Ein verträumtes Lächeln spielte um Philips Mund, in Gedanken sah er sich schon von hübschen thailändischen Frauen umringt. Er war über sich selbst überrascht, wie schnell er seine Freundin Sofia vergaß. Andererseits hatte sie ihn ja nie richtig geliebt, das musste er schon zugeben.

Freudig trommelte er auf das Lenkrad. Nichts wünschte er sich mehr, als endlich eine liebevolle Frau zu finden, die ihn aufrichtig liebte. Mit genug Geld auf dem Konto sollte das doch möglich sein - zumindest hatte sein Verbündeter ihm das eingebläut, und ihm vertraute er blind.

Kapitel 36

Als Monica im Tjurpannans Naturreservat aus ihrem Wagen stieg und Richtung Flatterband ging, hatte sie ein ganz mulmiges Gefühl. Aus den Augenwinkel nahm sie einen Leichenwagen sowie zwei Streifenwagen wahr. Fokussiert schritt sie der Menschengruppe entgegen, als ausgerechnet ihre Lieblingskollegin vor ihr auftauchte.

»Und?«, fragte Monica vorsichtig.

»Unser Täter hat wieder zugeschlagen. Die Tote ist zweifelsfrei Sofia Wättring«, bestätigte Rechtsmedizinerin Irene. Sie machte wie gewohnt etwas entfernt vom Fundort der Leiche eine Zigarettenpause. »Du, Monica, da wir nun tatsächlich zum dritten Mal diese Woche wegen Mordfällen aufeinandertreffen, hoffe ich, dass du meine Aussage von letztens wegen der Kündigung und dem Yoga-Bootcamp nicht so ernst genommen hast, weil ...«

»Und du bist dir wirklich ganz sicher?«, fiel Monica ihr ins Wort.

»Ich denke schon. Eigentlich hasse ich nämlich Menschen, wenn man bedenkt, zu welchen Grausamkeiten sie fähig sind«, gestand Irene und zog gierig an ihrem Glimmstängel. »Steine dagegen finde ich faszinierend, die haben so was Beruhigendes.«

»Nein! Ob du dir ganz sicher bist, dass es sich bei der Leiche um die vermisste Frau handelt, die in Ed verschwunden ist?«, präzisierte Monica kopfschüttelnd ihre Frage.

»Definitiv. Auch wenn sie jetzt kurze Haare trägt, sie ist es zu einhundert Prozent. Ich an ihrer Stelle hätte übrigens den Friseur auf Schmerzensgeld verklagt.«

»Scheiße!«, fluchte Monica. Das durfte doch nicht wahr

sein, dass inzwischen die dritte Frau ermordet worden war. Wütend stampfte sie mit dem Fuß auf den Boden. Sie musste ihren Emotionen freien Lauf lassen, denn das hier war ganz klar eine persönliche Niederlage, ein Fehler in ihrer Arbeit, den sie sich auf die Fahne schreiben musste. Sie hatte dem Vermisstenfall eben doch zu wenig Beachtung geschenkt, deshalb fühlte sie sich richtig mies, wie eine Versagerin.

»Verdammte Scheiße«, schrie sie nun noch einmal lauter.

»Alles in Ordnung bei dir?« Irene sah sie irritiert an.

»Eine Zigarette bitte, ich muss meine Nerven beruhigen«, verlangte Monica.

Kettenraucherin Irene hatte Mitleid und reichte ihr sogar ein Feuerzeug.

»Wer hat sie gefunden?« Die Kommissarin wollte das Gespräch mit der Rechtsmedizinerin trotz allem so kurz wie möglich halten. Eine mickrige Zigarette machte sie jetzt nicht zwangsläufig zur sympathischen Kollegin.

»Ein Wanderer hat das per Fahndung gesuchte Auto wiedererkannt und die Polizei alarmiert. Daraufhin sind die Kollegen mit einem Spürhund ausgerückt, weil sie dachten, der Gesuchte könnte sich im Wald versteckt haben, aber dann ist das Hündchen immer an der Stoßstange hochgesprungen.« Sie deutete auf den geöffneten Kofferraum des grauen VW Passats, der nur ein paar Meter vom Bootssteg entfernt abgestellt war.

Monica schüttelte fassungslos den Kopf.

»Vielleicht ist der Täter übers Meer abgehauen.« Irene zeigte auf das Wasser, wo ein paar größere Wellen schäumend gegen die Küstenklippen stießen. »Ach, so eine Weltumseglung wäre ja auch noch ein großer Traum von mir. Nur da hocken und aufs Wasser glotzen, das stell ich mir sehr entspannt vor.«

Monica ignorierte die Bemerkung und näherte sich dem Passat, wo die Kollegen von der Kriminaltechnik ihres Amtes walteten. Ole stand bereits dort und nickte ihr nur stumm zu, da er sich gerade mit einem Mann im Schutzanzug unterhielt. Monica warf einen Blick in den Kofferraum und wich entsetzt zurück. Sofia Wättring lag leichenblass eingepfercht in dem Autosarg.

»Einfach schrecklich«, hörte sie Ole sagen, der plötzlich neben ihr stand. »Der Täter hat sie erwürgt, aber höchstwahrscheinlich nicht vergewaltigt. Im Gegensatz zu den anderen beiden Opfern, die wir nackt beziehungsweise ohne Slip vorgefunden hatten, trägt sie noch ihre komplette Kleidung. Der Todeszeitpunkt dürfte mindestens vierundzwanzig und maximal sechsunddreißig Stunden zurückliegen, da die Totenflecken sowie die Leichenstarre entsprechend fortgeschritten sind. Behauptet zumindest Irene.«

»Es beruhigt mich, dass diese Frau auch fachlich fundierte Aussagen treffen kann, statt nur Blödsinn von sich zu geben.« Gierig inhalierte Monica das Nikotin und blies anschließend den Rauch aus.

»Du musst sie akzeptieren, wie sie ist. Sie wird sich nicht mehr ändern«, reagierte Ole gewohnt diplomatisch.

»Auf jeden Fall handelt es sich um den gleichen Täter, auch wenn er diesmal wohl auf eine Vergewaltigung verzichtet hat, wenigstens diese Abscheulichkeit ist Sofia Wättring erspart geblieben.« Monica deutete auf den Kopf der Toten. »Er hat dem Opfer wieder eine weiße Orchideenblüte hinters Ohr gesteckt. Was will er uns bloß damit sagen?«

»Ich habe mal im Internet recherchiert«, erklärte Ole. »Die Orchidee wird gern von Verliebten überreicht, um die Bewunderung für die Schönheit des anderen auszudrücken, ebenso die Sehnsucht nach der Angebeteten. Man könnte also annehmen, dass der Täter in seine Opfer verliebt ist, seine Liebe aber nicht erwidert wird und er sie daher tötet, nachdem er sie vergewaltigt hat.«

»Und warum vergewaltigt er Sofia nicht, so wie er es bei den anderen beiden Frauen getan hat? War er gar nicht in sie verliebt?«, fragte Monica. »Wieso geht unser Täter überhaupt unterschiedlich vor? Zuerst metzelt er Marie Lundberg mit vielen Messerstichen nieder und legt sie gegen einen Baum gelehnt ab. Dann erwürgt er Annika Bergman und bahrt sie förmlich in ihrem Bett auf, umgeben von Unmengen Orchideenblüten. Sofia dagegen pfercht er in einen Kofferraum. Das ist doch alles total uneinheitlich.«

»Ja, bis auf die Orchideenblüten, die kommen in allen Fällen vor, dadurch ist die Serientat erkennbar.« Ole wiegte nachdenklich den Kopf und sah sich um. »Trotzdem stimmt hier irgendwas nicht. Es ist, als ob es einen Nachahmer der ersten beiden Morde gibt.«

Monica massierte ihre Schläfen und dachte nach. »Hinweise, wo sich Birger Christiansen aufhält, gibt es weiterhin nicht?«

»Du glaubst immer noch, dass ein Zweiundsiebzigjähriger junge Frauen umbringt?«

»Es geht nicht um glauben, Ole! In seinem Kofferraum wurde gerade eine Leiche entdeckt, da ist er natürlich unser Hauptverdächtiger. Ich will, dass Kamal alle Flughäfen, Bahnhöfe und Fähren überprüft, weil er jetzt ja offenbar ohne seinen Wagen auf der Flucht ist.«

Der Inspektor runzelte die Stirn. »Ich finde das irgendwie komisch. Warum soll der Rentner Sofia töten und sie dann eine Autostunde von seinem Ferienhaus entfernt in seinem Kofferraum ablegen?«

»Du glaubst, jemand will ihm diesen Mord in die Schuhe schieben?«

Ole zuckte mit den Schultern. » Es ist mir zu offensichtlich. Wir sollen bestimmt nur glauben, dass Birger Christiansen den Mord begangen hat, und damit es zum Serientäter passt, der in aller Munde ist, wurde auch hier eine Orchideenblüte platziert.«

»Aber weshalb?«

»Vielleicht war er ein streitsüchtiger Nachbar, den man lieber im Knast sehen wollte als in der Ferienhaussiedlung.«

Monica hob die Augenbraue. »Merkwürdiges Motiv. Da könnte ich mir eher vorstellen, dass er den Mord an Annika Bergman beobachtet hat und als Zeuge ausgeschaltet wurde.«

»Hm, auch möglich, dann müsste aber bald seine Leiche irgendwo auftauchen. Außerdem deckt es sich nicht mit der Aussage von diesem Pettersson, der ein Streitgespräch zwischen Christiansen und dem Opfer beobachtet hat.«

»Ruf mal lieber bei der Tochter von Christiansen an und frag, ob ihr Vater ein Faible für Orchideen hatte. Oder eines für junge Frauen. Irgendwie müssen wir in dem Fall mal vorankommen.«

Ole nickte wortlos.

»Und fahr in sein Ferienhaus, nimm seine Zahn- oder Haarbürste mit, damit die Kollegen checken können, ob sich die Spuren an der Leiche hier mit seiner DNA decken. Außerdem soll die Spurensicherung sein Haus komplett auf den Kopf stellen. Ich will wissen, ob man uns tatsächlich auf eine falsche Fährte führen will oder nicht.«

»Danke für den Tipp. Ich mache den Job ja noch nicht so lange«, bemerkte Ole ein wenig beleidigt. Monica seufzte. Besonders wenn es stressig war, ließ sie die anderen gern spüren, wer das Sagen hatte, das merkte sie jetzt wieder einmal selbst.

»Entschuldige! Ich bin nur gerade etwas angespannt, weil wir mittlerweile die dritte Tote haben«, lenkte sie rasch ein.

»Bei Sofia Wättring hatte ich einfach gehofft, dass wir sie lebend finden. Ich weiß jetzt schon, dass ich mir von Dahlberg, der Presse und vor allem von ihren Eltern anhören darf, dass wir nicht genug getan hätten, um sie rechtzeitig zu finden.«

Ole nickte betrübt. »Die Eltern tun mir leid. Da haben sie den Aufruf im Fernsehen völlig umsonst gemacht.«

»Das ist wohl das Allerschlimmste, wenn das eigene Kind stirbt«, schnaufte Monica. »Deshalb werde ich auch sofort nach Malmö fahren und es ihnen persönlich mitteilen. Ich will nicht, dass sie es aus den Medien erfahren, zumal sie auf die Polizei sowieso nicht gut zu sprechen sind, wie mir Pontus gesteckt hat. Wenigstens bei der Übermittlung der Todesnachricht will ich alles richtig machen.«

»Das ist nicht dein Ernst!«, sagte Ole energisch. »Da fährst du doch von hier aus garantiert fünf Stunden mit dem Auto!«

»Na siehst du, da wird es höchste Zeit, dass ich mich auf den Weg mache, bevor die Wättrings diese Nachricht womöglich noch von Reportern erfahren, die ihr Haus belagern. Nach dem TV-Debakel ist es das Mindeste, was ich als leitende Ermittlerin tun kann. Du hast doch hier alles im Griff, schließlich bist du kein frischer und unerfahrener Absolvent der Polizeischule.« Sie zwinkerte ihm zu. Mehr, als die Ergebnisse der Spurensicherung und die Suche nach Christiansen abzuwarten, war im Moment eh nicht möglich.

»Okay, schon gut.«

Monica drehte sich um und marschierte zu ihrem Fahrzeug, da lief Ole ihr hinterher. »Wo warst du eigentlich heute Morgen, warum warst du nicht im Revier? Hattest du doch zu viel Rotwein und deshalb verschlafen?« Er grinste verschmitzt.

»Verschlafen? Ich? Nein. Ich hatte einen Arzttermin«, antwortete sie ausweichend. Sie wollte Ole auf keinen Fall wissen lassen, dass sie eine befreundete Psychologin, die für die Belange der Polizisten immer zur Verfügung stand, in deren Praxis aufgesucht hatte. Ihre Schlafstörungen wollte sie nicht weiter medikamentös behandeln, sondern ihnen in einer Gesprächstherapie auf den Grund gehen. Ausschlaggebend für diese Entscheidung war ihre panische Reaktion nach dem nächtlichen Heimgang gewesen, als sie geglaubt hatte, verfolgt zu werden.

»Ach, da fällt mir ein, dass du diesen Pettersson unbedingt mal aufsuchen solltest, wenn er sich nicht von selbst meldet«, ergänzte sie. »Er soll genau berichten, was er beobachtet hat. Vielleicht ist er ja auch der Nachbar, der den streitsüchtigen Norweger loswerden wollte, falls deine Theorie von eben stimmt.« Sie nahm diese Annahme allerdings nicht allzu ernst.

Noch aufgewühlt von dem Anblick der toten Sofia, versuchte Monica beim Befahren der Landstraße auf andere Gedanken zu kommen. Die blühenden Rapsfelder, die den schwedischen Frühling so besonders machten, sorgten für etwas Ablenkung. Ihr Job hatte sich heute mal wieder von seiner hässlichsten und brutalsten Seite gezeigt.

Auf einmal klingelte ihr Handy, Emma rief an. Per Freisprechanlage nahm sie das Gespräch an.»Hej, Schatz, wie geht es dir?«

»Hej, danke, ganz gut.« Sie klang ein wenig gelangweilt. »Ich wollte dir eigentlich nur sagen, dass sich die Polizei bei mir gemeldet hat, wegen dem Unfall.«

Sofort verkrampften sich Monicas Finger um das Lenkrad. »Man hat den Motorradfahrer ausfindig machen können?«

»Ja, ein Zeuge, der den Unfall vom Balkon aus beobachtet hat, hat sich gemeldet.«

»Wer ist das Schwein, das dich angefahren und liegengelassen hat?« Monica fuhr schnell rechts ran. Sie konnte sich jetzt unmöglich auf den Verkehr konzentrieren.

»Es war ein Pizzalieferant, der mich angeblich nicht gesehen hat, als er aus der Parklücke herausgeschossen kam. Meine Mitbewohnerin meinte, ich könnte ihn auf Schmerzensgeld verklagen, weil ich immer noch am Humpeln bin und Schmerzen habe. Als Studentin kann ich ja wirklich jeden Cent gebrauchen, wobei Berlin im Vergleich zu Göteborg spottbillig ist.« Emma lachte und Monica flossen Tränen der Erleichterung die Wangen herunter. Ihr Verdacht, dass ein Irrer ihre Familie zerstören wollte, hatte keine weitere Nahrung bekommen. Zumindest nicht, was Emma betraf. Sie selbst fühlte sich jedoch nach wie vor verfolgt und bedroht und hoffte inständig, dass Kamal ihr endlich erste Ergebnisse liefern würde. Doch jetzt musste sie sich erst einmal um ihre laufenden Mordfälle kümmern. Nicht, dass Pontus tatsächlich noch die Kriminalpolizei von Göteborg involvieren und sie suspendieren würde, weil sie sich im Dienst mehr um ihre privaten Sorgen kümmerte als um die Verbrechensbekämpfung.

Sie setzte zurück auf die Landstraße und drückte kräftig aufs Gaspedal, obwohl die Strecke für ihre Radarfallen bekannt war. Doch darauf nahm sie jetzt keine Rücksicht, sie wollte die Eltern von Sofia schnellstmöglich von ihrer Ungewissheit befreien. Während sie so weiter Richtung Malmö düste und über den Fall nachdachte, merkte sie, wie der Druck auf ihren Schultern immer schwerer wurde. Im Dalsland lief weiterhin ein Mörder frei herum und sie hoffte verzweifelt, dass er nicht schon sein viertes Opfer auserkoren hatte. Sollte sie vielleicht doch Verstärkung anfordern, um den Täter, den man in der Presse als Orchideenmörder bezeichnete, endlich fassen zu können?

Kapitel 37

Victor Blom schleppte gerade eine Werkzeugkiste in seinen weißen Lieferwagen, als Ole durch das sperrangelweit geöffnete Tor fuhr und mit seinem Dienstwagen abrupt vor ihm abbremste, sodass die kleinen Kieselsteinchen zur Seite wegspritzten.

»Sie wollen verreisen, Herr Blom?«, fragte er, nachdem er ausgestiegen war, dabei zeigte er auf eine braune Reisetasche am Boden.

»Ja, aber erst fahre ich noch bei den Gästen aus Österreich vorbei. Bei denen ist der Abfluss verstopft. Da will ich schnell nach dem Rechten sehen, bevor ich zu meiner Freundin aufbreche.« Er schaute auf seine Armbanduhr. »Eigentlich bin ich schon zu spät dran.«

»Und wohin geht es?«, fragte Ole neugierig.

»Ähm, das ist ein ganz kleines Dorf, für die Fahrt dahin brauche ich immer ein paar Stunden. Na ja bei den aktuellen Spritpreisen geht so eine Fernbeziehung ganz schön ins Geld, aber was tut man nicht alles für die Liebe«, antwortete er lächelnd.

»Könnten Sie mir bitte den Schlüssel vom Haus von Herrn Christiansen geben? Wir würden uns dort gern etwas umschauen.«

»Hm, eigentlich machen wir das nicht, er hat ja offiziell noch keinen Vermietungsvertrag für Gäste abgeschlossen. Frau Nyberg wartet weiterhin auf seine Unterschrift«, gab sich Victor zögerlich.

»Aber er ist spurlos verschwunden und Sie haben sicherlich einen Zweitschlüssel«, beharrte Ole.

»Natürlich haben wir Ersatzschlüssel. Verdächtigen Sie

Herrn Christiansen etwa wegen des Mordes an Frau Bergman? Das kann ich mir bei ihm gar nicht vorstellen. Der macht so einen netten Eindruck.«

»Tut mir leid, Herr Blom. Darüber darf ich wirklich nicht mit Ihnen sprechen.«

»Na gut, aber Sie müssen bitte auch mich verstehen, dass ich der Polizei nicht einfach so ein Ferienhaus aufschließen kann. Ich möchte halt keinen Ärger bekommen. Haben Sie denn einen Durchsuchungsbeschluss?«

Ole seufzte laut. »Wo waren Sie eigentlich letzten Freitag- und Samstagabend?«

»Wie bitte? Frau Bergman ist doch in der Nacht von Dienstag auf Mittwoch ermordet worden und ich hatte Ihnen schon gesagt, dass ich früh ins Bett ...«

»Natürlich kann ich mich erinnern, Herr Blom. Beantworten Sie bitte meine Frage.«

»Na, wie jedes Wochenende war ich bei meiner besseren Hälfte, weil ich freitags immer dorthin fahre«, sagte er strahlend. »Na, gut. Sie haben gewonnen. Ich schließe Ihnen auf, es liegt eh auf dem Weg zu den Österreichern.«

»Na, bitte. Warum nicht gleich so«, konnte sich Ole eine kleine Spitze nicht verkneifen.

Er stieg zurück in seinen Wagen und fuhr dem Hausmeister hinterher zu dem Ferienhaus des Hauptverdächtigen, währenddessen funkte er die Spurensicherung an, die noch am Leichenfundort im Naturreservat arbeiteten.

Es dauerte keine fünf Minuten, da machte Ole in dem Ferienhaus eine unglaubliche Entdeckung. Sofort rief er seine Chefin an. »Du glaubst nicht, was ich soeben im Haus von Birger Christiansen gefunden habe«, sprudelte es aus ihm heraus.

»Einen Abschiedsbrief?«

»Nein!«

»Seine Leiche?«

»Falsch! Ich habe ein blutverschmiertes Laken und Kleidung in einem Müllsack gefunden. Es handelt sich dabei unter anderem um ein Polo-Shirt, das Marie Lundberg gehört haben muss, denn es ist das Firmenlogo des Supermarktes darauf aufgedruckt.«

»Das glaube ich jetzt nicht«, rief Monica überrascht.

»Genau. Ich glaube nun nämlich erst recht nicht, dass Christiansen unser Mann ist. Der Müllsack wurde so in seiner Abstellkammer deponiert, dass man regelrecht darüber stolpern musste. Ein dämlicheres Versteck gibt es ja wohl kaum. Da will ihm definitiv jemand einen Mord oder sogar einen Dreifachmord anhängen. Die Frage ist nur, wer will das und warum?«

»Dann liege ich vielleicht doch nicht so falsch mit meiner Annahme, dass Christiansen eventuell einen Mord beobachtet hat und deshalb sterben musste«, wiederholte Monica ihren Verdacht.

»Oder er hat Sofia in der Zeitung erkannt, den Entführer zur Rede gestellt und wurde daraufhin ausgeschaltet«, mutmaßte Ole. »Und dieser Pettersson hat uns mit dem Hinweis auf das angebliche Streitgespräch aufs Glatteis geführt. Ich fahre sofort bei ihm vorbei und stelle ihn zur Rede.«

»Sehr gut, Ole«, lobte Monica ihn, »und ich rufe Kamal an und bitte ihn, dass er Nachforschungen über Philip Pettersson anstellt und herausfindet, wo er arbeitet. Vielleicht kannst du ihn auf seiner Arbeitsstelle abfangen, wenn er wieder nicht daheim bei seiner Mutter anzutreffen ist.«

Ole war einverstanden. Er wünschte seiner Chefin eine gute Weiterfahrt und beendete das Gespräch, dann ließ er seinen Blick durch die Küche schweifen, bis er an einem Stapel schmutzigen Geschirrs in der Spüle hängenblieb. Damit hatte er ein weiteres Indiz, das gegen die Zeugenaussage des schräg gegenüber wohnenden Nachbarn Pettersson sprach. Der hatte nämlich erklärt, dass Birger Christiansen am Morgen nach dem Mord an Annika Bergman abgereist sei, aber: Wer fuhr denn weg, ohne Teller, Besteck und Töpfe abzuwaschen? Nein, hier stimmte irgendwas nicht, da war sich Ole Henriksson nun absolut sicher.

Kapitel 38

Kamal saß angestrengt vor seinem Computer und durchforstete das Netz, um so viel wie möglich über Philip Pettersson online herauszufinden. Da dessen Instagram-Profil auf »privat« gestellt war, konnte der Polizeiassistent nichts Näheres über ihn erfahren - mal abgesehen von dem winzig kleinen Vorschaubild. Doch bei Facebook entdeckte er nach dem Einloggen, dass Philip Anfang des Jahres sein Titelbild aktualisiert hatte. Ein Silvesterfeuerwerk war darauf zu sehen mit den Worten: »Happy New Year«. Neugierig fuhr Kamal mit dem Mauszeiger über den Likebutton, um zu prüfen, wem von Philips Freunden die Neujahrsgrüße gefielen. Während er die Namen las, pfiff er leise durch die Zähne. Das konnte doch kein Zufall sein?

»Was ist denn mit dir los?«, fragte Ulla und griff nach ihrer Tasche. Der erstaunte Gesichtsausdruck ihres Gegenübers war ihr offenbar nicht verborgen geblieben.

»Ich habe gerade einen ganz komischen Verdacht«, murmelte Kamal gedankenverloren und starrte auf seinen Bildschirm.

»Das ist immer gut in deinem Job, da bist du auf deiner Position bestens aufgehoben. So, ich mache Feierabend. Bis Montag«, verabschiedete sich Ulla ins Wochenende und winkte ihm im Hinausgehen zu.

Kamal nickte, dabei ließ er hektisch seine Finger über die Tastatur hüpfen. Plötzlich dämmerte es ihm, wie alles zusammenhängen könnte und weshalb man Birger Christiansen als Sündenbock brauchte. Er musste sofort Monica anrufen. Dringend!

»Hej! Ich hoffe, du hast gute Nachrichten für mich. Ich stehe nämlich gerade im Stau. Es geht nichts vor und nichts zurück«, meldete seine Chefin.

»Hast du etwa schlechte Laune?«, fragte Kamal vorsichtig. Er war unsicher, ob Monica sich nach dem Tod der Vermissten tatsächlich über das freuen würde, was er herausgefunden hatte. Schließlich könnte ihr das als schlampige Ermittlungsarbeit ausgelegt werden, weil sie diese Spur nicht weiterverfolgt hatte.

»Na ja, wenn man auf dem Weg ist, um den armen Eltern die Nachricht vom Tod ihres Kindes zu übermitteln, das ich als leitende Ermittlerin nicht wohlbehalten zurückbringen konnte, fühlt man sich schon mies.«

»Soll ich dann lieber später anrufen?«, fragte Kamal unsicher. »Wobei ich wirklich höchst interessante Neuigkeiten habe.«

»Spuck's aus, heute kann mich nichts mehr erschüttern«, erwiderte die Chefin schicksalsergeben, worauf Kamal ihr ausführlich von seinen Online-Aktivitäten berichtete.

Er beendete seinen Monolog mit den Worten: »Einer, den du und Ole schon befragt habt, ist auf Facebook mit Philip Pettersson befreundet.«

»Holmgren?«, sagte Monica spontan.

»Nein, Björn Martinsson.«

»Aha! Interessant.« Die Chefin legte eine Denkpause ein. »Den haben wir wirklich außer Acht gelassen, weil es so offensichtlich war, dass Holmgren ihn bei uns angeschwärzt hat. Für mich war klar, dass er den Verdacht gegen sich selbst auf den gekündigten Mitarbeiter lenken wollte.«

»Ja, und danach habt ihr Martinsson nicht weiter überprüft, korrekt?«, hakte Kamal ein.

»Willst du mir jetzt etwa einen Vorwurf machen? Hat Pontus dich beauftragt, mich anzurufen?«

»Sorry, sorry, so war das nicht gemeint«, ruderte der Assistent schnell zurück.

»Martinsson hat angegeben, zur Tatzeit des Mordes an Marie Lundberg die halbe Nacht am Computer gezockt zu haben«, verteidigte sich Monica.

»Alles gut, Chefin. Nach dem Mord an Annika Bergman ist dann ja automatisch Birger Christiansen in den Fokus gerückt.«

»Ganz genau, Kamal«, erwiderte sie leicht schnippisch.

»Ja, aber jetzt, wo die Aussage von Philip Pettersson auf dem Prüfstand steht, habe ich noch etwas sehr Spannendes über Martinsson herausgefunden, was gut dazu passt. Die beiden waren nämlich nicht nur Facebookfreunde.«

»Ich höre«, sagte Monica ungeduldig.

»Martinsson hat letztes Jahr für sechs Monate im Haus von Pettersson in Västra Högen gewohnt. Erst dann ist er in seine jetzige Wohnung nach Mellerud umgezogen. In diesem Zeitraum hat er auch angefangen, im Supermarkt von Holmgren zu arbeiten. Das habe ich auf LinkedIn herausgefunden, da habe ich mir seine Job-Vita näher angeschaut. Na, Chefin, dämmert dir was?«

Monica überlegte kurz, dann antwortete sie: »Während Martinsson bei Pettersson wohnte, könnte er Lasse Holmgren kennengelernt haben. Dieser hat ihm den Job im Supermarkt angeboten und da hat sich Martinsson in Marie verknallt, die aber eine Affäre mit Holmgren hatte. Also war Martinsson von beiden enttäuscht.«

»So sehe ich das auch«, stimmte Kamal zu. »Anschließend bringt er Annika Bergman um, nachdem ihr bei ihm aufgeschlagen seid, denn was gibt es Schlaueres, als ein weiteres Opfer in Holmgrens Ferienhaus zu töten, damit alles so aussieht, als wäre der verhasste Chef der Täter, der ja schon angeblich seine heimliche Geliebte umgebracht hat.«

»Pettersson wiederum deckt jetzt seinen Kumpel Martinsson, weil dieser von Christiansen im Nachbarhaus beim Mord an Annika beobachtet wurde, und zack, muss der auch aus dem Weg geräumt werden«, schlussfolgerte Monica.

»Ja, so könnte es gewesen sein. Das Einzige, was ich noch nicht verstehe, ist: Wieso wurde Sofia Wättring entführt? Die hat zu der Ferienhaussiedlung ja überhaupt keinen Bezug, sie ist in Ed verschwunden«, warf Kamal ein.

»Sehr gute Frage. Diese Verbindung verstehe ich auch noch nicht.« Für einen Augenblick herrschte Schweigen zwischen den beiden, dann setzte Monica erneut an: »Sag mal, du hast doch erzählt, dass die drei Frauen häufig auf Instagram unterwegs waren. Finde da bitte mal heraus, ob Martinsson und Pettersson den Mordopfern gefolgt sind. Vielleicht bestand ja darüber ein Kontakt.«

»Och, die drei haben zigtausend Follower, da brauche ich ewig«, stöhnte Kamal auf.

»Na, wenn du dadurch einen Täter entlarvst, kriegst du von Pontus garantiert eine Woche Sonderurlaub. Mindestens«, scherzte seine Chefin, wurde jedoch sofort wieder ernst. »Was ich übrigens auch noch nicht verstehe, ist, warum die Opfer mit Orchideen geschmückt wurden.«

Kamal seufzte nachdenklich. »Vielleicht haben die beiden einen verrückten Tick und kennen sich aus einer Facebookgruppe für Orchideenliebhaber. Es gibt ja für alles Mögliche Gruppen im Netz.«

»Ja, es gibt viele Psychopathen, die in der Onlinewelt zusammenfinden. Ich werde die Infos mal an Ole weitergeben, der ist nämlich gerade auf dem Weg zu den Peterssons. Danach kann er gleich weiter nach Mellerud fahren und Martinsson auf den Zahn fühlen.«

»Alles klar. Dann noch eine gute Weiterfahrt«, wünschte Kamal.

Doch die Chefin hatte noch ein persönliches Anliegen: Ob er denn mittlerweile mit ihrem besonderen Auftrag weiter vorangekommen sei, die kürzlich entlassenen Häftlinge unter die Lupe zu nehmen?

»Sorry, Chefin, Bei mir ist Land unter. Ich soll ja auch nach Christiansen suchen und prüfen, ob es Flugtickets auf seinen Namen gibt, oder soll ich das jetzt sein lassen?«

Monica verneinte, bedankte sich bei ihm und beendete das Gespräch.

Kamal legte den Hörer auf und widmete sich seufzend wieder dem Internet und den Social Media Kanälen - diesmal Instagram und der unendlichen Followerliste der Mordopfer. Es würde ein langer Tag werden.

Zur selben Zeit tippte Monica nervös auf das Lenkrad. Was Kamal herausgefunden hatte, war höchst interessant, dennoch fand sie es besser, mehrgleisig zu fahren. Der Verdacht, dass Martinsson und Pettersson gemeinsame Sache gemacht haben könnten, war nur eine mögliche Spur, die allein auf Kamals Onlinerecherche beruhte. Die handfeste Beweislage sah jedoch anders aus: Fakt war, dass im Wagen des norwegischen Rentners eine Frauenleiche gefunden worden war, das konnte sie nicht einfach ausblenden. Pontus würde ausrasten, wenn sie dieser Tatsache keine weitere Beachtung schenkte.

Wie geplant, rief sie als Nächstes Ole an und informierte ihn über die Neuigkeiten. Wenigstens gab es daneben auch bei ihr etwas Positives zu berichten: Der Stau hatte sich endlich aufgelöst und sie konnte die Fahrt nach Malmö fortsetzen.

Kapitel 39

Philip parkte nun schon seit mehreren Stunden in dem Malmöer Vorort Bunkeflostrand in einer Seitenstraße, denn von hier aus hatte er den besten Blick auf das mehrere Hundert Quadratmeter große Anwesen der Familie Wättring direkt an der Küste. Er war sich absolut sicher, dass er heute mit einer fetten Beute von diesem noblen Ort verschwinden würde, da das berentete Steuerberaterpaar augenscheinlich sämtliche Steuerspartricks ausgeschöpft hatte, um dieses prachtvolle Objekt ihr Zuhause nennen zu können. Die grau gestrichene Familienvilla lag in der ersten Reihe und bot den Besitzern ein atemberaubendes Panorama auf die fast acht Kilometer lange Öresundbrücke, die Malmö mit Kopenhagen verband.

Da er sonst nichts zu tun hatte, malte er sich aus, wie sein Leben wohl verlaufen wäre, wenn er in diesen vornehmen Verhältnissen aufgewachsen wäre, statt in den bescheidenen, beengten Räumlichkeiten des Hauses am Rand von Uddevalla. Ob die Wättrings Personal hatten? Eine Reinigungskraft, die die zahllosen Fenster auf den drei Etagen schlierenfrei putzte? Einen Butler, der ihm jeden Wunsch von den Lippen ablesen würde? Bei der Vorstellung musste er auf einmal laut lachen und mit verstellter, dunkler Stimme sagte er: »James, bitte bringen Sie mir meinen Tee.«

Darauf antwortete er sich selbst in hellerer Tonlage: »Selbstverständlich, Herr Pettersson.«

»James! Ich bin doch jetzt Herr Wättring, nachdem ich meine geliebte Sofia geheiratet habe.« Er kicherte und trommelte dabei gegen das Lenkrad.

Philip liebte es, in andere Rollen zu schlüpfen und sich in seine eigene Welt zu flüchten. Dort fühlte er sich sicher und konnte wie ein Schauspieler nach Lust und Laune jede Rolle annehmen. Mal war er der Nebenbuhler von Influencerin Cecilia, die ihren Verlobten für ihn vor dem Altar sitzen ließ. Mal war er der Partner von Sofia, mit der er sich ein neues Leben in Spanien aufbaute und eine Familie gründete.

Er seufzte. Das Schönste im Leben waren doch die Träume. Was wäre wenn ... Wie würde man leben, wenn man nicht in einem todlangweiligen Job festhinge, weil die Mutter einem die Ausbildung nach der Schule aufgedrängt hatte?

Egal, es war an der Zeit, dass er seine Träume endlich lebte, und mit dem nötigen Geld in der Tasche würde ihm das in Kürze gelingen. Er war seinem Glück ganz nah - auch wenn er dafür so manchen Felsbrocken aus dem Weg hatte räumen müssen. Seine Mutter war dabei ein sehr mächtiger Felsbrocken gewesen, aber auch für sie hatte er eine Lösung gefunden. Wobei, streng genommen war es eine Idee seines Verbündeten gewesen. Wieder einmal.

Plötzlich duckte er sich, denn in diesem Moment bog Frau Wättring mit ihrem silberfarbenen Mercedes in ihre Einfahrt ein und parkte in der Garage, die direkt am Haus angebaut war.

Vorsichtig spitzte Philip aus der Seitenscheibe und beobachtete, wie die vornehm gekleidete Dame einen Aluminiumkoffer aus ihrem Kofferraum hob und in ihrer Villa verschwand.

Voller Vorfreude rieb Philip sich die Hände. Noch vor Ablauf des von ihm gestellten Ultimatums hatte die Wättring also das Geld beschafft. Er beschloss daher, nicht weiterhin in seinem Auto zu hocken, sondern lieber die Gesellschaft seiner Schwiegermutter zu genießen. Dabei überlegte er angestrengt, wie er ihr schonend würde beibringen können, dass er sich schweren Herzens von ihrer Tochter getrennt hatte. Und damit war er sofort in seiner neuen Rolle: der Schwiegersohn auf dem Weg zu seinem letzten Abendmahl. Morgen früh würde er Schweden für immer verlassen.

Kapitel 40

Kriminalinspektor Ole Henriksson klingelte mehrfach bei den Petterssons, doch niemand öffnete. War hier wirklich keiner zu Hause oder versteckte sich die gehbehinderte Mutter, um ihren Sohn zu beschützen, weil sie dahintergekommen war, dass er eine Falschaussage vor der Polizei gemacht hatte?

Plötzlich war ein leises Klopfen zu hören. Ole legte sein Ohr gegen die Haustür und horchte. Dann rief er: »Hallo? Frau Pettersson, sind Sie zu Hause?«

Jetzt wurde in kürzeren Abständen hintereinander geklopft, es war ein metallisches Geräusch, das er überhaupt nicht einordnen konnte. Ole ging um das Haus herum und formte mit seinen Händen ein Guckloch, um durch die verschmutzte Fensterscheibe etwas erkennen zu können. Drinnen herrschte nur die übliche Unordnung - Rut Pettersson beziehungsweise ihr Sohn Philip war jedoch nicht zu sehen.

Mehrmals rief Ole noch nach der Besitzerin, woraufhin jedes Mal das Klopfen ertönte. Ob der Frau etwas zugestoßen war? Lag sie vielleicht hilflos am Boden? Durch das Fenster sah er ihren Rollator, der vereinsamt neben der Couch stand. Aufmerksam lauschte Ole weiter dem metallischen Geräusch und lokalisierte den Ton schließlich im Kellerbereich, zu dem eine Außentreppe hinunterführte.

Unten rüttelte er energisch an der Brettertür, die schon alt und morsch war. »Frau Pettersson, sind Sie hier?«, rief er.

Die Antwort erfolgte in Form der metallischen Schläge. Kurzerhand trat Ole ein paar Mal gegen die Tür. Sie flog aus den Angeln und modriger Geruch schlug ihm entgegen. Mit gezückter Waffe knipste er das Licht an und ging vorsichtig in die Richtung, aus der das Klopfen immer lauter wurde, bis er in die Waschküche gelangte. Dort saß Rut Pettersson wie ein Häufchen Elend auf einem Stuhl, ihre Hände waren mit Handschellen an ein Rohr gefesselt. Nur durch das Klappern gegen das Kupferrohr der Wasserleitung hatte sie sich bemerkbar machen können, denn über ihrem Mund klebte ein breiter Streifen Paketband, das Ole ihr nun mit einem beherzten Ruck herunterriss, damit der Schmerz nicht allzu groß war.

»Au!«, schrie sie trotzdem.

»Frau Pettersson, sind Sie in Ordnung? Ich bin Inspektor Henriksson. Ich war gestern schon mit meiner Kollegin bei Ihnen.«

»Ich weiß, ich bin nicht senil. Machen Sie mich endlich los. Ich sitze hier schon seit gestern Abend«, schimpfte sie. »Drüben auf der Werkbank liegt ein Draht, damit werden Sie die Handschellen wohl aufbekommen.«

Ole tat wie geheißen. Während er anschließend mit dem Draht im Schloss der Handschellen arbeitete, fragte er besorgt: »Was ist eigentlich passiert?«

»Er ist durchgedreht!«, rief Rut Pettersson wütend.

»Wer?«

»Philip, mein Sohn«, antwortete sie.

In diesem Moment machte es Klick und Ole hatte das Schloss der Handschellen geöffnet. Bei der kranken Frau machten sich nun Schwäche und Erleichterung zugleich bemerkbar. Ihre Augen wirkten glasig, als sie dankbar Oles Hand ergriff.

»Vielen Dank, dass Sie mich gerettet haben.«

»Wo ist Ihr Sohn jetzt?«, fragte Ole.

Die Mutter zuckte mit den Schultern. »Ich weiß es nicht, Herr Henriksson. Er ist gestern Abend total ausgerastet, nachdem ich ihm erzählt habe, dass die Polizei hier war und ihn sprechen wollte.«

»Hier liegt ja eine weiße Orchideenblüte.« Ole zeigte auf den Boden.

»Die hat mein Lippy mir angesteckt. Er meinte, das wäre sein Abschiedsgeschenk für mich. Er hat mir noch alles Gute für mein restliches Leben gewünscht.« Sie schüttelte den Kopf.

»Ist er suizidgefährdet?«

»Nein, garantiert nicht.«

»Wo könnte sich Ihr Sohn denn jetzt aufhalten? Hat er einen Rückzugsort?«, bohrte Ole weiter.

»Woher soll ich das wissen?«, erwiderte Rut Pettersson leicht genervt, doch dann bekam ihr Gesicht einen sorgenvollen Ausdruck. »Er meinte nur, dass der Zeitpunkt gekommen sei, sich in ein besseres Leben aufzumachen. Was hat das zu bedeuten?«

»Das kann ich Ihnen leider nicht beantworten, ich weiß nur eines: Er macht sich gerade sehr verdächtig, drei Frauen auf dem Gewissen zu haben.« Ole hob die Blüte vom Boden auf und drehte sie nachdenklich in seiner Hand. »Nach dem, was er Ihnen angetan hat, macht er sich sogar dringend tatverdächtig.«

»Nein, das ist ausgeschlossen«, widersprach die Mutter vehement. »Mein Lippy bringt niemanden um, dazu ist er gar nicht in der Lage. Außerdem hat er mir versichert, dass er niemanden getötet hat, als ich ihn danach gefragt habe.«

Ole zog die Brauen hoch. »Glauben Sie ihm?«

»Natürlich glaube ich meinem Sohn. Er hat versprochen, den Täter nicht zu verraten. Wissen Sie, er ist ein Mensch, der sich schnell beeinflussen und manipulieren lässt. Wenn Sie mir dieselbe Frage zu meinem Sohn Erik gestellt hätten, wäre meine Antwort ganz anders ausgefallen.«

»Wie kommen Sie darauf? Schließlich hat Philip Sie in der Waschküche gefesselt und nicht Erik.«

»Erik hat mich vor langer Zeit gewürgt, als er auf Drogen war. Einer, der mich beinahe umgebracht hätte, ist nicht länger mein Kind. Wissen Sie, Erik hatte ständig Ärger mit dem Gesetz, momentan sitzt er auch wieder im Gefängnis, demnach kann er nicht Ihr gesuchter Täter sein. Obwohl ich es ihm zutrauen würde. Wenn er seine Drogen genommen hatte, war er ein anderer Mensch.« Sie bedeutete Ole, dass sie nun aufstehen und nach oben gehen wolle.

Der junge Inspektor hakte die geschwächte Frau unter und half ihr die Treppe hinauf. Als sie es bis ins Wohnzimmer geschafft hatten, ließ sie sich mit einem lauten Stöhnen auf dem Sofa nieder und verlangte ein Glas Wasser. Sie sei furchtbar durstig. Ole ging in die Küche, suchte in dem Chaos nach einem einigermaßen sauberen Trinkgefäß und brachte es zusammen mit einer Flasche Wasser zu Frau Pettersson ans Sofa.

»Hatten Philip und Erik eigentlich Kontakt?«, fragte er und schenkte ihr etwas ein, dann tippte er nebenbei eine Nachricht an Kamal in sein Handy, mit der Bitte, mehr über den Bruder Erik in Erfahrung zu bringen.

»Ich glaube, sie hatten heimlich Kontakt, das sagt mir mein mütterlicher Instinkt, obwohl ich es meinem Lippy ausdrücklich verboten habe. Erik war ein schlechter Umgang für ihn. Er manipuliert Menschen, macht sie zu seinen Handlangern und Philip war ihm als jüngerer Bruder hörig. Stellen Sie sich mal vor, Erik hat ihn sogar dazu angestiftet, Katzenbabys zu töten. Da war mein Lippy gerade mal elf Jahre alt.«

»Also hat Philip seinen Bruder nicht leiden können?«

Sie lachte auf. »Philip hat seinen Bruder geliebt. Als er achtzehn war, sind die zwei zusammen nach Thailand geflogen. Sie waren früher nicht nur Brüder, sie waren beste Freunde. Aber als Erik in die falschen Kreise geriet und in die Welt der Drogen abrutschte, hat er seinen kleinen Bruder genauso verarscht wie alle anderen. Er hat ihn um Geld betrogen und wurde ihm gegenüber handgreiflich. In seinem Drogenrausch hat er mir mal fast das ganze Haus auseinandergenommen. Da habe ich meinen Lippy ausdrücklich angewiesen, dass er sich von Erik fernhalten soll, aber er wollte das nie hören.«

»Verstehe, Frau Pettersson. Warum mag Ihr Sohn eigentlich Orchideen? Er hat Sie ja auch damit ausgestattet?«

Rut Pettersson lächelte. »Ich hatte früher ein Blumengeschäft, als ich noch nicht diese blöde Krankheit hatte.« Sie zeigte auf die Fensterbank, wo sich etliche Zimmerpflanzen in bunten Übertöpfen zusammendrängten. Orchideen waren nicht dabei. »Tja, und da ich alleinerziehend war, hatte ich meine Söhne oft im Geschäft. Sie haben dann Hausaufgaben zwischen all meinen Blumen gemacht.«

»War Philip vielleicht besessen von Orchideen?«, fragte Ole vorsichtig. Er wollte ihre Gesprächigkeit ausnutzen und mehr über den neuen Tatverdächtigen herausfinden.

Sie seufzte. »Ach, mein Lippy war halt ganz anders als Erik. Der spielte Fußball und kletterte auf Bäume.« Ihre Stimme zitterte mit einem Mal und sie wischte sich eine Träne weg. »Lippy war lieber bei mir im Geschäft und spielte mit seinen Orchideen. Er hat sogar Selbstgespräche mit ihnen geführt und sich da ganz in seine eigene kindliche Welt zurückgezogen.«

Ole merkte auf. »Frau Pettersson, hat Ihr Sohn psychische Probleme? Ich muss das wirklich wissen.«

Bei diesen Worten zuckte die Mutter zusammen und schlug mit der flachen Hand auf die gepolsterte Armlehne. »Nein! Kinder reden nun mal mit sich selbst oder haben Sie etwa nie Kaufmannsladen gespielt und dabei vor sich hin geplappert?«

Ole räusperte sich, er merkte, dass er hier wohl in ein Wespennest gestochen hatte. »Wir haben erfahren, dass ein gewisser Björn Martinsson in Ihrem Ferienhaus wohnte. Kennen Sie ihn?«, wechselte er schnell das Thema. Er hatte diese Info vorhin von Monica am Telefon erhalten.

»Ach, der Riese aus Mellerud? Ja, der arme Kerl war daheim rausgeflogen und hatte keinen Job. Da haben wir ihn ein paar Monate in unserem Ferienhaus wohnen lassen, bis er in seinem Heimatort eine neue Bleibe gefunden hatte. Wissen Sie, Herr Henriksson, ich war froh, dass mein Lippy in ihm endlich einen Freund gefunden hatte. Die zwei verstanden sich blendend. Er ist ja immer nur allein und flüchtet sich in seine Onlinewelt - aber das ist ja alles nur Schein.«

»Wäre es Ihnen nicht lieber gewesen, wenn er auch eine Freundin gehabt hätte?«, fragte Ole vorsichtig.

»Oh nein! Das wäre mir gar nicht recht. Als Erik seine erste Freundin heimgebracht hatte, fingen die ganzen Probleme nämlich erst an. Dieses Biest hat ihn an die Drogen herangeführt und unser Verhältnis wurde automatisch schlechter. Deshalb habe ich mir geschworen, dass ich auf meinen Lippy besser aufpassen werde. Keine Frau auf dieser Welt wird das Band, das uns verbindet, zerschneiden, nachdem ich schon Erik an so eine blöde Kuh verloren habe.«

Ole strich sich nachdenklich über seinen Drei-Tage-Bart. »Wie erklären Sie sich dann, dass Philip Sie in der Waschküche gefesselt hat? Könnte es nicht sein, dass er sich von Ihnen lösen und endlich sein eigenes Leben führen wollte?«

»Hören Sie auf mit diesen Unterstellungen«, brauste die Mutter auf. »Ich vermute eher, dass er einen Filmriss hatte oder seine Medikamente nicht eingenommen hat.«

Nun wurde Ole stutzig. »Frau Pettersson, ich frage Sie jetzt noch einmal: Hat Ihr Sohn psychische Probleme? Das ist sehr wichtig für unsere Ermittlungen.«

»Nein, hat er nicht«, sagte sie und betonte dabei jede Silbe. »Na ja, er hat zwar etwas Übergewicht und braucht Tabletten gegen seinen Bluthochdruck, aber das hat damit doch nichts zu tun. Und jetzt gehen Sie bitte, ich möchte mich ausruhen. Mein Lippy ist kein Mörder, Sie suchen den Falschen. Er ist nur ein Opfer, er macht das, was man von ihm verlangt. Da ist er wie eine Marionette, so leicht beeinflussbar.«

Ole erwiderte darauf nichts, er dachte sich seinen Teil, denn in seinen Augen war die Mutter sicherlich nicht ganz unschuldig an Philips Verhalten. Er verabschiedete sich von ihr und bat sie, ihn umgehend zu informieren, falls sich Philip melden sollte. Zwar glaubte er nicht daran, aber er wollte ihr wenigstens etwas Trost spenden, wie sie da so einsam und verlassen auf ihrem fleckigen Sofa hockte.

Als er wieder in seinem Auto saß, rief er sofort Kamal an. »Und? Hast du schon was über Erik Pettersson herausgefunden?«

»Ja, habe ich«, antwortete der Assistent. »Er ist das schwarze Schaf der Familie, saß wegen verschiedener Delikte im Gefängnis und wurde zuletzt vor vier Monaten aus der Haftanstalt entlassen. Aktuell ist er in Göteborg gemeldet. Kann ich sonst noch was für dich tun? Monica hat mich auch schon mit Aufträgen eingedeckt.«

»Ja, aber es ist nichts Großes. Schick bitte einen Streifenwagen an die Adresse von Erik. Es könnte sein, dass er mit Philip unter einer Decke steckt, die Mutter hat nämlich ausgesagt, dass die Brüder beste Freunde waren. Und gib sicherheitshalber eine Personenfahndung nach Philip Pettersson raus. Ach, prüf dann am besten auch gleich, ob er seit gestern Abend das Land per Flugzeug verlassen hat. Gegenüber seiner

Mutter hat er sich in der Beziehung ziemlich kryptisch geäußert, es könnte sein, dass er sich abgesetzt hat.«

»Okay, okay, Christiansen habe ich diesbezüglich ja auch auf dem Schirm. Ich glaube, das wird eine lange Nacht heute, aber Monica hat mir schon Sonderurlaub in Aussicht gestellt, da mache ich das doch gern«, sagte er lachend und beendete das Gespräch.

Ole fand diese Art von Motivation ebenfalls lustig, allerdings völlig unrealistisch.

In dem Moment musste er wieder an die Worte von Rut Pettersson denken: Philip lasse sich schnell beeinflussen und werde den Mörder nicht verraten, hatte sie gesagt. Entsprach das der Wahrheit oder waren doch zwei Täter am Werk? Wollte die Mutter ihren Lieblingssohn vielleicht nur schützen? Und was war mit Björn Martinsson? Er musste dringend mit einem Außenstehenden sprechen, der ihm etwas über das Verhältnis zischen Philip und Björn sagen konnte. Er war ja eine Zeit lang in dem Ferienhaus in Västra Högen untergekommen. Hatte man ihn dort möglicherweise in letzter Zeit gesehen?

Einem spontanen Entschluss folgend, kramte er die Visitenkarte des Hausmeisters aus seiner Geldbörse und rief ihn an. Leider war das Telefon ausgeschaltet, daher probierte er sein Glück bei der Ferienhausverwalterin.

»Guten Tag, Frau Nyberg, können Sie mir etwas zu einem Herrn Björn Martinsson sagen, der für einige Monate im Haus der Petterssons gewohnt hat?«

»Oh, das ist gerade ganz schlecht, ich habe neue Feriengäste hier«, antwortete die alte Dame. »Am besten fragen Sie meinen Victor, der hatte mit den beiden Jungs Kontakt.«

»Den kann ich leider nicht erreichen, weil er schon auf dem Weg zu seiner Freundin ist. Vermutlich steckt er in einem Funkloch.«

»Ach, interessant ...«, erwiderte Frau Nyberg, sie klang ein wenig verwundert. »Hm, okay, ich rufe Sie gleich zurück, wenn ich die Schlüsselübergabe erledigt habe.«

Ole bedankte sich und machte sich sogleich auf den Weg zu Björn Martinsson. Er freute sich schon jetzt, seiner Chefin von den neuen Informationen zu berichten, die eine bedeutende Wendung in den Fall brachten - zumindest wenn man Rut Petterssons Aussage trauen konnte. Doch zuerst wartete er den Rückruf von Frau Nyberg ab, um Monica nicht ständig anrufen zu müssen. Vielleicht war sie ja schon bei den Wättrings und überbrachte ihnen die Todesnachricht. Da wollte er keinesfalls stören.

Kapitel 41

Mit reichlich Verspätung hatte das Navigationssystem Monica am späten Nachmittag in eine ruhige Seitenstraße von Malmös schicker Villenstraße gelotst, die eine absolute Ausnahme in dem industriell geprägten Stadtbild darstellte. Der Mercedes in der offen stehenden Garage ließ sie erleichtert aufatmen, die Eltern waren offenbar zu Hause.

Gerade als Monica aussteigen wollte, klingelte ihr Handy.

»Was willst du schon wieder?«, schnauzte sie den Anrufer an.

»Ich will dich sehen und mit dir sprechen, es gibt wunderbare Neuigkeiten, die dir gefallen werden«, sagte die Stimme am anderen Ende.

»Mensch, Ingvar! Es gibt nichts mehr zu besprechen, wann kapierst du das endlich?«

»Monica! Ich liebe dich!«, säuselte der Nachbar.

»Ich habe jetzt überhaupt keine Zeit, ich muss arbeiten. Tut mir leid.« Sie kappte die Verbindung und steckte ihr Mobiltelefon in die Tasche ihrer Lederjacke zurück.

Als sie die Straße überquerte, wurde sie erneut angerufen. Wütend riss sie das Gerät aus der Jackentasche. »Sag mal, rede ich Chinesisch?«, schnauzte sie in das Telefon. »Ich habe keine Zeit und keine Lust, mit dir zu quatschen!«

»Sorry, sorry«, hörte sie die irritierte Stimme Kamals. »Ich wollte doch nur fragen, ob Pontus um 18 Uhr die Presse informieren kann, wegen unserem Serienmörder.«

Peinlich berührt entschuldigte Monica sich und fügte hinzu: »Ich stehe gerade vor dem Haus der Wättrings. Wenn ich bei ihnen fertig bin, kann er gerne seine Pressemitteilung raushauen, vermutlich in einer halben Stunde. Bin ich froh, dass er diesmal auf diesen Medienzirkus mit Konferenz und allem verzichtet. Ich möchte diese Aasgeier mit ihren Fotoapparaten und Mikrofonen nicht noch mal vor der Nase sitzen haben.«

»Also, er will die Pressekonferenz morgen Mittag abhalten, wenn du aus Malmö zurück bist. Die leitende Ermittlerin darf nicht fehlen, hat er gesagt.«

Monica seufzte. Ihr blieb auch nichts erspart.

»Hat Ole schon wegen dem Bruder von Philip Pettersson mit dir gesprochen?«, wechselte er schnell das Thema.

»Nein, ich habe von Ole nichts mehr gehört, seit ich ihm gesagt habe, dass er sich Björn Martinsson vorknöpfen soll.«

»Ach so. Na ja, ich glaube, Ole hat gerade richtig viel Stress«, nahm Kamal ihn in Schutz. »Eben ist er noch hektisch zu den Kollegen von der Kriminaltechnik gelaufen, weil die aus dem Haus von Birger Christiansen wieder zurück sind, und jetzt sitzt er seit einer halben Stunde bei Pontus im Büro.«

»Das ist ja interessant. Was will er denn bei ihm?«, fragte Monica nervös. Sägte ihr Kollege Ole doch an ihrem Stuhl, damit sie ihren Posten räumte?

»Keine Ahnung, an der Tür lauschen ist nicht so meins. Übrigens, es wurde Blut im Gras vor dem Haus von Birger Christiansen gefunden. Dies ist doch ein weiteres Indiz dafür, dass ihm etwas zugestoßen sein könnte, denn das Blut gehört nicht zu den Opfern.«

»Oh mein Gott, bitte nicht noch ein Toter. Hast du nicht mal bessere Neuigkeiten für mich?«

»Sorry, ich fürchte nicht, ich hätte da nämlich eine weitere interessante Mitteilung für dich«, druckste er herum.

Monica atmete tief ein und wieder aus. »Na los, raus damit.«

»Der Bruder von Philip, ein gewisser Erik Pettersson, war mehrfach im Gefängnis und ist erst vor ein paar Monaten entlassen worden«, flüsterte Kamal. »Er wohnt jetzt in Göteborg, und da ich mir ja die alten Fälle von dir näher anschauen sollte...«

Monica hielt die Luft an und presste das Handy ganz fest an ihr Ohr: »Habe ich ihn verhaftet?«, fragte sie vorsichtig.

»Nein, tut mir leid. Bei keiner seiner drei bisherigen Verhaftungen bist du involviert gewesen«, erwiderte Kamal leise.

Monica fiel ein Stein vom Herzen. Sie musste grinsen, weil Kamal annahm, dass dies schlechte Neuigkeiten für sie seien, denn er wusste ja nicht, dass dieser Auftrag nichts mit ihren aktuellen Ermittlungen zu tun hatte, sondern mit Gustavs Verschwinden.

»Vielleicht hast du ja bald das Vergnügen, ihn verhaften zu können«, sagte Kamal tröstend. »Ole glaubt nämlich, dass die Brüder bei der Mordserie unter einer Decke stecken könnten.«

»Soso, glaubt Ole das«, reagierte sie leicht gereizt. Es gefiel ihr gar nicht, dass sie solche Informationen von ihrem Assistenten und nicht vom Inspektor persönlich erhielt. Etwas ungehalten wies sie Kamal darauf hin, dass sie sich nun dringend um die Eltern kümmern müsse, Ole solle dann eben die Pettersson-Brüder unter die Lupe nehmen. Kamal hakte sogleich ein und berichtete, dass Ole ihn gebeten habe, einen Streifenwagen zur Adresse von Erik Pettersson zu schicken.

Monica sagte dazu nichts und beendete das Gespräch. Es wurmte sie, dass Ole jetzt schon Anweisungen gab, ohne mit ihr Rücksprache zu halten. Unter Teamwork verstand sie etwas anderes.

Mit einem lauten Seufzer schritt Monica durch den blühenden Vorgarten. Dieser Part ihrer Arbeit war der schlimmste: Todesnachrichten überbringen. Sie klingelte an der großen weißen

Tür der herrschaftlichen Villa und horchte dem verklingenden Glockenhall lange nach.

Niemand öffnete.

Sie runzelte die Stirn, denn sie war sich ganz sicher, soeben Schritte hinter der Tür gehört zu haben. War da nicht jemand die Treppe hoch- oder runtergelaufen?

Nach dem dritten erfolglosen Läuten betrat die Kommissarin den gepflegten Rasen und ging zum nächstgelegenen Fenster, um neugierig hindurchzublicken. Es war das Küchenfenster. Eine leere Pfanne auf der Herdplatte und eine Schüssel mit geschälten Kartoffeln auf der Arbeitsplatte deuteten darauf hin, dass die Wättrings sehr wohl zuhause sein müssten. Also klopfte Monica gegen die Scheibe und rief laut nach dem Ehepaar.

Keine Reaktion.

Nun ging sie im Uhrzeigersinn um das Haus herum in der Hoffnung, dass sich die Eltern im Garten aufhielten, doch auch hier hatte sie kein Glück. Sie trat auf die Terrasse und sah durch die bodentiefen Terrassenfenster ins Innere. Im Esszimmer war der Tisch für ein vornehmes Dinner für zwei Personen gedeckt: Weiße tiefe Teller, edle Weingläser und poliertes Silberbesteck waren hübsch arrangiert und warteten auf den ersten Gang eines edlen Menüs. In der Mitte des Tisches, der mit einem weißen Tuch bedeckt war, brannten sieben weiße Kerzen in ihrem goldenen Leuchter.

Erst jetzt fiel ihr Blick auf einen silbernen Aluminiumkoffer. Er stand mit offenem Deckel am Rand des Tisches und war mit einer Menge Schwedische-Kronen-Scheinen gefüllt. Was hatte das zu bedeuten? Wollten die Eheleute verreisen und versteckten sich in ihrem Haus, weil sie vor Kummer und Sorge um die Tochter mit niemandem sprechen wollten?

Monica gab sich einen Ruck und ging fest entschlossen

zurück nach vorn. Dort betrat sie die offene Garage und drückte die Klinke der Verbindungstür zum Haus herunter. Es war nicht abgeschlossen. Ein weiterer Beweis dafür, dass jemand daheim sein musste. Routiniert nahm sie ihre Waffe in die Hand und trat mit gezückter Pistole ein, die Situation behagte ihr nicht.

»Hallo? Haaallo? Frau Wättring? Herr Wättring? Wo stecken Sie denn? Ich bin's, Kommissarin Sandström.« Langsam ging sie den Flur entlang und lugte in die Küche, danach in das Wohn- und Esszimmer. Niemand war zu sehen. Keiner erwiderte ihre Rufe.

»Hallo?«, probierte sie es erneut. Im selben Moment spürte sie einen heftigen Schlag gegen den Rücken. Monica sackte zu Boden.

Kapitel 42

Pontus kam mit hochrotem Gesicht in Oles Büro gestürmt. »Hat sie sich immer noch nicht gemeldet? Es ist gleich 18:30 Uhr und ich frage mich, was Monica so lange bei den Wättrings treibt. Spendet sie denen Trost und hält Händchen? Das soll ein Seelsorger übernehmen, aber doch nicht die leitende Ermittlerin.« Wie ein aufgescheuchtes Tier lief er aufgeregt vor Oles Schreibtisch hin und her.

»Ich kann sie leider nicht mehr erreichen. Vielleicht hat sie ihr Handy lautlos gestellt und hört meine Anrufe nicht«, vermutete Ole.

»Aber warum macht Monica das, will sie mich ärgern? Sie weiß doch ganz genau, dass ich jeden Freitagabend beim Tennis bin, und jetzt sitze ich hier auf glühenden Kohlen, bis ich endlich diese verdammte Pressemitteilung rausschicken kann, und das geht erst, nachdem die Eltern über das Drama Bescheid wissen.«

Ole zuckte mit den Schultern.

Der Revierleiter schnaubte. »Seit dieser Sache mit ihrem Mann vor ein paar Wochen ist sie nicht mehr die Alte. Ich glaube, wir müssen uns wirklich Gedanken um ihre Nachfolge machen, und wenn du, mein lieber Henriksson, so weitermachst, hast du die besten Chancen, sie bald zu beerben.« Pontus klopfte ihm lächelnd auf die Schulter und seine Laune besserte sich. »Was du mir eben berichtet hast, klingt für mich absolut plausibel. Dieser Kerl hat bestimmt etwas mit den Taten zu tun, wir brauchen nur halt Beweise!«

»Warten wir die Auswertung der Spurensicherung ab. Wenn sich mein Verdacht dann wirklich bestätigt, werde ich Monica garantiert nicht in den Rücken fallen und ihr die Posi-

Kapitel 43

Monica saß angespannt auf einem Stuhl am Esszimmertisch und traute sich nicht, die Schweißperlen von ihrer Stirn wegzuwischen. Zu groß war die Angst, dass ihr Geiselnehmer bei der kleinsten Bewegung den Abzug drücken könnte. Ein pummeliger Mann mit Brille saß ihr gegenüber und zielte mit ihrer Dienstwaffe direkt auf ihren Kopf. Nach dem K.-o.-Schlag hatte er ihr die Pistole abgenommen.

»Sie sind also einer von den Petterssons, richtig?«, fragte sie nach einer Weile, denn kurz bevor sie das Haus betreten hatte, hatte Kamal ihr von Oles Verdacht erzählt, dass die Brüder in Zusammenhang mit den Taten stehen könnten. Dieser Mann hier kam ihr auch auf seltsame Weise bekannt vor. Hatte sie ihn nicht vor dem Ferienhaus in Västra Högen gesehen, wo Brigitta Nyberg sich kurz mit ihm unterhalten hatte?

»Sie sind wirklich verdammt schlau, Frau Kommissarin Sandström«, sagte der andere mit einem verschmitzten Lächeln. »Ja, ich bin Philip. Ich habe Sie im Fernsehen gesehen. Witzig, dass wir jetzt zusammen am gedeckten Tisch sitzen und warten, dass meine Schwiegermami das Essen bringt. Aber leider wird das nicht passieren, weil Sie unser Abendessen versaut haben. Sehr böse von Ihnen, Frau Kommissarin.« Tadelnd hob er seinen Zeigefinger. »Böse, böse, böse!«

»Wo sind die Wättrings? Was haben Sie mit ihnen gemacht?« Monica rutschte nervös auf ihrem Stuhl hin und her und fragte sich, ob der Irre in diesem noblen Haus noch weitere Geiseln festhielt.

»Mein Schwiegerpapi liegt leider im Krankenhaus, er ist aber zum Glück auf dem Weg der Besserung«, erwiderte er mit einem erleichterten Schnaufer. »Meine phantastische Schwiegermami ist an einem sicheren Ort. Machen Sie sich also keine Sorgen um sie.«

Monica merkte auf. Dass er das Ehepaar als Schwiegereltern bezeichnete, deutete darauf hin, dass ihr Gegenüber an einer akuten Wahnvorstellung litt, allerdings war sie keine Psychiaterin.

»Und was haben Sie jetzt vor, nachdem Sie mich so feige hinterrücks niedergestreckt haben?«, fragte sie weiter, um den Geiselnehmer in ein Gespräch zu verwickeln und damit Zeit zu gewinnen. Noch konnte sie nicht einschätzen, ob er wirklich schießen oder sie weiter nur bedrohen würde.

»Ich werde schon bald in ein Flugzeug steigen, um mein neues sorgenfreies Leben zu beginnen.« Er drehte ihr grinsend den aufgeklappten Koffer zu und wies mit der Waffe auf die Geldscheine, die darin akkurat in Bündeln aufeinandergestapelt waren.

»Sie glauben also tatsächlich, dass Sie nicht auffallen werden, wenn Sie damit durch die Kontrollen gehen?«, fragte Monica und zog skeptisch die Augenbraue hoch. »Ein Reisender mit einem Geldkoffer ist immer höchst verdächtig. Das könnte Schwarzgeld sein oder aus dubiosen Drogengeschäften stammen. Es könnte sich sogar um Lösegeld handeln.«

Pettersson lachte schallend auf. »Sie sind wirklich eine kluge Kommissarin, Frau Sandström. Aber leider muss ich Sie enttäuschen. Dieses hübsche Sümmchen werde ich einer vertrauenswürdigen Person überreichen, die dann die Kohle auf ein Konto überweisen wird. Sie sehen, es ist alles bestens organisiert, damit unsere Zukunft finanziell abgesichert ist.«

»Ist Ihr Bruder diese vertrauenswürdige Person? Wollen Sie zusammen abhauen?«

»Das geht Sie nichts an«, erwiderte er barsch und klappte den Koffer beleidigt zu.

»Sie haben also die Wättrings um Lösegeld erpresst und ich bin in die Geldübergabe reingeplatzt«, schlussfolgerte Monica.

»Oh, interessant. Wird das jetzt eine Vernehmung?« Er kicherte und begann plötzlich, wild mit der Waffe herumzufuchteln.

»Wie lange wollen Sie mich als Geisel festhalten?«

»Keine Sorge, nur ein paar Stunden. In der Nacht haue ich ab, um Schweden für immer Lebewohl zu sagen, mein Flieger startet morgen sehr früh. So lange müssen wir zwei noch das Beste aus der Situation machen. Können Sie eigentlich gut kochen? Mami war gerade dabei, mir mein Lieblingsessen zuzubereiten, als Sie aufgetaucht sind und...«

»Glauben Sie im Ernst, dass ein mehrfacher Frauenmörder nicht weltweit gesucht wird?«, fiel sie ihm ins Wort.

»Ich habe keine Frau getötet«, erwiderte Pettersson sachlich. »Ich bekomme das Geld nur dafür, dass ich meine Freundin Sofia ihren Eltern zurückgebe, sie hat mich nämlich doch nicht so lieb wie ich sie. Das ist ein ganz normales Tauschgeschäft.«

Monica war entsetzt über diese Kaltblütigkeit. »Warum musste Sofia sterben, obwohl Sie Ihr Lösegeld mittlerweile bekommen haben?«

»Auf diese Taktik falle ich bestimmt nicht rein.« Er schüttelte grinsend den Kopf.

»Taktik? Von welcher Taktik sprechen Sie?«, fragte Monica erstaunt.

»Na, dass ich glauben soll, dass Sofia tot ist.«

»Sie ist tot! Wir haben sie heute Morgen in einem Auto gefunden. Ermordet!«

»Sie lügen!«, zischte er ihr entgegen. Dann beugte er sich über den Tisch vor und schaute sie dabei so bitterböse an, als wollte er ihr mit ihrer eigenen Pistole eins überziehen, um sie zum Schweigen zu bringen.

»Nein! Ich lüge nicht, Sofia wurde ermordet und Sie stehen unter dringendem Tatverdacht. Oder hat Ihr Bruder Sofia und die beiden anderen Frauen auf dem Gewissen?«

»Halten Sie Ihr dreckiges Maul! Ich glaube Ihnen kein Wort«, schrie er wütend.

»Sie wurde erwürgt.«

Die Augen des Geiselnehmers weiteten sich. »Erwürgt?«, wiederholte er irritiert.

Monica nickte.

In seinem Kopf begann sich alles zu drehen. Das durfte nicht sein, seine Sofia konnte nicht tot sein! Sofort griff er zu seinem Mobiltelefon und rief seinen Verbündeten an. »Hej! Sag mir auf der Stelle, dass Sofia nicht tot ist! Du wolltest doch gut auf sie aufpassen in der Fischerhütte«, sagte er aufgebracht.

»Hej, du, ich kann gerade schlecht sprechen, ich bin schon im Flugzeug und wir rollen auf die Startbahn«, gab sein Verbündeter leise zurück.

»Hast du meine Sofia umgebracht?«, erhob er seine Stimme mit dem nötigen Nachdruck.

»Ach, Mensch, hör zu, ich musste es tun, damit sie dich nicht verrät«, antwortete er im Flüsterton.

Philips Gesichtszüge verzerrten sich. »Was? Spinnst du? Ich habe dir komplett vertraut! Warum hast du das getan?«, brachte er gequält hervor.

»Jetzt reg dich nicht auf. Lass uns in Thailand darüber sprechen«, versuchte sein Vertrauter ihn zu beruhigen. »Glaub mir, sie war eine viel zu große Gefahr. Ich hatte Angst, dass sie dich anzeigt, dann wäre unser schöner Plan doch futsch gewesen. Ich habe dir damit nur einen Gefallen getan, man hätte dich sonst garantiert wegen der Entführung eingesperrt. Hast du eigentlich mittlerweile das Geld? Mein Kumpel wartet morgen früh wie besprochen am Airport und ...«

Fassungslos legte Philip auf, ohne ein weiteres Wort zu sagen.

Monica hatte das Gespräch regungslos verfolgt. Anhand der Antworten ihres Geiselnehmers ahnte sie, dass er tatsächlich erst jetzt von Sofias Tod erfahren hatte. Gedankenverloren setzte Pettersson sich wieder an den Tisch und starrte auf den Boden.

»War das eben Ihr Bruder am Telefon?«, fragte sie vorsichtig.

Er reagierte nicht.

»Oder haben Sie mit Björn Martinsson telefoniert?«, riet sie weiter, da sie dank Kamal wusste, dass die beiden Facebookfreunde waren.

Pettersson hob langsam den Blick. »Ich habe versprochen, dass ich nicht verrate, wer die hübschen Mädchen getötet hat, und ich halte meine Versprechen. Immer«, sagte er festentschlossen, dann nahm seine Miene einen traurigen Ausdruck an. »Ich wollte doch nur, dass Sofia mich lieb hat, dass sie meine Freundin ist. Sonst wollte ich nichts. Ich wollte nicht, dass sie stirbt.« Er schluchzte auf.

Monica kombinierte blitzschnell: »Kann ich also davon ausgehen, dass Sie Sofia entführt haben, aber ein anderer sie umgebracht hat?«

»Ja«, hauchte er. »Genau so ist es.«

»Und dann haben Sie beide versucht, dem Nachbarn Birger Christiansen die Tat unterzuschieben, denn die ermordete Sofia wurde in seinem Kofferraum entdeckt. Korrekt?«

Philip schreckte auf und räusperte sich. »Ja, aber er hat

auch Birger getötet, nicht ich. Birger hatte ihn beobachtet, als er aus Annikas Haus kam, nachdem er sie erwürgt hatte, deshalb musste er als Zeuge beseitigt werden.«

Monica schnaufte. Sie hatte längst befürchtet, dass auch der Norweger tot war. »Wo haben Sie seine Leiche versteckt?«

»Ich weiß nicht, was er mit seiner Leiche getan hat«, antwortete Pettersson hastig. »Ich war nur dafür zuständig, die toten Mädchen aufzuhübschen. Das müssen Sie mir glauben.«

»Ja, ich glaube Ihnen«, versicherte Monica, auch wenn ihr erste Zweifel kamen. Es war nur so ein Gefühl. Sie wollte ihn jedoch ermutigen, ein komplettes Geständnis abzulegen. »Trotzdem müssen Sie mir jetzt endlich verraten, wer die Frauen getötet hat, wenn Sie es nicht gewesen sind.«

In Petterssons Augen sammelten sich Tränen. Mit brüchiger Stimme stammelte er: »Frau Sandström, das wollte ich doch alles nicht. Das war so nicht abgesprochen, es lief alles aus dem Ruder.«

»Was war so nicht abgesprochen? Hat Ihr Bruder die Frauen ermordet?«, bohrte sie nach, aber Pettersson reagierte nicht. Stattdessen starrte er stumm mit der Waffe in der Hand auf den Tisch.

»Herr Pettersson, bitte sprechen Sie mit mir! Wenn Sie Sofia, Annika und Marie nicht getötet haben, sollten Sie jetzt aufhören, den Täter in Schutz zu nehmen.« Sie beugte sich ein wenig vor und wisperte: »Wer hat diese unschuldigen Frauen umgebracht?«

Pettersson schwieg, erst nach einer Weile sagte er: »Es war seine Idee, dass ich mir ein Mädchen von irgendwo mitnehme, damit ich auch endlich eine Freundin habe. Da habe ich mich eben für Sofia entschieden, wobei das eher zufällig war. Eigentlich habe ich ihre Freundin Cecilia bewundert, die kannte ich von Instagram, aber das habe ich meiner Sofia nie erzählt. Ich wollte nicht, dass sie denkt, sie wäre nur die zweite Wahl, verstehen Sie?«

»Ja, das verstehe ich. Keiner mag die zweite Wahl sein«, stimmte sie ihm zu. »War es dann so, dass Sie angewiesen wurden, Sofia zu entführen?«

Pettersson nickte. »Wir haben uns öfter über unsere Phantasien ausgetauscht. Ich habe immer von einer festen Beziehung geträumt, aber er wollte nur Sex mit Frauen haben. Wissen Sie, Frau Sandström, er geht auch zu Prostituierten. Das könnte ich niemals, weil ohne Gefühle kann ich doch nicht mit einer Frau schlafen. Bei ihm stand immer nur seine sexuelle Befriedigung im Vordergrund.«

»Diese Gefühle kann man allerdings nicht erzwingen, wenn man jemanden entführt«, sagte Monica sanft.

»Ja, da haben Sie recht.« Er schüttelte den Kopf. »Ich habe bei Sofia einen Fehler gemacht.«

»Und was ist mit Marie? Wurde Sie auch von Ihnen entführt, nachdem sie im Supermarkt ihre Schicht beendet hatte?«, fuhr Monica fort.

»Nein! Das war er. Er war schon ganz lange scharf auf sie. Ständig hat er mir erzählt, dass er sie gerne flachlegen würde. Ja, genau das waren seine Worte: flachlegen. Schrecklich, oder?«

»Woher kannte der Täter Marie? Auch aus dem Internet? Von Instagram?«, wagte sie einen weiteren Vorstoß, um endlich den Namen des Täters zu erfahren.

Pettersson schüttelte vehement den Kopf. »Marie kannten wir von der Ferienhausanlage. Sie war öfters bei Lasse Holmgren zu Besuch, der gleich in der Nachbarschaft sein Häuschen hat. Über ihn haben die zwei sich kennengelernt. Sie ist an dem Abend nach der Arbeit in sein Auto gestiegen, weil er ihr erzählt hat, er hätte eine Überraschung für sie und würde sie später wieder zurück zum Parkplatz bringen. Marie ist darauf reingefallen.«

»Ich kenne Holmgrens Ferienhaus. Wir waren vor Ort. Annika wurde auch dort getötet.«

Nun seufzte Pettersson laut. »Ich kannte diese Annika überhaupt nicht näher. Er hat sie zufällig ausgewählt, weil er seinen Trieb einfach nicht in den Griff bekommen hat. Als sie dann offenbar anders als sonst ohne ihren Mann angereist ist, hat er seine Chance gewittert. Er fand sie schon immer richtig scharf, das hat er mir ganz oft erzählt.«

»Die beiden mussten also sterben, weil er seine Vergewaltigungen verschleiern wollte?«, kombinierte Monica.

»Richtig. Bei Marie stand er aber unter Drogen, er hat sie im Rausch niedergemetzelt.« Pettersson stockte kurz, bevor er weitersprach. »In meinem Schlafzimmer war alles voller Blut, es war furchtbar.«

»Warum sind Sie nicht dazwischengegangen, wenn es in Ihrem Ferienhaus passiert ist und Sie Marie sogar kannten?«

»Ich war bei meiner Mutter in Uddevalla. Er hat einen Schlüssel zum Haus.«

»Wer hat diesen Schlüssel? Ihr Freund Björn oder Ihr Bruder Erik?«, wollte Monica wissen.

»Diese hübschen Mädchen taten mir so leid«, wimmerte Pettersson, dicke Tränen kullerten ihm über die Wangen. »Gleichzeitig wollte ich meinen Freund beschützen, ich habe doch nur ihn. Meine Mutter ist bloß Ballast für mich, sie hatte mich immer unter ihrer Fuchtel - so lange ich lebe.«

Monica schluckte. Pettersson musste massive psychische Probleme haben, schon lange. Wenn sie mehr aus ihm herausbekommen wollte, musste sie sich ganz auf seine Denkweise einlassen, auch wenn ihr das schwerfiel.

»Es war sehr aufmerksam von Ihnen, dass Sie die toten

Frauen mit Ihren Orchideen noch hübscher gemacht haben«, lobte sie ihn. »Das zeigt mir, dass Sie ein guter Mensch sind. Warum haben Sie sich eigentlich ausgerechnet für Orchideen entschieden?«

Pettersson sah auf und schniefte. »Es sind meine Lieblingspflanzen, seit ich ein kleiner Junge bin. Sie sind das Symbol für Schönheit. Ich wollte den toten Mädchen gegenüber meine Bewunderung zum Ausdruck bringen. Haben Sie gewusst, dass die weißen Blüten der Orchidee oft bei Hochzeiten verwendet werden? Sie stehen für Reinheit und vermitteln eine ganz spezielle Eleganz, deshalb habe ich weiße Orchideen am liebsten.«

»Auch Sofia haben wir tot mit einer Orchidee hinterm Ohr aufgefunden«, erklärte Monica. »Ich vermute daher, dass der Mörder versucht, Ihnen die Taten in die Schuhe zu schieben, da Sie Sofia entführt haben.«

Pettersson erstarrte. »Sie lügen! Das würde er niemals machen. Er hat mit Orchideen überhaupt nichts zu tun. Er findet mein Hobby total doof.«

»War es seine Idee, heute dieses Lösegeld zu erpressen?« Sie nickte Richtung Geldkoffer.

»Ja. Das war alles seine Idee. Er hat immer sehr gute Ideen«, antwortete er lächelnd.

»Herr Pettersson«, sagte Monica nun betont leise und ruhig, »hier will Sie jemand als dreifacher Frauenmörder hinstellen. Sobald Sie das Lösegeld übergeben haben, wird er sich aus dem Staub machen, damit Sie für die Taten verantwortlich gemacht werden. Ich vermute, Sie sind hier in eine ganz große Falle getappt. Deshalb sagen Sie mir doch bitte endlich, wo sich Ihr Bruder Erik und Ihr Freund Björn Martinsson aufhalten, damit wir schnell handeln können.«

Petterssons Miene verfinsterte sich, er schlug mit der flachen Hand auf den Tisch. »Er würde mich niemals verarschen, niemals! Ich vertraue ihm.«

»Sie decken einen vielfachen Mörder. Wollen Sie, dass noch weitere unschuldige Menschen sterben müssen?«, appellierte Monica an sein Gewissen.

Pettersson sprang auf und ging hektisch im Esszimmer auf und ab, dabei versuchte er einen Anruf zu tätigen, doch als das nicht gelang, pfefferte er sein Handy wütend in die Ecke.

»Geht er nicht mehr ran?«, fragte Monica milde. »Glauben Sie mir jetzt, dass Sie die ganze Zeit nur ausgenutzt wurden?«

»Seien Sie still!«, schnauzte er sie an. »Er sitzt im Flieger, da darf man nicht telefonieren.« Mit einem Satz sprang er hinter Monica und presste ihr die Pistolenmündung gegen die Schläfe.

Monica zuckte zusammen. Würde er jetzt komplett durchdrehen? Fieberhaft suchte sie nach einer Lösung, damit sich ihr Geiselnehmer wieder beruhigte.

Da hatte sie eine Idee. Mit zittriger Stimme begann sie zu erklären, dass man ihm gern einen Beweis dafür liefern könne, dass sein Orchideenritual in Sofias Fall kopiert worden war. »Wenn Sie auf einem Foto sehen, wie Sofia mit einer weißen Blüte hinterm Ohr im Kofferraum von Herrn Christiansen liegt, glauben Sie mir dann, dass Sie als der gesuchte Orchideenmörder gelten sollen, nachdem Sie mir gegenüber bereits die Entführung gestanden haben? Vergessen Sie nicht, dass man an den beiden anderen Leichen ohnehin Ihre Fingerabdrücke finden wird, weil Sie sich nach deren Ermordung um ihre Aufbahrung gekümmert haben.«

Pettersson antwortete nicht. Stattdessen schob er seiner Geisel die Mündung der Pistole in den Mund.

Monicas Herz begann laut zu klopfen, als sie den Stahl an ihrer Zunge spürte. Sprechen konnte sie nicht mehr.

Kapitel 44

Als Ole kurz vor Einbruch der Dunkelheit in der Straße an der Villa von Familie Wättring ankam, hatte er ein noch merkwürdigeres Bauchgefühl als vor gut zwei Stunden, als er in Uddevalla aufgebrochen war. Der Grund hierfür war eine Nachricht von Monica, die ihn per WhatsApp erreicht hatte. Er solle ihr ein Foto vom Leichenfundort schicken als Beweis, dass Sofia tatsächlich tot sei, da die Wättrings die Wahrheit nicht glauben wollten. Daraufhin hatte er seine Teamleiterin sofort angerufen, aber als sie nicht ranging, war das für ihn nur ein weiteres Indiz dafür gewesen, dass hier etwas nicht stimmte. Monica würde ihm niemals grundlos solch komische Anweisung geben. Leichenfotos per Whatsapp zu versenden, war absolut ausgeschlossen.

Als er nun das Auto von Philip Pettersson in der Nähe der Villa parken sah - Kamal hatte ihm dessen Kfz-Kennzeichen unterwegs durchgegeben - sah er seinen Verdacht ganz klar bestätigt: Pettersson musste Monica sowie Frau und Herrn Wättring in seiner Gewalt haben. Unmittelbar tauchte das Bild von Rut Pettersson vor seinem geistigen Auge auf, wie sie von ihrem Sohn in der Waschküche an eine Wasserleitung gefesselt worden war. Daher forderte er vorsichtshalber Verstärkung an, bevor er sein Fahrzeug verließ.

Auf die Kollegen warten wollte er allerdings nicht. Zu groß war die Gefahr, dass im Haus etwas Furchtbares geschah. Also schlich er geduckt durch den Garten und versteckte sich hinter einem Busch, bevor er in gebückter Haltung die nächsten Schritte zu einem der Fenster wagte.

Das erste Fenster wies zur Küche, hier war niemand zu sehen, deshalb huschte er mit gezückter Waffe weiter zum nächsten Fenster.

Da hörte er eine vertraute Stimme gedämpft durch die Fensterscheiben. Umgehend warf er sich zu Boden.

Im Inneren der Villa hatte sich die Situation für Monica schon vor längerer Zeit zum Besseren verändert. Nachdem sie einige bange Sekunden, die ihr vorgekommen waren wie Stunden, mit der Waffe im Mund vor Pettersson verharrt hatte, hatte der plötzlich von ihr abgelassen und sich wieder ihr gegenüber an den Tisch gesetzt. So hatte sie Zeit gehabt, Ole eine Nachricht zu schreiben mit der Bitte, ihr ein Beweisfoto von Sofias Leiche zu übermitteln. Sie hoffte nur, dass der Inspektor geistesgegenwärtig genug sein und erkennen würde, in welcher Lage sie sich hier befand.

»Herr Pettersson, bitte ergeben Sie sich. Das bringt doch nichts, was Sie hier vorhaben. Die Polizei wird Sie überall suchen, Sie machen dadurch alles nur noch schlimmer. Sagen Sie mir endlich, wer die drei Frauen und Birger Christiansen getötet hat«, versuchte Monica erneut, ihn zur Vernunft zu bringen.

»Nein, ich halte mein Verspechen. Ich verpfeife niemanden«, gab er sich weiterhin stur.

»Ich will Ihnen doch nur helfen. Es ist ein großer Unterschied, ob Sie wegen Mordes angeklagt werden oder wegen einer Entführung, zu der Sie angestiftet wurden.«

»Man kann mich nicht für etwas anklagen, was ich nicht getan habe. Ich bin nicht dumm, Frau Kommissarin«, sagte er mit ironischem Unterton.

Monica seufzte. »Man will Ihnen den Mord an Sofia aber anhängen, ebenso wie die anderen Morde, deshalb hat der Täter eine Orchideenblüte bei ihr hinterlassen, genau so wie Sie es bei Marie und Annika getan haben. Er hat Ihr Ritual kopiert. Kapieren Sie das denn nicht?«

»Sie lügen! Sie wollen mich nur täuschen. Nein, nein. Ich werde morgen früh in ein Flugzeug steigen und mein altes Leben endgültig hinter mir lassen.«

»Wohin wollen Sie denn fliegen?«

Pettersson tippte sich gegen die Stirn. »Sie glauben doch nicht wirklich, dass ich so dumm bin und ausgerechnet Ihnen von meinen Plänen erzähle. Wo bleibt denn nun der Beweis für die Sache mit der Orchideenblüte?«

Monica schielte nervös zu ihrem Handy, auf dem nach einem Anruf, den sie nicht hatte annehmen dürfen, zuletzt eine Nachricht von Ole angekommen war, in der er versicherte, dass er sich um den Fotobeweis kümmern werde, da er selbst natürlich keine Tatortfotos gemacht habe.

»Die Kollegen sind dran, wir haben solche Bilder nicht auf unseren Geräten«, versuchte Monica daher zum wiederholten Mal zu erklären.

»Ich glaube Ihnen kein Wort!«, triumphierte Philip.

»Ich war mit meinem Mann früher oft zum Tauchen auf den Malediven. Das haben wir geliebt. Wo verbringen Sie eigentlich gern Ihren Urlaub?«, versuchte sie, mit Small Talk etwas Zeit zu gewinnen.

Philip verschränkte die Arme trotzig vor der Brust und grinste. »Netter Versuch, aber darauf falle ich nicht rein.«

»Man wird Sie überall finden und dann wird Ihre Strafe viel schlimmer ausfallen, als wenn Sie mit uns kooperieren und ein Geständnis ablegen«, sagte Monica eindringlich. »Nennen Sie uns den Namen des Mörders, damit der richtige Täter hinter Gitter kommt und nicht Sie, Herr Pettersson.«

»Halten Sie endlich Ihr dreckiges Maul«, schnauzte er sie unvermittelt an. »Sie haben alles doch nur schlimmer gemacht, indem Sie hier reingeplatzt sind. Warum muss die Polizei immer alles kaputt machen? Damals haben Sie schon einmal meine Familie zerstört, als Sie Erik eingesperrt haben.«

»Hat Ihr Bruder Sie unter Druck gesetzt, Sofia zu entführen?«

»Schnauze!« Er schlug mit der Faust auf den Tisch. »Hören Sie verdammt noch mal auf mit Ihren Psychospielchen.«

Monica zuckte erschrocken zusammen. Dass ausgerechnet er von Psychospielchen sprach, war schon gewagt, da er selbst ganz offensichtlich massive seelische Probleme hatte.

In dem Moment ertönte der Standardklingelton eines iPhones.

Pettersson sprang hektisch auf und fuchtelte mit der Pistole durch die Luft. »Woher kommt das?«, brüllte er und blickte in alle Richtungen. Weder Monicas Gerät, das vor ihr auf dem Tisch lag, gab einen Mucks von sich, noch sein eigenes Mobiltelefon.

Im Garten brach zur gleichen Zeit bei Inspektor Ole Henriksson Panik aus.

»Scheiße!« Hektisch fummelte er sein Smartphone aus der Hosentasche. Warum hatte er den Ton nicht abgestellt? Die laute Melodie hatte ihn garantiert verraten. Schnell drückte er den Anruf von Kamal weg und robbte vorsichtig über den Rasen hinter einen Busch, damit er ein wenig Deckung hatte, denn drinnen tat sich etwas. Seit er Monicas Stimme aus dem Inneren des Hauses vernommen hatte, beobachtete er das Geschehen im Esszimmer und wartete nur auf den passenden Moment, um den Geiselnehmer unschädlich zu machen. Dieser hatte Oles Klingelton jedoch offenbar gehört, denn er war sofort aufgesprungen und stand nun neben Monica, die Mündung der Pistole gegen ihre Schläfe gepresst. Was sollte er jetzt tun? Ole war ratlos.

»Wer ist hier? Na los, komm raus und zeig dich«, brüllte Philip zur Terrasse gewandt.

Der Handyklingelton war auch nach Monicas Empfinden eindeutig aus Richtung Garten gekommen. Viele Menschen nutzten diese Standardmelodie. Unter anderem Ole.

»Es könnte auch das Handy von Frau Wättring gewesen sein ...«, brachte sie unter größter Anspannung hervor.

»Fresse halten!«, schrie Pettersson. Er wurde immer hektischer und nervöser, wie ein Tier, das in die Enge getrieben wurde. »Wenn da draußen Ihre Kollegen sind, dann ... dann ... dann schieße ich, verstanden?« Seine Stimme überschlug sich bei diesen Worten und er musste die Waffe mit beiden Händen festhalten, so sehr zitterte er.

Monica lief ein eiskalter Schauer über den Rücken. Bluffte Pettersson nur oder meinte er seine Drohung ernst? Noch während sie darüber nachdachte, erfolgte eine dramatische Wendung. Pettersson senkte die Waffe, sein Blick wirkte abwesend.

»Sagen Sie meiner Mutter, dass es mir leidtut, dass sie mit ihren Söhnen so viel Pech hatte. Und meinem Bruder richten Sie bitte aus, dass ich ihn liebe. Ihn immer geliebt habe, egal was er getan hat.« Dann schob er sich den Pistolenlauf in den Mund.

Sekunden später war ein lauter Knall zu hören.

Blut spritzte auf Monica.

Geschockt fing sie sofort an zu schreien. Im rechten Augenwinkel sah sie, wie Pettersson von der Wucht des Schusses nach hinten gegen die Wand geschleudert wurde.

Dann hörte sie ein lautes Klirren. Reflexartig zog sie den Kopf ein. Was ging hier vor sich?

Als sie vorsichtig aufsah, erkannte sie Ole. Er hatte offenbar die Terrassentür mit dem Fuß eingetreten und ging durch einen Scherbenhaufen auf sie zu.

Erst jetzt registrierte sie, dass ihr Kollege kurz zuvor durch die Glastür auf Pettersson gezielt und ihn mit einem gekonnten Schuss in der Schulter getroffen haben musste.

»Monica! Bist du okay?«, erkundigte sich der Inspektor besorgt.

»Ja! Pass auf, er hat meine Pistole«, warnte sie ihn. Sie hockte noch immer wie festgewachsen auf ihrem Stuhl.

Langsam und mit gezückter Dienstwaffe ging Ole auf Pettersson zu. »Nehmen Sie sofort die Waffe runter«, sagte er ruhig. »Das Spiel ist endgültig aus.«

Der Geiselnehmer lag stöhnend in der Ecke, während unablässig Blut aus seiner Wunde sickerte. Tatsächlich ließ er nun die Pistole wie in Zeitlupe zu Boden gleiten, dann schubste er sie weit von sich weg, sodass sie über den Holzboden schlitterte.

Diesen Moment nutzte Monica und sprang auf. »Philip Pettersson, hiermit sind Sie festgenommen wegen des dringenden Tatverdachts, drei Frauen und ihren Nachbarn getötet zu haben.«

»Ich habe niemanden umgebracht«, widersprach Pettersson mit schmerzverzerrtem Gesicht. »Wie oft soll ich Ihnen das noch sagen?«

»Solange Sie uns nicht die Identität des Täters verraten, sind Sie der gesuchte Orchideenmörder.«

»Ich habe versprochen, dichtzuhalten«, antwortete er stöhnend und presste die Hand auf die verletzte Schulter.

»Herr Pettersson, Sie müssen nichts sagen. Ich weiß, wer der Täter ist«, mischte sich Ole ein.

Monica schaute ihren Kollegen fragend an. »Sein Bruder? Erik Pettersson, der Ex-Häftling?«

Der Inspektor schüttelte den Kopf. »Nein, er hat nichts mit der Sache zu tun. Er hat zu allen Tatzeiten ein wasserdichtes Albi, das haben die Kollegen aus Göteborg überprüft.«

»Also doch Björn Martinsson. Das darf wohl nicht wahr sein, wir hatten ihn gleich nach Maries Tod befragt und ...«, sprudelte es aus Monica hervor.

»Björn ist ein Freund! Lassen Sie ihn in Ruhe! Er hat nichts damit zu tun«, unterbrach Pettersson sie.

Ole nickte. »Ja, er ist unschuldig. Victor hat die drei Frauen getötet. Habe ich recht, Herr Pettersson?«

Der senkte den Blick und presste die Lippen fest aufeinander.

Monica dagegen fiel fast die Kinnlade herunter. »Victor Blom? Der Hausmeister der Ferienhausanlage?« Sie war völlig perplex und wusste nicht, wie sie mit dieser Information umgehen sollte.

»Ja, er muss es gewesen sein«, bestätigte Ole. »Wir haben Fingerabdrücke gefunden, die ihn dringend tatverdächtig machen.« Dann wandte er sich wieder an den Verwundeten. »Er war es doch, oder, Herr Pettersson?«

»Ich verrate nichts, aber in der Nacht, als Annika starb, hat er Christiansens Auto im Naturreservat abgestellt. Ich bin dann hinterhergefahren, um ihn zurückzubringen, da hat Sofia allerdings noch gelebt, weil er sie zuvor in die Fischerhütte gebracht hatte.«

»Aha! Also wird Blom Sofias Leiche später mit seinem Lieferwagen ins Naturreservat gefahren und sie dort in den Kofferraum gelegt haben«, kombinierte Ole.

Monica, die für einen Augenblick nur sprachlos hatte zuhören können, fragte nun streng: »Stimmt das, Herr Pettersson? Ist Victor der Orchideenmörder?«

Dieser nickte sehr langsam. »Victor und ich haben uns angefreundet, weil ich so oft allein in meinem Ferienhaus war, aber da wusste ich noch nicht, wie er tickt. Er wurde mein bester Freund, weil ich meinen Bruder ja an die verdammten Drogen verloren habe, er saß doch ständig im Gefängnis«, erklärte er stockend. »Björn hat sich auch kaum noch bei mir gemeldet, nachdem er wieder eine eigene Wohnung hatte.«

»Ist ein Mann, der unschuldige Frauen ermordet, wirklich Ihr bester Freund?«, fragte Monica behutsam.

Pettersson antwortete nicht, er starrte stumm zu Boden.

»Nein, so jemand ist kein Freund. So jemand ist ein hinterhältiger, berechnender Mensch, der andere manipuliert«, gab Ole an seiner Stelle die Antwort.

Nun sah Pettersson auf. »Ich will die Strafe bekommen, die ich verdient habe«, sagte er entschlossen. »Es war falsch, was ich getan habe, aber ich wollte alles für ihn ...«, er hielt kurz inne. »Also, ich wollte alles für Victor machen, denn wenn ich schon keine Freundin habe, dann wenigstens einen besten Freund. Verstehen Sie das?« Traurig sah er Ole und Monica abwechselnd an. »Ich habe doch sonst niemanden«, schluchzte er.

»Wo ist Frau Wättring?« Monica hatte keine Lust, sich sein Selbstmitleid weiter anzuhören.

»Oben im Bad. Ich habe sie dort eingesperrt und ihr befohlen, mucksmäuschenstill zu sein, wenn Sie ihre Tochter lebend zurückhaben will. Sie hat sich daran gehalten. Das war übrigens auch Victors Idee, falls es beim Lösegeld Probleme geben sollte.« Er lächelte milde.

Ohne zu zögern sprintete Ole die Treppe hinauf und kam

wenig später mit Sofias Mutter, die sich verängstigt und zitternd an seinem Arm festklammerte, zurück.

Fast zeitgleich kam die von Ole angeforderte Verstärkung ins Haus gestürmt. Ein Rettungssanitäter kümmerte sich um den angeschossenen Philip Pettersson, bevor um dessen Handgelenke die Handschellen klickten.

Kurz darauf wurde der Verletzte auf einer Trage nach draußen geschoben und auch Frau Wättring wurde auf Anraten der Notärztin erst einmal in ein Krankenhaus gebracht. Sie stand unter Schock, nachdem sie von Monica erfahren hatte, dass ihr einziges Kind getötet geworden war.

»Was ist mit dir, Monica? Schaffst du den Weg nach Hause oder soll ich dich fahren?« Ole zeigte auf ihren Wagen, als sie das Anwesen verließen.

»Danke, mir geht es den Umständen entsprechend gut. Verrate du mir mal lieber, wie du auf den Hausmeister gekommen bist. Wir hatten doch die ganze Zeit andere Verdächtige im Fokus: Holmgren, Martinsson, die Pettersson-Brüder, sogar den toten Christiansen.«

»Tja, Victor Blom ist halt ein cleverer Serientäter, aber er hat zwei Fehler begangen, dadurch bin ich ihm auf die Schliche gekommen«, verkündete er stolz.

Monica sah ihn auffordernd an, und so berichtete Ole, was sich in den letzten Stunden ereignet hatte: »Als ich heute Mittag in Västra Högen war, damit Victor Blom mir das Haus von Christiansen aufsperrt, stand er an seinem Lieferwagen und erzählte, dass er gerade zu seiner Freundin aufbrechen wolle, sie führten angeblich eine Fernbeziehung. Als ich später Frau Nyberg anrief, um ihr Fragen zu Martinsson und Pettersson zu stellen, verwies sie mich an ihren Victor, weil sie keine Zeit habe. Ich erklärte ihr daraufhin, dass ich ihn nicht erreichen könne, weil er zu seiner Freundin unterwegs sei, und sie nahm das erst mal so hin. Aber dann rief sie mich noch einmal an und erzählte mir, dass das nicht stimmen könne, denn ihr lieber Victor sei leider ein notorischer Lügner, obwohl sie ihn eigentlich sehr gern mag. Er habe gar keine Beziehung, weil er ein eigenartiges Verhältnis zu Frauen habe.

Monica pfiff leise durch die Zähne. »Jetzt sag bloß, die alte Nyberg hat ihren lieben Victor verraten?«

»Nein, nicht ganz. Ich habe sie unter Druck gesetzt und verlangt, dass ich alles über ihren Victor wissen muss, und siehe da, da ist vornehme Dame eingeknickt. Sie hat mir berichtet, dass es in der Vergangenheit bereits Beschwerden von Urlauberinnen gegeben habe, die sich von ihm belästigt gefühlt hätten, da er sie heimlich in ihren Häusern beobachtet habe. Eine Anzeige konnte Frau Nyberg jedoch bislang abwenden, weil sie den Gästen Preisnachlässe anbot, daher ist Victor Blom auch nie aktenkundig geworden. In dem Moment hat es bei mir Klick gemacht. Wir hatten die ganze Zeit eine falsche Spur verfolgt! Als Hausmeister hat Blom doch stets Zugang zu allen Ferienhäusern und konnte mit seinem Zweitschlüssel ohne Weiteres überall rein- und rausgehen.«

Monica, die gespannt zugehört hatte, nickte zustimmend. »Bei Annika Bergman hat er dann absichtlich die Terrassentür kaputt gemacht, um es als Einbruch aussehen zu lassen, dabei hat er die Tür ganz normal aufgesperrt.« Sie schüttelte den Kopf. »Wo steckt Victor Blom jetzt? Ist er schon verhaftet?«

»Noch nicht. Blom sitzt aktuell im Flugzeug, aber auf dem Weg hierher rief Kamal an und sagte mir, dass unser Täter bald in Dubai zwischenlanden und dort umgehend in die nächste Maschine zurück nach Göteborg gesetzt werde. Stell dir vor, sein Ticket war auf Bangkok ausgestellt, der wollte sich absetzen.«

»Und Pettersson lässt er die Drecksarbeit machen«, schnaubte Monica. »Er lässt ihn das nötige Kleingeld bei den Wättrings beschaffen, damit er es sich unter Palmen gutgehen lassen kann. Total raffiniert, dieser Hausmeister. Aber leider sind das alles bisher nur Indizien und keine Beweise, dass er tatsächlich unser Täter ist.«

Ole schüttelte den Kopf und erzählte von seiner nächsten Entdeckung: Victor Bloms Fingerabdrücke waren an dem Müllsack mit Maries blutverschmierter Kleidung und Bettlaken aus dem Haus von Christiansen sichergestellt worden.

»Aha! Aber wie ist das möglich, wenn Blom noch nie aktenkundig war und aktuell im Flugzeug sitzt?«, erkundigte sich Monica erstaunt.

Ole grinste. »Ich hatte glücklicherweise seine Visitenkarte in der Tasche, die er mir bei unserer ersten Befragung überreicht hatte. So konnten unsere lieben Kollegen von der Kriminaltechnik seine Fingerabdrücke mit denen am Müllsack abgleichen.«

»Okay, das ist wirklich ein grob fahrlässiger Fehler, wenn man beim Beseitigen von Spuren seine Handschuhe vergisst«, erwiderte Monica schmunzelnd.

»Wobei, einem ermittelnden Polizisten gegenüber eine Beziehung zu erfinden, ist auch nicht besonders clever, dadurch ist der Stein ja erst ins Rollen gekommen. Ein paar Stunden später und Blom wäre über alle Berge gewesen und in Thailand untergetaucht.«

Monica nickte und streckte sich. Sie war erleichtert, dass ihr junger Kollege im richtigen Moment intuitiv gehandelt hatte. Zusammen gingen sie über die Straße zu ihren Autos.

»Wir können Blom morgen gerne nach seiner Landung gemeinsam vernehmen, falls du dich dazu in der Lage fühlst«, sagte Ole und warf ihr einen mitfühlenden Blick zu. »Schließlich warst du einige Stunden in der Gewalt eines Geiselnehmers.«

Monica zog die Augenbraue hoch. »Na komm, so schnell haut mich nichts um. Ich mache diesen Job nicht erst seit heute. Außerdem will ich von Blom wissen, wo er die Leiche von Birger Christiansen versteckt hat. Pettersson hat mir nämlich gesagt, dass er mit dessen Tod auch nichts zu tun hat, und ich glaube ihm. Er ist doch selbst ein Opfer, das von Victor ausgenutzt wurde. Eine arme, kranke Seele.«

Ole rieb sich die Hände. »Ich freue mich schon darauf, das Geständnis aus ihm herauszuquetschen, denn theoretisch könnte er den Müllsack ja auch nur getragen haben.«

Monica rollte mit den Augen. »Ich bin die leitende Ermittlerin, schon vergessen?«

»Oh natürlich! Tut mir leid, du wirst die Vernehmung durchführen«, ruderte er schnell zurück.

Sie grinste. »Schon okay, Ole. Du hast hier echt einen Bombenjob gemacht und mir ganz nebenbei auch noch das Leben gerettet. Ich danke dir.«

»Ohne Kamal wäre dieser schnelle Erfolg nicht möglich gewesen«, fügte Ole rasch hinzu. »Auf unseren kleinen Inder kann man sich wirklich verlassen.«

»Ja, ich habe einfach ein tolles Team, ich bin ehrlich stolz auf euch zwei. Hat Pontus eigentlich auch etwas zur Aufklärung beigetragen?«, fragte sie mit ironischem Unterton.

Ole machte eine betont nachdenkliche Miene und legte die Stirn in Falten.

Monica lachte. »Okay, ich hab's verstanden. Aber als Revierleiter hat man wohl andere Aufgaben, zum Beispiel sich mit der Presse auseinanderzusetzen und dafür zu sorgen, dass die schöne Urlaubsregion Dalsland keinen Imageschaden erleidet, weil ein Serienmörder die Gegend in Angst und Schrecken versetzt.«

Ole stimmte ihr grinsend zu, dann verabschiedeten sie sich und stiegen jeweils in ihre Autos, um endlich Feierabend zu machen. Es war für alle ein langer und anstrengender Tag mit einer Reihe unerwarteter Wendungen gewesen.

Als Monica an einer roten Ampel hielt und auf die Rücklichter von Oles Auto sah, war sie sich absolut sicher, dass er einmal ihr Nachfolger in der Mordermittlung auf dem Revier in Uddevalla sein würde. Aber ein paar Jahre wollte sie schon noch als Kriminalkommissarin tätig sein, denn die Arbeit lenkte sie von ihren privaten Problemen ab, und davon hatte sie mehr als genug. Mit Schrecken dachte sie daran, wieder allein im großen Haus zu übernachten. Sollte sie sich vielleicht doch besser ein Zimmer in Malmö nehmen und sich in der Hotelbar ein paar Drinks genehmigen, um nach den irren Erlebnissen etwas runterzukommen?

Spontan steuerte Monica die Innenstadt an. Zu Hause wartete sowieso niemand auf sie.

Kapitel 45

Am nächsten Tag gegen 13 Uhr saß Victor Blom mit verschränkten Armen vor der Brust im Vernehmungsraum und gähnte betont laut, während Monica aufzählte, welche Taten ihm nach Philip Petterssons Aussage zur Last gelegt wurden. Alles in allem machte der Hausmeister einen arroganten und gleichgültigen Eindruck auf die Ermittler, so als ob ihn das Ganze gar nichts anginge. War er wirklich gelangweilt oder einfach nur müde? Schließlich hatte man ihn nach der nächtlichen Landung in Dubai sofort mit der nächsten Maschine zurück nach Göteborg geschickt. Er war unrasiert, seine Haare standen in alle Himmelsrichtungen ab und seine Augen wirkten verquollen.

»Herr Blom, geben Sie also zu, Marie Lundberg und Annika Bergman ermordet zu haben, damit die Opfer Sie nicht wegen Vergewaltigung anzeigen konnten? Aber warum musste Sofia Wättring sterben?«, beendete Monica ihren Monolog.

»Tja, also wenn Philip meint, mich verpetzen zu müssen, dann wird es wohl so gewesen sein«, erwiderte er desinteressiert, anschließend riss er seinen Mund sperrangelweit auf und gähnte herzhaft.

Ole klappte eine der Akten auf dem Tisch lautstark zu und schüttelte den Kopf. »Herr Blom, das hat nichts mit Petzen zu tun. Die Beweislage gegen Sie ist erdrückend. Die Spurensicherung hat unter anderem Haare von Sofia Wättring in Ihrem Lieferwagen gefunden. Wir hätten gerne ein paar Antworten!«

Blom schnaufte. »Sofia war einfach eine viel zu große Gefahr. Sie hätte Philip jederzeit bei der Polizei verpfeifen können, nur deshalb habe ich sie aus dem Weg räumen müssen.

Dass Philip mir jetzt so in den Rücken fällt, hätte ich ihm nicht zugetraut. Dabei müsste er mir dankbar sein, dass ich ihm den Arsch gerettet habe.«

»Wo haben Sie Sofia Wättring erwürgt?«, hakte Ole nach.

»In der alten Fischerhütte, direkt bei uns am See in Västra Högen. Da habe ich sie versteckt gehalten, nachdem ich sie aus Philips Keller dorthin geführt hatte. Wissen Sie, eigentlich wollte ich sie zuerst erstechen, aber dann hatte ich doch Mitleid. Erwürgen ist schon angenehmer, nicht wahr?« Er grinste frech.

Monica schüttelte fassungslos den Kopf.

»Okay, und dann haben Sie Sofias Leiche in den Kofferraum von Birger Christiansens Auto gelegt, damit er als Täter verdächtigt wird«, fuhr Ole fort.

»Bingo! Ich habe Philips kleine Freundin nachts dorthin geschafft. Blöd nur, dass sie dabei wohl ein paar Härchen auf meiner Ladefläche verloren hat.«

»Und wo haben Sie die Leiche von Birger Christiansen versteckt?« Monica sah ihn auffordernd an.

Blom stöhnte auf. »Den hat Philip abgemurkst, weil er dachte, er würde ihm seine Sofia klauen wollen. Da hat er wohl rot gesehen und in seiner Eifersucht zugestochen.«

»Herr Pettersson sagt aber genau das Gegenteil, nämlich dass Sie ihn ermordet haben, weil Herr Christiansen Sie auf frischer Tat beim Mord an Annika erwischt hat.«

»Dann lügt er«, stellte Blom nüchtern fest.

»Komisch, Frau Nyberg sagt genau dasselbe über Sie: Sie seien ein notorischer Lügner. Also, weshalb sollten wir Ihnen glauben?«, konfrontierte Ole ihn mit einer weiteren Anschuldigung.

»Weil Philip ein Psycho ist, der unter einer wahnhaften Störung leidet«, verteidigte sich der Hausmeister. »Er kann

Realität und Fiktion nicht unterscheiden, deshalb muss er ja diese Antipsychotika schlucken. Offenbar bildet er sich jetzt ein, dass ich Birger Christiansen auf dem Gewissen habe, und das Schlimmste ist, dass er das wirklich glaubt! Genau so wie er glaubt, dass Sofia seine Freundin ist. Total krank, der Typ.«

»Sie reden ganz schön abfällig über Ihren angeblich besten Freund«, bemerkte Monica.

Blom lachte laut auf. »Wer bitteschön ist schon ein bester Freund? Jeder ist im Leben für sich selbst verantwortlich. Ich habe Philip nur Tipps gegeben, damit er sich endlich mal aus seinem Schneckenhaus traut und erste sexuelle Erfahrungen sammelt. Der Kerl ist immer noch Jungfrau«, spottete er. »Sogar ein Bondage-Bettfessel-Set habe ich ihm mal geschenkt, damit er endlich in die Gänge kommt.«

»Und darüber hinaus empfehlen Sie ihm, dass er eine wildfremde Frau entführt? Ihre Tipps sind ja wirklich das Allerletzte«, reagierte Monica gereizt.

»Demnach haben Sie Herrn Pettersson also nur ausgenutzt, und am Ende sollte er Ihnen das Lösegeld beschaffen, damit Sie sich in die Sonne absetzen können und unschuldig davonkommen«, übernahm wieder Ole.

»Philip ist halt ein naiver, dummer Junge, der mit diesen bescheuerten Blümchen in seiner eigenen Welt lebt. Der Typ hat echt so einen Knall, da finde ich es wirklich krass, dass Sie wegen Christiansen eher ihm glauben statt mir.«

»Und Sie sind ein Arschloch!«, rutschte es Monica heraus. »Philip hat Ihnen vertraut! Er hat sogar seine Freundin in Ihren Schutz übergeben und was tun Sie? Sie erwürgen Sofia.«

Blom grinste überheblich. »Immerhin habe ich sie nicht vergewaltigt! So ein schlimmer Freund, wie Sie mich darstellen, kann ich also gar nicht sein. Außerdem habe ich seinem Ritual folgend auch seiner Sofia eine Blüte ans Ohr geklemmt. Ist das nicht nett von mir?« Er lachte laut. »Natürlich sollten alle glauben, es gibt nur einen Täter - und zwar Christiansen, der jedoch nie das Gegenteil behaupten kann.«

»Wie gnädig«, grollte Monica. »Sie haben Sofia also nicht sexuell missbraucht. Sie sind ja ein ganz toller Typ, Herr Blom. Sollen wir Ihnen jetzt um den Hals fallen? Sie sind wirklich der letzte Abschaum.«

Ole legte seine Hand auf ihren Arm, damit sie sich wieder beruhigte. Monica kochte innerlich.

»Sie brauchen mir nicht um den Hals fallen, Frau Kommissarin. Ich stehe nicht auf alte, frustrierte Frauen mit Kurzhaarschnitten, da krieg ich einfach keinen hoch.«

Jetzt reichte es Monica. Sie sprang wütend von ihrem Stuhl auf und brüllte: »Typen wie Sie gehören kastriert und für alle Ewigkeit in einen Hochsicherheitstrakt mit Sicherheitsverwahrung gesteckt.«

Doch Blom lehnte sich nur entspannt auf seinem Stuhl zurück und setzte sein diabolisches Grinsen auf, was Monica noch mehr reizte.

»Jetzt spucken Sie endlich aus, wo die Leiche von Birger Christiansen liegt, Sie hinterhältiges Kameradenschwein«, zischte die Kommissarin, während Ole an ihrem Arm zog, damit sie sich wieder hinsetzte.

Monica schnaufte, folgte jedoch der nonverbalen Aufforderung. Ole hatte wohl recht, sie ging zu weit bei dieser Vernehmung, aber Victor Blom machte sie so unfassbar wütend.

»Wissen Sie, Herr Blom«, begann Ole und setzte ein gekünsteltes Lächeln auf, »Sie werden sowieso wegen drei Morden angeklagt. In zwei Fällen haben Sie gemordet, um Vergewaltigungen zu vertuschen, und im Fall Sofia Wättring, damit sie ihren Entführer nicht verraten würde. Warum drücken Sie sich jetzt so sehr davor, den vierten Mord an Birger Christiansen auch noch zu gestehen?«

»Denken Sie nur an die trauernden Angehörigen von Herrn Christiansen,« hakte Monica ein, »es muss schrecklich für sie sein, nicht an einem Grab um ihn trauern zu können. Vielleicht ist der Richter auch etwas gnädiger zu Ihnen, wenn Sie uns zu dem Ort führen, wo Herrn Christiansens Leiche liegt, und ein weiteres Geständnis ablegen.«

Victor Blom gab einen lauten Seufzer von sich. »Na gut. Er wurde im See versenkt, und zwar dort, wo ich Sofia in der Fischerhütte versteckt hatte.« Er verschränkte erneut die Arme vor seiner Brust und grinste breit. »Ich wünsche viel Spaß beim Tauchen. Bin ja mal gespannt, ob Sie beweisen können, wer den Norweger auf dem Gewissen hat. Kann ich jetzt endlich schlafen? Ich bin extrem müde. Sie haben doch nun alles, was Sie wollten.«

Die Vernehmung des Serientäters hatte Monica unglaublich geschlaucht, deshalb entschied sie, sofort nach Hause zu fahren. Sie hatte schreckliche Kopfschmerzen. Allerdings war dafür nicht in erster Linie Blom verantwortlich, sondern der billige Weißwein aus der Hotelbar, mit dem sie am vergangenen Abend versucht hatte, ihren Kummer zu ertränken. Aus diesem Grund war sie erst heute Morgen nach Uddevalla gefahren, trotzdem war sie noch nicht wirklich fit und reagierte schnell gereizt, wie sie eben erst unter Beweis gestellt hatte. Also schnappte sie sich ihre Lederjacke und verabschiedete sich von Ole. Der wünschte gute Besserung und versprach ihr, das Abtauchen im Iväg See in die Wege zu leiten. Auch um alles Weitere, was heute noch auf der Tagesordnung stehe, werde er sich kümmern, und damit meinte er die bevorstehende Pressekonferenz.

Monica strahlte. Sie hasste nichts mehr als solche Journalistentermine, zudem hatte sie die Befürchtung, dort wieder zu schnell in die Luft zu gehen.

Als sie das Revier verlassen wollte, kam ihr Pontus freudestrahlend entgegen. »Monica! Du gehst in die falsche Richtung«, mahnte er mit erhobenem Zeigefinger.

»Tut mir leid, Pontus, ich bin krank und gehöre ins Bett.«

»Was?« Mit vor Schreck geweiteten Augen schaute er sie an, als hätte sie ihm gerade eine schlimme Diagnose kommuniziert. »Das geht jetzt nicht. Du bist die leitende Ermittlerin und hast einen Serienmörder gefasst. Du musst der Presse Rede und Antwort stehen und dich feiern lassen. Übrigens, ich habe eine Flasche Sekt besorgt, da können wir später noch mal im Team anstoßen. Endlich ist dieser Mistkerl festgesetzt und es kehrt wieder Ruhe ein.«

Monica lehnte dankend ab und ging an ihm vorbei. »Ole übernimmt!«, sagte sie im Weggehen. »Er kennt sich in dem Fall bestens aus und wird alle Fragen der Reporter beantworten können. Schönes Wochenende.«

Sie wusste, dass Kriminalinspektor Ole Henriksson ein sehr guter Polizist war, schließlich war nur wegen seines ausgezeichneten Spürsinns dieser verzwickte Fall gelöst worden. Diesen Erfolg sollte er genießen, ebenso wie Kamal, der mit seiner Recherche im Hintergrund ebenfalls einen phänomenalen Job gemacht hatte. Sie war mächtig stolz auf den Jüngsten in ihrem Dreierteam und nahm sich vor, zukünftig mehr loszulassen, damit einer Übergabe des Staffelstabs in einigen Jahren nichts mehr im Wege stünde. Es war eben auch ein Lernprozess, wenn ein deutlich jüngerer Kollege sie als alt gediente Kriminalkommissarin plötzlich arbeitstechnisch überholte und ihr zudem das Leben rettete. Aber das würde sie bestimmt schaffen, schließlich hatte sie schon akzeptiert, dass Emma lieber in Deutschland studieren und leben wollte als in Schweden. Lediglich was Gustav betraf, haderte sie mit dem Akzeptieren und Loslassen.

Deshalb entschied sie auf der Heimfahrt, das Thema Gustav dringend mit ihrer Therapeutin zu besprechen und sich der Selbsthilfegruppe für vermisste Angehörige anzuschließen. Denn wenn sie nicht endlich darüber zu sprechen beginnen würde, lief sie Gefahr, irgendwann als alkoholabhängige Kriminalkommissarin zu enden, wie man es von den Protagonisten aus den Fernsehkrimis kannte. Nein, so weit wollte Monica Sandström es nicht kommen lassen. Es war nun mal ihre ganz persönliche Tragödie, nicht zu wissen, was mit ihrem Mann beim Angelausflug geschehen war, und dabei wollte sie sich helfen lassen. Endlich!

Zu Hause angekommen, ging sie schnurstracks zum Briefkasten, wo die Ausgabe des Göteborgs-Posten von heute eingerollt herausragte. Auf der Titelseite stand reißerisch geschrieben: »Der Orchideenmörder hat wieder zugeschlagen!«

Monica verdrehte die Augen. Sie stellte sich vor, wie in der nächsten Ausgabe Pontus mit einem Glas Sekt in der Hand abgedruckt sein würde, um sich als Revierleiter gebührend feiern zu lassen. Bei diesem Gedanken musste sie schmunzeln.

Doch ihre Fröhlichkeit verebbte schlagartig, als sie die restliche Post aus dem Briefkasten zog. Ein Umschlag war dabei, auf dem handschriftlich geschrieben stand: Für Monica!

Sofort riss sie ihn hektisch mit dem Zeigefinger auf. In dem Umschlag fand sie einen Schlüssel sowie einen Brief, den sie zu lesen begann, während sie gedankenverloren nach drinnen ging.

Liebe Monica,

ich habe mich entschlossen, Ingvar zu verlassen, das wollte ich dir gern noch persönlich mitteilen. Du kannst ihn also ab sofort für dich haben, denn jetzt, wo Gustav schon so lange vermisst ist, steht eurer Liebe nichts mehr im Weg. Wenn du glaubst, dass ich nichts von eurem Verhältnis gewusst habe, muss ich dich enttäuschen. Ich habe es die ganze Zeit geahnt, und Ingvar hat letztendlich auch zugegeben, dass er sich unsterblich in dich verliebt hat. Es ist sehr hart für mich, Ingvar an dich verloren zu haben. Meine Eifersucht hat mich Dinge tun lassen, die ich selbst nicht für möglich gehalten habe. Dafür entschuldige ich mich vielmals bei dir, denn in meiner Wut habe ich nachts deine Küche beschmiert, ich habe dich verfolgt und heimlich beobachtet, immer mit der Absicht, dass du die gleichen seelischen Schmerzen erleiden sollst, die ich durchmache. Ich hoffe, du kannst mir verzeihen, so wie ich auch euch eines Tages eventuell verzeihen kann, dass ihr mein Lebensglück zerstört habt. Aber erst einmal brauche ich Abstand und viel Zeit.

Heute bin ich zu meiner Schwester gezogen. Den Haustürschlüssel fürs Blumengießen brauche ich nicht mehr.

Margareta

Während Monica die letzten Zeilen las, stiegen ihr Tränen in die Augen. Es tat ihr unendlich leid, dass sie die Ehe der befreundeten Nachbarn zerstört hatte, doch Ingvar war wohl tatsächlich so bis über beide Ohren in sie verknallt, dass ihm seine langjährige Ehe völlig egal war. Sofort schoss ihr wieder der Gedanke durch den Kopf, ob Ingvar in seinem Liebeswahn dafür gesorgt haben könnte, Gustav aus dem Weg zu räumen, damit er freie Bahn hatte. Ein eiskalter Schauer lief ihr über den

Rücken. Hatte sie vielleicht eine verhängnisvolle Affäre mit dem Mörder ihres Mannes gehabt?

Mit zittrigen Fingern zog sie eine Zigarette aus der Packung, um ihre Nerven zu beruhigen. Sie hatte keinerlei Beweise, es sei denn, Margareta würde ihre Aussage revidieren, dass sie zum Zeitpunkt von Gustavs Verschwinden nicht den ganzen Tag mit Ingvar zusammen daheim gewesen wäre. Allerdings wäre es möglich, dass sie dies nach so vielen Wochen Abstand nur tun würde, um dem untreuen Gatten nachträglich eins auszuwischen.

Nervös zog sie am geöffneten Küchenfenster an ihrer Zigarette, atmete tief ein und blies den Qualm ganz langsam aus. Während sie die Rauchschwaden verfolgte, fiel ihr Blick auf eine Postkarte, die im Stapel der Briefe steckte, die sie eben mit der übrigen Post auf den Tisch gelegt hatte. Da sie so in Margaretas Brief vertieft gewesen war, hatte sie die Karte mit dem weißen breiten Sandstrand, dem türkisfarbenen, glitzernden Wasser und den kleinen Hütten am Holzsteg nicht beachtet.

Sie runzelte die Stirn beim Betrachten der hübschen Ansichtskarte. Wer von ihren Freunden befand sich aktuell im Urlaub beziehungsweise wer war aus der Sonne bereits wieder zurückgekehrt?

Als sie die Karte umdrehte, hielt sie die Luft an. Dort stand handschriftlich geschrieben: *Liebe Grüße von den Malediven, Dein Gustav!*

Mit einem leisen Flappen fiel die Karte aus ihrer Hand auf den Fußboden und sie begann am ganzen Körper zu zittern.

Sie hatte sofort erkannt, dass es sich hierbei nicht um Gustavs Handschrift handelte, schließlich waren sie über zwanzig Jahre verheiratet gewesen und sie kannte seine kritzelige Schrift nur allzu gut.

Mit klopfendem Herzen überlegte sie, ob das hier nur ein saublöder Streich war. Könnte es ein Rachefeldzug von Margareta sein oder war es eine versteckte Botschaft? Sofort schoss ihr wieder der sorgenvolle Gedanke durch den Kopf, dass ihr Mann von einem Wahnsinnigen verschleppt worden sein könnte, den sie vor Jahren verhaftet hatte und der sich nun als Freigänger an ihr rächen wollte.

Monica schloss die Augen und fing bitterlich zu weinen an. Warum konnte man nicht einfach seine Leiche finden, damit sie endlich mit diesem Kapitel ihres Lebens abschließen konnte und ein Grab zum Trauern hatte? Diese Ungewissheit fraß sie innerlich auf. Wie sollte sie da nur ihre Niedergeschlagenheit und Zerrissenheit in den Griff bekommen?

Monica öffnete den Kühlschrank und nahm eine Flasche Weißwein heraus. Sie fühlte sich schrecklich einsam und wollte einfach nur, dass dieser Albtraum endlich aufhörte. Gedankenverloren schraubte sie den Deckel von der Flasche ab, dann hielt sie kurz inne und traf eine Entscheidung: Sie schüttete den kompletten Wein in die Spüle.

Trotz ihres Schicksals musste sie nach vorn blicken und all ihre Kraft dafür aufwenden, herauszufinden, was mit Gustav geschehen war und wo er sich aufhielt. Ob tot oder lebendig spielte keine Rolle mehr. Das würde nach der Aufklärung der Morde ihre Hauptaufgabe sein und dafür musste sie sich einen klaren Verstand bewahren. Ansonsten würde sie an ihrer Situation elendig zu Grunde gehen, und das wollte sie auf gar keinen Fall, denn es gab schließlich noch Emma, aber auch in ihrem Job wurde sie gebraucht. Der nächste Mord würde bestimmt nicht lange auf sich warten lassen.

Wie richtig Sie damit liegen würde, konnte sie an diesem sonnigen Nachmittag nicht wissen.

ENDE

Danke

Recherche ist ja das A und O bei einem Buch. Aus diesem Grund möchte ich mich bei meiner Ansprechpartnerin vom Institut für Rechtsmedizin in Homburg für die Tipps und Anregungen bedanken. Ebenfalls gilt mein Dank der netten Polizistin vom Revier in Uddevalla, die mir per E-Mail alle Fragen beantwortet hat. Meinen Ferienhausbesitzern sage ich natürlich auch herzlichen Dank für die hervorragende Bewirtung mit Zimtschnecken. Ich werde sicherlich ganz bald wieder ins Dalsland reisen und vielleicht gibt es dann auch eine Fortsetzung von Sandström & Henriksson.

Eine kleine Bitte noch:
Ich würde mich sehr freuen, wenn Sie eine Rezension oder eine Kundenbewertung für »Der Orchideenmörder« auf den bekannten Webseiten hinterlassen würden. Denn das motiviert enorm, ein neues Buch zu schreiben.

Beste Grüße

Dany R. Wood

PS: Schreiben Sie mir jederzeit bei Fragen und Anregungen zu meinen Büchern und besuchen Sie meine Homepage. Folgen Sie mir auf den sozialen Kanälen oder abonnieren Sie meinen Newsletter, um keine Neuveröffentlichung zu verpassen!

PPS: Wenn Sie gerne wissen möchten, wie Ole im Saarland als Austauschpolizist ermittelte, dann viel Spaß mit dem Buch: »Nur Rita raste rasanter«.

Ole Henriksson im Saarland!

»Nur Rita raste rasanter«

Klappentext

Da hat der Schutzengel wohl mächtig gepennt: Im kleinen Hirschweiler wird Fahrlehrer Manni nach dem Theorieunterricht über den Haufen gebrettert - Fahrerflucht vom Allerfeinsten! Seine Schülerin Inge Backes trauert, weil ihr Lappen jetzt auf Eis liegt.

Ehemann und Dorfpolizist Jupp macht sich mit seinem neuen »Praktikanten« gleich an die Ermittlungen: Teamwork à la Totalschaden - es knallt heftig! Bei der Befragung der Fahrschüler erhärtet sich der Verdacht: feiger Mord statt tragischer Verkehrsunfall?

Stürmische Zeiten für Jupp: Der Neue nervt, die Gattin löchert mit Führerscheinfragen und seine Schwiegermutter ist auf einem ganz anderen Trip: Bed & Breakfast für Hippies! Und dann wird auch noch ein dunkles Geheimnis des Fahrlehrers gelüftet: krasses Doppelleben statt einfühlsamer Einparkhelfer. Die Polizeiarbeit läuft auch Hochtouren ...

Weitere Bücher von Dany R. Wood

Alles rund um Familie Jupp Backes:

»Achtung Familienfeier - Betreten auf eigene Gefahr«
»Urlaub! Wir sind dann mal fort«
»Nur Gisela sang schöner«
»Nur Uschi kochte schärfer«
»Nur Rudi tanzte schräger«
»Nur Helga schwamm schneller«
»Nur Bärbel backte besser«
»Nur Rita raste rasanter«

Weitere Veröffentlichungen:

»Limetten retten in Sydney«
»Trauben rauben in Kapstadt«
»Zitronen klonen in Barcelona«

Kontaktdaten

Newsletter-Anmeldung unter: www.arturo-verlag.de
E-Mail: info@arturo-verlag.de

Bei Facebook folgen:
Dany R. Wood - Autor

Bei Instagram folgen:
dany_r_wood_autor